徐小斌经典书系 | 第七卷 中篇小说集

迷幻花园

徐小斌 著

作家出版社

总序 梦想成精——徐小斌的小说世界

陈晓明

　　徐小斌在当代中国文坛虽然说不上是妇孺皆知，但说她声名远扬是不为过的。这当然主要体现在徐小斌是一位个性显著的作家，喜欢她的人会盛赞不已。无疑，徐小斌是一位实力派作家，她获得的赞扬与她作品创造的意义相比是恰如其分的，甚至有不少评论家会说，徐小斌是一个被低估的作家，她的作品中显然有很多的内涵还有待深入挖掘。徐小斌内心十分沉静，始终以自己的方式写作。她对文学的那种执着的态度和方式，是当今中国作家所少有的。徐小斌追求一种纯粹的文学，一种用汉语的纯美品性来书写的文学。这种说法似乎显得很不必要，这能说明什么问题呢？她似乎并不为时代热点所动，也不追逐重大的历史命题，她的探索也不介入某些潮流。但徐小斌个性鲜明却又具有多面性：对于一部分人来说，徐小斌是一个玄奥的有神秘主义意味的作家；在另一些人看来，她是一个准女性主义者；一些人认为她的写作非常前卫，也有一些人会把她看成一个把传统风格发挥到极致的人。说到底，这主要源自她的写作本身的多面性。但不管怎么说，徐小斌对小说孜孜不倦则是肯定的。对于她来说，小说就是她的生存世界，她倾心于这个世界，把自己全部交付给这个世界。以这种态度来写作小说，也就不难理解徐小斌的小说充满着虚构的色彩，这个世界融瑰丽的想象、诗性、形而上的神秘意念于一体，在我们的面前无止境地伸展敞开。

一、让女人成为文学的精灵

徐小斌的小说写出一系列极其独特的女性形象，足以让她在当代中国文坛独树一帜。她笔下的女性与在历史和现实中还原的女性形象很不相同，她的女性形象，更主要是诗意想象与神秘体验的产物。1993年的《迷幻花园》标志着徐小斌写作的新阶段，她把女性的绝对的爱欲放置到她的写作中心，把语言的精致化，与生存世界不可知的可能性及其宿命论思想相结合，构造了一种纯粹隐含着复杂变异的小说叙事文体。《迷幻花园》属于实验性很强的作品，它没有明晰的故事情节，但是有着非常精致的感觉片段。写过《对一个精神病患者的调查》的徐小斌写下这种小说是一点也不奇怪的，那篇关于精神病人的小说，据说给诗人海子以很大震动。而《迷幻花园》又是一次对女性的某种接近疯狂状态的心理描写。在最低限度上，这篇小说可以看成是关于两个女人和一个男人的故事。显然，这个故事并不重要，重要的是它引向对女性绝对命运的探寻。少女之间惯有的纯真友情，在这里被处理成女人最初的"镜像置换"。芬与怡最初通过对方认识到自己的特征，并且在后来的岁月里，她们总是处在奇怪的分离和重叠的状态中，她们各自占有对方的位置，又不断迷失。徐小斌似乎试图表明女人永远找不到自己的位置，芬夺取怡的位置不过是完成了一次放逐。女人的形体与灵魂永远错位，因为中间总是插入一个绝对的男性，她们永远无法跨越这道门槛。徐小斌对女人存在境遇的书写，充满了绝望的诗情，那些悲剧式的女性闪烁着精灵一样的美感。

随后的《双鱼星座》看上去是在讲述"一个女人和三个男人的古老故事"，但这个古老的故事被徐小斌以非常个人化的当代性的经验加以改造。卜零，这个优雅而聪明绝顶的知识女性——与其说这是典型的知识女性形象，不如说是知识女性乐于认同的自我形象。这个优雅的女人在三个男人之间周旋，对家的厌恶，对权力和社会制度的拒绝，与对爱欲的纯粹追寻相混淆，使卜零如此密切地扣紧这个时期的物质生活。那些流行的俗世价值观念，又不断地在虚幻的空间、在自我的想象中呈现。古典时代温情脉脉的两性关系，那个生活的寄托——家，在这里却是生活的牢笼，一个极为虚假而没有实际内容的处所。在20世纪90年代，这个被普遍描述为商业/文化二元对立的时代，徐小斌率先展开了对变了质的两性关系的书写。这一切混杂着对这个时代的流行价值的抨击和那些生命神秘体验的寓言性叙述，使得徐小斌的这个既古老又当下的故事具有犀利的直接性和女性神话学的另类经验。

徐小斌一直在探索一种新的写作法则，促使那种玄妙的形而上的思想意念与明晰流畅的故事相交合——这在某种意义上也表征着20世纪90年代趋向于形成的多元性的叙事法则——显然，对女性爱欲的关注使她找到连接二者的自然通道。把女性的爱欲与某些循环论和文化原始神话相混合，构成她叙事的内在意蕴，它们使她的那些关于女性爱欲的故事具有不可知的神秘性。她刻画的那些女性像是一些镜子中的人，像在水上行走的精灵，她们以遗世孤立的姿态决绝地走向生活的绝境。然而，她们却又异常明晰地折射出当代生活的那些直接的现实和流行的价值观念，以女性的特殊的话语实践对当代生活作出尖刻的析解。她的叙述是一些独白，又是一种现实；是一种呈现，也是撕裂；是一种抚慰，更是一种抗议。

《敦煌遗梦》是徐小斌20世纪90年代有代表性的长篇小说，它显示了她对形而上事物的爱好，以及具有多元综合的描写生活的能力。这部长篇更是抓住"敦煌"这个神秘而神奇的空间来展开叙事。宗教的神秘、世俗的爱欲、权力和阴谋，三位一体构成这部小说的叙事主体。

整个宗教世界在叙事中起到了双重的作用，其一是与世俗的爱欲相对构成了一个"生命之轻"的叙事圈；其二是宗教的那种神秘性氛围与世俗的阴谋构成了一个"生命之重"的叙事圈。这两个叙事圈又经常交合在一起，它们显示了生存的复杂意味。

小说叙事的表层是一个典型的浪漫的爱情故事。男主人公张恕和女主人公肖星星邂逅于敦煌，他们之间很快就产生了感情。但这个感情关系很快被另外两个人的出现打破了，一个是无晔，另一个是玉儿，这里迅速出现了四角关系。令人惊异的是他们各自都找到了另一种爱欲，出现了错位式的爱情。这部小说的叙事，或者说肖星星和张恕这两个人物总是在精神、爱欲、阴谋三者之间循环，他们像某种怪圈组合在一起，在每一个极端总是预示着另一个起始，总是向另一个对立项转化，而具有一些奇妙的双重意味。这部小说无疑企图求解生命存在的极端含义——它是那些女性末世学或宿命论，灵魂转世学说以及玄奥的博弈论相混淆的超级方程式。然而，对于徐小斌来说，这些形而上的理念，这些神秘而玄奥的宿命哲学，绝对不是她要明确解决的理论问题，它们仅仅是一些悬而未决的背景。她的小说的叙事是快乐的，是灵巧而智慧的。她把中国古代的宗教与当今中国的生存现实相连接，把最神秘的宗教体验与女性的爱欲经验相混淆，把邂逅的浪漫与贩卖文物的国际阴谋相接轨……这些都显示了徐小斌的小说叙事的开放笔法和引人入胜的精彩结构。

徐小斌发表于 2000 年的《女娲》是一部神秘而怪诞的作品，在短篇小说的篇幅里，讲述了一位虚构的燕国公主的奇特人生，在战国征伐、荆轲刺秦的历史缝隙中，这个未得史书记载的女性寻觅着自己的人生价值。她曾追逐情欲，却爱而不得，她曾试图重整河山，却发现什么也改变不了。在命运的无声指引下，她终于走向了女娲的神巫洞，在最深的自我封闭中接近了最玄妙的真理。这个神秘主义的故事始终有一个爱情故事的形状，公主的爱情和她的开悟纠缠不可分割，不可捉摸的世界本质有了感人至深的世俗形象，二者严丝合缝，折射出徐小斌高明的叙事策略和深刻的形而上思考。

二、虚构绝对的女性历史

多年来，徐小斌一直在讲述女人的历史，20 世纪 80 年代中期，她远离文坛中心，沉静而执着地写作。人们几乎突然才意识到这个人是一个不容忽视的存在。1999 年 1 月的某个周日，在北京新落成的巨大的图书大厦里，《羽蛇》的首发式签名售书吸引了络绎不绝的读者，创下半天售出三百七十多本的纪录，把徐小斌的书写事业推向炫目的高峰。但在闪烁的镁光灯下，徐小斌却依然沉静如初。对于她来说，《羽蛇》不是结束，而仅仅是开始。

《羽蛇》是一部纯净深刻的作品，散发着古典主义的怀旧情调。但在其单纯的外表下，掩藏着相当丰富的关于女人历史的种种探究。

《羽蛇》构造了一部绝对的女人历史。说其绝对，是指这里的女人历史与男权历史相对立，这部历史顽强地抗拒世界历史的宏大叙事。《羽蛇》的叙事明显是一种历时性的结构，小说的情节发展与中国现代史同步，历经民国、新民主主义革命、社会主义革命、文化大革命、改革开放、跨国资本主义时代。小说历时几近一个世纪，概括中国现代启蒙与革命的变迁过程，一个家族无可挽回地走向破败的历史。以玄溟为首的女人群体，也是一部中国现代历史。历史的变迁，使这些女人历经沧桑，面目全非，她们由富贵而贫困，由娇艳而衰老，由天真而怪戾。历史严重改变了这些女人的外部，但没有改变女人的内在性。这些女人一如既往，执着地根据自己的内心愿望顽强生活下去，她们几乎是自觉走向命定的归途，但她们从不根据外部历史的变化而改变自己的品性和内心生活。玄溟是一个旧式中国妇女，这个据说曾被慈禧太后抱在怀里的聪明伶俐的女孩，后来看上去像是传统中国父权的卫道士。事实上，玄溟象征性地意指着中国传统父权的危机。小说中晚清时期的"老爷"，即玄溟的丈夫不过是"纸老虎"，几乎是缺席的。小说写到这个家族最高的男权人物"老爷"的时候很少，我们知道他不过是个洋务买办（铁路局长？），在外面养了小，很少回家，保持着中国传统男权的不少恶习。传统中国的男权历史不仅半殖民化，而且陈腐不堪。玄溟真正操持着这个家族，统治着这些女人，她们自成一体，构成一个后母系社会。徐小斌是有意还是无意？这个家族的男性或虚弱不堪，或英年早逝（如天成）。这个家族不再是男权驾驭女人的强权社会，而是男人落入女人圈套的生存游戏。陆尘这个风度翩翩的男人，没有逃脱玄溟为若木设计的婚姻规划。徐小斌笔下的男人通常都是一些庸碌之辈，或者是一些漂亮脆弱的剪纸式的人物。虽然男权构造的历史庞大而充满暴力，但作为个人的男性却无所作为。男人是一些集体性的群居式的盲从动物。徐小斌的女人却始终不渝地有着她们的发展史，乃至于个体发展史。每一个女人都有她的存在理由，她的选择与目标，她们永远怀着最初的生命动机，坚忍不拔地走向生命的终结。玄溟着笔虽然不多，但整部小说却始终渗透着她的气息。这个女人历经半个多世纪，历史已经发生翻天覆地的变化，但她却依然故我，还保持着她对这个家庭的精神支配，她甚至连口味都没有变化，她没有迁就外部社会，她有着自身不变的历史——一种看上去微不足道的然而却是最具韧性的自在的历史。

玄溟的精神在若木的身上以更加怪戾的方式加以繁衍。若木跨越几个时代同样没有改变个人的品性，革命把陆尘变成一个平庸的技术官僚，但却没有改变若木拿着金钥匙掏耳朵的姿势。受过良好的中国现代启蒙教育的若木，知书达理只是她的外表，用于俘获一个理想丈夫的手段，她的骨子里却渗透着中国传统妇道人家的本性。这正如浸淫现代性的中国，并未摆脱它的传统本性一样。若木在年轻时就习惯于颐指气使，对女佣进行精神虐待毫不手软。成为母亲之后，她并不像中国文学里通常的母亲形象那样温柔贤惠，而是一个尖刻怪戾、反复无常、冷漠自私的女人，总之，她凭着她的本性生活，与玄溟一样拒绝被历史同化。

小说的主人公羽和她的两个姐姐绫和箫，这是几个个性鲜明独特的女子，能把几个女人写得活灵活现，性格迥异，也可见徐小斌的笔力非同凡响。绫与箫是不同类型的女子，绫的故事充满了女人凭着内心冲动去选择生活的渴望，绫机敏善变，但她从不屈从于环境，我行我素是她的本性，她选择丈夫和情人完全凭一时的冲动。这个开放的女子实际非常自私，她渴望男人，但她却用了低俗的手段去控制男人，甚至加害自己的妹妹箫。看上去老实的箫，也有着自己对命运的不动声色的主动把握，徐小斌笔下的女人都很有质感，就在于她们每个人都有自己的本体存在，有着自己不被外部世界异化的内心生活。在任何时候，女人的个人生活史都是一部不可更改的独特史。徐小斌从不回避直接表现女人的内心欲望，女人对自身的身体意识，反复地读解自己的身体，这是徐小斌表现女人自我意识的一种方法。尽管这种视角多少夹杂了一些男性的欲望化想象，但徐小斌优雅的叙述总是能创造一种动人的氛围。

当然，小说的主人公羽是徐小斌刻意创造的一个绝对的女性。之所以称之为绝对的女性，在于羽是一个非同寻常的女性，她的存在方式，她的经验已经超出日常生活中的女性，而是由关于女人的绝对概念构造而成。或者说，她是一个本质性的女性。这并不是说徐小斌描写的这个女人只是从概念出发，这与我们过去批评的"左"派政治所设定的概念化人物根本不同，后者不过是政治意识形态规定的同语反复的产物，而前者则是作家个人能动地认识世界的思想结晶。羽被刻画为神经质，具有神秘主义本能倾向，向往形而上学，对不可知世界的迷恋，文身，与佛教徒和异见人士的爱恋，变相的反俄狄浦斯情结（即仇母情结）等等，所有这些没有一个行动表明羽属于现实世界。羽始终觉得自己与世界格格不入，周围充满了生活的陷阱，但她只是顽强地保护着个人的内心幻想，她与周围的世界无关，她只根据她的内在本质行动。羽像是徐小斌理解的关于女人的本质，或者一种本质的女性。关于羽的叙事，完全采用了诗化的和神秘化的表意策略。对羽的表现可以看出徐小斌叙述的特殊方式，羽的幻想特征使小说具有双重世界存在的可能性，羽一方面沉湎在自己的拉康式的"幻想界"里，另一方面却经历着真实的"现实界"。她所经历的那些事件和人物，如果做些简单的考据学工作的话，可以找到纪实性的原始素材依据。但这些并不重要，羽的故事可以进行拉康式的读解，令人惊异的是，羽对拉康理论的女性主义式的改写，也就是说，杀父娶母的"俄狄浦斯情结"被改变成一个女人作为主体的故事。与之相关的"菲勒斯"崇拜，也被最大限度地改写了。羽似乎从来没有成年，处在历史的脱序状态，她同时也疏离于母系社会的历史。"脱离了翅膀的羽毛不是飞翔而是飘零，因为它的命运，掌握在风的手中。"羽在飘落，始终向着黑暗飘落。徐小斌对一种状态和感觉的把握是相当出色的。

小说中出现了几个男人的形象，他们无一例外属于女性历史的反面。圆广／烛龙也只有在羽的幻想界里才具有超凡的精神力量，一旦回到现实界，例如烛龙，后来也不得不显出凡人的疲惫。男人的历史是可疑和可悲的，也许是无意的，徐小斌写到的两位可以为女人接受的男性，烛龙和朋，一个是流亡的异见人士，另一个是携款外逃的经济犯。这就是男人的历史。支撑这个世界的强大的男性力量，正处在深刻的危机中，这两个男人不过象征性写出了这个时代的男性与世纪初的男性（老爷之流）所遭遇到的不同命运。

但不管如何，《羽蛇》讲述的女人的故事无疑是独特而丰富的。这部"后母系社会"式的女性史，展示了女人是如何按照自身的历史延续性，拒绝和疏离男性轰轰烈烈的现代史的生活历程。在现代性的宏伟历史进程中，自在独立的女性史在徐小斌的笔下并不是平静自在自为的，这部女性的历史也不是和谐融洽的，女人在现代史的背景上，开展了自己的历史活动，成为女性书写自己历史的起源。就是在这个从社会学的角度来看作为一个由血缘关系构成的女性家族里，女性之间的排斥和敌对，构成其历史的主导内容。这也许是徐小斌的惊人之处，当她把女人的历史与男人的历史对立起来时，她并没有去讲述一部女权主义者惯常要关注的姐妹情谊（与男权世界对抗），而是女人之间，特别是女性亲人之间的敌对。这些女性都进入宿命论式的对立和仇视。一个排除了男权的女人世界，充满了令人惊异的压制与颠覆、爱与背叛的斗争。在所有这些斗争中，母女之间的对立构成矛盾的轴心，母亲对女儿的控制与戕害，女儿对母亲的逃避与反抗，形成层出不穷的环节。

若木在年轻时为母亲玄溟所支配，上学时母亲居然坐在后座监督，母亲设下圈套为她找一个如意郎君，女儿的生活按照母亲的意志发展。幸福这一概念被母系社会的权力所曲解。当若木成为母亲后，她也没有放弃对女儿的精神压迫，羽时时感受到母亲的冷漠，从小她就顽强地相信"母亲不爱她"。在女儿发现母亲的"不爱"时，羽又在找寻另一个母亲，她与金乌的关系，就更具有恋母的意味。确实，小说中不止一处写到"寻母"的情节，血缘关系似乎发生危机，而精神之母则在她们的心灵里占据着支配地位。金乌同样是一个"失母"的人，徐小斌在这里编织的故事有着某种哥德尔数学悖论式的怪圈。这些遭遇母亲遗弃的女儿，却在坚持不懈地寻找精神之母。而金乌和羽的相遇，更像是来自母系社会的某种原初记忆。她们在撒满鲜花的浴池里采取的性行为，在小说的叙事中，无疑有奇特的象征意义。这个行为如果把它理解为是对母系社会的原始记忆的某种恢复，不过是一种施行成人礼的史前仪式的象征行为。也许在徐小斌看来，血缘并不足以构成母系社会的内在凝聚力，相反，她看到血缘关系的困境。徐小斌骨子里是一个反社会的唯美主义者，她把一切社会性的结构关系，都看成是违背人性、压制人类之爱。只有"美"才是维系人类相爱相亲的根本纽带。在某种意义上，徐小斌讲述了一部后母系社会的历史，她又以血缘关系为支点对其进行解构。她显然在设想重建一种女性历史的可能，这就是以"美"的理念为新的历史起源。

三、关于美与神秘以及神话写作

徐小斌从来不掩饰她对美的赞颂，以至于这在她的小说叙事中成为一种障碍，她的主要人物几乎都是超凡脱俗的，美在精神上战胜一切丑恶事物，美本身就是最高的神性。在小说中不难看到，所有美丽的事物都遭遇到政治或人性的迫害或亵渎，但在所有与美的对抗中，政治或人性之恶在精神上早已处于劣势。金乌或金乌的父母都无不如此。徐小斌笔下的美的事物也经常夭折或最终毁灭，特别是她的作品中经常出现一些年轻的男子，他们主要是女性幻想的纯粹男性形象。徐小斌的审美理念的核心是女性的怪异之美，来自于女性的神秘本质。因此，"美"在徐小斌的小说叙事中，就不仅仅具有感官的特征，它们具有复杂的思想内容。特别是这些美的事物所具有的神秘主义倾向，使徐小斌的小说叙事透示出准宗教的精神底蕴。

　　神秘主义是徐小斌始终不渝追逐的思想意蕴，这使她的小说叙事在一种透明的质感中，隐含着某种不可知的宿命论观念。早在《敦煌遗梦》里，徐小斌就试图把宗教思想作为小说叙事的背景意义，起到隐喻作用。在《羽蛇》中，可以看出徐小斌的这一做法更加圆熟老练，羽的那种对外部世界、对母系家族统治的厌弃，根源于她内心的宗教冲动，她对神秘性事物的向往。她的类似梦游的刺青行为，是她幻想的宗教经验。烛龙不用说，完全是一个根源于她的女性原初记忆的男子。羽的行为和感觉，因为宗教的背景，而并不让人觉得怪异，使羽可以超越现实的逻辑，执拗地在自我的世界里行走。刺青不过是一种视觉效果，是徐小斌借此沟通神秘世界的一种符号代码。刺青是一种反常的重写身体的行为，它以符号化的方式给身体命名，通过对肉体的改写而遮蔽肉体，并给予肉体以精神性的象征意义，它使活的肉体与远古图腾，与已死的历史相连接。文过身的身体不再是单纯的肉体，它已经给予一个象征的和超越的来世。隐秘的文身是对现世的一种逃遁，就像当今时代展露在外的文身是对社会的反抗一样。确实，徐小斌借助了象征符号，赋予她的人物以特殊的超验性存在。因此，徐小斌的小说总是有一种形而上的超越性意义，她在那些日常性的世俗化的生活的深处，置入不可知的神秘主义意味，这使她的小说具有引人入胜的可读性，又不失玄奥的生命体验意义。

　　徐小斌的小说写作富有才情，想象奇崛瑰丽，她热衷于制造空灵优雅的艺术氛围，在处理那些年代久远的故事时，可以看出她的叙事得心应手，对徐小斌来说，小说叙事并不是形而上观念的产物，也不是一些概念化的演绎，尽管她的小说隐含着难以言喻的不可知论或宿命论的意义，但她的大部分故事主体都来自她个人的直接经验和记忆。仔细阅读徐小斌的这部小说，也不难发现，那种强烈的虚构色彩，与某种可以在经验中印证的事实相混合，构成小说叙事的内在张力。小说的叙事呈两极发展，幻想中的超验世界和可理解的现实世界。这两条线索平行发展或交叉运行，使小说叙事虚虚实实，变幻不定。可以看出徐小斌驾驭小说叙事的出色才能。但同时也可以看出，徐小斌在迷恋那些玄奥的观念的同时，也难以拒绝那些蛊惑人心的直接经验，这使她在如何把握小说叙述视角方面具有双重性：她不断地用描写性很强的句式去表现她那些"真实的"直接经验。并且随着小说叙事切近当代生活，特别是靠近当前的生活，小说越来越采用纪实手法。小说到后半部分差不多抛弃了对幻想经验的表现，而转向更实的现实经验。到底是这些已经发生过的真实故事吸引徐小斌，使她有理由相信，现实（已经发生的经验）比幻想经验更有力，还是因为那些玄虚的描述已经令人疲倦？一些当代作家只要一写到当前生活，就感到困乏无力，他（她）们几乎处在双重困境：现实本身以两极形式呈现出无法捉摸的特征，要么现实就是一团毫无生气的日常流水账，它使文学虚构无从下手；要么现实本身就神奇精彩，它使文学虚构相形见绌。很显然，徐小斌一写到当代生活就遭遇到后一种情况，她的经验世界里存留了一些使文学虚构黯然失色的故事，她试图用实录的手法使之再现。小说的虚构功能已经难以与现实本身不断创造的奇闻逸事相媲美，对"事实"（或真实）的崇拜，已经成为当代由电视媒体制造的认知体系的首要真理，文学虚构不得不怀疑自己传统的审美观。如果说，传统现实主义对"事实"（或真实）的强调，不过是在意识形态先验论意义下的虚拟，那么，当代虚构文学已经不再严格依附于一种强制性的意识形态，它只是从现时代的认识论意义上，对"真实"和"纪实"表示认同（屈从）。但就《羽蛇》的叙事总体而言，徐小斌把握幻想界和现实界的关系还是相当成功的，一部叙事跨越近一个世纪的小说，并没有笼罩旧时代的氛围，相反，始终充满了当代气息，这得益于作者随时把握住的主观化的叙述视角，并自然地把故事引入当代现实。

总之，《羽蛇》是一部奇特而值得耐心读解的作品，作为一部少有的在历史变动中全力书写女性的小说，徐小斌揭示了一部意味无穷的女性系谱学，特别是她触及的存留在母系文化谱系中的深刻矛盾，既反映了人类最久远的经验，也提示了人类现在以及将来可能面对的问题。这部小说的丰富、深刻和优美，都表明了当代中国女性写作所达到的高度。没有任何理由认为女作家写的具有女性主义倾向的作品就是好作品，或值得一读的作品。就像中国任何概念都要迅速庸俗化和廉价一样，女性主义这只标签也快被弄得面目全非。指认徐小斌小说的女性主义特征，并不是因为作者的女性身份（正如女权主义者西泽斯所说的那样，女性作者完全有可能写作非常男人化的书），也不是因为作者讲述了一群女人的故事，更重要的在于作者以相当坚定的方式，揭示了一段含义丰富的女性自我认同的历史，女性自我异化的历史。性别身份的危机也许是徐小斌率先意识到的难题，这在当今中国文化中，其真伪一时尚难以断定，但徐小斌率先对此作了表述。徐小斌在这部小说的题记里写道："世界失去了它的灵魂，我失去了我的性。"事实上，世界并没有完全失去它的灵魂，因为文学一直在修复它；女人也没有完全失去她的性，因为文学使人们重新认识女人的性——这就是《羽蛇》的意义所在。

四、历史与文学相遇

在中国文坛，徐小斌虽然没有大红大紫，但她肯定是一个真正的实力派作家。没有人怀疑她对文学语言有着精致入微的理解，也没有人不为她所营造的神秘主义诗性所感动。她总是不温不火，不疾不徐走着自己的路。《羽蛇》是当代小说中难得的精品之作，数年过去了，徐小斌并未乘胜追击，只是不时出手一些唯美主义式的小说，若隐若现地印证着她所向往的那种飘逸境界。出人意料，2004年盛夏，徐小斌出版了一部长篇历史小说《德龄公主》（人民文学出版社），这显然令文坛大吃一惊。一直热衷于进入虚构的神秘诗性深处的徐小斌，何以会闯入务实的历史小说领地呢？历史领域曾经一度构成一部分先锋派作家的语言实验飞地，那是回避现实矛盾而又可以展示文本和个人独特感觉的有效空间。苏童、北村等人都有过类似的举措。但回归写实的道路来切入历史小说，这还是一种新奇之举，徐小斌这回可算是另辟蹊径。

这部小说讲述年轻漂亮而聪慧的德龄公主在欧洲长大成人回到中国，进入皇宫受到慈禧太后恩宠的故事。这个故事还交织着德龄公主与年轻的美国医生怀特的爱情，她的妹妹与光绪的感情纠葛。小说通过德龄公主的交往关系，展示了皇宫里种种人情世故，恩怨情仇。德龄公主目光所及，正是清王朝腐败无能走向衰败的历史时期，也是中国近代历史剧烈变动，内外交困的关键年代。小说把宫廷里的险象环生的权力斗争与风云变幻的政治风云结合在一起，揭示出从传统封建社会进入现代社会的历史艰难行程。总之，这是一个少女和一个帝国的故事，它呈现了一个庞大的古老帝国在风雨飘摇中度过的最后时光的情景。在全球化迅猛扩张的今天，看看百多年前古老的中华帝国初始遭遇西方文明挑战的场景，无疑更加令人触目惊心。

当然，"历史"在当今消费主义盛行的时代也变得神情暧昧，人们越是远离历史，越是失去历史，人们越是要以想象的方式重温历史。历史变成了人们消费的必需品，而历史也在消费中被放大或者消解。进入 20 世纪 90 年代，随着中国经济神话腾飞，媒体这个后工业化社会的典型产业的兴盛，"历史"成为小说、影视剧的热门素材。就近年而言，描写清史的小说或历史剧不在少数，徐小斌有什么过人之处还要做此选择？据说她花了整整四年工夫，阅读了从北图到首图的几百本资料，从收集资料到写作到修改，其中的甘苦不言自明。这显然比徐小斌做她擅长的虚构小说要困难得多。显然，徐小斌把握住德龄公主就等于把握住一个独特视角，而这一视角是过去的清史小说或影视剧所欠缺的。这一独特视角就是中西文化在近代转型时期的交汇与冲突。尽管过去的作品也写到这点，但都只是作为一个局部的视点附属于民族矛盾和政治斗争的主线，在徐小斌这里，德龄公主这一视角则是深入而全面地展示以慈禧为首的清廷对西方文明的极其复杂的心理和接受过程。

德龄的父亲是驻法公使，她自幼受到西式教育，她和妹妹容龄是舞蹈家邓肯免收的二位学生，通晓西洋礼仪、教养、音乐和多国语言。慈禧对她的欣赏，与慈禧惯常给人的狭隘保守闭关锁国的形象大有出入。小说虽然也写到慈禧种种保守愚昧的思想与行为，但她对德龄的接受，对西方文明的有限吸收，似乎更深入细致地展现了清帝国对西方文明的回应。小说写到慈禧由抵触到接受卡尔给她画像的故事，这明显表明慈禧对西方文明做出的姿态，同时也表现了慈禧真实的心理变化过程。一个更具有积极态度面向西方文明的人物是光绪皇帝，小说写了光绪与容龄之间的朦胧的情爱关系，容龄教光绪弹钢琴、学英语，甚至还有西方宫廷舞，光绪显示出更加开放和富有热情的态度。德龄和容龄二人本身就是西方文明的象征，与其说她们是古旧的东方文明的女儿，不如说是西方现代文明的使者。她们带着西方的现代观念、现代生活方式、现代审美趣味走进这个古老的皇宫，她们带来了一股清新的更富有人性的自由气息。小说从这个角度非常细致透彻地表现了近代中国接受西方文明的艰难而富有戏剧性的过程，按照徐小斌所下的资料功夫，可以信得过她叙述这个中西文明在近代中国相遇时的情景和那些动人的细节。

小说始终贯穿的德龄与美国医生怀特的爱情故事，这本身就是中西文明交汇冲突的深刻写照。在那些日常生活的叙述中，这段爱情故事被写得充满浪漫气质。已经相当西化的德龄，一旦面对怀特的爱情，不同文化之间的差异性依然难以抹去。但徐小斌把这份爱情写得楚楚动人，那是更为纯粹的青春期的美好爱情，在这一意义上，人性超越了民族性。

多少年来在文学方面的磨炼，即使是在纯文学的水准上，徐小斌的叙述才能和语言功夫无疑是上乘的。做足了材料方面的功夫之后，徐小斌可以发挥她的想象力，这是一次历史的文学化，也是文学的历史化，它造就着一种新的文学品质。流行的（或者说主流的）历史小说主要以写事件为主，大起大落描写事件主脉，刻意构造戏剧性矛盾，罗织人物正反分明的冲突等等，使当今主流的大多数中国历史小说已经模式化。另一类则是戏说，无边无际的胡编乱造。在当今的文学格局中，历史小说一直是划归在通俗读物的范畴，在文学史的叙述中，也只是专列章节加以阐述，似乎与主导文学的现实没有实际关联。徐小斌的这部"历史小说"可以看出它鲜明的文学品质，这就是纯文学与历史小说的融合。从主流文学的意义上来看，徐小斌从历史那里借来材料，展开她对近代中国历史的探究，写出这个时代的帝王将相才子佳人的悲欢离合的命运。从历史小说的角度来看，徐小斌把纯文学的那种叙述方法融合进了历史题材，她强调叙述视点，强调叙述时间的变化和对比，强调人物性格和心理描写，强调语感和工整的句式，强调神秘体验和诗性氛围的营造……所有这些，都使这部小说达到相当高的艺术水准，也摸索出纯文学与历史小说结合的崭新道路，可以说开拓了历史小说表现的空间，把历史小说提升到主流文学的高度。

当然，在艺术上，这部小说让我们再次想起《红楼梦》的传统，想起作者沟通的那种古典记忆。这倒不是说慈禧使人想起贾母，光绪身后晃着宝玉的影子，德龄容龄也可见出宝钗黛玉的姿色，小说的笔法、叙述风格和人物性格命运的刻画，都秉承了《红楼梦》的格调，应该说作者是下了功夫吃透《红楼梦》，颇得《红楼梦》神韵。一部包含着历史悲欢的作品，对一段剧烈变动的历史的呈现，能讲述得如此精致细腻，如此楚楚动人，把一个少女引入一个古老的帝国，一部历史的裂变与一段情缘的诀别，诡异而凄美，惊心动魄却悠长如歌，这就是历史与文学相遇，文字与心灵相交，心灵与诗意相合。

在《德龄公主》出版的当年，《秋瑾的东瀛之旅》这部短篇小说也发表于《山花》（2004年第7期）杂志上，对《德龄公主》的历史讲述进行了某种补充。虽然这仍是一个与德龄有关的故事，但故事的主人公换成了另一位在中国近代史上赫赫有名的女性——秋瑾。秋瑾不同于徐小斌笔下其他的女主角，她主动进入了"大历史"场域之中，并始终以一位革命者的形象出现。徐小斌擅写的情爱在这里为历史变局的激情让出了空间，秋瑾与德龄的交往在一个更大的历史层面上折射出"革命"和"改良"两大变革思想的碰撞，这不再是"女人的历史"，她们是成为了历史主体的女人。徐小斌已无须以神秘缱绻的诗情书写历史，历史本身便迸发出了浪漫的火星。

五、关于本真之美与重返童话

徐小斌的小说一直以追求唯美和神秘而引人注目，她多年前的小说《迷幻花园》《双鱼星座》等，给人以极深的印象，那是先锋小说渐渐落下帷幕的时期，徐小斌另辟蹊径，以语言的典雅唯美和对不可知的神秘探究，给纯文学注入了特有的女性气质。如果说这个时代确实有个人化写作，那么徐小斌应当是最为自然的个人化写作。

徐小斌出道甚早，20世纪80年代中期就写有《对一个精神病患者的调查》。徐小斌似乎在文坛边缘行走，保持着自己对文学的独特理解。要说世俗化或商业化，徐小斌可能最有条件，她所供职的单位，她所从事的影视剧编剧专业，不知有多少机会去赚取元宝。令人奇怪的是，徐小斌似乎与她的这份工作若即若离，她矢志不渝的是她心目中理解的文学。她对文学的那种追求，虽然不是狂热性的，但却是最为内在而最有韧性的。商业上的成功从来不能使她心里踏实，对她来说，只有文学，纯粹的文学上的自我肯定，这才是她要告慰的自我心灵。

很显然，2010年，徐小斌出版《炼狱之花》是她一贯的文学追求和人生态度的直接表现。这部小说破天荒地由人民文学出版社与长江文艺出版社联袂出版，与徐小斌过去的小说企盼形而上的神灵不同，这回徐小斌把一些海底精灵请到了俗世。过去徐小斌对于现实世界的表现，采取了神秘的超越方式，这回却是直接的揭示批判。其实近年来中国作家对现实的关切始终没有松懈，不用说那些底层写作延展的历史与阶级批判，现在有更多的作家，对现实进行精神性的思考，也就是说，他们时刻在追问：我们这个时代的人们的精神到底出了什么样的问题？范稳出版的《大地雅歌》在异域文化中探寻纯粹之爱来纠偏当代世俗功利；莫言的《蛙》通过戏剧糅合进小说的形式，反讽式地刻画当代价值的错位；有张炜的《你在高原》如此高亢的对当代现实的全方位质询；也有徐小斌这样的切入现实的某个区域，去揭开当代人的肉体与精神的困境。

《炼狱之花》讲的是影视娱乐业的故事，这方面的故事是否是徐小斌的亲历不好判断，但她有直接经验、有第一手资料这是毋庸置疑的。徐小斌当然不会满足于玩一些爆料的技法，她不过是把影视界或娱乐业作为故事表现的质料，她要探究的还是人性在这个时代的变质，人类的本真的善与美到底处于何种境况。

小说显然与《安徒生童话》的《海的女儿》有关，这个想变成人的美人鱼，如今在《炼狱之花》中是一朵海底的百合花，她也来到了人间，历经着人间一切是是非非。不幸的是，她涉足了影视业，这个看上去美妙神奇的世界，却是充满了比其他行业更为密集的尔虞我诈。一个来自海底的几乎是纯真纯美的女孩，就这样历经着人世间的卑劣与丑恶。徐小斌通过百合这个人物，几乎是把童话世界强行与当下的现实世界重叠在一起，在童话的映衬下，她来观看这个世俗的欲望横溢的现实世界。这似乎是反着写童话，不是从人世间去往童话世界，而是从童话世界来到人世间。

这部小说明显是按照童话的美学规则来构思的，好人与坏人都清晰可见，几乎所有的男人这一谱系大都是坏人和害人的妖魔，女人则是好人和受害者。男人的谱系：铜牛、老虎、金马、阿豹……女人谱系：百合、天仙子、曼陀罗、罂粟、番石榴……男人属于动物科，女人属于植物。这本身包含着徐小斌的女性主义立场。动物凶猛、贪婪、富有进攻性和侵略性；植物则属阴性，自怜自爱，孤芳自赏。但植物也有毒性植物，如曼陀罗、罂粟几种。番石榴作为植物虽然属于果树，但这里作为一个女人的名字，却包含着坚实诡异。徐小斌的命名本身就是一种童话手法，她用童话的人物、童话的思维、童话的美学来重建当下的小说，那就是纯文学与畅销文学连体的一种方式。既获得可读性，获得更为广泛的读者受众，又依然不失严肃文学具有的品性。

海百合这个人物是作者设想出的中国版的"海的女儿"，她来自海底世界，对人的世界几乎懵懂无知，她以未经文明洗礼的纯粹自然的生命状态，来到人世。显然，徐小斌是想去探究一个完全没有世俗功利的女子，在今天的现实中将会遭遇到什么样的结果。这无疑是徐小斌设计的叙述策略，海百合天真无邪，她如一面镜子，映衬出一切现实的欲望。而她的善良天真也表达了徐小斌对当代人性异化的深刻批判。与她相对的那些人，在进行动物化命名的同时，也显现了他们的性格特征：铜牛如牛一样憨傻，却是内心虚弱；老虎也是只纸老虎；金马就更是非驴非马；阿豹也徒有其名，只是在罂粟的股掌之中。徐小斌的动物化命名，充满了对男性动物化的戏谑，这与百合所代表的非人类的本真之美的世界构成了鲜明对照。但在小说的叙述中，海百合就是只如镜子一般安详地放在那里，无须什么正面冲突，所有冲突，只是人类的这些男性动物不自觉地露出的蠢态。

天仙子也是作者寄寓的一个理想化的人物，作为一个追求纯粹文学的作家，天仙子与这个现实世界格格不入，最终只能遭遇到冷落和凄凉。天仙子的女儿曼陀罗却是怪戾狠毒，她的脸上长了一朵曼陀罗花——那或许是炼狱之花吧，她却要割下百合哥哥脚心的曼陀罗花。如此这般的故事，离奇得也只有在童话世界里才能被理解。天仙子对女儿失望，对人世间也失望至极，小说借天仙子之口，对现实世界的人欲与权力的横行给予猛烈抨击——她看透了人类世界的本质。

徐小斌在这部小说中，毋宁说是唱了一曲本真之美的挽歌。"海的女儿"几乎是她那一代人在动荡年代里接受的纯美幻想，徐小斌过了如斯年月，却要还此宿愿，她只好让她的"海的女儿"来到当今的现实，来到她所熟悉的娱乐世界。其实徐小斌作为一个叙述人，也充当了小说中的一个角色。那是她始终在场的叙述，由此表征了 20 世纪 50 年代人的美学记忆——如此纯粹，如此本真，奇怪地存在于那个政治极度强大的年代之外，而有一种一尘不染的古典之美，甚至延续至今，在今天被重新唤醒，来到如此解放张狂的时代，却徒有遗世孤立的美感。而向人们步步紧逼的是曼陀罗花般的后现代狰狞之美。与其说徐小斌解释和解决了当代道德和审美的困惑，不如说她留给我们更加不安的思考。

2018 年的《入戏》是徐小斌又一部涉及影视业的力作，不同于《炼狱之花》的童话之美，徐小斌在这部中篇小说中直面了影视行业内部的潜规则。女主人公梅清风是一个以创作为业的典型的知识女性，却身处生活的烦琐与工作的阴暗的双重压抑之下，既心怀正义又无能为力，终于成为"入"不了"戏"的"失败者"。她的痛苦在于她活得太过本真，无法把生活当作一场荒诞而庸俗的戏剧。梅清风的形象延续了徐小斌对女性人物的创作传统，她是一个以自我的内部世界来对抗外部世界的人，但她更多地带有了不愿长大的孩子的天真与任性。在"影视行业潜规则"的社会化叙述之下，隐藏着一整个向纯真的"孩子"——女性——倾倒过来的"成熟"世界。不同于对梅清风的赞赏，在《无相》中，徐小斌对杰的态度更多的是嘲讽。这个故事同样具有影视行业的背景，杰是一个文化投机者，总以为自己可以完美地玩弄规则与控制人心，结果却只剩下空虚。杰曾经有过一个可能的救赎机会，那就是忠诚的女友珊妮，但她也在杰的操纵和推动下，被卷入了物欲的洪流。杰在投机与纵欲之后，又试图回归纯真女性的怀抱，而这显然已经不可能了，在社会批判的大主题下，"浪子回头"这个永恒的性别关系想象被彻底打破了。

向外张望的野心勃勃的男性和注视内部的孩子般的女性，是徐小斌小说中常见的一组性别关系。《别人》是一部专注于心理书写的笔法细腻的小说，躲藏在自我的世界里的"老姑娘"何小船神经质地在一副塔罗牌上寻找自己的命运，小心翼翼地避开爱情的伤害，却仍不免落入任远航的情感陷阱无法自拔。何小船一旦沾染上爱情便不由自主地完全奉献了自我，但她视若生命的爱情在任远航那里却要排在工作、名誉等许许多多社会性因素的后面，男女双方对爱情截然不同的态度必然导向最后的悲剧。小说的内涵不止于此，任远航对何小船的爱情始于那个颠倒错乱的激进革命年代之前保留下的孩童式的纯真，但在历史创伤和个人经验的双重扭曲之下，"本真"已经成了一个遥远的幻影，任远航可以不付出任何代价地追忆，却再也不可能为曾经的爱与真承担丝毫风险。相较于《别人》的绝望，《无执》这个同样涉及那个激进革命年代的故事则更多地留下了希望。在那个充满压抑的时期，出身不好、身体瘦弱如孩童的郑小米在周围的迫害欺压下，依靠幻想来自我拯救，并幸运地遇上了一个让她的幻觉成为现实的男人，但他们之间直到最后也没有发生实质的爱情，郑小米的"无执"让这段回忆停留在极端年代两个年轻人的友谊，也在严酷外部环境中为纯真留下了一个内在的空间。这些有关遥远的"本真"记忆的或无望或温暖的故事，都流露出徐小斌对现实的深刻不安与思虑。但她在内心深处也许还是愿意给希望留下一席之地的，这从徐小斌的新作《无调性英雄传说》中可以略窥一二。这是一部对古希腊神话的改编之作，神话和史诗中的神祇和英雄们成为了对抗压抑世界的革命者，从人类文明的古老源头之中，徐小斌重新找到了理想主义的纯真与力量。

徐小斌的写作始终在提醒着人们，文学写作的真正要义是什么，什么是一个作家理应长期坚持的本色。她也许不能完全梦想成真，但她已经梦想成精。

2019 年 3 月
改定于北大朗润园

自序　我对世界有话说

　　我对世界有话要说，可惜，这世上没有几位真正的聆听者。于是只好用笔说。

　　十七岁，我曾经试图写一个长篇，叫做《雏鹰奋翮》，写一个女孩凌小虹和一个男孩任宇的故事，写得非常投入，写了大约有将近十万字，写不下去了。多年之后我重看这篇小说，真是奇怪我当时怎么竟会有这样的耐心，写出这样密密麻麻、工工整整的蝇头小楷：出身于高级知识分子家庭的凌小虹与出身于干部家庭的任宇，有一种非常纯洁也非常特殊的感情。由于出身的不同，在那个特殊年代他们之间不可避免地发生误会。小虹的父亲被殴打致死后，她生活无着，被赶出自己的房子，到过去保姆住的地方蛰伏，却遭到保姆儿子王志义的性骚扰。性格刚烈的她在反抗中杀了王志义，只身潜逃。任宇寻找未果，痛彻心肺。后来任宇与几个好友一起囚渡红河，到越南参加抗美援越，遇到了一个酷似小虹的女子。写到这里，我不知如何往下写了，就停了笔。这杳子片叶纸，在交通大学院里的小伙伴中间传来传去。每个人见了我都会问：后来他们俩怎么样了？

　　多年之后《东方时空》总策划、我的好友杨东平把《雏鹰奋翮》作为"文革"中的地下作品写入了他的一本书里。

　　真正的写作其实是从大学时代开始的。

怪得很，也许因为那时是全民文学热，学经济的学生照样对文学爱得一塌糊涂，并且常不自觉地用一种文学品位与标准来衡量人。大学二年级，开了一门基础课叫做"汉语写作"，让大家每人写篇作文。我写的是杭州孤山放鹤亭，有关梅妻鹤子的故事，只有千余字，只是选了一个特殊的角度。（后来此文全文发表在《光明日报》上。）老师对我说："你为什么不写小说？你是个潜在的作家。"

事隔不久，汉语教研组杜黎均老师找到我，向我索要一篇小说。这位杜老师"文革"前曾做过《人民文学》的编辑。我拿了一篇四千字的习作给他，事后再不敢问起。谁知这篇习作后来竟登上了《北京文学》1981年第二期新人新作栏的头条，还配了很精美的插图。我惊喜之余又写了第二个短篇《请收下这束鲜花》，作为自然来稿投给我当时最喜爱的刊物《十月》。小说情节很简单，写一个情窦初开的小女孩爱上了一个青年医生，后来医生得了绝症，在弥留之际，小女孩冒着大雨赶去看他，那医生却早已不认识她了。完全写小女孩的内心秘密，无疑在当时的社会语境下是独特的。这篇小说后来获得了《十月》首届文学奖。记得发奖大会那天，《十月》当时的主编苏予特别向大家介绍了我——获奖作家中最年轻的一位，周围坐的都是当时的文学大家们，对我说了些鼓励的话，令我诚惶诚恐——从此，便穿上红舞鞋，再也脱不下来了。

80年代我的经历充满了戏剧性，其中之一便是与《收获》的相遇。1983年我写了生平第一个中篇《河两岸是生命之树》，那时，对外开放的大门刚刚开了一道缝，正因如此，门外的景色看起来如此新鲜。我被一种写作的激情啮咬住，它使我整天处于一种癫狂状态，我每天都和小说人物生活在一起，忘了我属于他们还是他们属于我，写到动情处，趴在桌上大哭一场，此小说应当是我情感最投入的一部，三十多年后的今天，依然有读者在问："这本书在哪里有卖？"

《河两岸是生命之树》是《圣经》中的一句话，全句为"河两岸均有生命之树，所产果实十有二种，月月结果，其叶可治万邦之疾"。——在一个伤痕、寻根的年代引用《圣经》的话，也算是比较特别了。

在宗璞的鼓励下，我把此小说作为自然来稿寄给了《收获》，竟然在一周之内就得到了请我去上海改稿的电报。最有趣的是当时的《收获》编辑郭卓老师手持《收获》为接头暗号在车站接我，上了编辑部的木楼梯她就边走边喊："接来了，是女的！"——后来她告诉我因为我的名字编辑部产生了歧义。后来就是李小林老师把我约到武康路她家里谈小说。当时小林老师对小说人物关系的分析深深打动了我——一个无名作者竟得到如此认真的对待，固执如我，也不能不彻底折服。那一天的大事是见到了巴金。当时巴老从一个房间慢慢走向另一个房间，我看着他和蔼的笑容，尽管内心充满崇仰，却说不出一句话来，甚至连一句通常的问候也说不出来——不知为什么那时我觉得凡心里的话表达出来就会变味儿——我的心理年龄始终缺乏一个成长期，人情事故方面基本是白纸一张。

此中篇发在了1983年第五期《收获》的头条，并选入了《收获》丛书，那是我出版的第一本书。

收到了很多读者来信。许多人为它一掬感动之泪，许多人把自己的经历细细地告诉我，甚至是秘密和隐私。我相信巴尔扎克那句话了："只有出自内心的，才能真正进入内心。"

1985年发表《对一个精神病患者的调查》。那时常有些古怪的念头缠绕着我——我常常惊诧于人类的甲胄或曰保护色。人类把自己包裹得那么严，以致许许多多的人活了一生，并没有露出自己的本来面目。渐渐地，连本来面目也忘却了。甲胄与人合为一体，这不能不说是一种悲哀。在适者生存的前提下，任何物种都要学会保护自己，或曰：学会伪装和自欺。在某种意义上，人类为自己涂上的保护色有如鲛鳒鱼的花纹或杜鹃的腹语术。

人要做自身的真正主人谈何容易？！

然而，总有些人要反其道而行之，我笔下的女孩景焕便不愿认同那条既定的轨迹，她拼命想挣脱，她想获得常轨之外的尝试，挣脱的结果是落入冰河。——然而上天给了她补偿。就在她堕入了冰河的瞬间，她看见了弧光——那象征全部生命意义的美丽和辉煌。

人类的创造力产生于痛苦和偏差的刹那。那是另一种人生。

而大多数人则被一种无形的力量牢牢束缚着，周而复始地在一条既定的轨迹上兜圈子，很安全，但无趣，且无意义。

智利有位学者曾说："落后和不发达不仅仅是一堆能勾勒出社会经济图画的统计指数，也是一种心理状态。"这句话说得很深刻。

《对一个精神病患者的调查》改编成电影《弧光》，是我生平第一次与电影界合作。现在想起，在当时拍这样的电影，也是需要相当的勇气的。

打我很小的时候就有些奇思异想：走进水果店我会想起夏娃的苹果，想起那株挂满了苹果的智慧之树，想起首先吞吃禁果的是女人而不是男人；倘徉在月夜的海滩，我会想象有一个手持星形水晶的马头鱼尾怪兽正在大海里慢慢升起；走进博物馆，我会突然感到那所有的雕像都一下子变得透明，像蜡烛一样在一座空荡荡的石头房子里燃烧……"宇宙的竖琴弹出牛顿数字，无法理解的回旋星体把我们搞昏，由于我们欲望的想象的湖水，塞壬的歌声才使我们头晕"（[美]，威尔伯）。我想，早期支撑我创作的正是我对于缪斯的迷恋和这种神秘的的晕眩。

1987年写第一部长篇《海火》，过了两年才出版。二十年后再版，沈浩波说，这小说一点没过时啊。可是在当时，确实是被忽略的。

我写："历史，就是因照了太多人的面孔而发疯的一面镜子。"我写了当时的历史：改革开放的背景下年轻人的生活。一个美丽的女孩，同时却又妖冶、阴毒、险恶，一个不美的女孩，同时却又纯洁、善良、天真；然而，小说却违反了一贯的"中国式道德判定"。"恶"由于它的真实而具有一种魅力；而善良、天真等等这些字眼却显得苍白无力、令人怀疑。起码，这些字眼是无法独立生存的，也正因如此，美丽与不美的女孩正好构成了一个人的两种形态：外显与内隐，显性行为与潜在本性——所以，在小说最后的女主人公所做的梦中，两个女孩裸身在大海中相遇，不美的女孩问：你到底是谁？美丽的女孩回答：我是你的幻影，是从你心灵铁窗里越狱潜逃的囚徒。

20世纪整个90年代我对写作的热情近于疯狂。一口气写了很多的小说。

譬如很多人说看不懂的《迷幻花园》：许多年前的一个中午，两个女孩在苏联专家设计的平房前聊天。一个女孩掏出三张纸牌问另一个女孩，从此她们的命运就被决定了。那三张不同颜色的纸牌分别代表生命、青春和灵魂。

这听起来似乎十分荒诞，但却有着一种令人心悸的真实。人生并非希腊神话里的两头蛇可以向任一方向前进，有取必有舍，重要的是：你到底要什么？

《银盾》《黑瀑》《蓝毗尼城》与《密钥的故事》都深藏着隐喻，在本文集《迷幻花园》卷中我有详细的讲述，有兴趣的朋友可以看看。

《末日的阳光》其实是个很重要的篇什，然而可能正如某个朋友所说，此篇应当二十年后再发表。它写了一个小女孩在"文革"初期，被一种猩红色的死亡气息裹挟的另类故事，它的亦真亦幻太生不逢时了，但它始终是我最心爱的小说之一。

写《双鱼星座》的时候，我内心的痛苦已经到了崩溃的边缘。在一篇创作谈里我写道："……父权制强加给女性的被动品格由女性自身得以发展，……除非将来有一天，创世纪的神话被彻底推翻，女性或许会完成父权制选择的某种颠覆。正如弗洛伦斯·南丁格尔胆大包天的预言：下一个基督也许将是一个女性。"

这篇创作谈当时被一些批评家认为是中国女性主义写作的一个宣言。《双鱼星座》获得了首届鲁迅文学奖。

《羽蛇》成为90年代末我的最后一部长篇。

写《羽蛇》这样一部小说的想法，从很早就开始了。——一个深爱母亲的孩子被母亲抛弃了，来自母亲的伤害毁了她的一生。——所有的孩子被母亲抛弃的结果，是伴随恐惧流浪终生。

但是我们终于懂得，每一个现代人都是终生的流浪者。现代人没有理想没有民族没有国籍，如同脱离了翅膀的羽毛，不是飞翔，而是飘零，因为它的命运，掌握在风的手中。我们懂得了这个道理，但是付出了比生命还要沉重的代价。

我们是不幸的：生长在一个修剪得同样高矮的苗圃里，无法成为独异的亭亭玉立的花朵；为了保证整齐划一，那些生得独异的花朵，都注定要被连根拔去，尽管那根茎上沾满了鲜血，令人心痛。有幸保留下来的，也早已被改良成了别样的品种，那高贵的色彩在被污染了的空气侵蚀下，注定变得平庸；

我们又是幸运的：在当今的世界上，还有哪一国的同龄人可以有我们这样丰富的经历？童年时我们没有快乐，少年时我们没有启蒙，青年时我们没有爱情，中年时我们没有精神，老年时我们没有归宿——另一个世界的宠儿们闻所未闻的什么大字报、批斗会、通辑令……都曾经走马灯似地从我们年轻的眼前飞驰而过，那真是神话般的叙事，那一切都是发生了的，尽管中华民族有着著名的健忘机制，但是那一切却深深地镌刻在那个女孩以及许多同代人的记忆之中。

于是，在世纪末的黄昏，我找出一张仿旧纸，在上面记下听到、看到和经历过的一切，立此存照。

死去了的，永不会复活。我们也不希望他复活，还魂之鬼永远是丑恶的。

但我们还是忘了，从所罗门的胆瓶里飞出来的魔鬼再也飞不回去了。我们把它禁锢了许多年，每禁锢一分钟，它的邪恶就会十倍百倍地增长。它的邪恶浸润在这片土地上。它毒化了这片土地。它充分展示了另一种血缘中的杀伤力与亲和力，那是土地与人的血缘关系。于是，在我们这个有了高速路、网络对话与电子游戏的时代，形而上的、精神的、灵魂的土壤却越来越贫瘠了。

而羽蛇象征着一种精神。一种支撑着人类从远古走向今天，却渐渐被遗忘了的精神。太阳神鸟与太阳神树构成远古羽蛇的意象。在古太平洋的文化传说中，羽蛇为人类取火，投身火中，粉身碎骨，化为星辰。羽蛇与太阳神鸟金乌、太阳神树若木，以及火神烛龙的关系，构成了她的一生。一生都在渴望母爱的羽丧失了其他两种可能性。那是融化在一起的真爱与真恨，自我相关自我复制的母与女，在末日审判中，是美丽而有毒的祭品。

所以我在题记中写：世界失去了它的灵魂，我失去了我的性。

我写《羽蛇》，是在极端崩溃的状态下进行的，我不是不会哭的孩子，只是我的哭声无人听见。

《羽蛇》飞出去了，她被位于纽约的西蒙舒斯特出版公司签了，预付八万美元，我的代理人说：你高兴一下吧，你的预付比张爱玲还高两万美元呢。

《羽蛇》和五卷本文集出版后，我一直想写一个完全不同的东西。后在一个类似"清宫秘闻"之类的小册子上，发现了德龄姐妹的一段轶事，上面写了她们曾经是现代舞蹈之母伊莎贝拉·邓肯甘愿不收学费的入室弟子。顿时兴趣大增。

读了整整一年史料，一百多本，资料来源主要三部分，一是北图；二是故宫的朋友帮助搜集；三是各个书店，特别是故宫、颐和园等地的书店。在读史料的过程中我发现，有很多历史人物历史场景的描写在历史教科书中是有问题的。譬如对光绪、隆裕、李莲英、对庚子年、对八国联军入侵始末、对慈禧太后当时的孤注一掷、对光绪在中日甲午战争中的勇敢表现和之后的奋发图强，对隆裕和李莲英的定位等等，都有很大出入。

历史背景是大清帝国如残阳夕照般无可挽回地没落，本身就是一个大悲剧，而在前台表演的历史人物包括慈禧、光绪、隆裕等都无一不是悲剧人物，在大悲剧的背景下的一种轻松有趣愉悦甚至带有某种喜剧色彩的故事，这种故事与背景之间的反差本身就具有巨大的张力。

这部小说一不留神很畅销，很多人说："这部小说有阅读快感。"

更多人对我失望，他们原本是希望我写《羽蛇》那种风格的小说。

但我写什么，不是任何人可以左右的。人的成长过程便是一个祛魅的过程。我写了《炼狱之花》，讥讽了黑恶势力，还拿了一个加拿大的奖。

是的我终于不再自我折磨，我真的长大了，变老了。

然后我写了《天鹅》，写了真爱。在这个几乎没有真爱的时代写真爱，无疑是痛苦和困难的。在新书首发式上，评论家施战军说：《天鹅》是当代非常需要的题材，但也是作家几乎无法驾驭的题材，深以为然。

　　其实对于这部小说的最大难点来说，并不在于音乐元素与"非典"场景的还原，而在于写拜金主义时代的爱情，实在是难乎其难，稍微一不留神，就会假，或者矫情。何况，我写的还是年龄、社会文化等背景相距甚大的一对男女。

　　《天鹅》说是写了七年，其实断断续续都不止。

　　之所以写了这么久，简单地说只有一个原因，那就是：写的是爱情小说，可写了半截不相信爱情了——我是个不会做伪之人，对于已经不相信的东西我不知道如何才能继续。

　　突然有一天，我重听圣-桑的《天鹅》，如同一个已习惯于浊世之音的人猛然听见神界的声音——有一种获救的感觉。这时，来自身体内部一个微弱的声音突然响起："写作，不就是栖身于地狱却梦想着天国的一个行当吗？"难道不能在精神的炼狱中创造一个神界吗？不管它是否符合市场的需要，但它至少会符合人类精神的需要。

　　就这样，经历了四年的瓶颈几乎被废弃的稿子重新被赋予了活力。但是我沮丧地发现，除了极少的一部分文字外，大多数都需要重新来过——因为整部小说都涉及了音乐，还不是一般的涉及，是主脉络都与高深的古典音乐有关——故事的层层递进是伴随着一个手机里的几个乐句如何变成小品变成独奏曲变成赋格曲最后成为一部华彩歌剧来实现的。于是只好报班听课。——在2011年的炎夏，我永远穿着同一套灰色夏布袍子往返于课堂与家之间，与那些下了课还不断问问题的人们相反，每次刚刚下课我便神秘消失。以至于培训班结束时一个穿着时尚的女子告诉我，他们给我起了一个外号叫"小幽灵"。

　　我十分务实地想：我才不想去追究那么高深的古典音乐呢，小说里够使足矣。然而，写起来却远不如我想象的那么简单，为了怕露怯，我再度展开了自虐苦旅，沉迷其中，竟几度被我的男女主人公虐得潸然泪下。

《天鹅》尝试了一种"仿真"式的写法。我弃绝了惯用的华丽句式尽量让她素朴自然。恰恰2000年前后我有一次"走新疆"的经历，于是把故事的发生地设置在那里。为了完成小说，我又前后两次去新疆，成本巨大。本来我以为，这样的写作会比之前容易得多，但是进入叙事语境后才明白，原来难度如此之大，我又把自己逼向了绝境。

在《天鹅》扉页我写了，爱情是人类一息尚存的神性。很多人一生是没有爱过的，而且他根本不懂得什么是爱，甚至没有爱的能力，真爱不是所有人都有幸遇见的。正如一位哲学家所言，真爱能在一个人身上发生，至少要具备四条，一是玄心；二是洞见；三是妙赏；四是深情。只有同时具备这四种品质的人，才配享有真爱。

玄心指的是人不可有太多的得失心，有太多得失心的人无法深爱；洞见指的是在爱情中不要那些特别明晰的逻辑推理，爱需要一种直觉和睿智；妙赏指的是爱情那种绝妙之处不可言说，所谓妙不可言就是这个，凡是能用语言描述的就没有那种高妙的境界了；第四个就是深情，深情是最难的，因为古人说情深不寿，你得有那个情感能量才能去爱。深情被当代很多人抛弃了。几乎所有微博微信里的段子都在不断互相告诫：千万别上当啊，在爱情里谁动了真情谁就输了等等，这都是一种世俗意义上的算计，与真爱毫无关系。

我历来不愿重复，可是有关爱，不就是那么几种结局吗？难道就没有一种办法摆脱爱与死的老套吗？如果简单写一个爱情故事，那即使写出花儿来，又有什么意义呢？——这是我面临的又一个难题。终于我找到了一个不一样的思路：物质不灭，但是可以转换形态，所谓生死，堪破之后，无非就是形态物种之转换——所以我设计了一个情节——男主角的遗体始终没有找到。而在女主角按照男主角心愿完成歌剧后，在暮色苍茫之中来到他们相识的湖畔，看到他们相识之初的天鹅——于是她明白了自己该怎么办——她绝非赴死，而是走向了西域巫师所喻示的超越爱情的"大欢喜"——所谓大欢喜，首先是大自在，他们不过是由于爱的记忆转世再生而已，这比那些所谓爱与死的老套有趣多了。

我喜欢那种大灾难之下的人性美。无论是《冰海沉船》还是《泰坦尼克号》都曾令我泪奔。尤其当大限来时乐队还在沉着地拉着小提琴，绅士们让妇孺们先上船，恋人们把一叶方舟留给对方而自己葬身大海，那种高贵与美都让我心潮起伏无法自已。而这部小说最不一样的是关于生死与情感，是用了一种现代性来诠释了一部超越爱情的释爱之书。

2016 年 4 月我参加伦敦书展，是因为获得了 2015 年度英国笔会翻译文学奖。获奖小说叫做《水晶婚》（中文版曾经刊于《天南》），写一个平凡女子从结婚到离婚的十五年，折射出中国这十五年天翻地覆的变化。

按照西方批评家的分类，这部小说是绝对的女性主义写作。我写了我们所经历的两个时代：铁姑娘时代和小女人时代。

我们小时候听得最多的就是"妇女能顶半边天"，实际上是要在干体力活上做到男女平等，女孩要与男子干一样重的活，那是个崇尚"铁姑娘"的年代，我们这些当时尚在花季的女孩，哪个不是"谈美色变"？我曾经去过的北大荒，麦收季节，无论男女，都要扛着二百斤重的麦包上跳板——试想一个尚未发育成熟的十五六岁的女孩子扛着二百斤的重物，还要走独木桥式的三米长四十五度的跳板，然后把麦包卸进粮囤里，今天想起来是不是很可怕？！有很多女孩因此得了终身的疾病，也有很多女孩尽全力也无法完成，譬如我，被安排去背一百斤的"尿素"，这是很受照顾了，但即使这样，我也几乎被压得吐血。夏锄季节的口号更为荒唐：叫做"活着就要拼命干，死了埋在黑龙江畔"，人命是不值钱的，领导在动员大会上说，每人每天包一根垄，干不完，哭也得给我哭出来！要知道，黑龙江土地的"一根垄"，是整整十四里啊！那时我还只有十六岁，且患着严重的痢疾，中午老牛车送饭只能往人最集中的地方送，这就意味着我这个落后者永远吃不上中午饭，在那样可怕的劳动强度下生着病并且一口饭都吃不上，喝水都要把前面的水缸放倒，像小狗一样地钻进去，才能喝上一口已经见了底的满嘴泥沙的水。岂止如此，我们在特大涝灾中从齐膝深的水里捞麦子，在 11 月的寒冬从冰河里捞麻，即使来月经也绝不能请假，三十八个女孩睡在两张大通铺上，在零下五十二摄氏度的寒冬没有煤烧，为了活下去，我们去雪地里扒豆秸烧，喝尿盆里的剩水，——我至今吃惊自己是怎么活下来的，惟一的解释就是青春的力量吧？除此之外真的无法解释。

"铁姑娘"的时代终于过去了，但事情并没有因此变好，在今天，是一个地道的"小女人"时代，智商高不高无所谓，最重要的是要"情商"高，而中国式的情商指的是什么呢？就是指女人要懂得如何取悦男人，取悦上司。绝不能动真情，谁动真情谁就是输家。这类人不少，甚至有一批所谓精英女性都是如此。觉得自己很有生活智慧，譬如她们认为在情感中运用手段获取男性青睐，然后让自己在与男人的关系上掌握主控地位并从而获得更多的金钱财富是一件特牛的事。这种人被万千女生羡慕，被认为是高情商。

然而在我看来，这是一种严重的女性自我贬低和丧失尊严。甚至比铁姑娘时代更糟。

我笔下的女主人公杨天衣，无疑是个"低情商"的姑娘，她在这个金钱至上的社会，依然保留了自己完整的天性，这个在少年时代就深受中外爱情作品影响的女子，嫁给了一个与她的价值观截然相悖的人，但她并没有服从命运的安排，她的内心一直顽强地爱着她所爱的，她无法改变她的爱情观。他们的婚姻维持了十五年，十五年的婚姻叫做水晶婚。

20 世纪中期之后，在政治需要与纯文学越来越壁垒分明的时候，人的壁垒也越来越分明了。写《羽蛇》的时候我还年轻，因此内心的疼痛也就格外尖锐，这种疼痛带着我对自己祖国的爱、悲伤与无力回天的痛心，也有着我个人的令人承受锥心之痛的情感。而《水晶婚》，是一个朴实的记录，无泪之痛，甚至比有泪的痛更加深邃，更加难以治愈。

本套文集中最新的一部小说，是发表在《作家》2019年第一期的《无调性英雄传说》。这部小说的电子版，我给一些朋友看过，他们的第一反应都是吓了一跳——原来小说还可以这样写？！之所以这样写，是因为近年不断地往返于中国和加拿大之间，与各个领域的朋友不断交流，深感时代已经进入了一个算法的时代，AI和量子纠缠已经进入了我们这个时代，无法回避，而文学也应当像上一次物理学引起的革命那样，有所反应。我的副标题是:《关于希腊男神与科学神兽的故事，以及对荷马史诗的改写》——我的朋友说，这部小说的形式不敢说是绝后，起码是空前的，至今为止，没有人这样写小说。

我深知我的创新是危险的。象征主义画家雷东曾经说过这样一段话:"艺术家是一场灾难。在现实世界里他别想期待任何东西。他赤裸地来到这世上，没有母亲为他准备襁褓。不论年纪大小，只要他敢向公众展示出他那独特的艺术之花，他就会立刻遭到所有人的唾弃。所以，要做个艺术家，你就得准备好甘于寂寞，有时甚至是与世隔绝。"

我以为，所有真正的作家、艺术家都逃不掉这个诅咒。

但是没什么了不起的。历史就是一个怪圈，一切都可以触底反弹。何况，在量子缠绕的今天，就更不必惧怕那些长袖善舞的投机者、娱乐致死的堕落者以及暗流涌动的黑恶势力，要知道，他们以出卖灵魂换取的利益、在八面玲珑中编造的春风化雨不过是一堆垃圾，他们貌似成为赢家的人生，在历史的长河中不过是个零，甚至负数。

选择什么样的写作，是我的血液决定的，一切都无法改变，直到蜡炬成灰，我也别无选择。

我写作，因为我对世界有话要说。

目录

对一个精神病患者的调查

这口小湖上结的冰仿佛又加厚了，在溶溶月色中泛着蓝幽幽的光。

上次和她在一起的时候，这灌木丛的叶子还没落光。微风拂来，那几片零落的叶子还会沙沙作响。她整个儿缩进那件褐色和暗红色条子的老式棉袄里。那棉袄是那么大，那么臃肿，她缩在里面像个小孩儿。发黄的柔软的发丝覆盖着她半个额头，双颊在月夜里呈现着病态的青白。尖尖的下颏儿倒是挺富于表情地向上翘着，使人能想象出她儿时的俏皮劲儿，淘气劲儿。

"真的，不骗你。我一点儿也不骗你。"她说。她这样说了多少次了。每当她这样说的时候，她眼神儿里就流露出那么一种可怜巴巴的神色。好像此刻我的一句话、一个反应都会成为她的判决书。

"我相信你说的都是真的。"我这样说。笑笑。我也这样说了多少次，笑了多少次了。以至已经不想再笑了。我把疑问埋在心里。我想说，我相信你说的一切，但我觉得那很荒唐。是的，荒唐，但为什么要说出来呢？或许整个世界都是由荒唐构成的呢！难道我和她的相识、相爱不是很荒唐，很莫名其妙的么？

我始终怀疑她有一种穿透力，有一种非凡的心灵感应，我疑心她读出了潜台词。要不，她干吗反复进行这种无益的表白呢？要不，就是她身上还有一种没被发现的偏执狂。我的天！被害妄想型已经够了，再加上个偏执狂，她还活不活，我还活不活？！

"你看，就是这样子的，和我梦里一模一样。"她紧紧地怕冷似的偎着我。眼睛里现出一种迷离的神色。这眼神使她的眼睛显得很美。我轻轻地吻吻她的睫毛。我知道，她又要讲她的梦了。第一百二十回地讲她的梦，那个奇怪的、神秘的梦。对正常人来讲是不可思议的梦。这种梦也许只能产生于天才或者精神病患者的意识之中。

"那口蓝色的结了冰的小湖，就是这么被朦朦胧胧的月光笼罩着。周围，就是这样低矮的灌木丛。风，轻轻地吹，灌木丛沙沙地响。"她睁大眼睛，盯着湖对岸的一片白色的光斑，"我一个人来到这里。是的，只有我一个人。我走到湖面上，轻轻地滑起来。我不会滑冰，也从来没滑过。可是……也不知是怎么回事，就那么旋转了几下之后，我就轻轻易易地滑起来。那是一片朦朦胧胧的世界，在那个世界里，你会忘了一切，甚至忘了你自己。你忘了你自己，才感到自己是自由的。真的，我无法形容我当时的那种感觉——那是一种身心放松之后的自由。我飞速地旋转着。头顶上是漆黑的夜空和一片泛着微红色的月亮。冰面上泛着一层幽蓝的寒光。我越滑越快，听见耳边呼呼的风响，在拐弯的时候，我仿佛有一种被悠起来的感觉。我想起童年时荡秋千的情景。可那时是在碧蓝的晴空里。空中飘荡着伙伴们的欢声笑语。现在呢，是在暮色深浓的夜里，周围是死一般的静寂……我就那么飞着，飞着，月光渐渐变得明亮起来了。突然，我发现湖面上的一个大字——哦，是的，那湖面上有字——"她突然顿住，声调变得恐惧起来了。

我默默地望着她。第一次听她讲这个梦，听到这里还真有点毛骨悚然。——不得不承认，她是个讲故事的能手。可是现在，这故事我听了不知有多少遍了。它的开头，结尾，内容，……我完全可以一字不差地背下来。岂止是背下来，我还可以编成小说，拿到一家三流杂志上去发表。

但我不愿打断她。不仅不打断，而且每逢听到这里，便条件反射似的集中起全部注意力，一动不动地看着她，我知道她愿意我做出这样的神情，她希望我看着她的眼睛，听她讲。

"那是一个大大的'8'字。这'8'字在蓝幽幽的冰面上银光闪闪的……哦，我这才发现，原来我一直按照这条银光闪闪的轨迹在滑行，不曾越雷池一步。而且我发现，这'8'字已经深深地嵌入冰层——这证明不知道有多少人在上面滑过了。

"我想摆脱这个硕大无朋的'8'字，于是有意识地按别的路线滑行。可是，我的双脚却被一种无形的引力牢牢钉死在这个'8'字上，无论如何也不能如愿。我惊奇极了。我感到这是一块被施了魔法的冰面——"

突然，她顿住了。在这刹那间，一切似乎都突然静止了。连风也不再吹。她伸出一个手指头按在嘴巴上，眼睛里充满了恐怖的光。

"怎么了？"我问。我不知道这个疯姑娘又在玩什么花样。然而不能不承认，她的确富于感染力。

"看，看那儿！你看那冰上——"

她声音里的恐惧感是那么强，以致我这个彻底的唯物主义者也感到后背发麻，我顺着她的目光望去，只见那平展展的蓝色冰面上，写着一个硕大无朋的"8"字。

我感到自己是被裹挟到一桩荒唐的事情中去了。常常听人说，逻辑和常规不适用于女人，这次我可是深有体会了。我的女朋友谢霓平时可谓是个明智决断、不让须眉的姑娘，可这回却干出了一件荒谬绝伦的事。更加荒谬的是，她还硬要我充当这一荒唐事件的牺牲品。我的第一反应当然是断然拒绝。然而，女人的韧性和"磨性"又是一桩法宝。我终于屈从了。

我和谢霓是同班同学。5月我们开始毕业实习。我们这些"文革"后的第一届心理系毕业生备受优待，被安排在北京最大，也是全国闻名的一所精神病院里实习。说实话，我对病理心理并不很感兴趣。如果将来有机会读研究生，我倒是宁愿选择教育心理或实验心理。

可是谢霓不。她考入北大心理系之前似乎就对精神病学很感兴趣。入学后，常常看到她捧着弗洛伊德、肯农等人的著作。有人说，研究病理心理、变态人格的人容易把自己也"折"进去。可她坚信自己神经的强度和韧性。

这回到 J 医院实习，她定了一套雄心勃勃的计划，我看着都眼晕。她挺怪。平时处理事情颇具大将风度，连班里很多男士都对她的冷静务实深表钦佩，认为她是女性中少有的务实派。可她骨子里却是个理想主义者。这一点，恐怕只有本人知道。你看，就说她这个计划吧，从微观角度看来，倒还像那么回事，似乎可行；可是从整个宏观角度和计划后面藏着的"潜计划"看来，她不仅是个虚无缥缈的理想主义者，而且是个带有点狂气和危险性的理想主义者了。

实习的头一天我们来得很早。病人们还没有结束早餐。谢霓悄悄扯扯我的袖子。我这才发现，病人们捧着的白色粗陶碗里，只有灰糊糊的粥和几根棒槌似的老咸菜。那粥，一看就是头天的剩饭煮的。

不知是不是缺乏阳光的缘故，病房里显得很暗淡。墙早已不那么白了。上面布满了斑斑点点。病人们倒是挺安静，对我们的到来漠然置之，甚至连眼皮也没有抬一下。

"东面第二张病床是躁狂抑郁症，王守志，部队来的；第六张病床是强迫性精神分裂症，乔德轩，教师。有兴趣的同学可以去跟他们聊聊。"郑大夫向我们介绍。

郑大夫是全国著名的病理心理学专家。是他在全国首创了心理咨询门诊。我们不少同学都读过他写的东西。没想到他还很年轻，四十岁出头，皮肤白净，一双眼睛十分精明，待人接物，一团和气。另一位刘大夫是他的学生，二十多岁，身材颀长，足有一米八五以上，可脸还是个娃娃脸儿，满脸稚气。紧跟在老师后面大步流星地走着，白大褂像鸽子尾巴似的晃来晃去。

几个同学留在男病房。多数同学跟着郑大夫来到女病房。一进去，劈面便遇见两个青春妄想型病人，向我们频频飞来一些莫名其妙的眼神。谢霓立即向我投来一个意味深长的、诡谲的微笑，我装作没看见，把头转了过去。

"西面那个角落是个重病号。景焕。原来是个街道工厂的出纳员。"郑大夫的声调依然不带任何色彩，但目光里却掠过一丝忧郁，"被害妄想型，这已经是二进宫了。"

这就是她，那个景焕。名字就有些与众不同。她缩在角落里，成很小的一团。肥大的病衣把她全身所有的部位都掩住了，看不出她的体型。她长着一张很小的鹅蛋脸。脸色灰白，头发稀而黄，梳成一根蓬蓬松松的辫子——这种发型已经太过时了，但对她来说，却有着一种特殊的韵味。这使她看起来更像个豆蔻年华的少女。她是那样年轻，真想象不出她老了是什么样子。她的眼睛和长长的睫毛像一扇门，遮蔽了她的心灵。可是，她的嘴巴却暴露了她内心世界的一角。是的，她的嘴长得很美，丰满、生动而富于表情。我想，假如她再胖些，眼睛再有神些，肤色再鲜润些，那么一定是很好看的。现在呢，当然不能说是漂亮了。

"景焕，这些都是来我们医院实习的大夫，"郑大夫俯下身，口气温和地说，"他们都跟你年纪差不多，你不用怕。怎么样，这两天好些吗？"

她抬起眼帘。她的眼睛不大，却是秀丽细长的那一种，很像绢画上的古代仕女。她的目光看上去很温和，看不出有什么不正常的地方。

"你叫景焕？这名字挺好听呀！"谢霓靠近她床边。看到景焕之后，我认定她便是谢霓需要的"模特儿"。果真如此。

"是《红楼梦》里的'警幻'仙姑么？"谢霓故意跟她开玩笑。

"这名字是我妈妈给起的。"突然，景焕开口了。她说话的声音很低很柔，像是害怕别人听见似的。

"哦？那我猜，你一定有个好妈妈，是吗？"谢霓笑眯眯地看着她。

景焕的眼睛又垂下去了。

我看了谢霓一眼。我们早就看过景焕的病历，了解到她有着一个极不和睦的、终日吵闹的家庭。她本人也犯过错误。她之所以被街道工厂开除，据说是由于和以前的男朋友伙同贪污。

我不明白谢霓的用意。

谢霓的家坐落在市中心。是那种独门独院的老式厢房。全算起来得有十来间。门口还有个不小的院子，栽着各式花草果木。在现在住房拥挤的情况下，这儿可真算是神仙住的世外桃源了。

我头一次走进这间客厅还是在三年前，大学一年级的时候。我那时当班长。为了应付"五四"青年节的文艺节目，我不得不低头踏上这座高门槛——尽管早有耳闻，她家的庭院之整洁，客厅之堂皇，陈设之高雅还是令我吃了一惊。

那是5月，艳阳当空，庭院里的竹篱笆上爬满了金银花，靠墙的地方栽着几株凤尾竹。窗台上，齐刷刷地摆着一排紫砂陶小花盆，栽着各色鲜花。倚窗台的一根较粗壮的葡萄藤上，还挂着一个相当精美的鸟笼，里面是只画眉，笼中挂着四个极精巧的小瓷杯，分别装着肉松、蛋黄、小米和芝麻。

一进门儿，正面墙上挂着一幅民族风格很浓郁的壁毯。那是两个造型别致的"飞天"，用一色的青铜色线织成，很美丽。壁毯下面是一张古色古香的琥珀石长桌，上面放着盆景和金鱼缸——都很新鲜：盆景的盆是个造型怪异的根雕，从一棵古树上伸出一枝枯枝，上面栖着只长尾鸟。布满苔藓的假山石长在古树洞里，假山石的洞穴里还长出几片飘飘逸逸的文竹。金鱼缸不是玻璃的，而是石头的，一种我从来没见过的石头，透明程度像是毛玻璃，迷迷蒙蒙的，闪着变幻的光。几色金鱼像是在厚厚的丝绸里面游来游去，更增添了一种迷离的色彩。

家具不多，都是桃花心木的。清一色的暗栗色腰果漆，显得庄重高雅。地板上铺着厚厚的俄式地毯，花纹图案都和室内陈设十分谐调，连花瓶、茶具甚至痰盂都是用的同一色调的陶瓷。

看到这份排场，我心里多少有点紧张。没注意到放在门口的拖鞋，于是一脚踏在地毯上，盖了一个不大不小的章。谢霓的母亲，一位五十多岁、服饰高雅、颇有教养的女人，十分和气地安慰我说没有关系。这时拖着厚底拖鞋的谢霓走出来了。

"没想到今天大班长光临寒舍，"她嘴角上挂着讥讽的微笑，"……有什么招待你的呢？……我看看，哦，这儿有酒心糖……

嗻，"她打开小柜子，把糖盒子、饼干筒、水果盘子……统统拿出来，"喜欢什么就吃什么。不过我可以推荐一下，这种饼干挺不错，柠檬味儿的，平均半小时我可以吃一听。"

对谢霓的"吃"，班里同学早有领教。班里有几位老高中的男生都是美食家，但是绝"吃不过"谢霓。她在烹调方面颇有一套。当然，这也是实践出真知。据她自己说，她从小就爱吃，也会吃，能吃出食品的"个中三昧"。那次全班在香山聚餐，每人做两个拿手好菜，属她做的蘑菇馅饼和奶油酥卷最受欢迎。那天她高兴，又趁着点儿酒劲儿，话格外多。她大讲了一通中国烹调，从红案白案讲到各个菜系，最后颇带权威性地得出结论："我国的烹调艺术是整个东方文明的一面镜子。从这个意义上来说，不会吃，就不懂得文明。"

这句话后来在学校广为传播，成为老饕们的护身符。大家在餐桌上言必称"文明"，后来心理系成为全校闻名的"美食家俱乐部"，谢霓的功劳当推第一。

但有时她又不是那么讲究的。比如说吧，上生理课的时候，我的位子在她的斜后方，常常看到她漫不经心地从书包里掏出半块干得掉渣儿的烧饼，一小口一小口津津有味地啃着，不知那味同嚼蜡的东西究竟有什么品尝的价值。但她那副啃烧饼的样子实在令人好笑，我对她的兴趣大概就是从那时开始的。

"我今天是代表全班同学请你出山的。"我做出一本正经的样子，"听说你过去在工厂一直是团支部文体委员……"

"哦。是为'五四'吧？现在可是只差一个星期了。"她嘴上又挂起那种讥讽的微笑。

"是啊。不然的话，不敢有劳尊驾。这次全校还要评奖，要是咱们剃了光头就寒碜了！"

"我这个人讲实惠，事成之后，拿什么谢我？"她诡谲地一笑。

"这个……"我略加思索，便痛快地说道，"请你吃一顿，怎么样？……当然，如果你不拒绝的话。"

"干吗还要找补一句？你们这些男士呐！哈哈哈……"她开怀

大笑起来。她笑起来很好看，一口整洁的牙齿闪着光，使人感到她的爽利和明朗，"好，阁下这顿饭我算敲定了！这样吧，明天午休时间我们就开始。我坚信，用优质蛋白武装起来的心理二班，音乐禀赋绝不会差！"

果然如她所说，那天我们班虽是仓促上阵，但还是获了奖。大家反映不错，凭良心说，这和她出色的组织能力是分不开的。

那是个晴朗的夜晚。我们吃罢饭，从前门外的一家餐厅走出来，她兴致很高，不断地转换话题。我知道，每逢她吃了一顿美味佳肴之后总是心情很好。那天她点的三个菜味道都不错。她吃牡蛎的本事简直令人惊叹，不是一个个地吃，而是舀起满满的一小勺，还来不及看清她的牙齿和舌头是怎样运动的，那吃得干干净净的半透明的壳便一个个从她薄薄的嘴唇里吐了出来，简直就像鹦鹉吃瓜子那样灵巧。我突然感到：她是那种善于发现和欣赏日常事物的人，和这样的人生活在一起是不会乏味的。我喜欢从抽象的思维中寻找乐趣，而她的快乐永远只从生活本身去寻找。她直面生活，懂得生活，更会生活。我们这个时代造就了一大批重理性、重思维的青年知识女性，而谢霓却属于另一种人。

这顿佳肴成了我们进一步交往的媒介。

现在，我已是这里的常客了，但对这里始终保持着一种新鲜感。每次来这儿，室内的陈设都有些新的、小小的变动。例如：古董柜里又添了个唐三彩，放在茶几上的青铜色古瓶里插上了几根长长的孔雀翎，而茶几上的尼龙缕花台布又换成镶着茜色璎珞的亚麻布了。我知道这都是谢霓的作品，她喜欢别出心裁的特点表现在各个方面。我相信，即使是一间简陋的小屋，她也会利用手头上能找到的东西，尽量把它布置得"有味儿"。记得那次下乡劳动，在只有一个西红柿、几分钱"辣丝儿"和两毛钱肉末的情况下，她竟利用这些东西做了一顿美味的面条，吃得我们班的这帮老饕们纷纷赞不绝口。好事者还起美名曰："琥珀面"。说是当年乾隆皇帝下江南，微服出访时，曾吃到一种美味的鱼，回来便大加赞赏，鱼便身价百倍，成为御前食品。照此推导，琥珀面亦应称为中国烹调之又一奇范了。

也许这种新鲜感就来自她本人。她容貌并不出众。梳着很自然的短发。大大的额头和顾盼流眄、带点调皮的眼睛显得很聪明。鼻子略嫌宽大，但整个看上去却显得端庄大方。她身材很漂亮，是当代西方最崇尚的那一种女性体形：骨骼宽大，细腰长腿。她喜欢穿舒适、随便的衣服。今天，她穿了件米色真丝双绉的连衣裙，这是她按照一家杂志上介绍的国际流行的式样，自己做的。式样很简单，宽松的裙子，腰间系上一条细细的本色绦带，走起路来，那薄薄的透明的裙翼在苗条修长的双腿上飘飘颤颤，有一种飘逸感。这便是典型的谢霓风格。

我从她递过来的饼干筒里拿了两块饼干，她便自己抱着筒子吃起来，一边津津有味地翻着她的实习笔记。

"你知道，我一见到她，就知道，买卖来啦！"她俏皮地向我挤挤眼，"可是，这笔买卖咱们得合伙做，这就是今天我叫你来的目的。"

"我？跟你合伙？……"

"对。而且起重要作用。懂吗？好啦，从今天起，咱们这个股份有限公司算是成立了，我当总经理，可董事长嘛……得由你来当啰！"

"可我无资可投嘛！"

"你有。你的'资'，就是你本身，懂吗？"她诡秘地一笑，把她的实习笔记递给我，"你瞧，这是她的病历和我对她的临床精神检查。后面是我对她过去情况的一个初步调查。根据这些情况，特别是我对她的直接印象……我作了个初步诊断，"她顿了一下，两眼熠熠放光，"我敢说，她不是精神病患者。她是个正常人。"

"……？！"我惊住了。

"是的，她是个正常人。不过是个被扭曲的正常人罢了。"

"不，不，"我连连摇头，"过分相信直觉和那些表面化的东西，这是你们女人的通病。你要知道，她入院是要经过各种检查的。这里的大夫临床经验很丰富，郑大夫又是全国著名的病理心理专家，绝不会把一般的心理功能性紊乱当作器质性病变来治疗的。她的病历上不是讲得很清楚么？"

"你们就是过分相信病历！"她两道眉毛高挑起来，"这就是懦夫和懒蛋的逻辑！病历，病历不是人写的吗？再说，病历上也讲了她的神经科检查始终没有阳性反应，服用了大量氟奋乃静、泰尔登……疗效甚微。哼，因循守旧、墨守成规而又自以为是，这是你们男人的通病！"

我的天！她可真是寸土必争。

我只好缄口不言，开始慢慢翻着那份厚厚的"病案"。

患者：景焕　女　21岁　宣武区小桥胡同街道工厂出纳员

精神状况检查：

1. 一般表现：

意识清醒，定向力完整，接触被动，对医疗、护理等合作不够。

衣着较齐整，年貌相符，日常生活能够自理，入院后饮食、睡眠均不好。

2. 认识活动：

〈1〉无感知觉障碍

〈2〉思维

对所问问题回答被动，语句不连贯，意念飘忽。

反应一般。临床诊断主要为被害妄想兼有关系妄想。

患者一直坚持有人害她这一说法，但对具体问题避而不答。患者病历中记载：患者在街道工厂当出纳员期间，曾贪污现款，后被该厂除名。此后她的神志开始不清醒。第一次犯病时，曾把十元一张的人民币撕碎，并说它是"印着咒语的小纸片"，是"巫婆用的"。被其母及弟送来住院治疗。治疗期间，常常不进食，夜间噩梦纷扰，常哭醒。只能靠安眠药才能维持起码的睡眠。患者自述常心悸，但拒绝说出恐惧的对象。经医护人员精心治疗，略有好转。患者不经医护人员同意，私自出院，后被送回。患者情绪低落，抑郁寡欢，仍不愿进食，身体非常虚弱，治疗过程中，曾两次虚脱。医护人员对其采取特殊措施进食。尽管院方看管严格，患者仍两次出逃，但似无自杀意向。

3. 情感：

表情淡漠。情感反应不鲜明。无明显低落与高涨。

4. 意志、行为：

至今仍不安于住院。适应力极差。对医疗护理等均合作不够。无任何主动要求。常有些特殊举动。如：夜半常独自坐在床边，沉思默想。一次，护理人员忘记锁门，她当夜便跑到阳台上，望着天空发呆，直到凌晨时才被护理人员发现，经劝说回到病房。

5. 记忆、智能：

患者从不愿回忆往事，对住院前的事，特别是贪污现款一事缄口不言。记忆似乎已丧失。对于问话，回答时语量少，不主动，态度不自然。多疑。承认脑子乱。

注意力不集中，有时似听不见别人问话。

智能方面尚未发现明显异常。

我合上"病案"夹子。

"一会儿，我再仔细看。告诉我，你到底想让我干什么？"

"我想让你……"她望着我，笑容可掬，"我想让你和她谈恋爱。"

"什么？你再说一遍——"我以为她疯了。

"是的。我想让你和她谈恋爱，交朋友，你不懂吗？"

她的眼睛突然变得无法穿透，像是垂下了一片神秘的漆黑的帐幕。

夜晚，我家中。一片沉寂，只有我翻着这本"调查材料"的声。毋宁说，它更像一篇不成熟的文学作品：

小桥胡同坐落在闹市区的中心，却显得异乎寻常的宁静。北面的出口处有一家新建的"红枫旅馆"，出去便是一个中等规模的菜市场，南面是"小桥街道服务社"。景焕家住小桥胡同2号，紧挨着"红枫旅馆"。

这是个小院。看来像她家的私房。但除了西厢房还算完整之外，其他几间房都显得破旧不堪。敲门时，使大点劲儿，门框便晃悠起来。上面的白灰也直往下掉。这里像是"聊斋"里描写的无人住的"鬼屋"。

这是一个很普通但又很特殊的四口之家（包括景焕）。按照景焕父亲景宏存的职称看，这应当算是高知家庭。但是给我的印象却是：这个家庭像一座临时拼凑起来的质料不同的建筑，根基十分薄弱，拼凑的裂缝很深，仿佛随时都有崩溃的可能。

景宏存是科学院物理研究所的研究员。他年轻时曾名噪一时，发表过不少有相当价值的论文，三十一岁时便被破格提升为副研究员。后来不知为什么，他在物理学界销声匿迹了。我万没想到他会是这样子：瘦骨嶙峋，面色憔悴，嘴唇发紫，像个晚期癌症患者。

无论是他的在家待业已久的儿子，还是一直没参加工作的妻子，都是靠他的工资养活的。然而给我的感觉却是，他在家里的地位很低。从他的面部表情和说话的语调看来，他是个有脾气的人。但在这个家里却似乎不得不时时压抑着自己的怒气，他重重地叹气。他不时地伸出一双枯瘦的手去搔头发。他的表情烦恼、愧疚甚至带着一丝羞赧。就像是那些自尊心很强的人感受到自己给别人带来麻烦似的那种神情。我注意到他那磨破了的发黄的衬衣领子和袖口，以及那双早该淘汰了的断裂了几处的古铜色塑料凉鞋。

每个家庭都有自己的隐秘。家庭可以是避风港，也可以是囚笼，是监狱。而这个家庭中的窒息气氛在十分钟之内就能被人嗅出来。仿佛每个成员之间都有着夙怨，而每个人又都以一种病态的敏感维护着自己的尊严。

那个说话慢声慢气的矮小女人是景宏存的夫人，景焕的母亲。她过去曾是景宏存的同窗，只是毕业后一直没有工作，该算个"家庭知识妇女"吧。她的内心却不像她的表面那样，她很难被识破。在我拜访的这一个小时之内，有关她，我心里大约已经做出了若干种判断，而这些判断又往往是互相矛盾的。她表面上看去很胆小、懦弱，就像那些长期患神经官能症、夜夜失眠的人那么敏感。她待人一团和气，无论你说什么，她总是顺着你，不作任何异议。但是，你很快就会发现她并没有认真地听着你说，她心不在焉，只有当她心爱的小儿子景致开口说话的时候，她才真正地在听。而且，她跟儿子讲话时，露出一种和母亲身份不符的谦卑，简直可以说是卑躬屈膝，这与她对丈夫所持有的那种带着愠怒的不耐烦的态度恰成对比。

景焕的弟弟景致倒是个一眼望得见底的人。一看就是"文化大革命"的产物。二十郎当岁，受阶级斗争教育长大的，所以战斗性也就格外强。边说话边抽烟，标准京腔儿。不像个高知的儿子，倒像是成天上老酒馆吃泡花生米的出身。谈起景焕，他直言不讳地说和姐姐的关系不好。"我打过她，也骂过她。"他俨然一家之主的样子，就像是被打骂的对象不是自己的姐姐，而是自己的奴隶似的，"不过，这也不能全怪我。她那人，太个色，招气。三天不打，她就痒痒。她呀，天生就是神经病的脑袋，早晚得得神经病！"

我对这番话简直反感透了。第一，他那么随随便便地就把"精神病"说成"神经病"（这在我们学心理的人看来是不可原谅的概念错误），这暴露了他的无知和自以为是。第二，作为弟弟，对姐姐毫无悯念之情，这也使我感到他的狭隘和冷漠。毫无疑问，他不是个男子汉。但是他很直爽，也容易感情用事，这点我可以利用。

我了解到景焕过去的男朋友叫夏宗华，是青年电影制片厂的一个副导演。他们从红领巾时代就认识了，可算作是青梅竹马。据景致说，景焕很爱他，但不知为什么每次和他见面回来，都是愁眉不展。在她被揭发贪污现款前后的那段时间里，景致曾发现她久久地发呆。后来，她就拒绝进食了。在她被街道工厂除名之后，他们断绝了来往。

关于夏宗华的情况，我只了解到这么一点点，至于这个人本身，他们全家在交换了一下眼色之后，由景致说出三个字："不了解。"

大约是弗洛伊德定律的作用吧，在送我走出胡同口的时候，景致塞给了我一张条子，上面写着夏宗华的电话和地址。

一个新鲜的念头突然从我脑子里冒了出来。

她这个新鲜念头大约就是迫我去和景焕"谈恋爱"，而她自己则在找夏宗华"交朋友"吧。还美其名曰是按"弗洛伊德定律"办事，让这个鬼定律见鬼去吧！我对这件事可提不起兴趣。

屋里月光很浓。我睡不着，索性下床把窗帘拉开，出人意料的，并不是满月，而是一钩亮闪闪的新月。我奇怪今天的月光为什么这么明亮。小时候，自然课老师曾教给我们识别新月和残月的办法。他说，很多影剧布景往往爱犯这样的错误：剧本上明明写着"新月高悬"，而背景上出现的都是一钩残月，"残"的汉语拼音字头是"C"，而"C"就是残月的形象。反之，则是新月了。这个办法我至今记得很清楚，真是"儿时所学，终生难忘"。

其实，儿时的一切都令人难忘。岂止是难忘，儿时的经历就是一把刻刀，一个人一生的雏形就是由那把刻刀雕琢出来的。这两天在 J 医院实习，发现那么多患强迫症、反应性精神病的人都在童年时代有过不同程度的精神创伤。从这个意义来讲，我真想对着那些不幸的家庭，对着那些不称职的、还没学会做人就有了孩子的父母，对着那些压抑人、窒息人、扭曲人的社会弊病大声疾呼："救救孩子！"

在这方面，我总是感到庆幸。我的家境并不宽裕，父母都是小人物。兄弟姐妹一大群。但我却有着一个和谐、温暖、幸福的家。记得小时候，三年自然灾害时期，妈妈为了让我们吃好，真是千方百计啊！她工作之余，带着我们几个孩子出去采野苋菜、摘榆钱、挖蘑菇，她蒸的棒子面裹白面的发糕"金裹银"，包的马齿苋馅的饺子，蒸的榆钱饭，煨的蘑菇汤，我们吃起来都是又香又甜，回想起来，比现在饭馆里的西餐大菜还有味。妈妈凭着一颗慈母心和一双巧手为我们全家渡过了难关。四个男孩子都长得结结实实，爸爸多年的肺病竟也慢慢地好起来。回想起这一切，我总是由衷地感激妈妈。

是的，我发现一个家庭主妇对家庭起着决定性的作用。在母爱下长大的孩子都有着一颗仁慈、博大的同情心，一种对人宽容的善行。相反，无爱的家庭却往往造就畸形、病态的孩子。我当然不了解景焕家庭内部的真正情况，但是仅从她住院半年，竟无一个家庭成员来看她这一点推断，她是患了爱的饥渴症（而且是重症）的女孩子。

这种女孩子往往对爱有一种极其强烈的渴望，但同时又具有同样强的排斥力。

我要小心。

就这样，我迫不得已地开始接触景焕。老实说，我对她毫无兴趣。我喜欢的那种女人的类型与她恰恰相反。我喜欢风趣、机智、洒脱、雍容而又具有大家风范的女人。而她，则恰恰是那种敏感、多疑、善感，经常在自尊和自卑两个极端徘徊的人。但是有一点，我却认定是谢霓所不及的——那就是她的温顺。我不知她是对所有人都这样，还是单单对我这样。

她听我说话的时候，总是很恭顺地看着我，不断地轻轻点头。有时，我因为各种原因态度有些暴躁，她也从不改那温顺的模样。我简直产生了一种好奇心，真想试试用什么方法把她激怒。

但后来我终于慢慢看出，她这种不可动摇的温顺后面，藏着一种深深的冷漠。她不与人争辩并不是真的认为别人是对的，而是她认为对、错都与她无关，她懒得争辩，也不屑于争辩。即使不争辩，她也已经感到活得很累了。她对整个世界都采取着一种小心翼翼的回避态度。

有一次，她不小心被滚烫的稀饭烫伤了脚趾，我带她去换药室换了药，刚换完药便有人叫我，我看她还在慢慢地穿袜子，就嘱咐她出来的时候把门撞上。她又是那般温顺地看着我，恭驯地点头。可我忙完了，回去一看，换药室的门却大开着，玻璃柜里的纱布和橡皮膏少了许多，药盒子也打翻在地，我不禁怒冲冲地去找她。

"景焕，刚才我不是让你把换药室的门关好么？"

她抬起眼，恭顺地点点头。

"那你为什么不关？"

她仍然那样看着我。目光温和，但却没有一丝愧疚和歉意。也许是我的脸色不大好看，她很快便顺下了眼睛。这倒让我自己觉得有些过分了。

"是忘了吧？"我给她找台阶，"换药室被搞得很乱。我知道那不是你干的，可因为你不关门，别的病人就进去了，多不好！"我缓和了口气，像训诫小学生似的对她说。

她又轻轻地点头，始终没有抬眼。

渐渐地，我越来越多地发现她有许多"阳奉阴违"的行为。比方说，有一次她因失眠向护士要眠尔通，护士给了她些冬眠灵，并解释说这药比眠尔通更好，她当时也是温顺地点头表示同意，可当天晚上我下班的时候，却亲眼瞥见她把整包的冬眠灵倒进盥洗室的水池里。

还有件事就更新鲜了。有一天下大雨，下午查房时，病房里的病人们都蒙头大睡，只有她一个人在那里折纸玩。折的都是些小纸房子，还真挺别致哩！大大小小排了一溜儿，各种各样的，有的像古希腊古罗马时代的大型穹顶建筑，有的像中国的宫殿，有的像安徒生童话里的小房子。她折得津津有味，连我走过去也不知道。

"真漂亮啊！"我的声音很轻，可还是把她吓了一跳。她全身一震，回过头来，可怜巴巴地望着我，好像半天才明白我对这些小房子所持的态度。于是温顺的目光又出现在她的眼神里。她用细瘦的胳臂把这一溜儿小房子抱拢来，把下颚轻轻贴在小房子的尖顶上。

"要是上了颜色，就更漂亮了。我那有些彩色水笔，明天给你带来怎么样？"

"不不……"她急忙摇头，好像生怕因为这个就和我密切起来似的。

但我第二天还是把我的十二色彩色水笔带来了——我怕她是因为拘谨，不好意思开口，然而她说什么也不要。我只好把水笔放进郑大夫办公室的抽屉里。可是，当天晚上，我为了看郑大夫给一位病人作暗示和催眠疗法，又来到医院，无意间却发现那水笔不翼而飞了。

我不动声色。第二天，那些水笔又都原封不动地飞回郑大夫的抽屉里。又过了两天，值夜班的护士把一包东西交到办公室，向郑大夫汇报说，十七床景焕的病情又加重了。

"这两天晚上，她半夜里起来打着手电，给一堆小纸房子上色儿，嘴里还自言自语的不知说什么……"

她打开那包东西，我不禁吃了一惊。原来正是那些纸房子，涂满了红红绿绿的颜色，煞是好看。

我百思不解，为什么我真心实意让她用，她不用，却偏偏要大半夜的偷着用呢？

景焕的病确实加重了。——自从她的小纸房子被没收以后，她的脸色更加苍白，温顺的眼神里也常常闪过凄惨的神色。对于我，她恭顺之余又有些畏惧的样子。说真的，她这副样子使我更不敢接近她，和她讲句话也提心吊胆的，生怕说错了一个字，又触到她什么痛处。

"你这个人真不懂女人心理，"谢霓一边往嘴里扔着怪味豆，一边摆出一副先哲的样子教训我。"这还不好解释么？折纸房子，是因为她向往着房子，也就是说，向往一个自由生活的空间。她不接受你的水笔么……这更显而易见了——像她这样敏感、自尊的女孩子，对外界的恩赐、馈赠等有一种绝对的排斥力，但同时，美对于她，又有一种天然的吸引力——听说她过去手可巧了，什么画画、编织、刺绣……无所不精，这样看来，这排斥力和吸引力的力量是同等的，所以她就干出了这种自相矛盾，令凡夫俗子们百思不解的事来——"

"既然您这么懂得她的心理，又不是凡夫俗子，那么还是请您和她直接打交道吧，我，交差了。"

我说完就走，谢霓追上来，一把抓住我的书包带。

"哎——回来！"她竟一点不软，"这么大男子汉，还想让我哄你？！——你已经有了个挺好的开端，干下去，我们是在干一件极有意义的事！移情，移情，让她移情！要是你连这么点男人的吸引力都没有，就不配当我的朋友！"

"莫名其妙！"我是真的动怒了，"你一时心血来潮，考虑到后果了么？假如她真的动了感情，后果将不堪设想！何况，这样做也会亵渎我的感情……你……你懂么？！"

没想到她倒笑了，调皮地眯着眼睛，从兜里掏出把折扇给我："息怒，老兄息怒！……你可冤枉我了，我这可不是心血来潮，我这是……深思熟虑之后才想出的一条妙策！"

还"妙策"呢！我简直哭笑不得。

"你知道，景焕的心是一团包着厚厚冰层的火，我们的任务，是想办法去融化那冰层。这办法就是爱，首先是异性的爱，据我所知，景焕没尝受过被爱的滋味儿。她很爱那个夏宗华，可夏却没给予她同样的爱。在过去很长一段时间里，她完全是靠某种想象出来的精神恋爱支撑着的。后来，她心里那个形象垮了，她也就跟着垮了。我希望你做的，就是让她把感情转移过来，转移到你身上去，至于其他，我自有办法，用不着你担心！"

我没吭声。昨天，何老师在一周总结会上讲，有些同学脱离集体，单独行动，有时还擅自干预医院的工作——很明显，这是有所指的。

"谢霓，再有两个月我们就要毕业了。踏踏实实坐下来，按照老师和大夫们的意图，好好写你的实习论文吧！你对景焕实在感兴趣，争取毕业后分到这儿的咨询室，那时候再研究吧！"

"可景焕不是个可以随时等待维修的机器人！她是人！"她的姿势没变，只是语调稍稍提高了一点，"这是难得的实践机会，我决不放过！而且，我还要向医院建议，对景焕实行院外治疗——"

她写的《关于精神病患者的院外治疗》，洋洋万余言，讲的倒是头头是道："……精神病患者不仅包括个体的失调，而且包括个体与社会的失调。当今，抗精神病药物的广泛使用，在治疗中改变了本病的某些临床病象，但还远不能从根本上解决该病的治疗问题……从精神病学的临床科研工作要求来看，帮助患者重新进入社会，在院外对患者长期监护和随访研究中广泛搜集第一手资料，并在院外治疗中贯穿随访、咨询、社会工作、健康检查、心理测验等一整套措施，对于加强对精神病的复发机理和发病机理的研究，丰富我国防治精神病工作的理论和实践，心理治疗的理论和实践，病理心理学的理论和实践，预防医学的理论和实践，都是十分必要和有益的……下面是院外治疗的五个具体方法……"

当晚，我把那一大堆花花绿绿的纸房子还给了景焕。

不出我所料，谢霓原拟的论文题目在老师那里没有通过，最后三周她被迫改了题目，自然无法写好。我原想她情绪会受影响，特意去看她。谁知她反劝我，要我别把分数看得太要紧，并说她准备考病理心理学研究生。就这样，大家在对毕业后去向的期待中度过了这个炎热的夏天。直到秋初，景焕的问题才交涉成功。她暂时住在谢霓的房间里，而谢霓，跑去和姐姐谢虹挤到了一起。

分配方案终于下来了，出乎意料地，我留校当了教师。谢霓没有考上研究生，她要求分回原单位——一家区级医院的神经科，成为名副其实的"谢大夫"。

一天晚上，我"奉旨"前去拜访。

一进客厅我便吃了一惊——谢霓全家（包括那个江苏小保姆）都在这里。谢伯伯、伯母看上去颇有兴致。谢家两姊妹都是盛装打扮。最令人吃惊的是景焕，她上身穿了件月白色洒花夹袄，下面是条象牙色的薄绸裤，都是半新不旧的。头上戴顶鱼白色绒线小帽。她拘谨地侧身坐着，和谢霓保持一段距离，一头柔黄蓬松的头发从小帽里滑落出来，遮住了她半个脸。她的肤色在灯光下泛着柔和的青白。我不知她为什么要这样装饰自己。但是我突然想到了古希腊的瓷瓶。一种很柔很淡的色彩。带着那样一种浅浅的古典音乐式的韵味。我真没想到原来她竟这样美丽。

"她很美，是吧？"谢霓笑吟吟地站起来。她今天也特别出色，穿着新织好的那身浅玫瑰色的毛衣套裙，"今天，我们为了欢迎我们的朋友景焕，举行一个小小的晚会，特别邀请你也来参加——好，晚会现在开始，第一个节目：钢琴独奏《弧光》，这是妈妈最近写的一首钢琴曲，请谢虹给大家演奏。"说完，她带头噼里啪啦地鼓起掌来。

谢霓的母亲文波在"文革"前是颇有些名气的作曲家，"文革"中本来也免不了受冲击的，只是因为谢霓父亲在政协的职位和中共最高领导的直接关照，她才得以幸免。

"听这个曲子的时候还有点儿要求。"文波莞尔一笑，扶了扶架在鼻梁上的造型精巧的金丝眼镜。这个女人并不美丽，但是一举手、一投足之间都流露出一种文雅，这文雅只能存在于极有教养的知识女性身上，是很能征服人的。

"我希望，听完以后，大家能够把曲子所表达的意境，按照自己的理解讲出来，怎么理解就怎么说，没有关系的。"

谢虹——谢霓的孪生姐姐，现在音乐学院主攻钢琴。她今天穿着一件华贵的深蓝丝绒的曳地长裙，还化了点儿淡妆。姊妹俩虽是孪生，却一眼便能辨认出来：谢虹从小娇养，又没有上山下乡的经历，所以显得娇嫩些。看上去比妹妹秀气，但缺少妹妹的风采。脾气性格上，谢虹也有些倨傲，不像谢霓那般随和。这回妹妹硬要和她挤在一起，开始她很不愿意，直到谢霓表示可以无偿帮她抄乐谱，她才勉强答应了。

她不慌不忙地坐到客厅西北角的那架钢琴旁边，揭开紫红色的丝绸盖布。

我对音乐还是爱好的，只是不大懂。乐曲一开始，便似乎带来了一个宁静、安谧的世界。谢霓坐在钢琴边，托着腮，静静地听着。景焕低着头，柔黄的发丝遮了一脸，不知在纸上画着什么。看来她根本就没听。谢伯伯在慢慢点燃一支烟。江苏小保姆一边织毛衣一边打盹儿。文波淡然地望着女儿的背影，若有所思地沉默着。

一个下行增二度的音调给这个世界蒙上了一层忧郁的色彩。浮动的和弦犹如潺潺流水，缓慢的主旋律在不断变幻的和声衬托中，显得明澈而深沉。使人想起中秋夜晚的圆明园——那清冷月光映照下的断壁残垣，或者圣诞前夜被美丽的六角形雪花装饰着的、紫幽幽的古堡。

突然，柔美的主旋律开始动荡起来。像是一颗明亮的流星，在深冬的夜幕上划着长长的优美的弧线。琶音急骤起伏，骤雨似的澎湃起来，像是一个少女在倾吐自己的心潮。月亮始终在追逐着她，像舞台上的追光似的。她像只蝴蝶在黑夜中飘忽不定，变幻着迷离的色彩。忽而，她是一只淡紫色的蝴蝶，衔着一瓣金黄的迎春，在寒冷的春风中盘旋；忽而，她又变成了一只黄色的蝴蝶，在炽热的夏日河塘边飞着，向坐在河塘旁钓鱼的老翁微笑；忽而，她又是一只受了伤的美丽的蓝色蝴蝶，在秋天的枯叶里唱着哀怨的歌；忽而，她又成了一只鲜艳的红蝴蝶，在银白色的雪花里顽强地飞舞……

音乐的主旋律又回到了原先那个浅淡、忧郁的世界。这个世界变得更纯净了，更宁谧了，更透明了……

最后一缕乐声消融在空气里。大家很久才从迷蒙的状态中清醒，竟忘记给演奏者报以掌声。

"太美了。"谢霓说。她竟激动得热泪盈眶。

"真好，美极了。"我由衷赞同。

"那么你们说说——"文波仍含着一丝浅淡的微笑。

"这曲子使我想到那年冬天，爸爸带我和姐姐去滑雪，"谢霓微微眯着眼，模样儿显得挺可爱，"那是离小兴安岭林区很近的一个地方。那地方很美，使我想起爸爸给我们讲过的俄罗斯的古老童话。在那儿，好像每一棵小树、每一座房子、每一只野鹿，甚至每一片雪花都是有生命的，都会说话，会唱歌……傍晚的时候，我们和当地农场的老职工一起，坐着马拉着爬犁，爬犁还拖着打来的野物，在暮色中，我们像是在飞翔。记得吗？姐姐，当时我们多希望骑着灰色狼的伊凡王子突然在暮色中出现，把我们引到林间小屋里，请我们喝一杯俄罗斯的红茶，给我们唱一支俄罗斯的古歌……后来，我们来到了一座林间小屋，不过，那不是伊凡王子的，而是属于那个伐木工人的，记得吗？爸爸，那个健壮的、漂亮的鄂伦春族伐木工人，在很长时间里，在我心里，他和伊凡王子的形象分也分不开。别笑我，姐姐，我还曾经嫉妒过你，为的是他把好吃的黄羊肉盛给你；记得那热腾腾的鲜鱼汤么？窗外飘着鹅毛大雪，窗子上结着那么厚的冰凌花，可我们在伐木工暖和的窝棚里喝着热腾腾的鱼汤，那个装鱼汤的搪瓷缸子，到现在我还记得，淡绿色的，掉了两块瓷儿，把儿上用浅蓝色的玻璃丝密密地缠着……"

"小霓，真没想到你也有多愁善感的一面，"谢虹被谢霓那认真的动情样子逗笑了，"我可是早把那个漂亮的伊凡王子忘了。鱼汤么，还记得一点。可惜咱俩感觉不一样。当时我急着回北京，想回来喝妈妈煮的鱼汤。所以我觉得那鱼汤有股腥味儿，别生气，谢霓，这也算是见仁见智么。就像妈妈这首曲子似的，我和你的理解有很大的不同。"她顿了一下，打开曳地长裙的褶皱，眼睛变得亮闪闪的，"我想到的是舞蹈，是优美的芭蕾舞。……那是一个大舞台，一个很大很大的舞台……就像辽阔的原野一样。原野上面开满了黄色的蒲公英。……我，"她有点羞赧地笑笑，"我来到这片广阔无垠的原野上，原野上清新的风吹着我的衣裙，我穿着一身洁白的纱衣，在原野上翩翩起舞……我采了很多很多的花……把它们编成了一顶很大、很美丽的花冠……我把它戴在头上，哦，所有的野花，所有的小鸟和白云、天空……都在向我微笑……我欣喜若狂，我跳着，飞速地旋转着……我用舞蹈在倾吐我的心声……这时，远方响起了闷闷的雷，接着是一阵急骤的马蹄声，越来越清晰……哦，一匹马，一匹雪白的、美丽的飞马停在我眼前，它睁着一双温柔的、湖蓝色的眼睛，默默地看着我，好像在期待着什么……我不知疲倦地跳着，蒲公英纷飞的小伞沾了我满头满身……可是，雷声越来越大了，暴雨终于瓢泼似的倾泻下来……我的衣裙全都湿透了……嫩草娇花被打倒在泥里，蒲公英的种子也被风暴卷走了。这时，白马匍匐下来，像是在请我上马，我迈了上去……哦，它振起双翅，腾空飞起，在暴风雨中，它是一颗白色的流星，穿云破雾……"

"后来，等雨过天晴之后，白马把你放在地面上，它自己摇身一变，原来是个英俊的王子——哈哈，是吗？"谢伯伯揶揄着。

"去你的，爸爸！"谢虹嗔地扭扭身子，像小孩似的拍了爸爸那厚实的手背一下，大家都笑了。

接下去是我说，我说过之后，谢伯伯又重新燃起一支烟，很温柔地望望妻子："这倒是很有意思呢！同一首曲子，小霓想起林间小屋和鲜鱼汤，小虹想起蒲公英和白马王子，柳锴呢，想起少女和蝴蝶……每个人都有自己不同的经历，所以呢，想象也都不同……我么，阿波，你猜我想起了什么？——我想起我们访苏时的那段岁月……那次，我们去莫斯科最大的滑冰场去滑冰，——哦，冰场上那壮观的景象！姑娘们五颜六色的防寒服像是节日的彩灯，各种各样的冰刀在亮闪闪的冰面上划出道道花纹，在阳光的反射下，那巨大的冰面像是一面神奇的镜子。在'溜冰圆舞曲'那优美的旋律中，我拉着你——阿波，那时你还不大会滑，可音乐给了你灵感，我带着你跑起圈来，你笑着，把我的手攥出了汗，我们变得那么年轻，那么单纯，在冰面上，我们对那么多陌生的面孔报以友善的微笑。哦，那时的人们多么单纯，只要一个眼神、一个微笑就可以成为对话的桥梁……我们在冰场上结识了那么多朋友……记得和我们一起留学的胖子小熊么？他不断地摔跟头，把几个黄头发蓝眼睛的姑娘逗得咯咯笑，后来，那个戴橘黄色围巾的姑娘跑来主动教了他，其他几个姑娘也不再笑了。人们为他每一点点进步鼓掌，当我们从他身边滑过去的时候，他已经能稳稳地站在那儿向我们招手了——阿波，我知道，你是要表现当时那种意境——"

文波没说话，只是温柔地望着很少激动的丈夫，宽容地笑了笑。

"景焕，该你了，"谢霓推推身旁那个一直沉默的少女。

景焕神情恍惚地抬起头来，像是刚刚从梦中惊醒。见大家都看着自己，她若无其事似的展开一张纸——这是她刚才听曲子的时候一直涂抹着的。

大家凑过来看——原来这纸上画着一幅画，一幅钢笔画，线条竟还挺老练。构图很古怪：一个无星无月的夜。一口结了冰的小湖。夜的深处，隐隐透出一片白色的光斑。小湖周围是黑黝黝的灌木丛。湖面上，一个少女的黑色剪影。她在一条亮闪闪的轨迹上滑行。那轨迹，是一个极大的"8"字——

"这……这是你画的？"文波的声音分明有点抖。

景焕温顺地点头。

"你是怎么想到……"文波一向温文尔雅的语调中带着一种掩饰不住的惊愕。

景焕仍低着头，半晌，才轻轻地说："我见过这地方。"

"见过？"文波的神色更惊异了，"在哪儿？"

"在……"景焕惶惑地抬起眼帘。

"哦……是这样。"文波像那种教养很深的人那样，不愿强人所难。她宁肯把自己的疑惑和好奇淹没在礼貌中。她把那幅画轻轻地折起来。

"怎么？妈妈，是景焕说对了？"谢霓满腹狐疑地望着母亲。

"哦哦，是的。"文波不情愿地点了一下头。像是不愿继续这个话题，她急忙对景焕说，"嗯……这画，先放在我这儿，好么？"

景焕又是温顺地点头。可我看到她眼睛里悄悄闪过一丝阴险的微笑。我不由打了个寒战。

是的，那是景焕头一次引起我的注意。谢霓悄悄对我说，当时她后背有一种麻酥酥的感觉。我也有同感。景焕的眼睛是很奇怪的，乍看上去温顺善良，而且总是急急地回避人们的目光。然而，只要仔细看，便不难发现，有时，在间或一闪的时候，这双眼睛显得美丽而狡黠，甚至带着一种阴险的神气。

我得承认我有点怕她。为了她什么都知道，什么都懂得；为了她那非凡的心灵感应，那种独特的穿透力；也为了她那微笑的、永远让人捉摸不透的假面具，我怕她。

我开始对她感兴趣了。

按照计划，我们对她进行了全面的心理测试。智力测验的结果果然与谢霓得出的结论一致。她的智力是惊人地不平衡。某些方面的智力我认为是超常的；关于数学方面、计算能力方面的智力却是难以置信的低；而人格方面的"Neymann"测验，又证实了她确是一个好冥思幻想的人。

这天晚上，我"遵旨"单独给景焕做"洛夏测验"。

谢霓把全家人都哄去看电影了。宽敞的客厅里只留下我们两个人。不知从什么时候开始，景焕已经敢于抬眼看我了，对我的问话也不再是一味温顺地点头，而是略略沉思片刻，再决定点头或摇头，而话，她是不多说的。

秋夜的风已有些凉意了。我注意到她还穿着那件单薄的夹袄，便走到她身后去关窗子。她却像陀螺似的在椅子上转了个圈，眼睛里射出恐怖的光，仿佛我走到她身后是要谋杀她似的。我装作没有注意。而她也飞快地顺下眼睛，低了头，好像刚才那惊惶的神色从不曾在这张脸上出现似的。

"洛夏测验"是著名心理学家 Porshach 编制的一种投射测验。十张图片中，有七张是水墨墨迹（墨水在纸上压成），三张是彩色的。测验时由被试者去看这些图像是什么，试验者记下回答，以便分析。

我出示第一张图片，这图片上印着那么大一块墨水印迹。照我看，像个蠢笨的黑熊。

"它像什么？"

"嗯……像座山。"

"山？"我不禁把图片倒过来，又仔细看了看。果然，是像座山，像喀斯特地形的那种怪异的山。

"还像……人脸……"

"人脸？！"我大吃一惊。

"是的。"她眼神里又划过一种说不清的复杂感情，"这是眼睛，这是鼻子，这是嘴……不是吗？"

果然，那一团墨迹又变成了一张脸。眼睛，鼻子，五官齐全，而且……那表情也十分怪诞：一只眼睛很悲伤地流泪，而另一只眼睛却在阴惨地笑。这表情使我想起了什么。我一阵惶悚。

她的想象力是丰富的，而且是怪诞的。这使我深感不安。IQ 分数高，证明被试者智商高。但她的 IQ 太高了，这只能证明是一种病态。

我希望她摆脱阴暗的心理。我拿起一张色彩明朗的图片。依我看来，这像是蓝天、白云和鲜花。

"这就是了。"她伏在椅子上，漫不经心地看了一眼，点点头。

"什么'这就是了'？"

"就是它。我常常做的那个梦。"她肯定地说。

我愕然了。窗外，高大的落叶乔木在风中摇曳，在窗帘上投下巨大的漆黑的阴影，在这片黑色衬托下，景焕像是一个白色的精灵。

"那个梦，究竟是怎么回事……"我急切地望着她。说不定，这梦，就是她得病的根源哩！

"我常常梦见我来到一个地方，那儿，有一口结了冰的小湖，周围都是灌木丛，很美。没有星星，没有月亮，可是在远处漆黑的夜里有一片隐隐的光斑，不停地闪烁着，像是电焊工焊钳下的闪烁的弧光。我开始滑冰，我从来没有滑过，但我滑得很美，很自如，悠起来的时候，能听到远方传来的音乐……"

"对不起，打断一下，这音乐可是那天谢虹的母亲演奏的……？"

她的眼光飞速地变幻了一下，尽管是一刹那，我还是读懂那潜台词——"蠢话"！

我不敢再说什么，只是认认真真地听她讲下去。

"……我悠悠然然地滑着，突然，我发现我总是不由自主地沿着同一条轨迹滑行，那轨迹便是一个极大的'8'字，那轨迹是那么明显，不知多少人在上面滑过了，……我试图改变，可是，我刚刚脱离了这条轨迹，那冰面就突然裂开了，裂得那么大、那么深的一道裂缝……我掉进寒冷彻骨的冰水里，我能看到的最后的东西是远方那闪烁的光斑……它突然爆发出最明亮的弧光，然后，就熄灭了……"

"我像是在听一个神话。"

"你们懂什么？"她突然一改平素温和的态度，"你们以为比别人多读了几本书，就算是聪明人了？世上奇奇怪怪的事儿多着呐——"她像是要说许多，但突然顿住了，惊惶地望望我，那样子像是准备挨打。

她终于揭开了面具的一角。也许，谢霓说得对，她既不疯，又不傻，她是因为太聪明，过分聪明了，而得不到常人的理解。她的各种不同凡响的怪念头可以使她成为天才，同样也可以使她毁灭。

"你是什么时候开始做这个梦的？"

"很早了。小时候。"

"每次都重复这一内容么？"

"差不多。"她想了想，"甚至，有时我在梦里也是清醒的。我知道自己快要做那个梦了，就对自己说：'它来了，景焕，它来了。'"

"真是不可思议。"我默默地把图片整理好，看看表，已经9点20分。不早了。

"你等一等再回家。"她突然急急地说，"等她家的人回来，你再回家。"

"怎么，你一个人害怕？"

她垂下了眼帘。

"你怕什么？"

"怕……怕周围那些看不见的东西……是的，晚上，那些东西藏在黑暗里，在很静很静的时候，可以听到它们轻轻的响动；慢慢地，它们好像从四周无声无息地飘来，像很轻的云彩那样……可它们又很重，压得人气都喘不过来……真的，我常常吓得缩成一团，不敢睁眼……"

"正是因为你不敢睁眼，你才害怕，"我竭力宽慰她，"假如你睁眼看一看，就会发现，什么也没有。"

她大睁了两眼定定地望着我。

"景焕，"我的声音不由自主地变得温柔了。

"嗯？"

"你的童年……是不是有过什么不幸的经历？"我小心翼翼地试探着。

她深深地看了我一眼，然后很快地说："不，我的童年很幸福。"

"你妈妈、爸爸……他们爱你吗？"我仍不死心。

"当然，他们都很爱我。"她回答得更快了。我觉得她好像要哭出来。

"那……他们为什么不到医院看你？你来这儿这么长时间了，

他们好像根本不知道似的……"

"不——"她急急地打断我，我发现她眼睛里掠过一道愠怒的光，然而她的声调依旧很温和，"他们身体都不好，他们有病，很重的病……自己也照顾不了自己……"

我没敢再问下去。她在躲闪着什么，回避着什么。每个人都有自己的内心秘密。

"景焕，你还年轻，做些事吧，别相信那些荒唐的梦……"我一边整理着记录一边温和地对她说，"你的那个梦是荒唐可笑的，是不可信的……"

"不，我信。"她轻轻地、肯定地说。接着，她又说出一句令我瞠目结舌的话，"因为我见过那地方。不光是在梦中。我实实在在地见过。"

谁也没想到，景焕竟对花卉栽培产生了浓厚的兴趣，成了谢霓家的"义务园丁"。

在这之前，谢霓极力主张让景焕回到社会生活中来，让她参加工作。然而在这个待业青年云集的城市，给她这样的人安排工作谈何容易?! 磨破了嘴皮子，谢霓才帮她在一家街道工厂找到了一个"糊纸盒"的差事，然而干了两天，景焕却悄没声儿地回来了，再也不肯去。

后来，谢虹又帮她找了抄乐谱的差事，她也不过干了一个星期。据谢虹说，她抄得很出色，然而一个星期之后，她又带着那种温顺和服从的眼光，坚决不干了。

谢霓不知如何是好。谢虹的脸色变得不那么好看了。

这一切，景焕好像浑然不觉。她一天除了吃饭、睡觉，有十几个小时都泡在谢家的小花园里。谢家的花一直是由谢伯伯和小保姆照管的。谢伯伯年岁大了，每天只是浇一浇水，整一整枝，有时累了，连水也浇不过来；小保姆呢，对此道既无兴趣，又不懂行，只是敷衍一下罢了。所以小花园的花品种虽多，长得却并不茂盛。

景焕像个幽灵似的在谢家花园里徘徊了一个星期，然后像是突然来了精神。她心里似乎有个全盘计划，她在按照这个计划有条不紊地干着：先把庭院里栽的花整理了一遍，然后精心设计了一个弧形的花坛（谢霓说，那图案非常现代！），准备把苗床上育好的壮苗移植在花坛里。接着，她又极细心地给全部花卉修剪整枝，把菊花、芍药、大丽花整形为单干式，把牵牛、茑萝、紫藤等蔓生花卉整理成攀缘式，把垂盆草、旱金莲整理成匍匐式，把一串红、美女樱整理成丛生式……

她完全着迷了，浇水、施肥、拔草，给一些不耐寒的品种培土、包扎，采用各种越冬防寒措施。她先是蹲着，后来索性跪着，一跪就是一个下午，拔草像绣花似的那么耐心，拔下的杂草堆积起来，竟装了满满两车平板三轮。

我奇怪这个瘦弱的身躯里竟有如此巨大的活力。整理了庭院花卉，她又向盆花进军了。谢家的盆花少说也有七八十种，她挨盆重新整理，把有病虫害的原株都换了盆，还不厌其烦地按各品种的需要去培养什么腐叶土，堆肥土，山泥，塘泥，草木灰……常常弄得满头的草叶，满脸的泥巴，像个没人疼爱的辛德瑞拉。

除了谢霓之外，谢家的人都冷眼看着这一切，听其自然，不管，也不鼓励。只有谢伯伯每天傍晚之后不露痕迹地在小花园里转上一圈，察看察看花的变化。一个月之后，他第一次沉不住气了。

"阿波啊，今天我们……"一天晚饭之后，他微笑着邀妻子，"去看看花，好么？……哦，孩子们？孩子们也一起去嘛！"

初冬的落日已变得温柔，色彩也惨淡多了。沿着碎石子铺成的甬道，我随谢霓一家来到花园的深处——这是一个多月来头一次光顾这里，大家的眼睛都不约而同地迸出了惊喜的光。

每年一入冬，谢家花园便进入萧条时期，除了两盆仙客来，几丛唐菖蒲和大丽菊之外，就是一些没修剪过的长疯了的月季了。可今年，似乎是百花仙子记错了花期——这园子里竟还是姹紫嫣红的一片。花坛上的美女樱、葱兰、景天和金盏花开得正旺，娇艳的花瓣在叶丛里闪着明丽的光；盆栽的扶桑、美人蕉、大丽菊、茉莉……朵朵都像清水洗过似的那么鲜明夺目，香气醉人；倚墙栽着的波斯菊、蜀葵、茑萝、常春藤像是精心设计的工艺品，造型优雅、千姿百态；最稀罕的是，那株每年只开四五朵花的香石竹，今年竟开了九朵水红色的大花；而仙客来的花丛直径竟大到五十厘米，红白两色的花朵开得满满当当……

半晌，大家才从惊异状态中复苏过来。

"没想到，这孩子倒有这方面的才能……"文波轻轻说了一句。

"我早就说过，景焕是个聪明姑娘。"谢霓的语调里颇带几分骄傲，似乎景焕的成绩里也包含着她的许多功劳。

"有的精神病就这样，总有一两方面特殊的才能。"谢虹最早恢复了平静，她摘下两朵雪白的晚香玉，别在自己的衣襟上。

"这倒也是。"文波表示赞同，她又仔细看看周围的花朵，"这样倒也好，她每天帮着看看园子，也不至于有什么是非。一来可以替替老头儿，二来她心里也高兴。"

都没有提出什么异议。于是大家沿着甬道慢慢地在花园里踱步，当走到一丛芭蕉旁边的时候，我猛一抬头，发现景焕正在对面墙边站着，掩蔽在那茂盛的常春藤里。我不知道她是否听到了大家刚才的那番议论，只是感到，她的嘴角上似乎含着笑——那种令我害怕的娇娆中带点阴险的笑。

繁忙的工作不但没有把景焕累垮，相反，她的身体倒是渐渐结实起来了，人也越来越漂亮了：苍白的两颊微微泛起淡红，秀长的眼睛里水波粼粼，嘴唇也有了一层光润的红颜色，从外表看，无论如何也不能叫人相信，她不是个正常人。

她仍是很少讲话，也尽力避开和大家的接触，但是，她内在的情绪仿佛稳定了，充实了，再不是那种恍然若梦的神情，而是那种总有事情干，总在忙碌的人的专注而愉快的神色了。

她最近一直热衷于搞花卉的无土栽培。小花园的角落里摆满了她用来配制营养液的玻璃罐子，谢伯伯也在帮她。几个月来，老头儿似乎是越来越喜欢这个"疯姑娘"了。他为她的试验提供一切便利条件，关心她的饮食起居。过去老头儿高兴时，常常从"特艺"给两个女儿买些小玩意儿，小首饰，或者用园子里的花编个小花篮儿什么的，逗逗她们笑；现在呢，这小礼物每次也少不了景焕一份儿。一开始，景焕还推辞，不肯要，可后来，还是要了。因为她非常喜欢这些精巧的小玩意儿，这从她的眼睛里便一览无余了。每逢得到这些小玩意儿，她便像小姑娘过节一样高兴。她自己钉了个小箱子，还上了漆，安了锁，把这些宝贝，看够了，摸够了，然后用干净手帕一件件地擦净，再一件件地放进去，一边还低声哼着歌。

"瞧，弗洛伊德定律起作用了吧？"每逢看到谢伯伯和景焕一起在花园里摆弄那些坛坛罐罐的时候，谢霓就朝我调皮地一笑。

然而我却至今没体验到什么弗洛伊德定律的作用。景焕对我的态度一如既往，仍然是敬而远之，不越雷池一步。岂止如此，我甚至觉得她对我还有一种潜在的敌意。比方说吧，那次谢霓心血来潮，非鼓动着景焕为我画一幅肖像，像画好了，把我吓了一跳。说实话，我虽算不上美男子，但总还是端正的。可这幅画却把我画成了一个五官背离的瘦"钟馗"，更可恶的是，连我也不得不承认，有那么点像。说不出哪儿像，但熟悉我的人却能一眼认出是我。谢霓哈哈笑弯了腰。

"绝了！绝了！没想到景焕还是个天才的漫画家！"她举着这幅画到处给人看。

那天，我说什么也不愿在谢家吃晚饭。推门出来，没想到在花园里遇见了景焕。

"你生气了？柳大夫？"她怯生生地踱过来，脸上是真心地歉疚。这是她头一次主动跟我讲话。她仍像在医院时那样，称我为柳大夫，这让我感到别扭。

"没有没有。"我急忙装出一副豁达大度的样子，"没想到你还会画画。"

"我小时候就喜欢画。小时候的画讨人喜欢，大了，我觉得我的画越来越能表达我的内心感受，可别人却说画得越来越不好了。我想可能是我的眼睛出了毛病，要么，就是别人的眼睛出了毛病。"

尽管我装出了男子汉的气魄，但是这幅画仍然让我不痛快，好久都不痛快。

入冬以来下了几场痛快的大雪，这个污染严重的城市顿时变得洁净、年轻起来。那灰色的雾霭渐渐透明了，街上的行人也多起来，穿着红的、绿的、蓝的、紫的羽绒服，兴冲冲地到处购置年货。这两年，人们手头上都多了几个钱，而且，都染上了些新的"价值观念"，再不像老辈子人那样勒着肚子攒钱，而是愿意把钱痛痛快快地花出去，购置几件像样的东西，觉得这样活着痛快，有味儿！

谢霓家也在置办年货。谢伯伯年迈，文波工作忙，谢虹又是"不关己事不张口"的小姐，这办年货的事自然落到谢霓身上。每年，谢霓都让小保姆帮忙，大兜小篮地拎回来。今年，谢霓却偏拉着我和景焕上街，还风风火火地拿了一盆景焕用营养液培养的仙客来，说是要找个懂行的人给鉴定鉴定。

这几个月，景焕的身体和精神都令人难以置信地好转了。她迈着轻盈的小碎步走在身材高大的谢霓身边，脸色像冬天的空气一样新鲜。这些时，她似乎已慢慢放松了对谢霓的戒备，而对我，仍然是壁垒森严。事实粉碎了谢霓的预言！去他妈的弗洛伊德定律！

来到崇文门外花市大街的一个小胡同里，谢霓怪神秘地向我们摇摇手，按了按一扇斑驳的红漆大门的门铃。

一位老人给我们开了门，穿过长长的门廊，我们来到一间小小的花房里，花房里面端坐着一位更加年迈的老者。

这花房子虽小，培养的花卉却尽是名贵品种，每株花旁都立着一个小小的牌子，介绍它的名称、花期、株高和用途。

"啊——这棵仙客来培养得好！"老者一见谢霓手里的那盆花，眼睛里就进出了光彩，"比我的那棵好。好多了！"

"傅爷爷，这花儿是她搞出来的，"谢霓把景焕往前边推，"您肯收她当徒弟么？"

"唔……"老者眯起眼睛打量景焕，"这花，你是怎么培养出来的啊？"

景焕低下了头，半晌都不吭气。被谢霓催急了，她才老大不情愿似的简单说道："用营养液培养的。"

"营养液……什么营养液？"老者好像是头一次听到这个词儿。

"营养液么……就是根据水培花卉的种类配方……"谢霓见景焕老半天不作声，只好结结巴巴地替她回答，"把什么硝酸钠啦，氧化钾啦，过磷酸钙啦等等，按一定的比例配在一起……您看，这棵用营养液培养的仙客来，株高都有四十厘米了，一年可以开一百三十朵花呢！"

老者拈着银须沉吟了一会儿，笑着说："真是活到老，学不了哦！……欢迎你常常来！"

这后一句话他是对着景焕一人说的，而景焕却又有些听而不闻的样子，弄得我和谢霓很尴尬。

"这棵仙客来，先留在我这儿，下个月，你来取，好么？"老者又对景焕说。

"行行行，这花就先放您这儿吧！"谢霓慷慨惯了，生怕景焕说出什么小气的话来，急忙替她答应着。

"当然，我也要给你看看我的花。"老者把那个开门的老人叫了来，略一示意，那老人便掀开花房里面的珠帘，端出一盆昙花来。

这昙花被精心地盘成了一种扇面形。碧的叶，像绿翡翠似的发亮，托着两朵极鲜嫩美丽的昙花，玉碗似的，晶莹透明。

景焕的眼睛发亮了。她轻盈地跑上去，对着昙花仔细观察。

"昙花……怎么会在白天开呢？"景焕讷讷地自言自语。

老者朗声大笑了。"我不仅会使夜晚的花白天开放，而且会使春季的花在冬天开放，冬天的花开在夏天……哈哈哈……你认为这些是不可思议的么？……"

"不。我认为，什么都是可以实现的。"景焕突然一本正经地说，接着，又莫名其妙地补了一句，"只要，只要是自由的。"

我和谢霓面面相觑。但老者显然听懂了这句话，睁开一双睿智的眼睛，和善地望着景焕："还应当补充一句：那么，一切就都是自由的。对么？"

景焕的眼睛变成了两团明亮的星光，"您……您见过弧光么？"她突然问。我真担心她突然又犯病。

但老者并未感到惊奇，他从容地微笑着："没有见过。但是它可能存在的。一切都是可能存在的。"

"下个月，我一定来。"景焕突然像个未成年的小女孩那样天真地笑着。

但是景焕失信了。"下个月"，她没有能够去。

"下个月"是二月，正是一年一度的春节。景焕加倍地忙碌起来，不知从什么时候起，她又开始对插花艺术感兴趣了。她先是搞一些小型插花，利用空的香水瓶子，酒杯，贝壳，等等，设计成各种小巧玲珑的造型。比如，插上一片造型怪异的小叶子，或者，几株婆娑淡雅的蔹草。虽极简单，然而颇有趣味。后来，她的胃口越来越大了。她用一些化学药品把鲜花制成可以长久保存的干花，利用竹子，菽秸秆，麦穗，石子，藤子等可以随手拈来的材料，设计成一些造型优雅的大型插花。

春节那天，谢霓家的每个成员都得到了一份意想不到的极精美的礼物——插花。

谢霓得到的插花是由马蹄莲和郁金香制成的干花组成的，这雪白和鲜红的色彩放在一起，显得格外热烈和明亮，用来插花的器皿是一个水绿色的长颈玻璃瓶，谢霓高兴得手举瓶子，在原地旋了好几个圈儿。

连一向冷漠、矜持的谢虹也忍不住惊喜地叫起来——清晨一觉醒来，她发现自己的床头柜上摆着一架十分别致的插花——一只白瓷的大雪花膏瓶子里，别出心裁地插着一束用加工以后变成雪白的菽秸弯成的凤尾，两棵碧绿的麦穗和一束叫不上名字来的白色小花，洋洋洒洒的，就像是清晨的一片乳白色的雾。和送给谢霓的插花那明亮热烈的风格相反，这风格是纤秀、典雅。

我来到谢霓家的时候，她们一家人正聚在谢伯伯和文波阿姨的卧室里，欣赏景焕的杰作——一架大型插花。

一个扁圆形的钧瓷瓶，变幻着浅蓝、淡绿、深紫的色彩。上面的插花像是一丛长得极茂的乳白色的珊瑚。细细一看，才知道是经过药品处理后的藤萝，被盘成了珊瑚状。"珊瑚"后面是几根长长的孔雀尾羽，把整座插花点缀得很华贵。前面是两朵玉碗似的昙花，和那天在老者家里见到的一模一样。

"这东西要是摆在工艺美术商店出售，准得打破脑袋。"谢霓抱着膀子，得出结论。

"倒是有点日本花道的那个味道呢。你说呢，阿波？"谢伯伯对一切事物作出评价之前，总是要征求夫人的意见。

文波不置可否地微笑着，眼睛不离这座插花，看得出，她十分满意。

"对了，妈妈今天不是有日本客人吗？正好可以叫人家评价评价。"谢虹闪着机灵的大眼睛，挽着妈妈的手臂。接着，她突然向我嫣然一笑，"柳锴，你觉得怎么样？"

"怎么样？卖上个千儿八百不成问题！"我也一笑。

"真是钻钱眼儿的脑袋！"

"既然是商品社会，那么谁也离不开孔方兄。"说实话，我很讨厌在生活上穷奢极侈而又自命清高的人，特别是这种话从谢虹嘴里说出来，就更叫人反感。我决定趁机抒发一下我的见解："依我看，不如和哪个工艺美术公司挂上钩——反正现在形形色色的民办公司多得很。和他们签好合同，然后由他们代销，利润分成。可以先试销一下嘛！如果这笔买卖真做成了，解决的不仅仅是景焕的衣食，她的精神世界也会跟着解放，——相信自己是一个有用的人，一个被社会所需要的人，这本身就是一种对精神病的最好的治疗方法。"

"哎，这倒是个办法！可以试试。"谢霓兴奋起来。

我讲话的时候已经发现，谢伯伯和文波阿姨颇有些不悦之色了。这时，文波望着小女儿，颇不以为然地说："小霓，什么事情不要脑袋瓜一热就讲话。我们这样的家庭，就是不会做买卖。什么公司不公司的，不要赶那个时髦。"

谢霓悄悄拽了一下我的袖子。走出房间后，她悄声对我说："别理他们，咱们自己帮她联系！"

谁知道，就在这天的下午，由于两件意想不到的事情，使景焕永远走出了这个家庭的大门。

"糟了！景焕走了！"

午饭后我正睡得迷迷糊糊，谢霓便气急败坏地敲开了我的房门。她来我家次数虽不多，却远比我在她家随便——这可能和我家的家庭气氛有关。妈妈极喜欢她，每次她来，都倾家中所有，为她烧一顿可口的饭菜；而谢霓，也从不辜负我妈妈的一片心意，每次总是风卷残云般地把饭菜一扫而光，一边还摆出品尝大师的风度，发出些具有权威性的评论。我十分相信谢霓评论的真实性，因为在这里，她可以换换口味，吃到一些在她家里永远也吃不到的新鲜玉米面、小米，甚至野菜、野果。

"怎么了？"我一边披上棉袄一边问，仍旧迷迷瞪瞪的。

"都怪他们！都怪他们！"谢霓急得直跺脚，"走走走！我们去找她！路上我再跟你说！"

路灯把我们的影子拽得长长的，变了形，像一幅抽象派的画。一路上，谢霓断断续续地讲起了事情的经过。

原来，中饭时候，两位日本客人来访。看到景焕所做的插花，十分感兴趣，执意要见见作者。

"她们对那座插花的评价可高了，"谢霓一边蹬车，一边把飘到脸上的发丝掠开去，"她们两个虽说都是妈妈的同行，但都懂得花道。她们说那座插花色彩鲜明而不失协调，造型怪异而不失典雅，而且明暗对比、动静结合，是插花作品中的上乘之作。可妈妈不知为什么，不愿意让景焕出来见她们，甚至不愿让她们知道作者是谁，当时给了她们这样一种错觉，好像作者是我和谢虹其中的一个似的。后来其中一位发出邀请，说无论插花作者是哪位小姐，都竭诚欢迎她去日本做客，并且说，一切费用都由她们包了，还保证提供与日本花道同行切磋技艺的机会……结果妈妈的回答很是含糊其词。临走，那两位女士还留下了一份小礼物，说是请妈妈一定转交作者——那是一只手持花束、做得很精美的日本桃偶。谢虹一看就喜欢上了，央告妈妈先让她在房间里摆两天。妈妈对此要求不置可否，却反过来对谢虹提了个要求，要求她去向景焕拜师学习插花，并且要尽快学会其中技巧……"

"行了，你别说了。"我打断了她的话。她看看我。两人心照不宣地默默地蹬着车。

"其实，我妈妈那个人并不坏。"她忽然说。

"当然。天下所有的母亲都希望自己的女儿比别人的强，这太可以理解了。……那么，第二件事呢？"

"第二件事，就更不可思议了。我一直没对你讲，为了了解景焕的过去，我和她以前的男朋友夏宗华建立了联系，打了几次交道以后，我发现这个人很自私，而且……在心理生理方面都有些变态——这可能和他至今独身有关。我也摸清了一点他对景焕犯病所起的作用和应承担的责任，但不知为什么，尽管我很想了解他和景焕关系的全部底细，然而我的这种好奇心却战胜不了对他的一种厌恶感，我对他这个人有一种本能的防范。懂吗？我指的并不是那种侵袭，他骨子里很胆小，做不出什么事情来，而我也决不给他这种机会，这个我拿得很准。我指的是另一种侵袭——一种破坏你内心平静的侵袭，一种你明明厌恶却还要为了某种原因不得不敷衍的侵袭。为了摆脱这个，我不再去找他了解景焕的情况了。可是我没想到他竟敢不经允许地打上门来，更没想到，他竟在这么短的时间里把谢虹给迷住了。……"

"什么？！"我大吃一惊。这怎么可能？谢虹——那只高傲的、矫情的天鹅，那个把世界上一切男人都踩在脚下的公主！

"是啊，昨天我听到谢虹的宣布时也很吃惊——"

"宣布？"

"嗯。昨天晚饭之前，谢虹向全家郑重宣布，夏宗华是她的男朋友——未婚夫！"

"当时景焕在场吗？"

"不在。日本客人走后，她的神色一直不对头，我猜到，客人和妈妈的那番谈话是被她听到了，于是我千方百计地哄她，拉她出去听音乐，还从谢虹那儿把日本娃娃抢过来给了她。到晚饭时候，她总算好些了。听到谢虹的宣布之后，我的第一个想法就是：决不能让景焕见到夏宗华！可是……事情就赶得那么巧！我刚刚把景焕哄出花园，想陪她到外面去吃点东西的时候，谢虹把夏宗华拉去赏花——正好撞了个对脸儿！"

"我的上帝！"

"景焕一见到夏宗华，就死死地盯住了他，那种眼神——哎，我的天，我这辈子也没在哪个人的眼睛里找到过！她的脸色变得灰白灰白，奇怪的是，夏宗华似乎很害怕，当时他唧唧嗦嗦地说了一句：'你好！'不明戏的只有谢虹，她还挺得意地向景焕介绍说：'这是我的男朋友！'景焕当时的表情很奇怪。她好像微微一笑。可那一笑真可怕，就像是《百慕大三角洲的魔鬼》里那个嗜血的布娃娃似的……"

我忍不住打了个寒战。

"当天晚上，景焕就失踪了。最糟糕的是，她可能认为我也是合谋者，把她骗出花园，好让夏宗华和谢虹来尽兴地赏花……唉，总之完了，这次找她一定得由你出面！……"

第四天，我们在肿瘤医院的肝科男病房找到了景焕。

景宏存在这里住院。那躺在床上的一动不动的瘦老头儿，假如不是那双灰色的眼睛还有些生气，我会把他认作一具死尸。这就是那个曾在 50 年代声名赫赫的景宏存么？

景焕显然是吃了一惊。接着，露出一种厌烦的表情，她显然是不愿让我们来打扰她。她正在给父亲喂吃的。一个橙黄色的鹅蛋柑，被她很仔细地剖开了，放在一个小碟子里，然后用一只不锈钢的小调羹把柑子一瓣瓣地放进父亲嘴里。在她做这一切的时候，显得那样熟练和轻巧，让人看了很舒服。

"景焕，你父亲病了，为什么不告诉我们？"谢霓走过去，很动情地握住她的手，"真把我们急坏了，这几天，你是怎么过的？"

景焕慢慢地抽出自己的手，不吭一声。

"景焕，我想我们之间有些误会，"谢霓轻声地说，我还从没见过她对谁态度那么诚恳，"我想我以后会跟你解释清楚的，希望你给我机会。"

景焕仍是一语不发。唇边，又出现了那种可怕的令人毛骨悚然的微笑。

在这种情况下，谢霓只好采取暂时回避的策略，由我单独和景焕打交道。

我遵照谢霓的旨意，每天去肿瘤医院。然后把景焕一天中的全部表现记录下来。景焕的情绪曲线起伏很平缓。她每天陪着父亲，似乎生活得很有规律，她尽心尽力地侍奉着父亲，病房里其他的病人和所有的医生、护士都说景宏存有个孝顺的女儿。

一天雪后，我照例来到医院，一眼便望见景焕一个人推着轮椅，正把景宏存从医院后门那个用洋灰抹成的斜坡上推下来。坡度挺陡，上面被压实了的落雪又格外滑，她两只手死命地拽着轮椅把，全身后仰，但即使这样，也无法控制轮椅下滑的速度。她像片被飓风卷着的小树叶子，不由自主地向下坠落着。

我跑过去抓住了轮椅的扶手。

她仰脸看我，虽然是瞬间，但我却很难忘记那眼神。那双眼睛变成了两团迷人的星光，美丽而神秘。里面藏了数不清的无法言传的意义。我弄不明白这是为什么。

我们一起把她父亲推到医院后面的小花园里。

这是座多年失修的花园，荒草长了老高。石雕的残垣上堆满了残雪。冬日的阳光暖洋洋的。景焕仍戴着那顶鱼白色的旧毛线帽，苍白的瘦脸在阳光下变得半透明了。

她细心地把盖在景宏存脚上的小被子叠好，垫在他的后腰上。我扶他下了轮椅，他虽然极瘦，但却颇沉重，他仰脸儿坐在那把绿漆斑驳的长椅上。混浊的眼珠儿不停地转来转去。但我不相信他是在看现实中的东西。我看着他，有这样一个强烈的感觉：死亡实际上是一个缓慢的过程。在停止呼吸之前，身体的各部分器官早就一个接一个地死去了。

我奇怪一个活生生的人怎么会被耗干成这样。

景焕的兴致倒是格外高。她一会儿折一根枯枝，一会儿捡几粒石子，忙个不停。末了儿，她把这些乱七八糟的东西都堆在父亲轮椅的底座里。又从底座那儿拿出了一个小小的肥皂盒似的东西。

"爸,我给你表演个小节目吧?"她的眼睛望着父亲,我却觉得她是在对我说话。

她打开那个肥皂盒,那里面是泡好的肥皂水和一支细细的蜡管。

她吹起了肥皂泡!有多少年没见过这玩意儿了!大的、闪亮的、五光十色的肥皂泡,彩灯笼似的,在阳光下闪烁着。她鼓着腮帮子,好像完全忘记了周围的一切!太阳暖融融地照着,树上落下的雪粉像蒲公英的绒毛似的,到处飞舞。

景宏存像是恢复了一丝生气。那双灰蒙蒙的眼睛定定地望着一个个闪亮的肥皂泡,竟慢慢湿润了。

十多年前的一个中午。一个扎着红蝴蝶结的小姑娘,也是这样地向天空吹起串串彩色的肥皂泡。一个个亮晶晶的,在蓝天里像星星似的发着光。那时候的天很蓝。现在,很少看到这样纯净的蓝宝石色了,大约是空气污染的缘故吧。

"喂,帮帮忙,帮帮忙……"她拼命举着两条细瘦的胳臂,向上赶着一个正在坠落的肥皂泡,累得满脸发红。我不由自主地受她情绪感染,竟真地帮她赶起来。那个很大的、亮晶晶的肥皂泡,在轻微的气流中开始慢慢上升,反映着各种虹彩。

"轻点儿,轻点儿……"

她的认真样子令我好笑。但我却不忍拂去她的热情。就像是大人们永远不会在孩子们面前戳穿童话的秘密一样。

还是把圣诞老人的糖果留在她的鞋子里吧,我想。

但这个硕大的肥皂泡终于还是碎了。

她吁了口气,看看我,看看她的父亲,又举起小塑料管。

终于,有几个肥皂泡挂在雪松的枝条上面了。

"爸爸,这是我送给你的礼物!"她突然有点羞怯地望着父亲。

一棵美丽的圣诞树。但那彩色的"灯泡"在阳光下很快就消逝了。

"我看到了。懂了。"突然,景宏存的嗓子里发出一种低哑的喉音。他一直出神似的看着那个最大、最漂亮的肥皂泡。

他的声音把我吓了一跳。这声音像是从另一个世界飘来的，又像是幽谷里的回声。

"您看到了什么？"我警觉地问，我看到那老头子的灰眼珠似乎停留在一片遥远的疆土上。

"肥皂泡破裂的刹那，是最美丽的。在它完整的时候，它被风吹得飘来飘去。它只能反射太阳的光线，而它本身是没有色彩的。"老头子清清楚楚地说。

"可是正因为它没有色彩，你便尽可以把它想象成任何色彩。"我忽然冒出了一句。

"这句话很聪明。"老头子微笑了一下。我惊奇地发现，这具完全干瘪的木乃伊在微笑的时候仍然流露出一种睿智。那是智者的微笑。这微笑可以使一个形象突然闪光。

"它虽然瞬息即逝，可它的确存在过。这就够了。"老头子慢慢地说。

景焕的眼睛亮了，她紧紧地握住轮椅的扶手。

"一切都是瞬息即逝的。"他继续说。他端坐在那张绿漆斑驳的长椅子上，眼睛平视着远方。他有着多么潇洒自如的风度！我完全能想象到当年的他，在科学会堂里面对着成千上万个同行、论敌、盟友和崇拜者们，侃侃谈着他自己关于宇宙的全部论点。"我们生活着的这个宇宙就是一个偶然性的宇宙。文明和人类终究是要毁灭的。这就像我们每个人生下来就注定了最终要死去一样。科学家从不相信那些类似'信念'之类的玩意儿，那不是力量的表现。那是懦弱的表现。宇宙是可以寂灭的，但生命不会完结。当宇宙在整体上趋于毁灭的时候，却存在着一些同宇宙的一般发展方向相反的局部小岛。正是在这类小岛上，生命找到了栖息之所。"

我对物理学领域是很陌生的。我谈不出任何赞成或反对的观点。但老头子的话里却有着一种威严的慑服人的力量。

"我的时间已经很少了。"老头又说，可能是由于虚弱，他的声音越来越乏力了，"我这一生，太不足取。我只是像只工蚁，而不是像个人那样地活着。人类……比他们对自己所能认识到的要远远聪明得多……去吧，去找那把钥匙吧，那把通向人类最高才华的钥匙……去吧，像个人一样地……活着……"

老物理学家灰白的头发在寒风中飘散着，战栗着。我们慢慢地推着轮椅。景焕不停地弯下腰，用卫生纸慢慢地擦去老头子嘴角上不断涌出的黏液。

景宏存的病势急转直下。一个星期过后，他只能靠氧气来维持生命了。

景焕毕竟是个女孩子，她开始害怕自己的父亲了。而景宏存也的确变得使人害怕。他全身浮肿，脸色发灰，眼角和嘴角不断地涌出黏液。景焕再不敢一人陪床，而是经常用目光来央求我不要离开了。

必须对读者坦白的是，在这一段漫长的时间里，我内心的平衡已经发生了变化。

不得不承认，我内心深处越来越多地想到一个女孩子——一个按照世俗观念来看和我毫不相干的女孩子。我常常想到她的家庭，她的经历，她的命运……而在过去，这几乎是不可能的。因为我很早就养成了一种善于回避和保持距离的习惯。我不愿和任何没有亲缘关系的人过分亲密。因为我明白这种亲密意味着某种限制，甚至危险。

不知不觉地，我把她和谢霓作了比较（尽管我知道这是很不应该的）。我喜欢谢霓，但我觉得我们之间的关系更像是一对可以在许多方面亲密合作的伙伴。怎么说呢？似乎男人有种天性，有时宁愿为了一个弱女子的意愿而违背一个强悍的精明的女人。因为几乎所有的男人都有一种愿意保护弱小的本能。哪怕这种弱小是一种表面的现象。

"柳锴同志，你要注意！"谢霓下班之后，找到我，半开玩笑似的说，"你……好像……有爱上她的可能。"她诡秘地盯着我的眼睛。

"这不是正合您意吗？"我也跟她开玩笑。

"扯！"她一扬眉毛，"早就跟你说过，我是要你想办法让她爱上你，从而达到'移情'的治疗目的，我可没说要你去爱她，"她又嘻嘻一笑："你要真的爱了她，看我怎么治你！"

我笑了。我知道她爱我。但她爱的方式像个斗牛士，一般男人接受不了。

气候愈加寒冷了。夜里陪床的时候，必须披上大衣，还要盖上厚厚的毛毯。只有一张折叠椅和一床毯子，这自然要让景焕来用，而我，只好常常在静静的夜里，在肿瘤病房外面的走廊上来回踱步。

我从不曾在医院过夜，特别是这个充满了死神与生命的搏斗的神秘意味的癌病房。夜半，常常有突然死去的病人被平车推出病房。在走廊的尽头，是一条斜坡式的通道。那里是通向死神的收容所——太平间。

这两天，那辆往来于癌病房和太平间之间的平车运动得格外频繁。三天前，斜对面病房的那个患直肠癌的小伙子死了。整整一个冬天他都是靠打杜冷丁来止痛；昨天，死了一个患淋巴癌的年轻女人，她的丈夫和两个孩子的哭叫声把整个病房笼罩在愁云惨雾之中。今天晚饭时候，和景宏存同病房的那个患骨癌的老头又突然死去了。

夜间，我仍是一个人在走廊里踱步，忽然听见角落里传来一阵压抑的嘤嘤的哭声。走过去一看——是景焕！她披头散发，身上裹着那条厚厚的毛毯，脸上的头发被泪水粘成一绺一绺的，这是我认识她之后第一次见她流泪。

我总觉得，她应当属于感情丰富的那种类型，然而她却很不爱笑，更不爱哭。

谢霓跟她恰恰相反。谢霓在生活面前从来是乐观的，然而却常常为了那些骗人的文艺作品一掬同情之泪。看个什么破电影，她也要哭一鼻子，连看个什么"之恋"之类的片子，她在一边说着"没劲"的同时，一边还要陪几滴眼泪。

景焕却恰恰相反，仿佛任何文艺作品都不能使她动心，然而对待生活本身，她却从来不是一个乐观主义者。

"安娜是为爱情而死的，这是幸福。而千千万万没尝受过爱的滋味，浑浑噩噩地活着、死去的人才是真正的人生悲剧。"

有次看电视连续剧《安娜·卡列尼娜》，谢霓正为安娜的死而热泪盈眶的时候，景焕突然冷冰冰地冒出这么一席话。

这话留给我的印象很深。我默默地走过去，看着她。她捂着脸转向窗外，不愿让我看到她流泪的样子。

"我爸爸要死了，今夜。"

我惊疑地望着她。幽暗的月光给纤细的颈子划上一道柔和的光弧。

"真的，他要死了。"她揩干泪水回过头，带着一种复杂的表情望着我。

"别瞎想了，景焕。回到你的躺椅上，好好睡一会儿，好么？"

"刚才我做了个梦。梦见他来到那口湖边，哦，就是我常常梦见的那个地方。可湖上没有结冰，流着那么碧蓝碧蓝的水……湖畔，是一座森林。仙境似的，一只长犄角的梅花鹿在湖边悠闲地踱步。他也坐在湖边，在和那梅花鹿谈天……他的表情是安详的，快乐的，和生前那种抑郁、焦灼的神态完全相反……奇怪的是，那个老头……哦，就是那个养花的老头也在湖边，但他被很浓的雾挡着，看不清他的脸，他好像是在钓鱼，……他好像穿着一身古老的道袍……像个老道士……"

"快去吧，景焕，你需要休息。"我被她那种恍惚、痴迷的神态吓坏了。

她像是没有听见我的话，一动不动地站在黑暗里。走廊里特别冷。她的神情尤其冷。

当晚，景宏存果真死了。死得很安静，像睡着了一样。只是脸部浮肿突然消失了。灰黄的脸变成了紫棠色。全身的骨架仿佛也突然萎缩了似的，身子蜷缩着，格外瘦小。景焕这时反而显得很镇静。她打来水，细细地给父亲擦洗，我帮助翻动他的身子，我又一次奇怪这瘦小的身子竟如此沉重。我明白了那被称作生命的东西是永远离他而去了。生命之泉是一点一滴地干涸的，你能感受到那些活生生的东西在悄然离去，却永远抓不住它……

景宏存在临终前十多天就基本上不吃什么了。在他漫长的患病岁月里，胃口是多变的。今天想吃西瓜，而明天，西瓜就可能成为他厌恶的对象。人只有在临死时会暴露真实的、被压抑着的自我。听景焕讲，她父亲过去是极能克己的、孤情寡欲的人，可现在，却几乎变成了一个贪嘴的、任性的孩子，只要是他爱吃的东西，他便紧紧地攥住，别人夺也夺不走。

　　景焕不知从哪里搞到一只小小的酒精炉，铜质的，样子挺精巧。一个多月来，景焕就是用它来煮各种各样的东西的。每当这个炉子被架起来，火苗熊熊地燃烧的时候，景宏存就吃力地欠起身子，露出贪馋的眼光，仿佛这时他关心的只有这个锅子里那一点点可怜的吃食，而他研究了一生的宇宙结构都被抛到了脑后似的。

　　景宏存享受了一辈子的高薪，而在临终的时候，为了自己和女儿能吃上点儿可口的东西，却不得不卖掉那戴了几十年的欧米伽老爷子手表。

　　景宏存穿上了一身毛料制服。景焕说，这是父亲一生惟一的一套毛料制服。

　　"你父亲挣的那些钱都跑哪儿去了？"

　　她不回答。

　　几位全副武装的男女护士走进来。极熟练地给这僵硬的木乃伊裹上白布。他的姿势很别扭，头向右歪着，一只胳膊搭在肩上，我几次试图矫正都没成功。这时，却被这几位白衣健儿装麻袋似的装进白被单里，搭上了平车。

　　在通往太平间的那道斜坡上，我和景焕默默地走着。我们谁也没有看谁。但我能感觉到她内心的恐惧感。这一夜，我一步也没敢离开她。

　　第二天一早，景焕的母亲赶到了。她站在走廊上，不顾一切大声号哭。

　　"我不明白，为什么人死了还要受这样的捉弄？！"

　　三天之后，在"向遗体告别"的庄严仪式上，景焕望着父亲那被拙劣的化妆术弄得红红粉粉的面孔，忍不住愤怒地喊起来。

周围呜呜咽咽的哭声一下子静下来。大家都以一种看天外来客的眼光看着景焕。人们的泪腺像自来水的开关一样听使唤。

"怎么了？难道给爸爸的遗容化化妆不好吗？不必要吗？"一个身强力壮、块大膘肥的小伙子气势汹汹地蹿了出来。我猜到这便是她的弟弟景致。

"父亲若是活着，不会同意的。"景焕冷冷地说。她今天连一滴泪也没有。

"哎呀，她怎么说这样的话呀！好像我们违背了老头子似的，哎呀，可怜我的一片心意呀……呜呜呜，这叫我怎么活哟！……"

景焕的母亲——那小个子女人一下子涕泪交流，哭得死去活来，好像马上就要瘫倒在地，背过气似的。

"你这个姑娘，怎么一点儿不体谅妈妈呀？"几位父亲生前的女同事走过来，"你父亲去世了，最难过的是你妈妈，你要懂事哟！……"

景焕的嘴唇上浮出一丝冷笑。

……

"她父亲死了，她怎么连一滴眼泪也没有？"……

"听说，她是精神病，刚从医院出来的……"

"是吗?！怪不得……"

……

景焕被周围目光铁桶般地包围起来了。我担心地望望她，她却像没听到那些窃窃私语似的。冷冷的，连眉毛也没有动一下。

"在那些痛哭流涕的人中间，就有杀害我爸爸的刽子手。"

"可是，他们中间也有人是出于真正的悲痛。"

"我从不相信一个人会真正为另一个人悲痛。"

"你应当相信。你不就是……真正地爱你的父亲，真正地为他感到悲痛么？"

她古怪地微笑了一下。

"你错了。第一，我并不真正爱他。我陪床，是因为我无事可做。我早就厌倦了。我盼着他死。"她的微笑又变得令人毛骨悚然，

"是的，我盼着他死。我的悲伤，不是为了他，而是为了我自己。"

我瞠目结舌。我知道，这是一个人内心最隐秘的念头。我诧异的是，她怎么竟敢把它明白无误地说出来。

"还有第二呢？"

"第二，他也不是我的……生身父亲。"

"这么说，她准备向你暴露她的内心秘密了？"谢霓来回踱着步，"你的，成绩大大的。"

她调皮地学着日本鬼子的腔调，在我眼前晃动一个大拇指。

"你说，我到底去不去？"我可没时间跟她耍贫嘴。最近教师业务学习的时候，教研室主任不点名地批评了我一顿，认为我最近比较涣散。我可从没有受领导批评的习惯。

"当然去。这还用问吗？"她兴致勃勃地把手插在豆青色羽绒服的衣兜里。

本来就不用问她。我有些恼火地想。我一个堂堂男子汉，为什么非要围着她的指挥棒转？

不，不是这样。我细细地捕捉着内心的潜意识。我并非是真的在征求她的意见，而是忽然意识到了某种危险，一种来自外部的威胁。不，更确切地说，是来自内部的。我害怕我自己。害怕自己会在一个特定的环境下屈从于内心深处那慢慢形成的情感。因为我毕竟是人。

我求助于谢霓，而她，却这么轻而易举地做出了判决。

"毫无疑问，她爱上了你。"她又捧起那个熟悉的饼干筒，有滋有味地嚼着饼干，"是摊牌的时候了。一旦她向你暴露了全部内心秘密，你就退居二线，善后工作由我处理。"

不那么简单，伟大的女心理学家。世界上除了弗洛伊德，还有千奇百怪，许许多多。

在北京，早春从来比严冬更冷。披着寒风，我们登上了这块三面环山的高山。这块被她称之为"小镜泊湖"的地方，竟和她常常讲起的梦毫无二致。我惊呆了。

聪明的读者也许猜到，镜头要闪回到我们这个故事的开始。我和她——景焕，正在这个结了冰的小湖边坐着，望着那正慢慢爬上山坡的月亮，听着风吹灌木丛的沙沙声响。

汗水已经被风吹干了。她像个孩子似的缩进那件褐色和暗红色条纹的老式棉袄里。我们是骑车来的。她坚持这样做。

"你对我的邀请感到奇怪吗？"她问。

"不，一点不奇怪。"

她低下头去翻书包。"我饿了。"她悄悄地说。

我第一次听她说"饿"。在这之前，我真怀疑她还有没有七情六欲。她吃得像只小鸟那样少。照我看来，她完全可以像只鸟，或者像条鱼那样活着。

我急忙打开罐头，把三条油渍渍的凤尾鱼夹在乳白面包里，递给她。她迟疑了一下，接过去，一小口一小口地吃起来。

天色越来越黑了。黑暗中我觉得她一直在看着我。我觉得右腿开始发麻，于是换了个姿势。

"你真好。"她突然说。

我紧张起来，预感到什么。

"上回，在她们家里，我没有送你礼物，你生气了吧？"她像孩子似的小声问我，然后把一样东西塞进我手里。

哦，是一座小型插花。很古怪。底座是一个不大的海螺。上面弯弯曲曲地盘起一种细藤子，还插着两枚厚厚的发黄的叶子。这插花和谢家的那几种不一样，似乎别具特色。

"喜欢吗？"

"很喜欢。"我望着那双在黑暗里闪亮的眼睛。我忽然感到这不是一般人的眼睛，而是一双精灵的眼睛，林妖或者水怪的眼睛。仿佛是被一种看不见的引力拉着，我凑过去吻了吻这双眼睛。

我的嘴唇和这双眼睛一起颤抖。黑暗中出现了两点晶莹的东西。

"我是个私生女，我不知道我的亲生母亲是谁。"她突然轻轻地说，怕冷似的向我身边偎依着。

我伸出一只胳膊搂着她。小心翼翼的。这是个多么娇弱的、温软的小身体，仿佛稍一用劲就会把她碰碎似的。

"景宏存和他原来的夫人认领了我。他们没有孩子，待我很好。可后来，他的夫人死了。"

"哦……原来是这样。"我轻轻地捏捏她冰凉的手指。

"后来的这个女人……我从不叫她妈妈。她表面上很温和，很胆小，可是她实际上是我见过的最可怕的一个人。她有一种本领，她能吃人。能从容不迫地把人一个个地放进嘴里，嚼碎他们，吸干他们的骨髓和血，然后把骨头渣子吐出来。"

我忍不住打了个寒噤。

"我爸爸……就是这么让她给嚼了。……我也让她给嚼了一半，可我的另一半还活着。我比爸爸难对付。我是个女巫。"

她的嘴角又浮出那种古怪的微笑。她还只有二十二岁！我感到了一种真正的痛楚。

"你会滑冰吗？"

"当然。"

"教我好吗？"

"……好。可你不是在梦里已经滑过无数次了吗？"

她不讲话。我们默默地望着冰面上那个硕大的"8"字。那是常来滑野冰的人们留下的轨迹。不足为怪。

"知道吗？谢虹要跟夏宗华结婚了！"周末晚上谢霓照例来找我，一进门就嚷嚷。

"这么快？"我合上了这两天和景焕的谈话记录。

"是啊，谢虹办事总是爱爆冷门。"谢霓说着，随随便便地想打开谈话记录，被我一把按住了。

"怎么了？"

"没怎么。……我想……等整理好了再给你看。"

"我偏要现在看！"她伸手抢。

"那不行！"我把谈话记录牢牢抓在手里。其实并不是不可以给她看。莫名其妙地，我偏想和她犟着劲儿。似乎这几个月来，我的"男子气"增多了不少。

"有什么不可告人的……"她虽然还是在开玩笑，但分明已经有些恼怒了，"说出来，我成全你！"

我也有些恼火了。她总是这么任性！相比之下，景焕是多么温顺，多么惹人怜爱。

僵持了半天，直到妈妈被喊叫声惊动，拿着一大盘冻柿子走进来的时候，争执才告一段落。

"明天，去滑冰好吗？"她一面大口啃着冻柿子一面说。看着她吃东西真是一种享受。我是无论如何发不出这种健康的咀嚼声的。

"行啊。"我随口答应。谢霓是全校著名的冰上皇后，去年高校花样滑冰比赛，她拿了第一名，她穿着最时髦的红色蝙蝠衫和乳白色牛仔裤，头发梳成一座高高的皇冠，在辉映着彩色灯光的冰面上，踏着乐声悠然起舞，令全体观众——特别是男生们为之倾倒，真是出足了风头。

"好，明天你带个线毯，准备点儿吃的，我带你去一个地方滑野冰！"她的兴致又来了。

"啊……对了，不行，"我忽然想起，我已经和景焕约好，明天教她滑冰。

"明天，我还有些事，已经约好了……"我不知怎么感到有点心虚。

"和谁？"

"和……景焕。"

"不说我也能猜到。"她抱起双臂，倚在门框上，十分冷静。

"你爱上她了。我早就预料到了会有今天。不不不……你什么也不用对我解释，我想知道的只有一点，就是你是不是真正地爱她？景焕这个女孩子，内心世界很复杂，创伤深重。一方面，她确实具有一种非凡的智力，需要得到发展和社会的确证；另一方面，她又不可避免地受到某种压抑，而把这种取得个性确证的愿望转为固守内心世界，这是一种极大的矛盾和人生悲剧，你自以为了解了她，你懂得她真正的痛苦吗？你和她接触频繁，可你真正关心过她的生活吗？你过问过她的经济来源吗？未来的心理学教授先生，你恐怕到现在还不知道，景宏存去世后，她一直在给别人做帮工吧？！"

"帮工？！"

"是的。还记得那位养花的老人么？她去给那老人做了花匠，每月除了吃饭，还能拿到一点儿钱，这些，你一点儿都不知道吧？！"

"我问过她，她……"我卡壳了。

"好，还回到刚才那个话题。景焕和我们不同，我们都是庸人，而她，是个被压抑了的天才。她注定要走一条艰险的路。你能陪她走到底吗？你能为她承担责任和义务，作出各种各样的牺牲么？如果能，你就冲上去好了，我说过我要成全你；如果不能，那么你趁早急刹车，否则会毁了那女孩子，懂吗？"

她训完了话，从容不迫地戴上羽绒服的帽子、口罩和手套，推开门：

"好好想想，男子汉。我们这种年龄早就不是做爱情游戏的年龄了。用你的脑子去想，而不要用你的心！"

她走了。我沉浸在黑暗中。

"多像我梦中的那个地方……"她喃喃着，向我投来深深的一瞥，"我没有骗你吧？"

"我从来也没有怀疑过。……"我言不由衷地说，"只是，我很奇怪……你是怎么发现这个地方的？……"

"不知道。我说过，我是个女巫。"她把细脖子深深缩进肥大的棉袄里，"你要保证不把这个地方告诉任何人。"

"我保证。"

"我只带过两个人到这里来。"

"另一个是谁？"

"夏宗华。我过去的男朋友。"

我怔了一下。我没有想到她会在我面前这么坦然地提到夏宗华。

"你愿意听听我的故事么？"

"当然。……来，过来一点，风太冷……"我把她揽过来，用我那条厚厚的毛围巾把她的脸颊和细脖子裹得严严实实。她的眼睛在黑暗中显得很美丽。

"夏宗华是我生平见过的最漂亮，也是最聪明的男人。我们很早就认识了。我崇拜过他。那时候……很荒唐，……真的，回想起来真荒唐……"她的声音突然哽咽住了，好像在竭力忍住蓦然涌上来的泪水。

"在一切外人看来，我们俩是朋友关系，可实际上，我们的关系很古怪……怎么说呢？他确实离不开我，有时一天可以找我五六次，可是……他找我只是为了和我谈一些人，一些事，或许，这些谈话内容向别人难于启齿……于是，便找了我这么个信息接收器。不，我的功效还不只这些……他的喜怒哀乐，都要在我这儿发泄，可是对于我的喜怒哀乐，他一无所知，也根本不想知道。……"

"他这么自私？……"

"人都是自私的。在这点上，我没有任何奢求。我对他好，只是一种需要，一种感情上的需要，并不希图任何回报……也许，正是我的这种准则，才使我和他之间这种古怪的关系维持了十年之久。因为他早就宣称，他最受不了女人的束缚，他在我这里可以尽情地宣泄，而用不着考虑任何责任和义务。"

"可是，他现在很快就要跟一个最爱束缚人的女人结婚了。"

"谁？"

"谢虹。"

"不会的。"她从容不迫地笑笑，"他们不会结婚的。"

"他们马上就要去登记了。"

"登记？不，他们结不成婚的。"

"为什么？"

"我说过了，我是个女巫。"她的嘴角又浮现出那种令人毛骨悚然的微笑。

我不禁想起那次谢霓讲的，夏宗华遇到了景焕时的害怕的样子，我心里一动，莫非她……真的懂得什么巫术么？

"你别怕，我不会给你使坏的。"

"我一直认为你是个心地善良的姑娘。"

"善良？不，我很恶。我觉得天下最没有价值的字眼就是善良了。"她微笑着。

"可我觉得，你对你的父亲，对夏宗华，还有，对……我，都是很善良的。"

她闭上嘴巴。半天才说："我说过了，那是一种感情上的需要。谈不到什么善良。"

"那么，夏宗华跟你在一起，经常谈些什么呢？"我有意转移了话题。

"谈他的罗曼蒂克史。他有许许多多的爱情故事。我听得出来，有些是他编造的。"

"即使是他编造的，我也听得津津有味。当然，是装出来的，我从不忍心拂去他的兴致。我宠他，爱他，有时我觉得他像个大孩子。每当他'战胜'了一个女人，他就像个凯旋的将军似的，得意非凡地向我炫耀他的'战绩'。……哦，也许你听着很不习惯，可他从来就是这样的。他认为爱情就是一场战争，或者你俘虏了我，或者我占有了你。而赢得这场战争最根本的诀窍是不动真情。谁动了真情，谁就会失败。"

"这么说，他从来没有真正爱过人？"

"大概是吧。但这并不等于说他没有那种情欲。他实际上是个情欲极旺的男人。我能感觉到这一点。他的情欲表现在对于女性的追求和仇视，以及对生活的玩世不恭等方面。他很怪。讲话很随便，有时甚至很粗俗，但行为上却极其克制。仿佛他的欲望只是通过语言来发泄似的。"

"他打过的最大一次'胜仗'，是他和两位伊朗公主的一段罗曼史。"

"伊朗公主？"

"是的。那是1970年，他从插队的地方回京探亲，在中山公园偶然遇见了两位外国姑娘，刚才我已经讲过了，他长得挺帅，人也很聪明。那两个姑娘主动搭讪。交谈中，他才知道她们原是伊朗王国的两位公主。大的叫吉耶美，小的叫埃耶梅。长得虽不甚美，但挺活泼。又都正当豆蔻年华，所以也挺讨人喜欢。特别是吉耶美，据他描述：芳龄十六，长了一头齐腰长的美发，淡褐色的皮肤也柔细光润，服饰优雅美丽，还会讲一口带着特殊韵味的中国话。两位公主是来中国学习刺绣的。但刚来不久便赶上文化大革命，学业荒废了，又赶上国内政变，一时半会儿回不去，于是两人便乐得轻松自在，天天游山玩水。见到他，便认为他是最理想的伴侣，欣然邀他为她们拍照。而他正当烦闷无聊之时，毫不犹豫便答应了。就这样，他们在一起玩了两三个月。当时，我以为这又是他编造的故事，没想到这件事倒是真的，因为它给他带来过不少麻烦。后来，伊朗的一位王储来接她们回国了。离京的那天，他到机场送行，两位公主都动了感情，特别是吉耶美，哭得泪人儿似的，临行前还送给他一条亲手绣的手帕，他们通了半年信，当收到吉耶美的一封类似求爱信的情书时，他突然和她们中断了联系。

"这是他最得意的一段历史。他得意之处在于：伊朗公主动了真情，而他实际上是在逢场作戏。他觉得在感情上占了便宜，心理上得到了一种很大的满足。在和后来认识的女子交往的时候，他常常拿出吉耶美的情书给她们看……"

"他怎么是这样一个人？这样的人并不值得你爱啊！"

"什么值不值得？"她微笑了，"你以为感情这种东西里还包含什么可以计算的成分么？我从小就做不好算术。……你知道，当一个人特别孤寂的时候，身边就是有一个可以说说话的人也好……何况，我并不觉得他比别人更讨厌。和那些表面的正人君子相比，我倒觉得他更真实些，因为凡是人类所具有的弱点和劣根性他几乎都有，而他也从不想在我面前隐瞒。"

"那么，你们最后又是因为什么分手的呢？"

她又笑了一下，笑得有些凄怆。

"大概在你们的想象中，我是因为什么失恋之类的玩意儿才得了病吧？……我从来没有被人爱过，所以也谈不上什么失恋。在我和夏宗华十年之久的古怪关系中，我没有一天相信他会爱上我。刚才我说了，现在我还要告诉你，他不但没有爱过我，而且在很多时候，他甚至没有把我当作一个女人。他在我面前肆无忌惮地骂别的女人，嘲笑她们，而事后，又总是忘得干干净净，仿佛我是他的一个痰桶似的。这里面，有一种公然轻视的味道，你明白吗？……

"可是，无论是我的家庭，还是夏宗华……他们都算不上什么……算不上……如果说，我心里真正的苦闷是什么的话……"

"是什么？是什么呢？"我急切地追问。她就要把那最关键的东西说出来了。这是我们努力了将近半年之久的……

"是……是我的工作。"

"你的工作？"

"是的。再没有比这个工作更可怕的了。那个女人没有办到的事，它却能办到，我知道它能毁了我。实际上它也把我彻底摧垮了。……哦，那些印着咒语的小纸片啊……一天到晚，每时每刻纠缠着我……我知道我已经发了疯，我想摆脱，哪怕摆脱一小会儿……"

"一个街道工厂的出纳员不会有很大的工作量吧？"她提起她的工作便有些失常，我感到难以理解。

"是的是的。不大，没有多少工作，可是那些数字，数字……我眼睛看到的，耳朵听到的全是数字，我受不了……它们还常常跟我作对，总是对不上，别人都下班了，我还要一遍一遍地数那些小纸片，一遍一遍地查账，有多少次，我实在没有办法，只好把自己的钱偷偷地填进去……"

"那是怎么回事？是不是有人贪污……"

"不知道。可我知道我们用的是两套账，一套是专门对付外边儿的；另一套账，从来也对不上……"

"你们的财务科长是谁？"

"一个女人。一个比我的养母更可怕的女人。我能够对付我的养母，可我对付不了她，是的，我怕她……她的眼睛像一架监视仪，而且，她总是有许多道理可讲，你永远也讲不过她，天哪，那时我就想，哪怕能摆脱她一秒钟……"

"你难道不能想办法换个工作吗？街道工厂不是还有什么刺绣组，绢人组什么的……"

"不，我和爸爸一样，也是只工蚁。我只能做工蚁做的事，这是……这是命运的安排……"她垂下头，泪水几乎要滴落下来。

"可是……那……那件事又是怎么回事呢？"我实在不能把"贪污"二字说出口，"是不是他们诬陷你……"

她使劲地摇头："不不，那是真的，我确实干了。"

这便是前两天我和景焕交谈的基本内容。我反复看着我们的谈话记录，回想着我们之间交往的全部过程，似乎从中悟出了一点什么，然而又绝说不清。

过去我一直认为，我们这一代大学生集中了中国青年的全部精华。可现在，我是从根本上怀疑这一点了。究竟什么是最重要的？难道是会机械地重复那些几代人使用过的干巴巴的理论？难道是熟练地背诵那些数不清的数学公式和 ABCD 一类的符号？难道是大量复制那些既无害处又无好处的标准化白面包？难道是追求那什么也说明不了的"全优"光荣称号？

像景焕这样的姑娘可能会被那无数符号和公式所难倒，可是，如果我们给予了她合适的位置、气候和土壤，她的个性和创造力是会插上翅膀的。

我们的学校，我们的教育制度在患着癌症——这是由创造性的狭隘和无能所引起的癌症，什么时候才能切除这痼疾，注射新鲜血液，使之得以新生呢？

俄罗斯童话里常讲：早晨要比晚上清醒些。第二天，也就是星期天早上，我临时作了个决定：在和景焕去滑冰之前，把整理好的谈话记录交给谢霓，这样一来可以给她提供些情况，二来也可以缓和关系，赎赎罪。

谁知，一进门小保姆便告诉我，谢家二小姐已经由一位男人陪同，一早就滑冰去了。

这消息使我很不愉快。那句话说得很对："任何东西，只有当失去的时候才能感到它的珍贵。"我心里顿时乱起来。难道她真的决定离开我了？她周围有那么一大群崇拜者，她选择男朋友是唾手可得的……哦，毕竟，我们已经相处四五年了，而且，相处得很愉快。

谢家人对我的态度显然是冷淡了许多。尽管他们极有教养，但我还是能感受到这种冷淡。特别是文波，那种居高临下的客气态度使我感到屈辱。

"听说，你和那个小疯子……叫什么来着？哦，景焕，你和她挺不错的？"送我出门的时候，谢虹一只手托着腮，另一只手抱着膀子，懒洋洋地问我。

"你听谁说的？"我气愤了。

"这还要听谁说？我们早就知道了。连给她父亲办丧事，不也是你给张罗的吗？爸爸妈妈早就让小霓'退出'了，小霓还傻乎乎地帮那个景焕的忙——你知道那个小疯子是个什么东西吗？她是个贪污犯！"

"你是听夏宗华说的吧？"我冷冷地问。

"怎么了？我和老夏快结婚了。听说了？欢迎你来参加婚礼！"

她被叫走了。我心乱如麻地离开谢霓的家。

"你可来了！我以为出了什么事……"

她一见我，便像只小鸟似的轻巧地迎上来。我整整让她等了两个钟头，她却没有一句责备和抱怨的话。

"冰鞋带来了？"我边打开背包边问她。

她点点头，有些不好意思地从破旧的挂包里掏出一双冰鞋。花样刀。冰刀上全是黄锈，中间的槽也几乎磨平了。鞋面的皮子也只剩了薄薄的一层，连鞋带都没有。

"这是我在旧货商店买的。"她红着脸向我解释。

我什么也没说，掏出工具默默地帮她修理。

"你会有一双好冰鞋的。"

"我也这样想。这个月我也许会得到一点钱，我一定要买一双好冰鞋。"她微笑起来，"就像我梦里穿的那样，白色的，半高腰，雪亮的冰刀……"

我无论如何不能相信她是第一次上冰。她穿着那双蹩脚的冰鞋，在冰面上走得很稳。

这儿真是滑野冰的好地方。冰结得很厚，很平滑，从冰层上面可以隐隐看到深层的颜色，像深绿色的玻璃似的，很美。人也很少，除了我们，远远的只有三四个中学生模样的男孩子。中午，太阳照在冰面上，亮晃晃的，我揽着景焕，开始做滑行练习，我们好像不约而同地注意到那投在冰面上的两个影子。

那两个影子一会变短，一会拉长，一个魁梧健壮，一个娇小玲珑，一会儿重叠在一起，一会儿又很快地分离，仿佛像是有生命似的，有一种动荡的飘逸感。

"咱们俩的影子倒是很美。"我忍不住说。

"可惜，人不美。"

她简直有一种近乎病态的敏感！我望望她，突然发现她此刻变得很美，由于热，脸蛋红红的，长长的睫毛覆盖在淡青色的眼窝上，显得很娇媚。

"不，人也很美。"我由衷地说，把她拉近身边。在这瞬间，我真想把她紧紧地抱住，装进自己的胸口。

她仰起脸凝视着我："你真的这么认为吗？"

"当然。"

"是吗？那你是个聪明人。"她毫不客气地说，"我也觉得我自己很美，只不过没被那些蠢货发现就是了。"

"嗬，你可真大言不惭！"我笑了。第一次跟她开起玩笑。

"你也别太高兴，你的那点智慧，不过是螺蛳壳里长出来的一根小草，早就被挤压得弯弯曲曲的了！"她说完，扭头就"跑"，竟然跌跌撞撞、摇摇摆摆地滑了好长一段。我急忙追了上去。

这个丫头！原来她送给我的礼物中还含着这么一层意思！我就这么轻轻易易地被捉弄了，简直令人哭笑不得。

由于今天早上在谢霓家受到的冷遇而引起的感伤，在这时刻被冲淡了。原来她也有活泼、幽默的一面！我心里充满了一种新鲜感。

我带着她滑，慢慢地，越滑越快了。起先，她还有些怕，紧紧地抓住我的手，后来，手慢慢地松动了，她好像掌握了一种内在的旋律，随着那节奏，她的身子慢慢地悠了起来，我小心翼翼地随着她的节奏，拐弯的地方，我放慢速度，尽量拐得缓和些。初春寒冷的气流迎面扑来，景焕红扑扑的脸上还挂着汗珠，她的眼睛半睁半闭。仿佛在体验着梦里的情趣似的。

"你可真行！再有两次，就差不多了。"滑完两圈，我们到湖边的灌木丛休息。

"我觉得，很自然。真的，自然而然地，就敢滑了，就和梦里的滋味儿一样。"她掀起鱼白色的小帽，露出汗津津的前额。我把手绢递给她。

去年，也是这个时候，我和谢霓去西郊滑野冰。她穿着极鲜艳的毛衣，旋转起来，就像冰面上的一个彩色的陀螺，所有的人，特别是那些小伙子，都以钦慕的眼光盯着她。有几个甚至一直随着我们，打听谢霓的地址。作为她的男朋友，我在自豪中也不免带有那么点酸溜溜的醋意。

现在回想起来，这点醋意也是甜蜜的。没有这醋意，我现在心里是真正地发酸了。

我太了解谢霓的为人，她绝非平庸之辈，在处理这种问题上，她历来有一种男子气概，决不像一般女孩子那样小心眼儿，好嫉妒猜疑，何况，这件事又是她委托给我的。退一万步说，即使我爱上了景焕，她也绝不会嫉妒阻挠，相反，或许还会成全我们（当然，这必须在她认为合适的情况下）。她的那些话我都是相信的。

可现在令人头疼的是，我无法把握自己。我弄不清自己对景焕这种日甚一日的依恋之情是不是爱，更弄不清我对她们中的哪一个爱得更深些，或者说，她们中的哪个人更适合我。

她们太相反，又太相似。她们两个都很聪明，美丽（尽管美的类型完全不同），又都极有个性。然而不同的家庭和社会环境却塑造了她们截然相反的性格：对于谢霓，我总是担心自己所有的太少，不足以与那些求爱的竞争者抗衡；对于景焕，我又总是怀疑自己给予的太多，因为哪怕是一句温暖的话，也足以充当一片无爱的荒原中的火种。在谢霓面前，我不过是个顺从的追求者，习惯于听她发号施令；而只有在景焕面前，我才是个真正的男人，一个保护人，我才发现了自己作为男性的全部尊严和能力。

"你在想什么？"她小心翼翼地望着我。

"没什么。……我们吃饭吧，看我带了多少好东西——"我打开书包，铺开塑料布，把食物一样样放在上面，很丰盛。

"我也给你带来一点吃的。你闭上眼，我数到十你再睁开——"

我顺从地闭上眼，从睫毛的缝隙里，我模模糊糊地看到她从破书包里掏出了一个手巾袋似的东西，从里面不知掉出几粒什么东西，她慌慌张张地捡起来，往嘴里一放。

"哦——是瓜子儿！"我睁开眼，兴奋地喊出声来。

用手绢儿包着的、满满一袋剥好了的葵花子！白皑皑的米粒一样，足有上千颗！这是一颗一颗剥出来的啊！

"你……怎么知道我喜欢吃这个？"

她微笑了一下："我说过了，我是个女巫。"

"那你……给我讲讲过去、未来、现在之事，"我边嚼着瓜子边说，"给我算算命——"

她漫不经心地托起我的左手掌，看了看掌纹。

"你的命不值得一算。"她说。

"怎么，是太平庸了？"

"不，是太顺利了。你看这道生命线，平缓光滑，一直延伸到手腕，这证明你寿命很长，而且一生都比较顺利；你的家庭很好，虽只是小康之家，但气氛很和睦，你一定有个好母亲——"

"你怎么知道？！"

"别打岔。你小时候身体并不太好，也不很聪明，你之所以变得现在这样强壮健康，而且还考上了名牌大学，在很大程度上得益于你的家庭。但你本身……怎么说呢？我说了你可不要生气——你的才气很有限，各方面都很一般，没有什么突出的地方，但正因为这样，才保证了你这一生没有什么跌宕坎坷；……你的事业线嘛，总趋势是上升的，但并没有突飞猛进，你将来在学术上也许会小有成就，或许能当个小官什么的……哦，这里还有另一道线，和你的爱情线结在一起，这说明你也许还有另一条路，但这条路具有很大的偶然性，"她抬起头看看我，一改刚才那种漫不经心的调子，变得认真起来，"你看，这条路能够使你达到人生价值的最高峰，但是，这要经过许多的坎坷磨难……特别是，要取决于你和那个爱你，同时又被你爱的姑娘的关系，……你这一生中，或许会遇上许多姑娘，但是真正能打动你的，只有两个。"她的声音越来越低了，仿佛像要睡着了一样，"而这两个人，在帮助你选择人生道路上起着决定性的作用……你的婚姻线很长，和爱情线纠缠在一起，而后又分离了，这证明你的婚姻和爱情既是相互结合，又是相互背离的，但无论怎样，你未来的婚姻生活是很幸福的，或许会和你的妻子白头偕老……"

她突然顿住了。很匆忙地，她在塑料布上抓起了一块面包，掰了一小块放进嘴里，仿佛是在掩饰一种突然涌上来的、莫名的忧伤。

"怎么不说了？我听着呢。"我柔声说。

"没什么说的了，都是些荒唐的话。"她低声地说，倒出了一小杯果汁递给我。

另外几个滑冰的男孩子不知什么时候已经走了。偌大的地方只剩下我们两个人，静得出奇。结着厚厚冰层的湖面反映出变得灰暗的天空。静得能使人产生某种幻觉。

"讲点什么吧，景焕。"

"什么？"

"那天，你还没有讲完。"

她从容不迫地把面包和罐头水果一点点地放进嘴里，她今天食欲很好。

"他们都以为，我拿钱是为了夏宗华，夏宗华自己也这么认为。其实……"

"那么实际情况又是怎样的呢？告诉我……"

"很简单。还是那句话——为了摆脱我的工作，我宁肯进监狱，也不愿再干下去了。"

"于是你就故意拿了钱？"

"其实我拿的钱，还不如我填进去一半那么多。"

"那么为什么又偏偏和夏宗华纠缠在一起呢？"

"因为……因为我也同样厌倦了和他的关系。我想结束这一切。"她不吃了。用手绢擦擦手，一条腿屈着，另一条腿伸得很长，她的脚长得很美，很匀称，厚厚的裤子也没能遮住那起伏平缓的、优美的线条。

"尽管我从没相信过他会真正爱我，但我总还对他抱有一线希望。我摆脱不了这线希望，我希望由他自己来打破。正好有个机会……"

原来，景焕过去喜爱集邮，有不少好邮票。夏宗华不知从哪里听说，其中有张"文革票"价值一万美金。为此，他首先恢复了与伊朗公主的通信联系（吉耶美已出嫁，埃耶梅还待字闺中），然后拿了景焕的邮票，在一个适当的时机托埃耶梅找了一位"外国票友"，想把这邮票兑换成美元。这笔投机买卖没做成，夏宗华便进了"局子"。罚款数目很大，景焕为他四处筹集，并且拿了街道工厂的款子。

"事情就像我预料的那样，他出来了，我被开除了。他倒是很真实，连表面的文章也没做做，就和我绝交了。"她的口气淡淡的，"于是，一切都结束了。"

"那么，你今后打算怎么办呢？"

她摇摇头，眼睛望着天空。

"那天你送给我的插花，我给一个朋友看了，他现在一个民办的工艺美术公司当副经理。他很欣赏你的作品。他说，如果有可能的话，想和你签订合同，由他们公司代销，利润三七开……"

"是真的？有人喜欢我的插花？"

"当然。据我所知，喜欢的人还很多。"我想起那两位日本女客的事，"景焕，现在中国搞插花艺术的还不多，我想你很有这方面的天资，一定会搞出名堂的。我有很多热心的同学和朋友，他们都会帮你的……"

她的眼睛里又闪出了那两团迷人的星光，良久，她轻轻地说：

"真是……太谢谢你了……"

暮色渐渐深浓了。远方灰暗的云朵聚集成大块，像泼墨画里的牡丹似的。落日把最后一缕苍白的光线投到灌木林的尖顶，寒风又把这光线撕碎，抛洒在湖面的厚厚冰层上，发出凄厉的声响。

"冷了吧？再滑一会儿？"

她仰起头，信任地把手放在我的手心里，嘴角上挂着一缕娇媚的微笑。

我拉着她滑了一会儿，渐渐把手松开了。

她一个人在冰面上滑行！暮色中，我看见她的眼睛好像始终是半睁半闭的，她沿着我们滑过的那个圈子滑着，风把她那顶小帽吹掉了，一头柔丝在冰面上飞舞起来。

我想起了那首叫做《弧光》的钢琴曲。

夜深了。这是一个无星无月的夜。我们俩静静地坐着，仿佛互相听得见对方的心音。她冰凉的小手正在我的掌心里悄悄地融化。有一种说不出的含着苦涩的甜蜜感哽塞着我的喉头。我怕这一刻我会说出蠢话。但沉默又迫着我不得不说些什么。

"今天……你玩得高兴么？"

"当然。……很高兴。好长时间没这么高兴了。……"她的微笑里带着几分忧伤，"我发现，我的情况还不像想象的那么坏……"

"你的才华还远远没有发挥出来……"

"一个人总有些他喜欢、热爱的东西，假如这就叫做才华的话……"

"是啊，我也常想，假如一个人永远可以干他喜欢干的事就好了。可实际上这是不可能的。因为除了喜欢、热爱的概念之外，还有需要。社会还没有发展到那一步，也就是说，人的个性的全面发展还缺乏条件……实际上，对工作的兴趣是可以培养的……很多人干的不也是自己不喜欢的工作吗？可是时间长了，照样干得蛮好……"

"这是……你的心里话么？"

"我想……我是这么认为的。"

她不说话了，呆呆地望着广漠的天空。

"你不觉得，我们现在的生活很可怜么？"良久，她突然低声问我。

"可怜？"

"是的。我们像只工蚁，而不是像个人那样地活着。"

"……？！"

"我同意爸爸的观点，人类社会是以学习为基础的。人，这种生命有机体，具有创造力上无限的多样性和可能性。只有蚂蚁社会才以遗传模式为基础，假如对人施以限制，让他永远像工蚁那样去重复固定的职能，那么他作为人的优越性永远发挥不出来，也就是说，他永远成为不了一个完善的人……"

这番话使我目瞪口呆。我万万想不到，在她的心灵深处还藏着这许多东西，这太不符合我们日常所受的教育和常规理论了。因此听起来是那么别扭……

"怪不得谢霓说你是个梦想家。可我们现在生活着的是一个讲求实际的社会。"

"其实，梦想与现实只有一步之遥。这个地方……不就是我首先在梦中常常见到的么？……这只是巧合么？……"

"这……偶然性太大了。"我勉强说。

"偶然？爸爸说得对，我们这个世界就是一个偶然性的世界。没有幻想，没有梦，没有那些被你们认为是荒诞不经的想法，就没有今天的科学，今天的人类。"她忽然变成了一个喜欢夸夸其谈的女理论家，这使我深感不快。"就说'飞翔'吧，这是人类的最古老的梦想。从中国最古老的神话、瑜伽托钵僧的梦想，到关于克里特英雄伊卡洛斯的传说，……后来，不再是传说了。人类发现了撒哈拉阿杰尔高原的岩石画……那些岩石画上画着一些类似翅膀的东西……这究竟是人类的想象，还是那时外星球来的某种飞行器呢？为什么我们不能设想一位星外来客曾在这个岩洞里生活过呢？从古代的神话，伊卡洛斯的飞翔，经过高原岩石画，中世纪巫师的扫帚和达·芬奇设计的翅膀，一直到菲利斯、佛格的世界……科学和富有诗意的梦想难道有一时一刻是分离开的么？……"

我像看一个陌生人那样看着她。我自以为了解她，可至今才看到她的本来面目。或者说，是她的另一面。应该承认，她讲的话里确实有许多我不知道，也从来没去想的东西，这使我这个大学生深感惭愧。

"把梦想变为现实的过程中，热爱是一把最好的解决困难的钥匙。我喜欢花，喜欢那些美的东西，于是我就想方设法使它更美，改变它的颜色、香气和花期，我可以让夜晚的花在白天开放，夏季的花在冬天存活，难道这些在古代人类的梦想中，不是只有女神才可以做到的事么？……你做到了，你就是女神；你认识到了这个，你就懂了你活着的意义。于是你又去开拓一片新的你热爱的领地，你作为一个人的潜能就这么一点一点地被挖掘着，直到你度完了一生，你看到了你耕耘的果子，你看到了人类在品尝这果子，于是你明白，你的人生价值实现了……"

尽管我可以提出一千条理由来反驳她，但此时此刻我却说不出来。我的内心深处被某种东西震撼了。

应该承认，我那一千条理由都是别人的。我至今还没有形成自己固定的想法。风，变得更寒冷了。我在内心嘲笑着自己：搞心理学的，却完全不善于了解别人。几个月来我心目中的那个温顺的、惹人怜爱的姑娘不存在了。我庆幸自己刚才没有讲出什么蠢话。

谢霓说得对，我们都是凡夫俗子，而她，却是玛雅金字塔：神秘、孤傲，可望不可即。是收场的时候了。

"景焕，我……我想跟你说一件事……"我努力把话说得温柔、平缓些。我不愿再增添这个姑娘内心的创伤，但我必须要说出来，迟迟不决只会对她更加不利。

"不，你不要说……"她显得又紧张，又激动，像是已经期待了很久似的，在幽暗的光线里，她的眼睛像黑夜中的两点美丽的萤火。

"不，我要说，这事一定得跟你说……"我明明知道，她在期待着什么。我明明知道，我只要说出了那永恒的三个字，这双眼睛里的萤火就会喷射出来，这颗心就会像蜂蜡一般融化……可是，我却只能受另一种更强大的力量的驱使，说出另一番话来……"你知道，谢霓是我的女朋友，我们已经相处三四年了，可就在前几天，我们发生了冲突。是为你。她有些误会；……你……你能帮帮我么？我知道，你是个很好的姑娘，又聪明又善良，我也很喜欢你……可是……"我说不下去了，自己也认为太虚伪，我希望她痛痛快快地骂我一顿，然而，她却连一句责备的话都没有。

"我懂了。"她急急地说，抑制不住嘴唇的颤抖，我鼓起勇气看了她一眼，她那种神情真是令人心碎，那两点美丽的萤火在黑暗中熄灭了。

"我会去……会去替你解释的。"

我半晌抬不起头来。心上，有一种沉重的东西在压迫着我，我就用这种姿势坐了好久好久，直到手脚都麻木了。

我心里的另一种东西像刀子似的拉着我。不，不！这未免太卑劣，太不近人情了！我抬起头来，想把这几个月来内心感情的变化、矛盾和痛苦统统向她和盘托出。

她不知什么时候已经走了。

"她来过了，替你说了不少好话。"谢霓抱着饼干筒边吃边说，"看得出，她真心真意地爱过你，也许现在还在爱着……"

"后来呢？她上哪儿去了？"

"不知道。也许是上那个养花老头那儿去了。"

"她没有给我留下什么话，或者什么东西么？"我像个偏执狂似的追问着。

"没有。也许，这件事是我办得不对，……可无论如何，这几个月的院外治疗还是对她产生了效果的……"

"别说了！"我突然愤怒地咆哮起来。

谢霓吃惊地望着我，把饼干筒扔在一边。

"她留下的，只有这些小玩意儿和两幅画，小玩意儿，你不会感兴趣，那幅'弧光'在妈妈手里，这幅是阁下的肖像，你拿去吧。"她从抽屉里把景焕给我画的那幅肖像拿出来，递给我。"你抽空把最后的谈话记录整理出来，快点给我。我在这个小医院终非长久之计，今年的病理专业研究生我还是要考的。景焕的材料，对我来讲是太重要了。郑大夫已经向我透露了点儿消息……"她越说越兴奋了，"现在国内已经有人搞移情疗法，我得争取抢先发表论文，这对研究生考试有利。……"

她还说了些什么，我已经记不清了。我的全部意识都集中在这幅肖像上。我吃惊地发现，这幅本来被认为是丑化了的形象竟如此像我，我还从没有见过一个画像能这样活生生地画出一个人的灵魂。或许，她真是个女巫吧？我默默地想，打开了窗子。

双鱼星座

双鱼星座，黄道十二宫的最后一个星座。

神秘的海王星主宰着这一星座。海王星是一切艺术灵感的发源地。因此，出生在这一生辰星位的人，敏感、神秘、耽于幻想，经常在只有冥想而无行动的特殊意境中生活。假若他是男性，则有一种天真、忠厚的气质，有乌托邦思想倾向，但也常常会有一种惰性和优柔寡断；假若她是女性，则有一种奇异的魅力，她异常渴望爱情，她的一生只幻想着一件事，那就是爱和被爱——爱情，是她生命的惟一动力。她虽然聪明绝顶，但很可能一事无成：因为脆弱、漫不经心、自由放任会毁掉她的灵性；而她幻想中的爱情则充斥着危险——那是所罗门的瓶子，一旦禁锢的魔鬼溜出瓶子，便会在毁掉别人的同时，毁掉她自身。

想象力丰富的双鱼座人说：我相信。

表达爱情的方式：被动的。

是一个：感情纯真的人。

渴望：爱的欢乐。

弱点：不会说"不"字。

喜欢：幻想。

害怕：被遗忘。

寻求：捷径。

秉性：听任自然。

假期生活：海边。

开支：心中无数。

吉祥物：马头鱼尾怪兽。

吉祥植物：一切能引起幻觉的水生植物。

吉祥宝石：翡翠。

吉祥日：星期四。

吉祥色彩：水色。

吉祥数字：九。

理想居住地：埃及。波斯。巴厘岛。火奴鲁鲁。

出生在双鱼座的大人物：爱因斯坦。施特劳斯。米开朗基罗。哥白尼。雨果。肖邦。拉威尔。周恩来。

出生在双鱼座的小人物：卜零。

1

那一轮星座就挂在对面的山墙上。

薄而纤弱的空气丝绸一般抖动着，整个夜晚漂浮在一片倒影和反光之中，玻璃鱼缸一样地衬托出一对浮动的鱼——那是星星的网结成的。星星珠串一般穿起两个菱形的脉络，宁静而精致。

记不清多长时间了，卜零眼里的星星似乎蒙上了一层陈旧的颜色，她看不见那银色甲壳虫似的闪烁，只能看到失去光泽的星体，蒙受着一层陈年旧色，像一张旧照片那样平面而泛黄。这种失去光泽的星星令人恐惧。韦说你的视网膜出问题了，你得去医院看看。韦反复说了多次。卜零总是答应着，但一到清早就忘了。毕竟，白昼比黑夜的时间要长。

卜零在一家市级电视台写剧本。她写的剧本，大半都不能用。侥幸上了一两集的单本戏，还被排在零点以后播出。哪个导演也不愿接她的本子。譬如有一次她在开场戏中写道：日。外。河边。春天，踏着湿漉漉的脚步走来了。又如，她这样形容男主人公：他的外衣和灵魂都是灰色的，像一条灰色河流中的水分子。

剧组里的人短不了拿这样的本子开玩笑。卜零也从不到剧组去。所以，实行全员聘任制的方案刚一出台，卜零就知道自己的饭碗快要保不住了。

幸好，那一轮星座每天晚上都如期而至，可以很长时间地吸引卜零的目光。不必说话，也不必麻烦别人。

后来卜零知道那叠在一起的两个菱形是双鱼星座，正是属于她的生辰星位。

<h2 style="text-align:center">2</h2>

韦不知什么时候已经坐上专车了。

有一天黄昏，卜零像平常那样走上阳台去眺望远方尚未出现的星星，一辆小轿车静静驶来，暗绿色萤火虫似的。一个年轻的司机轻捷地跳下来，很恭敬地打开车门，韦便从容不迫地下了车。韦挺胸凸腹的派头正好与司机的谦恭态度形成反差。

卜零当时强烈地感觉到韦缺一双男式高跟皮鞋。很奇怪，C市这两年像是接到了什么统一命令似的，男士的鞋跟一律不再隆起。卜零为此曾专程跑到一家日制皮鞋专卖店，花了七百多元买了一双四十三码的高价男鞋，据说是日本直接进口的。很虔诚地请韦试过了，即使是鞋跟鞋尖塞满了棉花，依然是大。卜零对一切数字都只有模糊概念，包括避孕套的大小型号。韦便半开玩笑地说：恐怕不是给我买的吧？是不是还在想着一米八二？

一米八二是他们夫妻间一个约定俗成的符号。很简单，卜零过去的男朋友身高一米八二。韦把卜零从他手里夺过来颇费了一番心思，因此总是耿耿于怀。韦在今天姑娘们的眼中属于“全残”，但卜零却对此视而不见。卜零从来不重视过去时。因此，当她头一次看到那失去光泽的星星时吓了一跳，以为是上天给予她的某种启示。

后来一米八二到南方的一家公司里当了总经理。前些年曾携带大量钱财珠宝来到 C 市，所有看到他的熟人都认为他将和卜零鸳梦重温。实际上也是这样，他找到卜零，嗫嚅着对她说，过去的观念太陈旧了，好像爱就非得结婚似的。实际上他们完全可以成为不必结婚的爱人。他把卜零搂进怀里，吻她。他的脸涨得血红，他的手烫得她皮肤生疼，但她的身体却始终是冰凉的，脸色惨白如同冰雪。待他脸上的潮红渐渐退却，她客气而冷淡地把他送到门厅，她的目光越过他看着他身后的门。那门竟缓缓地洞开了：韦不合时宜地夹着公文包走进来。韦和一米八二擦肩而过的时候，她迅速而又准确地计算了一下，他们大约相差十三四厘米的样子。（当然，依然是模糊概念）那时韦还在一家政府机关里做小职员，穿着很寒酸。

韦什么也没说。甚至连一句话都没问。卜零返回到沙发上坐了下来，捡起织了半截的毛衣。这是深灰和浅褐两色线织成的玉蜀米花。卜零耐心地织着，一粒粒的玉蜀米在她手下凸起。后来她织成了一件十分时髦的大毛衣。但是韦穿在身上像个口袋。当天晚上韦下班之后就把毛衣脱了。韦脱掉了这件大毛衣之后便拒绝卜零为他购买的所有衣物。至今这件大毛衣依然静静地躺在柜橱里，发出一股强烈的樟脑味。

不过那时韦依然很尊崇卜零。韦惊奇写剧本的人能在一张张白纸上从无到有地变出些黑字。韦从不在乎那些黑字说的是什么。

3

直到韦调到一家大公司。一天深夜韦从一家歌舞厅回来，一边还在回味着鹿鞭的香味。韦看到卜零正坐在窗前写一个剧本。他看到那些枯燥的黑字源源不断地从她手下流出，忽然感到操作这些黑字的女人十分贫弱。韦这时才悟到自己娶的原来是个百无一能的女人。他的耳畔于是又响起甘美水果一般的歌唱。年轻丰腴的少女，乳房在灯光下如同旋转的星球，裙裾飘动宛若金莲花的舞蹈。更重要的是，她们懂得最简单的交换价值：一只绵羊等于两把斧子。

黑字的神秘性大概就是在那时消失的。

4

韦做了总经理之后更加早出晚归。卜零渐渐领略了"商人妇"的滋味。夜深人静的时候，卜零无法入睡。卜零于是学会在百无聊赖的时候用照镜子来消磨时间的方法。

卜零的容貌，似乎该算作争议很大、变化很大的那一种。有人说卜零很美丽，而另外一些人说卜零根本不美。卜零心里有数，说她美的大半是男人，特别是五十岁左右的男人；说她不美的则百分之百是女人，尤其是六十岁以上的老太太。

卜零对自己的容貌一点儿也不自信。

有一次，一个同事借给卜零一本书。这是一本奇怪的书，上面画满了各种各样的图像，那是女性分解了的各个部位。这本书囊括了全球各个人种、各种肤色的女性。卜零对着镜子一个部位一个部位地对照，终于发现自己接近西亚、北非那一族的女性。书上写着：地中海式体形，丰乳，突臀，细腰，腿肥硕，略短，肤色较暗，毛发浓密。卜零于是开始冥想：或许她的某个祖先来自古埃及或古波斯，肩上搭一条美丽的地毯，背一袋黑面包干，骑着骆驼自西向东而来，先在古敦煌的石窟中落脚，做了一名工匠。后来，一位被放逐的唐代公主爱上了这工匠，就在那布满团花、卷草和菱环纹的藻井下面，公主散开发髻，摘掉钗环宝钿，脱去云头履，波斯工匠拜倒在她的石榴裙下，第一次吻了她额前的五出梅花。公主额前的梅花顿时金光闪闪、晶莹亮丽。于是在这佛国宝地他们生儿育女，代代繁衍……这故事美则美矣，还是多少有些落套，卜零想。卜零不愿做皇族的后裔。最好祖先是亚历山大大帝东征时的一名武士。在青铜色的盾牌后面他看中了一个东方舞姬。那舞姬身穿银红绸衣，戴极大的珍珠，长巾飘拂，一臂上举，一臂下弯，身侧左倾，舞姬跳的是唐代名舞《绿腰》，静时如池柳依依、楚楚动人，动时如云飞鹤翔、雪回花舞……卜零浮想连翩不能自已，仿佛自己变成了那舞姬，她做几个动作，再瞥一眼镜子，忽然像发酵的酒一般涌动起来，卜零知道自己一直在躲避着什么，这躲避着的就像关闭在铁窗里的囚徒一般一有机会便越狱逃跑。这时她的心跳加速血流加快，镜中，一种病态的红晕渐渐席卷了她，一股燥热空洞地涌起，她扯去内衣，赤裸地站在镜前徒劳地扭动身体，她觉得一股热流正逼向那个隐秘之处，她闭上眼睛，把自己想象成正在被武士占有的舞姬，于是手指伸向身下那一丛丝茅草一般的阴影，手指立即被一种乳白色的黏液淹没了。

很久之后卜零才清醒过来。她仰躺着，忽然明白上面根本不是什么天空。上面是天花板，四周是墙壁。这个狭窄的空间里只有她自己。要命的是世界上有些事需要两个人。那股热流依然在体内涌动着，没有降温。她哆嗦着抓住身旁的杯子向镜子砸去，随着一声意料中的爆响，她看到自己暗栗色的裸体变成了碎片，她笑起来，笑得泪水喷涌而出，她浸泡在自己的泪水中像一条垂死的鱼。

5

卜零生日那天的烛光晚会安排在一家四星级的饭店里。

卜零曾坚持着不过生日。过一年就要大一年，老一年，卜零掩耳盗铃地想忘掉自己的年龄。

但是韦自有安排。韦不仅要为她过生日，还要利用这个机会大大炫耀一下。所以他给卜零娘家所有的亲戚都打了电话。亲戚们不来往已经有好几年了。近来他们已从不同渠道获悉关于韦的发达，正在寻找重新联络的纽带，因此韦的电话让他们喜出望外。他们早早便来到饭店，拥着患早期脑血栓的母亲，显示出一派欢乐祥和的景象。

卜零扶母亲坐在上座。母亲伸出鸡爪般青筋毕露的手指兴奋地指向圆桌中心。卜零惊异地看到圆桌的中心不知什么时候出现了一个大蛋糕。塔式的，大约有六层。每一层都有精致的奶油花和生日快乐的字样。那种浅米黄和巧克力色很幸福地搭配在一起，越发衬托出几个字的鲜红欲滴，这种鲜红因为过分华丽而引不起食欲。烛光珍珠般地滑落在亚麻绣花台布上。女眷们腕上的银丝手镯和金色指环交相辉映，显示出一种温润可人的怀旧情调。卜零知道那蛋糕一定很贵。

韦真是个好丈夫。母亲、哥哥、弟弟和所有的亲戚不约而同地说。这时韦来了，后面跟着他的司机。

6

韦大概是有意制造这种戏剧性效果的。他在宾客全体起立的隆重欢迎面前领袖般地挥了挥手臂，尽量挥得潇洒和自然。大家自然一致称赞韦。那些经过过滤的溢美之词足以使韦把前些年在这个家庭遭受的荼毒忘得一干二净。韦的面孔漾着油光，金丝眼镜闪闪发亮。韦的全身都像镀了金似的发出光彩。患脑血栓说不清话的岳母用慈祥的目光打量着心爱的女婿。哥哥和弟弟和嫂子和弟媳们则把一种嫉羡交错的眼光投向卜零。韦发现了这个，便知道自己已经赢得了满分。韦在心里不出声地笑了。

卜零却发现他忽略了一个细节——他不该和那个司机一起进来。尽管韦西装笔挺而司机只随随便便地穿着便装，韦精心做了最时髦的发型而司机只是留着最普通的头发。韦被司机修长的双腿衬得像被裁掉了一截。连韦矜持的微笑也被淹没了——司机那灿烂的笑使整个房间都变得明亮起来。卜零觉得韦更适合走在司机后面。

生日快乐！司机石向卜零问候，态度依然很谦恭。

谢谢。她礼节性地点点头，随即觉察出那双亮眼背后潜藏的危险。

7

　　那位来自古埃及或古波斯的巫师就坐在地毯上。地毯的图案像一幅美丽的铜版画一般精致。上面密密麻麻地绣着枝叶茂密的树林。林木深处有金黄色的林妖在舞蹈。卜零第一眼看到巫师的时候就想起俄罗斯童话中的老妖婆。好像这老妖婆与地毯上美艳的林妖们有着一种什么神秘的默契似的，她们浑然一体。巫师容貌丑陋而破败。看不出她的年龄。她面前的小桌子上摆着一个多棱多面的水晶球，水晶球把她破败的脸分割成规整的几何图形。

　　关于这位巫师，C城有着各种各样的传闻。这些传闻使一贯信奉唯物主义的韦也暗暗心惊。韦之所以选择这个饭店，大半正是为了这位巫师。但韦在卜零面前并不想承认这个。韦表情淡漠地看着卜零走近那神秘的老女人。那女人坐在那里，俨然是一位神话中的人物。她的头发高高盘起，上面插着一支毛茸茸的鸟羽，从额头沿面颊一侧垂下，遮住了大半张脸。她穿了一件黑衣，细工洞明，透出肌肤的芳香，似乎又有些海藻的腥气。她用一只眼诡秘地盯着卜零，那只眼发出幽暗的银蓝色的光，像是伏卧着的银色蝾螈。

　　她用可笑的汉语发音问了卜零的姓名和阳历生辰。接着她说：姑娘，请你说一句话，随便说一句什么。

　　卜零想了想。卜零的大脑呈现出一片空白。这时卜零看见水晶球中朦胧显现的月桂树。月桂树的纹路很像是精美的刺青。

　　刺青是世界上最美丽的杀菌药。卜零说。

　　巫师微微一笑。巫师的笑容居然十分动人。巫师把自己藏在水晶球后面，球体慢慢转动着，每一道晶莹的折射都令人胆战心惊。

　　你很聪明。巫师说。但是你活不长。

　　那没关系。

　　巫师惊讶地看了看眼前的中国女人，接着说：你的家庭看上去很好，但其实你并不爱你的丈夫。

那又怎样？

巫师把声音压到最低：今年春天，你会遇到一个男人。

一个男人？一个什么样的男人？卜零竭力避开水晶球的折射。这时她感觉到那折光似乎返照着一个影像，那影像似乎就立在她的身后。

巫师笑起来，用极难听的汉语发音慢慢地说：你真的不知道吗？你一生都在想男人。卜零几乎晕厥了。她慢慢回过头去——身后真的站着个人，是石，那个司机。这时他正睁着那双亮眼怯生生地盯着她。巫师的话无疑他是听到了，卜零觉得全身的血都涌到脸上，而石的脸也像被返照似的红了。这真是个尴尬的场面。

你有什么事吗？卜零避开那很亮的眼光。

我……我也想听听。我今天也过生日。

你也是双鱼星座？

那双亮眼眨了一下，像水晶球泛起的涟漪。

呵——这么说你比我整整小一轮。卜零的眼睛在睫毛掩护下悄悄打量他。这年轻司机的面容几乎是完美的。前额光洁明亮，鼻梁修长挺直，瞳孔不是黑色，而是一种透明的湖水色，有许多的亮光汪在里面要从这湖水中溢出来。卜零从没见过这么漂亮的男人。更奇怪的是他身上有一种与身份不相符的高贵，虽然他羞涩谦卑又小心翼翼，不留神的时候仍会流露出一种落难王子般的高贵气质。卜零奇怪这种高贵从何而来。或许，蛋糕是他买的吧？卜零想。

蛋糕的确是石买的。韦上车后就证实了这一点。小石跑遍了大半个C市呢！还坚决不要钱！你还不谢谢人家？！可卜零拿不准石究竟是为了她还是为了他的老板。石转动着方向盘嗫嚅了几句。可惜看不见他此刻的表情。卜零的位置只能看见他的背影，他总喜欢穿一件写有"今宵属于你"的白色文化衫。这几个字使她联想到头上插着的草标。或许仅仅是烟幕弹吧。她可以看到握着方向盘的筋节突起的胳膊和旁边那条肥硕的白手臂的奇异对比。她把车窗放下来。坐在石身旁的韦回过身，韦说卜零你别忘了明天去看眼睛。

8

一个月之后的一天晚上，韦大腹便便地从浴室里走出来，边用毛巾揩着肚子上的水珠边对卜零说：春天了，一起去乐水度假村钓钓鱼好不好？

卜零当然说好。卜零的工作没有任何进展，最近很怕见老板，很想躲到一个地方散散心。何况，她知道石也同行。

不知从何时起，韦已经离不开石了。石不但是司机，还是听差、保姆和马弁。韦兴致勃勃地给石打了电话，让他准备好三支钓竿、三顶遮阳伞和三只小凳子。韦知道石肯定有这些东西的——石是个钓鱼的行家。

那一天天气特别好。C城的天空出现了少有的蔚蓝色，并且有一丝丝白云飘浮在天空，看上去像是一束弯卷的玻璃纤维。刚刚落过雨的湖水很明丽，倒映出两岸沙沙作响的杨树，再远处有一片桃林，盛开着粉红色的鲜艳花朵。好天气总是带来好心情。石从"萤火虫"的后备厢里拿出钓竿，穿上鱼饵。石很利索地把三根钓竿和三柄阳伞安好。三人并排坐着，韦在中间，石和卜零在两边。韦不时讲些符合老总身份的笑话。气氛很愉快。第十七分钟的时候韦的鱼漂忽然动了。韦和卜零一起欢叫着把鱼钓上来，却是一条尺多长的白鳝！韦红光满面地大喊：快摘钩儿！快摘钩儿！石扑过去把白鳝按住放进网兜里，然后把网兜一头拴在岸上，一头浸入水中。韦十分得意，反复让周围的垂钓者们证实钓到白鳝何等不易。吃中饭的时候，韦买了整整一箱啤酒款待石，并且请度假村的小餐厅把白鳝烹了，三个人吃得赞不绝口。吃罢饭韦照例要小憩一下，于是石和卜零便有了单独交谈的机会。

这是个新开发的旅游区，游者甚少，因此干净和安谧。水是新鲜的碧蓝，偶尔漾起雪白的泡沫，鲜奶一般醇浓。中间隔着一张空凳和一支寂寥的钓竿，石和卜零都充分感受到对方的存在。

石连钓了四条鱼，卜零的钓竿却毫无动静。不断扩散的水的波纹很容易使人产生错觉，卜零觉得鱼漂好像动了一下，她急急地拉竿——竿弯了，根本拉不动。卜零暗暗祈祷这是一条与众不同的大鱼。卜零使尽了全身力气仍然拉不动，却被一种反作用力拉得鱼竿脱手。钓竿就那么轻飘飘地在风中转了半个圈儿，一头栽入湖中。卜零觉得自己也跟着栽进去了似的。

石走过来，一双亮眼充满了幸灾乐祸的笑意。垂钓者们都看过来，卜零也只好捂了脸，低垂着眸子吃吃地笑，她不敢承接石的目光，只软软地抬起一只手臂指着正在漂移的钓竿：真糟糕，掉水里了。卜零这时并不知道她这样子非常好看。石咯咯一笑：没关系，只要你没掉水里就成。卜零的两腮立刻滚烫起来。卜零那只举起的手臂流露出一种不可言说的优雅意味。那是极优美的线条，像水流划出的弧线那样。卜零的肤色有些发暗，这时在阳光下变成浅黄色，半透明的，石榴石一样美丽，这种半透明的黄足以引起任何遐想。石看到这种黄色就恢复了某种记忆。石记起那天的生日晚会，在巫师的水晶球面前，卜零蓦然回眸，脸色就像湖边盛开的桃花一样鲜艳，她那惊慌失措的样子像一只被追逐的牝鹿一样美丽。石无论如何不敢相信她已年近四十。她当时说她比他大一轮，但她说这话其实只是为了掩饰她的惊慌。

石沿着湖边断砖砌成的斜面下到水中。卜零俯视着他。她刚好可以看到他宽肩阔背上不断活动着的肌肉群。他那筋节突起的手臂正伸向水面的钓竿。他身上有什么东西让她怦然心动。人体内一定隐藏着某种密码，只有高度契合才能互相感应。不知何时开始卜零发现只要她接近这小司机的身体，便会有一种强烈的异样感觉，因此卜零开始有意地躲避——在她这个年龄已经不允许做这种毫无可能性的游戏。但是，她身体内部的那个囚徒，那个饥饿的囚徒却常常不合时宜地冲出她精神化的牢笼——越狱逃跑。

石把钓竿捞上来了。石告诉卜零，刚才钓竿拉不动不是因为有了大鱼，而是卜零不小心把鱼钩嵌进水底的石缝里去了。石说需要立即换一个鱼钩。

9

石点了支烟，伸出一只大手。石说姐姐你给我看看手相吧。不知从什么时候起石背着人就叫卜零姐姐了。卜零犹豫了一下，接过那只大手，用手指轻抚石手掌上的纹路。卜零发现石的掌心似乎蒙上了一层白霜，而所有的掌纹都断裂了，模糊不清。石有点羞怯地说姐姐你看不清吧，我这只手被汽油给烧过，要不下回我刷干净了再请你看？看来得用刷猪毛的刷子——卜零扑哧笑出来。石这种大男孩式的腼腆让人心醉。每到这时候他的一双大眼睛也涨得绯红。卜零又让他伸出另一只手。卜零貌似认真实际心不在焉地端详一遍之后，说你三个月之内要有一次大灾，这灾和一个女人有关系。石惊呆了，石问这灾怎么才能躲得过去，卜零摇摇头继续说你这辈子有三个女人，其中一个女人能解救你，可另外两个会让你更倒霉。石大睁着眼睛想了半天，什么？三个女人？他问。卜零的目光软软地淌过去：怎么了？是嫌多了，还是嫌少了？石摇摇头，大眼睛里全是迷茫。卜零觉得他这种表情美得出奇。卜零说你是不是有什么秘密？让我再瞧瞧。卜零又拉过他那只被汽油烧了的手。

卜零再次握住这只手的同时她觉得事情要糟了。那种东西忽然以不可阻挡之势涌动出来。因为涌得太急太快她感到头晕目眩。那只绝对沧桑的粗糙的手充满了性感。他近在咫尺，每一次呼吸都使她心旌摇荡，他的身体还没碰到她她便感到全身震颤，她渴望这双手来剥光她揉弄她捏碎她，她被这强烈的渴望压迫得抬不起头说不出话——而在韦面前，她甚至毫无羞怯感。韦雪白肥满的腹部让她恶心。她与韦做爱的惟一要求便是关灯。在黑暗中她可以把韦想象成任何一个男人，惟独不是韦。

石等了很久，等到不正常的那么久了，石忽然感觉到有点不妙。握住他手的那只手温润如玉，那只温润如玉的手起了一种微微的痉挛。接着他看到那张死死沉下去的脸。满头秀发纷垂下来，遮蔽着她的表情。她的表情使人幻想湖水中一根青草的容颜。因为头垂得太低，她的胸部悄然暴露，从他的位置可以看到她的两个乳房的上半圆，那半透明的杏子黄的石榴石。乳房弧形的圆润纯金一样的温暖。石觉得嘴唇陡然干渴起来，他慌乱地往嘴里放一颗烟却忘了打火，后来总算把火打着了而火苗毫不留情地灼伤了他迟疑的手。

这时阳光非同寻常地有力度，云彩的斜影在远处山脊上摇晃，偌大一个湖面好像只有他们两个人。天空在俯视着一种美丽，这种撕人心肺的无言之美。

就在这时韦伸着懒腰走来了。

韦看到卜零和石很近地坐在一起，卜零似乎还拉着石的一只手。韦很奇怪这两个人在一起会有什么话说。卜零吃了一惊似的站起来。韦倒是很大度，拎起小凳子说你们慢慢聊着，我到那边去钓鱼。说罢就扛起鱼竿向对岸走去。当韦快要走到对岸的时候石犹豫着站起来。石问姐姐你过去吗？卜零坚决地摇了摇头。卜零的拒绝是希望石也同样拒绝，但是石说那姐姐你一人在这儿钓吧，我得跟韦总过去。卜零沉默良久说其实你不过去也没关系。卜零说这句话几乎用了全身的力气。但是石笑笑说还是过去好吧。说罢便扛起鱼竿拎着凳子走了。太阳把他长长的影子一直投到卜零眼前。卜零胸中溢满了的东西从眼里流出来了。对着空旷的湖水她泪流满面不能自已。

10

第二天，卜零的老板找她谈话。

卜零的老板原是南方人，前两年刚调入市台。老板个子很小，心计却极深，他很知道如何使用卜零这样的女人。这时他端坐在椅子上，很严肃地说：有一个题材，你去抓抓看。要下到少数民族的寨子里，最边远的寨子。现在台里要大批裁人，这也许是你最后的机会了。哦，费了好大劲才联系上的哟！

卜零向老板表示了感谢，就立即去买了火车票。卜零隐约对巫师的话抱有怀疑。那个在春天里相遇的男人，或许仅仅是遥远的爱情灰烬中的一个回响，它用面纱把你遮住，给你一种非物质的感觉，使你误入歧途，以为它是走向另一世界的通道，可实际上，它不过是个陷阱。

要命的是，卜零的怀疑背后仍然存有希望，她的怀疑正是为了她的希望。她的希望背后是一个年轻男人的影子，那个男人在空旷的湖水的背景下向她伸出一只手，他说姐姐给我看看手相吧。

台里规定，处级以上干部才能享受乘飞机的待遇。所以卜零只好买火车票。

11

临行那天正好韦要与某国的投资集团签约。暗绿色的"萤火虫"先把韦送到集团公司的大厦前，然后才转向去车站的路。一路上韦半闭着眼睛一言不发。石按照韦惯常的要求打开车内的收音机收听新闻。播音员平板的语调迫使卜零向韦做出求和的身体语言，韦却毫不理睬。卜零看见韦眼角上残留的黄色分泌物。她下意识地伸出手，然后手指像被施了定身法似的停在空中——她害怕触碰韦的身体，害怕韦会做出过度的反应。但是真正对她构成威胁的，却是前面反光镜里的那双眼睛。

不知多久了，卜零总是习惯地坐在正对反光镜的那一面，在镜里端详自己的面容。镜里呈现的淑女般的面孔往往会使她产生莫名其妙的联想。卜零看到淑女面孔的背后有一座空漠的房子。那房子通常有着一种幽冥般的寂静。一个走来走去的女人面对一面形状古怪的大镜子，慢慢脱下自己的衣服。光鲜的外衣里面，是肮脏的胸罩和内裤。那些内衣的层层花边都染上了别的颜色，或者说，是被岁月腐蚀得面目皆非。那一双大乳房在反光镜里寂寞地眺望。

卜零忍不住泪水涔涔。

石小心翼翼地把卜零的提包送上车。他看到一向温柔可亲的老板娘在流泪。那眼泪像是在掩饰着什么，又像在逃避着什么。她穿着细羊毛黑衣的身子惊惶不定像一只随时准备飘逝的蝴蝶。石很想把这个哭泣的女人搂进怀里。但是石实际上连碰也没敢碰她。石只是战战兢兢地说姐姐听说那地方的香水质量不错，要是方便你给带一瓶来吧车上要用。卜零点了点头，并没有回头看他，她觉得自己哭过的脸一定很难看。

12

火车走了四天四夜。卜零像一尊石像那样不吃不喝也不动，直到火车进入一个遥远的山寨。

寨子里有一只长长的木鼓，那是佤族人的通天神器。那些古铜色或暗褐色的男人女人常常在夜晚围着木鼓和篝火跳舞。明亮的篝火像古绸缎一般缠绕着这一群半裸的男女。男人用半只葫芦遮羞，而女人则用美丽的树叶来装饰自己。佤族姑娘都有着精光灿烂的大眼睛和漆黑如墨的长发，还有被槟榔汁染黑的厚嘴唇。那些形状奇异的绿色、黄色或红色的树叶在那些古铜色或暗褐色的肉体上闪烁，令人想起远古时代开辟鸿蒙的女娲，妙就妙在这来自远古的女人生长在现代的太阳下，在太阳的气味中佤族妇人们背着背篓抽着水烟裸着被吸空的乳房踽踽独行，与舞蹈着的姑娘们叠印成为独特的风景。

卜零忽然觉得他们便是自己遥远的族人。

卜零被当作贵客请进寨子。卜零进的是头人的家。有一位头发灰白的老人端坐在那里，脸大而浮肿，像是被蒸过的黑荞麦窝头。卜零知道那便是头人了。他坐在火塘边默默地吸着水烟。袅袅的烟尘雾一般笼罩着周围男人女人的脸。有一种强烈的气味呛得她几乎透不过气来。她要找的那一对夫妇影视搭档也来了。从很远的地方赶来。在周围一片浓重的肤色中他们显得苍白如纸。他们很恭敬地把写好的剧本交给卜零，卜零看了一眼题目便放下了。题目是《南国红豆总相思》。做导演的夫人说，本子写的是一个汉族女人在边远寨子里的经历。

为了欢迎卜零和夫妻搭档的到来，佤寨做了过节才吃的菜。这些菜从外形来看便使人惊心动魄，它们仿佛是某些动植物的化石或标本，半透明的，蛹似的伏卧在那里。卜零看到它们被许多长指甲的手指抓起来，送到自己面前的木碗里。

佤族的家酿酒似乎很厉害，两碗下去，剧作家的舌头便已经发黏了。剧作家当众搂住自己的妻子，像孩子撒娇那样呢喃着。剧作家穿着的宽而大的T恤衫，很明显地透出两片漆黑的乳晕，圆形膏药似的糊在女人似的胸脯上，双了几层的下巴和脖子连在一起，但是依然很脆弱，像被卸掉颈骨似的，他的脖子软塌塌地耷拉着。卜零一直担心地看着他的颈子。他笑眯眯的风度很好，说出话来声音细而软——绝不像是从这样伟岸的身躯里发出来的。夫人徐娘半老风韵犹存，一口吴侬软语，眼光总是闪闪地往空中飘，一脸浪漫少女的浓情和率真。让人看上去真真是琴瑟和谐，令人羡慕。

在大家端起木碗歌唱的时候，卜零看见做导演的夫人抓起一缕被切割得很细的牛肠举起来，牛肠在光线下呈现出粉红色的阴影，导演向它心满意足地伸出舌头。

那舌头肥而厚，上面有暗色的舌苔。

卜零觉得喉咙里的东西一下子涌出来，和水烟喷射的粉尘一起在火塘边飘舞。

13

头人认为卜零剧烈的腹痛和呕吐一定是中了邪。

这痛点是不断变化的。犹如一条看不见的鞭子不断变化着落点。奇痛之时，连杜冷丁也不管用。她像掉在油锅里那样徒劳地挣扎，她的脸上呈现出枯叶飘落又腐烂的颜色。

头人说：她是中邪了，她一定是中邪了。头人命令两个剽悍的佤族青年牵来一头牛。那牛庞大而温顺，大睁着两只惊惶的眼睛，眼里似有泪水滚动。一个青年抓起一把雪亮的长刀。长刀鸣叫出器官撕裂和分割赤金的声音。卜零看见牛眼忽然凸了出来，然后又凹进去。这一凸一凹之间，牛眼爆发出一种奇特的惊惧，有一把刀血淋淋地从牛翻卷着的伤口处拔了出来，牛像一团水一般柔软地匍匐下去，血流如注。浓紫的血像完全成熟的紫葡萄一样，颜色浓艳得无法化解。

有人把新鲜的血滴进酒里递给卜零。卜零连想也没想便一饮而尽，这时如果有人告诉她毒药可以治愈腹痛她也会毫不犹豫地喝下去。

卜零觉得剧痛好像突然消失了。头脑一下子十分清醒。她清醒地发现夫妻搭档已经走了，那个叫做《南国红豆总相思》的剧本放在火塘旁边，因无人看顾而十分冷清。

这时已是佤寨的夜晚。卜零看见双鱼星座在夜幕中飘浮起来，她看到这叠在一起的菱形便十分亲切，毕竟大家还是生活在同一个天空下。她惊奇地发现那星座已褪去陈旧的颜色，恢复了亮度。她当然也想起那个和她共属一个生辰星位的年轻男人。这星座或许是某种箴言的象征。

14

就在卜零疼痛的那个夜晚，韦再次走进那个有巫师算命的饭店。巫师今天的精神似乎不佳，她在水晶球后面的脸显得十分疲惫。她听韦说明了来意之后就让韦把右手放在小桌子上。韦犹豫着说应该是左手吧，不是男左女右吗？巫师听了之后就抬头看他一眼，巫师说你的命很硬，在你前头有个姐姐，在你后头有个弟弟，但是都没活下来。对吗？只这一句话便使韦高凸的腹部收敛起来。事实的确如此，但是韦尽量不动声色。巫师接着说你夫人的命虽然硬一些但也硬不过你，你夫人如果……如果爱上别人的话一定会像进地狱一样痛苦，你们虽然不太相合，但是不会离婚。

对不起，你刚才说什么，我夫人如果另有所爱的话会怎么样？……

巫师并不抬起沉重的、鱼一样的眼皮：我是说，如果她爱上了别人，就会像进地狱一样痛苦。懂了吗？比如说，她会肚子疼……

肚子疼？！

巫师狡黠地笑了一下：当然啦，我这是打个比方。

韦心神不定地看着水晶球后面的那张破败的脸：那么，我的事业呢？我的前程会怎么样？

巫师显然已经很不耐烦，巫师没有回答韦的话，只是疲惫地指了指眼前的蜡烛，蜡烛正呈现出软化的滴落形态。

15

石把韦送到家的时候已近晚上10点。一路上韦沉默不语。石已经习惯了韦的沉默，但是今天韦的沉默里还有一种明显的愤慨。石知道这与算命有关。石几乎一字不落地听了老板夫妇的命运。石并不认为这巫师比那些街头行骗者高明多少。奇怪的是他一向认为高不可攀的两个聪明人竟也如此轻信。直到家门口韦才长叹一声说卜零这个人真是荒唐，她竟然相信这种老妖婆说的话。石急忙附和说这种老妖婆一定是在外国骗不下去，到中国骗钱来了。韦已经下了车，听了这话又停住脚步，韦说小石你真的这么认为吗？石的脸红了但是幸好有夜色掩盖着。石说真的韦总，您千万别相信这种人的话，现在这种骗子太多了。韦点点头拍拍石的肩膀，韦说你说得对小石，看来你比我们家卜零还明白点儿。石的脸更红了，石说韦总您也不能这么说，不是我明白，是卜零大姐太善了。韦这时才微微露出点笑模样儿。韦走到台阶时忽然举目向天，天空晴朗星光灿烂。韦轻轻咕噜了一句：也不知道她的眼睛怎么样了。石听到这话就知道他是想卜零了。

石也常常在想卜零，卜零是他以前没见过的那一类女人。卜零对于他充满了新鲜感，他觉得这女人聪明而天真，时而忧郁时而奔放，令人迷眩。并且常常引起他的冲动。但石是很实际的人，知道自己不该存有非分之想。对于他来说，卜零不过是飘在天上的云彩，虽然美，却够不着。石从来不想勉强自己去够那些够不着的东西，何况，这里还牵涉到他的饭碗。

石家距这里只有十来分钟的路程，但石没有回家，而是把暗绿色的"萤火虫"掉头向西北方向驶去。正西北方五十来公里临近郊区的地方有一座饭店，这饭店此刻正灯火通明。石把车停在饭店门口，然后步行走向临近花园的一扇小门，那是内部职工的专用门。石推门进去，却杳无人迹。石正在惘然四顾，一个苗条的黑影从他身后的石榴树旁闪了出来。这自然是个女人，一个石正在寻找的女人。石从一类女人的身边逃开，走向另一类女人。

16

石的故事是这个年代最缺乏想象力的故事。石已婚，和妻子不睦。于是有了情人。情人是西北饭店贵宾厅的服务员。在妻子回娘家的时候，石把情人莲子接到家里来。第二天清早，在韦上班之前，再把莲子送回。所以石总是显得很忙。但是石乐此不疲。石打算在莲子满二十二周岁的时候再考虑换老婆的事。现在距此还有整整两年。石还有足够的时间全面考察她。石对莲子是认真的，这无可指摘。惟一的不平等是莲子并不知道石是有妇之夫。

现在莲子已经坐在石家的沙发上，喝着石倒给她的红葡萄酒。莲子总是惊异着这房间的凌乱。石告诉莲子这是他姐姐的家，而姐姐长期在外。莲子喝着红葡萄酒的时候石把床简单收拾了一下，然后石坐在莲子的身边，像熟练工种一般解开她的衣扣。石着迷于这个过程。他从来不愿让女人自己脱衣服。他喜欢把一个穿着华丽的女人一点点剥得精光。在做这件事的时候他从来不看对方的眼睛。即使这样，他的脸上也常常泛起羞怯的潮红，他的神态很让女人们着迷和误解，以为他是完全没有性经验的童男子，其实没有经验的正是她们自己。

莲子的上身已裸露在灯光下，但她仍然没有放下那一杯酒。她怯怯地问他的姐姐什么时候回来。他含糊地咕噜了一句就抓住她的一只乳房，她的乳房小而娇嫩不能盈握，但是十分洁白，这是典型的小家碧玉式的乳房。他忽然不合时宜地想起另一对乳房，那一对饱满得要滴出汁水似的乳房，黄色石榴石一般美丽。

我们老板夫人给我算命，说有个女人会给我带来灾难，是你吗？石边说边把被剥光的莲子抱上床，莲子含情脉脉看了他一眼：你说是就是，你说不是就不是。

这样的回答使石心旌摇荡。他喜欢她这种彻底的顺从。他迅速脱去衣服。她淡粉色的乳头正饥渴地向上翘起，仿佛等待着吸吮，他咬住了那一点粉红，这时他感到他身下的那个身子开始扭动。她的乳头在他嘴里勃动着，娇嫩得仿佛入口即化，那一点淡淡的温热直化入他的心里。他呜噜着说我托人给你买香水了，你就等着吧，她张开双腿的同时还没忘了问是什么牌子的，他简单回答了一句反正是名牌你会满意的，然后他们就被许多黏液淹没了。

17

过了拉木鼓节，卜零就要离开佤寨了。头人很郑重地把魔巴和儿女们叫到一起，对卜零说：孩子，我们阿佤人是最重友情的，你在我们这里受了委屈，可我们看得出你也是个重感情的孩子。有件小礼物送给你，寨子里别的不敢说，玉石和茶叶是有的。……喏，你看看这个，满不满意？头人从身上掏出一个戒指，翡翠戒面晶莹欲滴，碧绿无染。

卜零记起自己的吉祥宝石正是翡翠，眼泪几乎滴落下来。卜零说大叔我来这儿真给你们添麻烦了。这礼物我不能要，我只想知道什么地方有卖香水的，我想买一瓶高档香水。

头人听到香水两字就皱起了眉毛。头人说要买香水只能到邻近的那座城市去，那里是开放城市有着各国的名牌香水。可是需要过一座竹桥那竹桥摇来晃去就连当地人也很少有人敢走。你过不去你肯定过不去。头人摇着头断然地说。这样吧，让我的孙子帮你跑一趟，好不好？卜零想了一下说不行。卜零说我必须自己去这是我的一个朋友托买的我必须亲自去挑。头人听了眨眨眼说我明白了。头人接着让自己的孙子阿旺陪卜零过桥。无论卜零怎么推让，头人坚持着给卜零戴上了那枚翡翠戒指，头人说：孩子，魔巴的手摸过的玉石能保护你，过竹桥的时候一定要戴上它。卜零看见那灰白头发的忧伤光泽便知道自己已经别无选择。

佤族小伙子阿旺提心吊胆地盯着走在前面的汉族女人卜零。卜零执意不肯走在后面。卜零说她看见前面人的双脚会非常害怕。但是卜零上了竹桥才感到前面茫然一片更令人害怕。那竹桥柔软得像一根弓弦一般，只要踏上去，便会深深陷落。下面是一片烟波浩渺的大水，两岸高大的森林把浓重的阴影投射到水面上，卜零看到水便想起那个年轻的男人，那个垂钓者。他把鱼钩甩向湖面，愿者上钩。卜零想自己不过是一条冻僵的鱼，哪里有暖流便游向哪里，哪怕那暖流里藏着无数钓饵。

阿旺看见汉族女人卜零的双腿在不住地颤抖，她的惨白一直延伸到脚面。

18

卜零走过竹桥之后像是大病了一场。阿旺惊奇地发现这个女人好像一下子显得苍老和难看。在南国明亮的阳光下，她脸上的皱纹十分明显。她的衣裳贴着她汗湿的身体，那身体仍然在颤抖，无法抑制。阿旺于是试探着说我们先休息一下好不好？但是汉族女人卜零坚决地摇摇头。卜零说阿旺你还是带我去香水市场吧，你出来时间太长你爷爷会担心的。

但是这里的香水市场让卜零失望。的确各种牌子很多，但真货却不多。从装潢华丽的盒子里只要拿出香水瓶，闻到的便是廉价香水的味道。年轻的阿旺是鉴别香水的专家。阿旺看到卜零不厌其烦地打开一只只的香水瓶，紫外线充足的阳光直射在她身上，她就像一棵焦渴的植物一样正在慢慢委顿。卜零被强烈的阳光晃得睁不开眼，她看到的只是许许多多的香水瓶，晶莹而多芒，使她想起巫师的水晶球。

快要夕阳西下的时候阿旺说卜零老师我们走吧，我带你到别处去。有个地方也许有你要的香水。卜零问那地方远吗，阿旺没回答。阿旺挥手叫了一辆三轮车，阿旺请卜零坐上去，对车夫说了一句什么，然后车夫就蹬起来，阿旺飞快地跟着跑，阿旺无论如何不肯上车。

19

在这座城市的尽头是山。山上有古老的岩画。夕阳西下的时候，卜零看到山的断层变成了单纯的色块，被斜阳熏陶得光熠四射。卜零还是头一次体验到这种纯粹的颜色。有无数根古朴而美丽的线隐藏在岩石上。那些线深深地刻出远古时代的生活。鱼和鸟以及许多的生殖器官构成了这种生活。夸张的乳房和生殖器变成了符号成为母系社会的骄傲。卜零像一个遁世者一样站在山上，等着太阳和月亮交接的那一瞬，这时的天空总有无尽的空白需要填补。

阿旺把卜零带到山脚下的一个作坊里。很远卜零便闻到一股醉人的香气。作坊像神话般地矗立在山脚下。有无数雪白新鲜的花朵堆在这里。体积庞大，却轻似羽毛。有六个体态纤秀的少女把这些花朵捧进热油里搅拌，搅拌时不断地向里面加香料。豆蔻、桂皮、番红花、白檀香木、橙花香精、迷迭香酊……这许多的芳香变成香脂，再掺入优质酒精，然后放进纯银的蒸馏器中过滤。蒸馏器制成了孔雀开屏的形状，只要轻轻按一下按钮，便会有金橙色的浓缩液体从孔雀嘴里流出。有个黑衣女人坐在蒸馏器旁边。卜零惊奇地看着这一切，她几乎是眼睛不眨地盯着，生怕眼前的神话会忽然消失。

那个黑衣女人忽然开口了。只是在那女人开口说话的时候卜零才注意到她。看她第一眼的时候卜零大吃一惊——卜零以为巫师本人正坐在那里！但是这种感觉很快消失了，这女人要比巫师美和年轻得多，可以说和巫师惟一的共同之处只是都穿黑衣服，还有，神态上有一点相像。

女人的话卜零并不懂。阿旺便和她搭腔。他们一问一答说了好长时间，阿旺回身告诉卜零说卜零老师你可以买香水了，这里的香水都是最好的，大姑说她从来不卖给外人，看在爷爷的分上她卖给你一瓶，但是请你不要到外面说，尤其不要跟汉人乱讲。卜零听了连连点头，在阿旺的指导下她拿过一只中等大小的香水瓶，然后从这个银质蒸馏器里滤出了一瓶香水。香水在瓶中清澈透明，发出金橙色的亮光，神秘而美妙，令人遐想。黑衣女人看了看卜零狂喜的表情，伸出一只被槟榔汁染黑了的手。

卜零不知所措地向她笑笑。阿旺低声说：她是在向你要钱哩！

卜零的脸红了。卜零从手袋里掏出二百元钱放在那只手上。那只手仍然平平地伸着，没有攥拢来的意思。卜零又往那只手上放了一百元，卜零的手有点发抖。但那沾着槟榔汁的暗褐色的手仍然一动不动。

卜零发红的脸又变白。佤族小伙子阿旺对那个女人哇啦哇啦地叫起来。但那女人斜着眼睛看看他，根本无动于衷。

卜零很费力地从左手无名指上退下那个翡翠戒指。这是头人亲自给她戴在手上的。戒面大而光洁，翠绿欲滴，水色很好。卜零把戒指放在那只手上。

阿旺惊奇地看见那只暗褐色的手慢慢握紧，终于不再张开。

我们还会再见面的。那女人忽然用汉话对卜零说。她的声音又低又哑，使人想起年迈的乌鸦。

就在这一瞬，卜零从黑衣女人脸上露出的阴险笑意中，忽然感到她就是巫师，或者说，她不过是巫师的幻影，是巫师无数面目中的一张脸。

20

回 C 城的火车晚点了整整四个小时。

本来应当是晚上 10 点左右到站，可现在已是深夜 2 点。卜零曾打电报让韦派司机来接，韦也很痛快地答应了，可现在，夜深人静，连 TAXI 也杳无踪迹，谁也不会在这个肮脏的地方干等四个小时，所以，没什么可埋怨的。

卜零提着行李袋出站，一路踉跄着。行李袋里是一堆号码不明的衣服和一瓶香水。一路芳香使列车的乘务员们充满了愉悦之情。但是现在这香气正毫无意义地消失在夜气里。

C 城的这个车站十分破旧和肮脏。从某种意义来说，这已经是个废弃的车站。只有为所有相遇的车让位的慢车才偶尔经过这里。卜零所以订这趟车仅仅是因为它票价最便宜。韦自从进入大公司以后不再把薪水如数交给老婆，只有在高兴的时候给老婆一点零花钱。而卜零在台里的处境更是尴尬。更糟的是卜零被人认定是大款的太太，这个头衔给她带来的还不仅仅是难堪。

卜零在一片黑暗中绝望地躲避着垃圾的臭气。那一座残破的铁桥隔绝了市声。这时她忽然发现，有个男人就站在铁桥那边，一动不动。就像被浇铸在那里似的。他长长的影子被风刮得飘忽不定。

卜零努力把骤然涌出的泪水吞咽下去。那个年轻的男人走过来，一声不吭地接过她的行李袋。在黑暗中他们互相看不清对方的脸，但卜零觉得他充满着与生俱来的亲情。卜零费了好大力气才克制住自己没有投入他的怀中。卜零只好想出一句话来掩饰自己：你要的香水我给你买回来了。

石点头说我知道了，老远我就闻见香味了，谢谢你姐姐。玩得好吗？这时他们上了车，暗绿色的车就停在铁桥那边。卜零上了车还没忘了说买这香水可不容易，是我冒着生命危险买的。石踩离合器的脚停顿了一下，石没听明白香水和"生命危险"有什么关系。卜零看见石发怔的样子决定不再说什么就笑了一下，她的笑让石觉得这句话纯粹是一个玩笑。于是石心安理得地把离合器踩下去，又踩了一脚油门。飞驰的车把一种优雅的芳香洒了一路。

21

少女莲子一进石家的门便闻见那股醉人的芳香。莲子冷落了那杯红葡萄酒，只是揭开香水瓶盖不断嗅着。在被石脱光衣裳的时候仍然把香水瓶抓在手里。香气使他们格外亢奋。石把香水喷向她的双乳，她的腋窝，她的肚脐，她的生殖器……直到她的全身发出水百合花一样的芳香。石觉得这香水像润滑剂一样使这个肉体更加柔软和光滑。

完事儿之后石点了一支烟。石说这瓶香水要"悠着点儿使"。石说这是我们老板的夫人从老远的地方买来的。莲子微微带一点醋意地一笑，你好像老提你们老板的夫人，她是个什么样的人？漂亮吗？石深深吸一口烟。聪明。特聪明。我要是有她那份才我早发了！……她这个人可真不错。石说。

22

卜零回来后第一件事就是读那个题为《南国红豆总相思》的剧本。

那一对夫妻搭档现在影视界正是如日中天。剧作家前些年就获过几次奖，后来就传闻他与原配妻子离了婚，娶了现在这位做导演的夫人。他们的婚姻应当算作珠联璧合了。迄今为止，他们婚后已合作了四部作品，两部获奖，另两部众说纷纭。所以老板格外重视他们的本子。

卜零仔细看了本子，却完全不知所云。惟一给她留下深刻印象的，是剧本平均每隔两页便有一处形容女主人公"雪白的颈子"。卜零注意到导演的颈子并不白，因此她想这雪白的颈子大概是别的什么部位的代名词，不过因为其他部位不太好提，所以以"颈"来代替而已。女主人公在短短六集戏里遭到了三次强奸，每次激起男人兽欲的都是"雪白的颈子"。卜零觉得这样的颈子实在罪大恶极，不如用锅灰抹了，就像过去良家妇女对付日本兵那样，或者，干脆斩断。

卜零对老板说出的意见是"庸俗"。但这个意见立即遭了老板的迎头痛击。老板说卜零你该好好想想了，你怎么永远和群众的想法格格不入？电视剧就是大众传播，就是俗艺术，就是面向广大群众的，你工作了这么多年连这个基本出发点都不懂？也难怪你总是完不成任务了！一席话说得卜零无地自容。老板接着说有问题可以谈出来让他们改嘛。没听说电视剧本一次成的。于是卜零按照老板的意思发了封邀请信，邀请那位著名剧作家来京面洽修改剧本一事，那位剧作家很快回函表示乐意合作。

一个阴雨连绵的晚上，老板为了表示诚意亲自去接站。老板和卜零很虔诚地并排站着，准备列队欢迎剧作家。老板不断地说一些并不可笑的笑话，卜零便也很迎合地笑。后来老板再也说不出什么来了。卜零也觉得喉头哽住了，笑不出来。雨越下越大，雨伞和雨具已全不管用。这时老板发现一行人热热闹闹地从站台走出来，在雨夜的紫光灯下这群人面目模糊、奇形怪状。卜零依稀认出剧作家肥胖疲软的脖子，卜零还没来得及确认，就看见老板已经一步跨了过去。风把老板的伞一下子掀翻了。老板已顾不得许多，远远便向剧作家伸出手来。老板精心吹过的头发湿漉漉地贴在头上显得很滑稽。对方怔了一会儿才跟老板寒暄起来。老板瘦小的身子在剧作家伟岸的身躯面前十分猥琐可怜。做导演的夫人也急忙伸过手来，暴雨中夫人仍然不忘优雅的姿态和得体的言词。在这种场合下卜零总是不知道说什么才好。

于是四个人打了一辆夏利。在亲切热烈的交谈声中逃离车站。事情已经转悲为喜，卜零的心情也渐渐由阴转晴，谁知在路过某个站牌的时候，老板借助昏暗的路灯向外看了一下，忽然语调激动地招呼卜零下车，说这是离卜零家最近的一个车站。卜零还没反应过来便在大家众口一词的"再见"声中下了车，简直好像是被什么搡下来似的。下车之后她发现站牌周围空无一人，末班车已过，冷雨凄风如同幽魂一般包围着她，她紧抱着双臂在风雨中发抖，那把尼龙伞被冷风揪备仿佛随时准备从她的臂腕里飞走，就像一只无家可归的纸鸢那样。当时她的一双脚结结实实地泡在雨水里，寒气从脚心钻上来，在毛孔中渗入奇痒。她在身上抓了两下，发现身上的斑点正在成片地涌起，那密密麻麻的红斑，让人看着就揪心。

卜零在风雨里苦苦地想。怎么也想不明白聪明的老板为什么要这样做。因为老板一向会做顺水人情，而打车票是可以报销的。卜零不明白老板为什么讨厌她到了必须搡她下车的地步。

老板初来的时候其实是相当重视卜零的，起码是非常感兴趣。但是卜零完全不懂与领导的相处之道。她并不知道领导说话不算数恰恰是一种领导艺术的成熟和灵活，也并不知道被领导利用的时候应当感觉到一种幸福而不是屈辱，否则你就真正是不知好歹了，也很容易让领导扫兴，最重要的，你得学会尊重领导，你得明白领导喜欢什么，讨厌什么。可这一切卜零都做不到，岂止是做不到，还常常背道而驰，这也就难怪老板对她失望了。世上有一种女人可以轻而易举地得到男人的同情和赞赏，这种女人可以穿着银色的剔花马甲，一边修剪着手指甲一边向男人投去一个意味深长的眼风，同时或嫣然一笑，或泪水晶莹——表情视需要而定，那么她的全部愿望都可实现。但世上也有另一种女人，缺乏一切女性的假面和道具，而她们的心又总是很丰富，总是很顽强地在塑造世上不可能存在的男性，她们从不为现实现世的利益所动，却甘愿为虚无缥缈的幻象去死。这种女人自然是真实男人们敌视和排斥的对象。卜零正属于后一种女人，在她清醒的时候她知道自己在劫难逃。

现在卜零正站在风雨中的一个公共汽车站旁，冰凉的雨水不断地从额发上滚落下来，脸上身上布满了成片的红斑，一辆车驶过，随随便便地往她身上溅了许多泥水，仿佛她已变成了个"准站牌"似的。事实上她一动不动的样子确实没有什么生命的感觉。

这泥水及时提醒了卜零。她在附近找到一家公用电话，她带着一种蛮横态度敲开了门，在主人惊奇的目光下她拨了号码。十五分钟之后，卜零看到那辆暗绿色的"萤火虫"从茫茫雨雾里静静地驶来了。

23

接到卜零电话的时候石正在和朋友搓麻将，看看表已是深夜，外面又是风雨交加。正是因为这样的天气石才没把莲子接来。但是石几乎是毫不犹豫地站了起来。石说我得出一趟车我有点事，还没等大家反应过来石就抓起挂在门后的雨衣冲了出去。他不知道老板夫人发生了什么事。

现在这暗绿色的豪华车正浸泡在雨地里，雨点打在车身上像枪弹一样沉重，尽管有雨刷不停运动，车前方仍是白茫茫一片。石像平常那样为老板夫人打开车门，但是他马上大大吃了一惊。一向尊贵可爱的夫人浑身透湿，脸上一片片隆起的红斑使她面容大变，她双眸噙着泪水，声音发抖：我知道你会来的……我知道……石一边拉开手闸一边说你怎么了姐姐？卜零流泪不语。我们现在去哪儿？石的话还没说完，一声抽泣好像从冥间绽出，然后是压抑的撕裂心肺的哭声。是啊，去哪儿，哪儿是我能去的地方呢？呜咽着说出这几句话卜零更感觉到心底深处的疼痛。石完全不知所措了。卜零伏着身子，丰满的双肩和细腰在剧烈地抽动着，泪水像蛛丝一样沾在他的身上，他觉得浑身燥热起来，但他仍然一动也不敢动。

回家吧，韦总肯定要着急了。石嗫嚅着说。但是这句话立即引起卜零更汹涌的泪水。不，他早就睡了，他肯定早就睡着了，你别高抬我了，我在他心里算不上什么。石叹了口气说那怎么办呢姐姐，你别哭了再哭我也要哭了。卜零抬起哭肿的眼睛看看他，石的眼圈果然是红的，石的一双大男孩似的眼睛十分疲倦。卜零扑在他拉手闸的那只胳膊上哭得喘不上气来。卜零觉得她的整个世界只剩了这个年轻男人。她想向他诉说，诉说她每天难以忍受的孤独与寂寞，那些屈辱、难堪和不公正像一只巨大的网罩着她，而外面是冰河，碎裂的冰块时刻都在吸收着她身体的热力，把她的生命一点点地抽走，她看到了这个，却无法改变，她需要在冻僵之前寻找一个证人，在上帝面前为她作证。

石的克制已经达到了极限。假如再有两分钟的时间，他一定会紧紧地把这个痛哭的女人搂进怀里。可是卜零抬起身来了，卜零慢慢停止了哭泣。于是石的全身也跟着松动下来。车窗外的雨渐渐小了。石拉开手闸踩了离合器。街灯昏暗的光使一切显得迷离。石放了一支曲子。乐声里他看到卜零凝然不动的侧影。有一颗晶莹的泪珠就挂在她的颊上。石明白地看到自己的处境。石每天都在为生计奔波，他不能不顾忌他的老板，他的老板也就是他的衣食，是他未来计划的最终决策者。他的莲子每天都在问：我们什么时候结婚？

那天夜里石最大胆的行为也不过是抚摸了一下卜零的头发。卜零的头发很黑，又粗又硬，不像莲子那样，黄而稀软，渗透了莫名其妙的柔情。

24

尽管确立了一流的写作班子，《南国红豆总相思》的拍摄计划还是落空了。这是因为上级领导发了话，说是该剧本有着严重的问题。首先涉及对少数民族的政策问题，一谈到少数民族问题大家都谈虎色变，实际上仅仅这一个问题剧本就足够被枪毙了，何况还有另一个问题：格调不高。知道后一个问题之后大家争相传看剧本，所有看过的人都跳起来说：这么脏的本子居然要投拍？这是谁组的稿?！于是遮天蔽日的眼光统统压向卜零。老板上当了，上卜零的当了。大家都替老板鸣不平，而老板也似乎相信了这种说法。卜零清晰地记着关于"庸俗"的意见及老板的态度，于是卜零在和老板擦肩而过的时候紧盯着他的眼睛。但是老板的眼睛像一片荒原一样一马平川，毫无内容。

卜零逃避这种很有声势的围剿的惟一办法是回归家庭。卜零努力使自己做个好妻子。每天离丈夫下班还有一个来小时的时候，她就开始拉开架势，剥丈夫最爱吃的豌豆，在这豌豆上市的季节卜零剥豌豆把手指甲都染成了绿色，而不管豌豆剥出来的数量是多少，最后肯定要被风卷残云地吃完，连最后的几片青豆衣也要被韦冲了做汤喝。

韦因为常常吃香槟大菜而格外眷恋家里的素食。卜零炒菜放油很少，又不惯放酱油，因此炒的青菜便都透出鲜绿。韦觉得吃卜零炒的菜是一种享受，但是这种享受久而久之便成为一种刚性过程——完全不可逆转。偶然卜零没有按时做好饭，韦就像天要塌下来似的。

卜零觉得韦洞察一切，任何细枝末节也休想逃出他的眼睛。譬如，韦明令点煤气灶的火柴不能丢掉，要码放整齐，在需要同时点两个灶眼的时候，就可以节省一根火柴。千万别以为韦是吝啬之人，在很多方面韦是挥霍无度的。譬如每周日韦都要去转一趟附近的鞋市，买回一大堆各种号码的鞋子，卜零说别买了，没的糟蹋钱，韦说这点东西要几个钱，就源源不断地买回来。韦买其他东西也很大手，每次买排骨要买十斤以上，同时再买鱼买鸡，一大堆冷冻食品往冰柜里一放，想尽办法也吃不动，最后大半都扔了。卜零笑着说你每次少买点好不好，别像农民进城似的那么贪，听到这话韦便大发雷霆，韦大吼大叫地说我好不容易休息一天，给你买了你还挑三拣四，鸡蛋里挑骨头，没碴儿找碴儿！以后我不管了，你买！韦吼起来中气十足，排山倒海，卜零顿觉自己无容身之处。韦最忌讳的就是别人说他像农民，因为他的确生长在农村。

但是韦也有许多优点，最重要的一条就是生活有规律。他的生活规律从来雷打不动。在手持游戏机刚刚风行的时候卜零买了一个回来玩，卜零玩起游戏机来也像写剧本那么投入以致忘了时间。韦提醒卜零说该烧水了，卜零答应着仍然一路玩下去。终于韦忍无可忍地大叫一声：这日子没法过了！！呼啸着便上来抢游戏机。那个长方形的黑色游戏机最终被摔成了碎片。卜零看着那一堆碎片，连眼泪也不会流了，只觉得眼前是一堆沉船的碎片，自己已落入黑夜的大海里，连最后的碎片也被人夺走了。她只能眼睁睁地被海潮淹没……

　　卜零觉得这个空屋里有一种青苔的气氛。在她无事可做的时候，她会忽然想起关于"刺青是世界上最美丽的杀菌药"之类的废话。想起这个她就联想到那个在春天里出现的男人。她祈祷那将是爱情灰烬中的最后一次回响。那一片晶莹而多芒的香水瓶和巫师的水晶球一样，都是她的吉祥物，是她的箴言。她小心翼翼地走向那个男人。但是他比她还要胆怯。在那个暴风雨的夜晚，她闻到了他身上的气味，听到了他狂烈的心跳，但他像一个生病的香木俑人那样一动不动。而在那之前，他脸上曾挂着灿烂的笑，在一片茫茫湖水旁伸出一只手，他说姐姐你给我看看手相吧。

　　卜零一度想有个孩子，但是韦没有生育能力。韦知道自己没有生育能力之后就对房事不再有兴趣。韦说将来咱们可以要个孩子。卜零说要不要都没关系，结婚并不是为了生孩子的。韦沉着脸问那结婚是为了什么？卜零张口结舌答不出来。韦轻蔑地看了她一眼就沉溺到公司的事务中去了。韦的不同寻常就在于他能一天一天地保持沉默。沉默是金。沉默使韦变得像苏格拉底一样深不可测。但是卜零知道这沉默的背后其实是空虚。他的沉默迫使我们制造商标。——卜零脑子里忽然又冒出一句奇怪的废话。卜零知道假如韦正点回家，他就能在饭后坐在电视机前，从新闻联播开始直看到全天节目结束。无论卜零转换话题也罢，搔首弄姿也罢，都一律地毫无效果。卜零觉得自己在韦的眼中完全化作了一团空气。韦在高兴的时候自诩"坐怀不乱"，常常以此为自豪，卜零说既然如此还要结什么婚啊？韦说这样还不好吗，你放心啊。我起码不会在外面泡妞儿。卜零说还是泡妞好些，起码证明你对女人还是有兴趣的，我很怕对女人没兴趣的男人，这样的男人一般缺点人味儿。卜零说完这话就走了。韦想了又想，觉得除了卜零有病这个原因之外别无解释。韦觉得卜零的病日益严重了，包括看星星的时候看出旧照片的颜色，都绝非什么正常现象。

有天晚上韦在外面吃了狗肉煲喝了三鞭酒，微微地有一点兴奋，好像第一次见到卜零似的发现她竟然有那么两只饱满的乳房。韦像皇帝临幸一个久居冷宫的妃子一样走进卜零的工作间。卜零的工作间有八平方米，满满地放着一张单人床、一张放文字处理机的桌子和一个书柜。当时卜零正躺在床上看书。

韦做了很多预备动作之后才宽衣解带，那姿势颇有帝王之相。但是韦刚刚就绪却又站了起来，在挂历上用笔认真地画了个记号，卜零看到他这动作就觉得全部的情绪都荡然无存了。——韦每次临幸都要在挂历上画上记号，韦说要记住房事的时间以免卜零赖账。

韦这才把身体压向卜零，卜零看到韦紫胀的脸就去关灯，就在卜零的胳膊刚刚碰到开关的时候，电话铃忽然爆炸般地响起来，把他们两人都吓了一跳。韦愤愤地拿起电话"喂"了一声，然后声音立即温柔起来：呵，是刘总！刘总您好！您有什么指示？那边不知说了什么，韦一把掀开被子很利索地爬了起来，比躺下时的态度要果断多了。韦对着话筒连连说：我这就去，我没事儿，老婆？老婆更没事儿了！她在那儿写剧本呢！哈哈哈……

卜零披上睡衣走到阳台上。卜零知道这位刘总是集团公司的老总，是韦的顶头上司。接下来该是韦打上领带拿起皮包关门出去的声音。卜零对这一切太熟悉了。卜零被调动起来的情欲在夜露中也无法安静，她现在可以接受任何一个陌生的男人，她的手指感到她夜露中的身体像雪天里的泉水一样光滑，她寒气中的乳房像成熟的果实胀得发痛，她的发脂像核桃油一样甜香，她的汗气发出海风一般清新的味道，她的阴毛像萱草的阴影那样摇动，她的生殖器像水母那样散发出浓郁的海腥气……她全身都在等着一个男人。巫师阴笑着说：你真的不知道吗？你这一辈子都在想男人。那巫师有一张被水晶球分割成几何图形的破败的脸。

卜零看到那两个叠在一起的菱形星座，它们的光泽再度失去，恍惚间她觉得自己离它们很近，她伸出手，暗色绸缎的睡衣滑落下去，她全身赤裸站在夜空里。云气飘动，她觉得自己也跟着飘动起来。

25

有一天韦提前下了班。韦心情很好，这种心情在韦来讲十分罕见。韦轻轻推开门。韦忽然发现当他不在的时候这个家竟像一座荒芜的坟场一样幽寂。没有任何生命的迹象。连窗台上的那一盆吊兰也萎黄了。卧室的门虚掩着，从门缝里他看到一双雪白的脚搭在雕花铜床的架子上。每个脚趾都那么精致，浅粉色的脚指甲微微战栗着，仿佛涂了蔻丹似的发亮。韦把一只眼睛贴近门缝看过去。他看到卜零全身赤裸躺在床上，头向斜后方奋拉着，一头长发垂向地面。垂直的发丝像榕树的长髯一样呈现出干枯的棕红色。她的下巴微微翘起，暗色的颈子无力地延伸下来，乳房在胸部柔软地摊开，一条浅色的条纹从肚脐一直伸展到小腹，小腹上那些萱草样的阴影凝然不动，一只暗色的手指在那片阴影里动作着，随着有节律的动作，她的下巴更加绝望地翘起。如果不是偶尔还发出一两声呻吟，韦觉得她看上去像是死去了似的。

有浅色的黏液慢慢浸湿那丛萱草的阴影。卜零的皮肤不知什么时候已经失去了原来的明亮和鲜润。韦忽然想起玻璃匣子里陈列的西域女人的干尸。那是风干了几千年的女人。韦感到一股凉气慢慢敲击着后背，他轻轻退了出去。

韦觉得卜零需要帮助。休大礼拜的时候，韦订了个 KTV 包间，想带卜零去散散心。当然由石开车前往。很巧，在饭店的大堂里韦遇见了老朋友达。达现在是一家著名大公司的总经理。韦立即邀达办完事后一起吃晚饭，达欣然允诺。酒过三巡，达起身去卫生间的时候韦低声告诉卜零，达对于韦的生意场很有用。卜零漠然看看他说那又怎么样。韦看见卜零那冷漠的脸就想起已经好长时间没见她笑过了。韦说这你还不明白吗小傻瓜，看得出他对你有兴趣，你要跟他多聊聊对他多笑笑，一会儿和他一起唱唱卡拉OK。卜零看看那张龙虾一般红涨的脸就把头扭开了。卜零觉得韦只要自己做生意需要便可以随时把老婆典出去。

那一天卜零喝了许多酒。卜零那天穿的是法国摩根丝的曳地长裙。浅驼色的摩根丝在灯光下变成了肉色，紧裹着她的身体十分性感。卜零感觉到石和达缠绕在自己身上的目光。卜零想酒真是个好东西，人可以躲在它后面，进可攻，退可守。卜零抓起话筒说：这首歌献给达先生。达听完这话就笑了，十分满足。卜零在说这话的时候有一种名妓般的感觉。卜零设想自己是莫罗笔下那位金碧辉煌的莎乐美。每当她把自己想象成什么角色的时候总比真实的感觉要好些。莫罗的莎乐美穿着阿拉伯后宫式的衣裳。那大概是最早的三点式。那些衣裳总是缠绕着富丽堂皇的金银丝，有硕大的金绿色宝石镶嵌其间。卜零忽然想或许那地中海式的一族曾经分布在世界的许多地方。譬如波斯、埃及、阿拉伯、印度尼西亚的巴厘岛乃至中国的佤族。这是个十分奇妙的联想。这一族人的原生态是那么相似，好像这是被遗弃在世界文明之外的充满美丽原始生命的一族。卜零觉得自己正属于这一族，她想自己成为弃儿的结果很可能是伴随恐惧流浪终生。

接下来卜零和韦合唱了一首歌。韦唱歌的时候总是与原调南辕北辙。韦很认真地解释这是因为自己的一侧耳骨有问题。尽管如此韦的嗓门特别洪亮，底气十足。所以卜零在唱歌的时候总感到脸的一侧在发烧，烧得滚烫。卜零甚至不敢转一转眼珠。饱经世故的达老板当然一如既往地笑着，可卜零猜不出石这时会是什么表情。幸好韦唱歌的兴趣并不大。在铁板烧烤端上来的时候，韦的话锋已转入正题。通红透亮的肉片在铁板上泛着油珠作响。韦端起一杯酒对达说你是老大哥生意做得很成功，希望今后在各方面多多关照。达端起杯子一饮而尽。韦又举起第二杯酒，韦说我们两个公司今后肯定有联手的机会，公司大概最近会有人事变动你明白吧，别的我也就不多说了，来，为我们今后的合作干杯！两个高脚杯碰在一起，酒杯里的液体泛出许多泡沫。韦端起第二杯酒的时候卜零就看了他一眼。这时石以潜移默化的方式拿起另一个话筒。屏幕上显现出一个穿三点式泳装的女人，那女人在沙滩上不断挺胸收腹做波浪状。卜零很奇怪几乎所有的影碟都离不开一个三点式的女人，而每一张女人的脸都相似得让人吃惊。那些女人的皮肤苍白像被水浸泡很久的白色羊皮纸，她们显得那么贫弱，没有一根线条有生命的色彩，或许这就是被男人们企盼的那种贫弱吧，因为这一族的男人也同样贫弱疲软，他们害怕炫目的生命色彩，他们害怕那种强烈的色彩会把他们淹没。

卜零和石的歌声合作得天衣无缝。此前卜零并不知道石有这么好的唱歌天赋。石的歌像亚热带的熏风吹过槟榔树一般发出沙沙的声音。石唱得很投入，在"让我将生命中最闪亮的那一段与你分享，让我用生命中最嘹亮的歌声来陪伴你""希望你能爱我到地久到天长，希望你能陪我到海枯到石烂"这类滚烫的句子出现的时候，卜零看到石的脸微微有点红，眼睛立即也有了一种潮红。那潮红湿润得仿佛可以渗出水来。卜零从来没有在任何男人脸上看到过这种生动美丽的表情。

卜零忽然感到那一股热流再次不合时宜地涌动出来。她死死盯着那个拿着话筒的健壮的胳膊，她想扑上去，掐他，把他掐紫，她想让这强壮的双臂紧拥，然后剥光她，尽情地蹂躏他，虐待她，她裸露的身体将像水一样在他粗大的双手里流动变形，她渴盼着一种他施加给她的剧痛。她要在那剧痛中敞开自己，让那个禁闭在牢笼中的囚徒发出高亢凄厉的歌唱。

26

那一天玩到很晚了，大概有凌晨 2 点那么晚了。把达送回家之后，石照例地送老板夫妇。老板夫妇照例地一言不发。石早已习惯了这种沉默。因为达家很远，要经过一段高速公路，回来的时候仍要途经高速路然后斜插进入市内。上高速路的时候石紧闭车窗挂上五挡，那速度风驰电掣一般。这时韦半闭着眼睛在养神，韦从半睁半闭的眼睛里看到卜零起伏颤动的乳峰，韦的心里忽然一阵恐慌，有了预感似的感到了什么。这时卜零忽然开口了。卜零说你今天对达经理说的公司有变动是什么意思，韦睁眼看了看她说这是公司的事你别管那么多好不好。韦其实并不知道卜零对这些根本毫无兴趣，卜零只是因为像平常那样惧怕沉默而寻找一个她自以为韦会感兴趣的话题而已。卜零于是不再说话，韦却又忍不住似的说公司的变动近一个月就会见分晓，刘总这回死定了，说完这话之后韦大声说小石你可别出去瞎讲。石嚅嗫着说我怎么会呢韦总您放心吧。韦于是一发不可收地说上周和日本财团谈判，虽然合同明确了是由日方提供备用零件技术培训等项目，但是并没注明是有偿提供还是无偿提供，这个漏洞有可能让中方受损百万元以上，韦说作为中方谈判的首席代表的刘总他不可能会忽视这一点，韦像个智者一样半眯着眼睛说那么就剩下了一种解释——他和日方作了幕后交易！韦笑笑说刘老总的胃口真是越来越大了！卜零大睁着眼睛想了半天，卜零说你既然发现了为什么不及时指出来？韦像看外星人似的看了卜零一会儿，韦说你不认为这是个千载难逢的好机会吗？卜零噎了一下，卜零的目光深刻如雕刻的冰凌，这时车里的灯光幽暗，石正在放一支忧伤的歌曲。卜零淡淡地说你找到了机会可你们公司失掉了机会。韦半天说不出话来，韦哈哈笑了，笑过之后，韦像很有经验的电影明星那样低声说：我的天，我老婆什么时候变成活雷锋了？韦很不愿意在石面前失分，于是韦接着说：当然，身边睡个雷锋比身边睡个赫鲁晓夫强吧。哈哈……还没等韦笑完，卜零就做了一个惊险动作，卜零叫石停车，因为叫得突然车速又太高石还没有停稳卜零就拉开车门跳了下去。卜零在高速路上像一只松鼠那样一下子搓出去十几米远。韦急忙闭眼，他害怕血肉模糊的尸身，但是他刚刚闭眼就听到一声惨叫，他还没来得及断定那是谁的声音他就在原地转了一圈，然后车戛然停止。

等到骑着摩托的巡逻警察走过来的时候，韦才发现司机石伏在方向盘上。韦这才依稀记起刚才那声惨叫像是石的声音。韦下了车向巡逻警察指着卜零摔出去的方向说不出话来，韦的下巴一直在发抖，他眼前反复出现一具被辗压成碎片的女尸，警察的问话韦一句也没有听见。警察顺着他手指的方向看去，在高速公路的那一边，有一个女人正从地上慢慢站起，那女人的黑色剪影很好看。女人的长发在空中飘舞。那是卜零。

后来韦知道卜零除了胳膊上蹭破一点皮之外奇迹般地毫发无伤。

27

石被连夜送往医院。韦断然拒绝卜零想去看石的要求。直到第二天韦上班之后，卜零立即拨了石的呼机。二十分钟之后有人回电话说，石现已转到市立第三医院骨科病房，是因急刹车和快速打轮碰撞而造成的右臂肘关节错位。卜零一改平时懒洋洋的作风，像慢镜头拍摄的《摩登时代》里卓别林的飞快动作，用高压锅做了个清蒸鱼，然后放进保温桶里，这鱼还是石前两天钓到的。一路颠簸裙子上洒了许多鱼汤。卜零就带着那许多鱼汤的污迹推开了骨科病房的大门。

卜零第一眼看到石的时候觉得他变丑了。大约是伤痛和惊吓的缘故。裸着上身的石在病床上坐着，医生正在给他检查。石的右侧肩臂被马马虎虎地包扎起来，他的脸色苍黄如纸，他受惊的眼睛求救似的望着医生，而医生十分淡漠，像摆弄一个人体模型似的摆弄着他。石的身体随着医生手指的触碰痉挛着。这时卜零轻轻叫了他一声。

卜零并没有看到她所渴望的那种目光。石只是很费劲地微笑了一下，尽量平静地说了一句"你好"，然后对医生和周围的人说这是我姐姐。但医生和周围的人都像是没听见似的。卜零看到石黧黑健壮的身体无助地暴露在众人面前。医生像看原始溶洞中的骨殖那样随随便便地看了石的 X 光片一眼，然后对卜零说，他这种错位只有两种办法，一是做手术，用钉子来固定，二是不做手术，用绷带来固定。石还没听完就说我不做手术。这样便只好用绷带来固定了。医生叫来两个穿手术服的壮小伙子，两人一边一个把石抓牢，医生便拿了器械和绷带开始操作，也许说上刑更准确一点，因为石虽然不曾喊出声，从他身体的挣扎和淋漓的汗水来看，他的忍耐已经达到了极限。周围的人都盯着他那黧黑的不断扭动的身体，那身体现在已经汗湿发亮。卜零从众人眼光中看到怜悯背后的一种快感。仿佛发生在那个肉体身上的剧痛带有某种戏剧性质或表演色彩，那是一种埋藏很深、很难表述的东西，使人想起古罗马斗兽场的腥风血雨。

那一天石和卜零很晚才回家。捆扎之后石吃了半条清蒸鱼，是卜零一口一口喂的。卜零喂了一半像忽然想起什么似的，卜零问你太太怎么没来？石勉强笑笑，石说我和她有大半年都不说话了，合不来。卜零说难怪你从来不提你太太。石好像不愿意继续这个话题，石说我们可以走了大夫说我可以不住院。卜零拿了些药，两人一前一后走出医院大门。外面天已全黑，在黑暗中石忽然停步，石说姐姐我眼里进了沙子你帮我擦擦吧。卜零这才看到石的眼睛亮晶晶的似有泪水游动。卜零掏出手绢擦了一下，又擦了一下，石的泪变成了一条汩汩不息的河流。顷刻之间卜零觉得自己也化成了一团水，水一样柔软和顽强地汇入那条河流。

28

石每天都给卜零打电话。一听到那沙沙的声音叫一声姐姐，卜零的心里就温柔地缩紧。后来卜零说你别叫我姐姐了，石问那叫什么，卜零说随便，就是别叫姐姐，当你的姐姐我觉得累。石温存地低笑了一声，石说那就让我好好伺候你，等我好了以后开车带你跑遍全城，你愿意上哪儿玩都行。卜零说你就不怕你的韦总说你把我拐跑了？对方沉默了一分钟之后说如果你不怕我就不怕。卜零怔了一会儿心狂跳起来。这句话从石的嘴里说出来很像一个宣言。她忽然觉得他们之间有了一种默契，一种同谋式的默契。这种默契使卜零神往的同时胆战心惊。

如果不是石想看录像带，卜零大概不会再次堕入老板的陷阱。石在电话里说姐姐要是方便的话帮我借几盘警匪片吧，也许看着别人流血我身上会好受一点。卜零扑哧笑出来，卜零当天便回到阔别已久的单位不顾旁人惊奇的目光长驱直入老板的办公室。石现在在卜零心里至高无上，是受宠的王储，卜零在有这些感觉的时候心里总是很充实。因为单位规定只有老板这一级以上的干部才享有借带子的权力，所以卜零打算放弃自己的骄傲暂时与老板和解。卜零惊奇地发现自己竟也如此实用主义，只不过促使实用的动力与旁人有点不同罢了。

老板很痛快地答应借带子，并且可以破例地借上五盘。但是老板话锋一转说卜零我也需要你的帮助。这一段我压力很大，你回家休假了，上面追究《南国红豆总相思》，我只好一人承担，这倒没什么。问题是现在是一年一度的献血，适龄人要么体检不合格要么出去拍戏了，完不成任务扣奖金不说还会出一系列问题，你看是不是能从大局出发报一下名？卜零觉得自己一下子被赶到了一个死角根本没有回旋余地。卜零只好做出视死如归的样子说好吧什么时候体检？老板笑了老板说如果你同意的话今天就检，如果合格的话今天就献，因为这是最后的期限了，你看好吗？

卜零从来没见老板笑得这么灿然。从这灿然的笑容里卜零再度感受到老板的人格魅力。卜零疑惑过去对老板的看法或许仅仅是主观偏见。老板心里是有数的。只不过围绕着老板的那些人有点差劲罢了。

卜零由老板亲自陪着就那么走进献血室。冷冰冰的针管触到她的胳膊时她忽然感到她不过是被笑眯眯地押送进屠宰场的一只小牲口，顿时她觉得那针管寒彻骨髓。她想抽回自己的胳膊，可是已经被一只铁钳样的手牢牢攥住，这时她闻见一股麝香一般浓烈的死亡气息，她看见紫葡萄一般的血的时候就想起那只濒死的一凸一凹的牛眼，那血是如此相像，在许多目光的焦点中浓艳得无法化解。

29

几乎是在卜零走进献血室的同时，石的家门被敲开了。石以为是老婆忘带了什么东西。石受伤之后妻子仍然坚持上班。因为上班的地点很近可以随时回来。午睡是肯定要在家里睡的。这时大概是下午两点多钟，妻子午睡后刚刚又去上班。妻子对他的伤势采取一种淡然的态度。

但是走进来的并不是妻子。这是个苗条秀弱的青年女人，白色鸟羽一般轻盈地飘了进来，看上去是刻意修饰了一番，一只鲜红的木质发卡束着一头柔软发黄的头发，同样鲜红的高领无袖长裙勾勒出她纤柔的线条，越发衬出两只银白的裸臂和臂上戴着的银丝玛瑙手镯。她是莲子。

石觉得心脏好像一下子不会跳了。石的惊慌立即感染了莲子，莲子说你怎么了，石做梦也没想到没有那辆暗绿色的"萤火虫"莲子也能从五十多里之外的郊区找到这里。石说我不是说过让你别来吗？我姐姐马上要回家了，今天就要回来，你还是快走吧。莲子垂泪说人家不是不放心想来看看你吗？只一句话石便软下来，莲子这种女人的无知无能和似水柔情都同样能打动男人的心。石说那你先喝点水吧你自己倒，但是莲子仍然无助地站在那里，两只裸臂像受伤的鸟翅一般垂落着，头微微地向后仰，每当这种时候石便要去解她的扣子了，但是石现在清醒地知道今天无比危险，妻子随时都有回家的可能，石狠狠心说我姐姐一会儿就来，喝完水你就走。但是莲子眼泪汪汪地说你真的不想把我们的关系告诉你姐姐吗？石坚决地摇摇头。莲子走过来轻轻抚着石胳膊上的青紫说出一句话，石听了这句话后几乎晕厥过去。莲子说我怀孕了。

就在石处于混乱状态的时候莲子静静地脱光了自己的衣服，然后从容地在自己身上洒满香水。莲子说来吧我得有好长时间来不了。莲子的肉体在白昼的光线中通明透亮。石说不你得去做人工流产，你得先答应我去做人工流产，莲子咬紧牙关一声不吭，莲子的泪在枕边汇聚成一个冰凉的湖泊，石于是把一切危险都忘了，石不顾一切地疯狂地动作起来，那个柔软驯顺的肉体在他的下面呻吟着，直到他精疲力尽地撑起身子他才觉得他太粗暴了。他问莲子他把她弄疼了没有，莲子白得透明的脸上似乎十分迷乱，莲子说没什么我整个儿身子都是你的，你想怎么样就怎么样，今天让你玩儿个痛快。石听了这话就觉得心里的热流直烫到眼窝里，他像抱孩子一样把莲子搂进怀里，莲子乖乖地偎依着他，像一只受伤的小鸟。石越发觉得自己罪恶深重。

就在这时门响了。

石惊慌失措地抓起衣裳他无论如何也穿不上，倒是莲子从容不迫地整好床穿好衣裳去开门，石甚至忘了阻止她，石就那么拿着衣裳架着胳膊在床上发呆。他听到门开了，有一个熟悉的女人声音在问，小石在吗？

30

卜零觉得敲开这扇门非常难。像敲开一扇天堂或地狱之门一样难。她等了那么那么久。她身体的一部分好像还在继续淌着血，只是血的颜色已经不那么浓艳了，它们变成了一些浅色的汁液，生命就是由这样一些汁液构成的，如今它们走了，于是仅仅剩了一些躯壳，像浸在池中的苎麻一样摇摇欲坠。

那个年轻女人像一个秀弱的影子一样飘了出来，带出一股熟悉的优雅香气。卜零觉得视觉上再度出了毛病，她很难看清这个女人。在盛夏下午的阳光下，她觉得这个女人缺乏立体感，或者干脆说，她像是一幅女人的卷轴，就那么平平地贴在了门边，被阳光挤出一条瘦瘦长长的影子。

卜零其实并没有特别注意石的惊慌，她过度集中于对那个年轻女人的思考，更确切地说，她在进行关于某种香气的回忆。所以当石向她和盘托出的时候，她甚至在很长的时间里在想，那女人的苍白使人想起浮冰，一种可以被溶成月光那么雪白的浮冰。卜零的脑子里忽然又冒出一句废话：她是被紫鲨鱼吻过的多边形浮冰。卜零之所以有这样美丽的想象，是因为当年轻女人转过身去的时候，卜零看到她后背的拉锁开了，有一抹雪白从华丽的红色中闪出。

年轻女人在临走时用极度疑惑的目光盯着卜零，卜零同样不明白那目光的意义。在那种香气消失之后卜零才闻到一股精液的气味。她看到那个凌乱的床，那是一场大风席卷而去的苍凉墓地。于是卜零用一种墓地般的声音问石，卜零说我记得我曾经给你带过一瓶香水，你说你车上要用的，怎么一直没见你用？石的头深深地垂下去，卜零猜他现在的表情一定生动美丽像个初涉世事的童男子。石说姐姐真对不起我对你没说实话，那香水给她用了，她挺喜欢。卜零点点头。卜零说她可能不知道这香水的来历，要是知道了可能更喜欢。卜零淡淡地说这香水是用很多鲜花制成的，那些鲜花都是一色的雪白，加了很多香料和优质的酒精，那个山脚下的小作坊里，有六个鲜花一样的妙龄少女，女老板是个黑衣女人，那女人是个巫师，就是那个给我算过命的巫师，她说过我在春天会遇见一个男人。卜零说到这里就停住了，她看见石的眼睛异乎寻常地惊慌，石向她走来，石说姐姐你怎么了，你到底是怎么了?! 她看到石的手伸向她的额头她就忽然闻见精液的气味，她飞快地挡开他的手，她大叫了一声别碰我! 她用了那么大的声音，四壁仿佛反复响起回声。

不知过了多久石才轻轻地说姐姐这事儿我早就想告诉你就是没有机会。你那次给我看手相说我有三个女人，当时我就想说我只有两个，一个是我老婆一个是她，我和她已经有两年多时间了，有件事我想请你帮忙，我想只有你才能救我们……她怀孕了，你能不能帮她联系个医院……

做人流吗？卜零的嘴角上挂着一丝冷笑。

石点头。

为什么不要下来？这可是你自己的骨血。

那怎么行？我老婆那边怎么办？姐姐我对她是真心，是真心要娶她，可现在不行，可能要一两年以后我才具备娶她的条件，现在这时候，你就救救我们吧！

卜零摇摇头。卜零说不我做不到。而且……卜零古怪地看了他一眼接着说，也可能我们以后就见不到了。

为什么，姐姐为什么？

因为……因为我想和韦离婚。我离开韦，也就不会和你有任何联系了。

干什么呀姐姐？都快四十岁的人了还离什么婚啊？

快四十的人是不是就不是人了？卜零说完这句话就向门外走去，在门口卜零又回过头，在阳光下卜零的脸色一片青灰如同戏装中的鬼魅。卜零对石一字一字地说你欠我的，你得还。卜零的脸和声音吓得石胆战心惊。卜零走出很远才感觉到右臂的沉重，她看到那五盘带子仍然拿在手里。那里面好像浸着血液，牛的一凸一凹的眼睛，还有精液的腥气席卷而来，迷离的阳光把行人们分割成了碎片，然后定格。

31

从盛夏到初秋的三个月是韦一生中最痛苦的三个月。他的痛苦在于他铁的生活规律被打乱了。他不知道怎么对待躺在床上的卜零。那一天，几个陌生人把昏迷不醒的卜零抬了回来，韦着实吓了一大跳。韦想这类文艺型的女人实在乖张，甚至用自虐的方式来引起别人的注意——韦实在不理解卜零献血的举动，而且是在完全没有和他商量的情况下，他认为这起码是对于家庭的不负责任。他甚至想这可能是卜零逃避剥豌豆的一个诡计。自从卜零躺下之后剥豌豆的重任便落在韦身上，韦每天下班之后的第一件事就是剥豌豆，到豌豆季节结束的时候韦的指甲染上了洗不掉的绿色，这绿色甚至被刘总注意到了，刘总笑笑说绿指甲倒没什么，只要不是绿帽子就行。气得韦在当天的梦里向刘总肥硕的脑袋举起了刀子。自从那次合同的事之后刘总老是这么对待他，就在那次韦向卜零和石宣布公司即将变动的消息，并且由此发生卜零跳车小石受伤的戏剧的第二天，韦便得知刘总已和日方签了堵塞漏洞的追加合同。韦这才自责自己太沉不住气了，好事是不能让别人过早知道的，特别是很有成功希望的好事。难怪那个怪异的巫师举过一支正在滴落的蜡烛作为他事业的隐喻。

但韦并不是那么容易屈服的。韦的信条之一便是"善败者不亡"。韦在立秋的那一天第三次走进那座有巫师算命的饭店。三层的那个埃及餐厅呈现出一种衰落的气象。用餐的人们像秋风扫落叶一样零落而萧条。曾经鲜艳美丽过的波斯花纹地毯现在像树皮一样薄而肮脏，上面洒满了烟头的灼痕。巫师已经回国了。原来她算命的那张桌子依然摆在那里，布满了灰尘。在放置水晶球的那个地方现在放着一盏巨大的花瓶式台灯。韦想巫师的口袋大约已经满得要溢出来了。不知那个巨大的水晶球如何放置在飞机上。或许会放在空中小姐的座舱里，巫师吃完中国式烤鸡之后，或许会利用剔牙的工夫给哪位运气好的小姐算上一命，然后带着一种玩味的态度去欣赏小姐美丽的脸上或狂喜或忧伤的表情。当然，如果发生空难那么那水晶球就会飞出窗外碎裂成无数繁星，若干年之后再以陨石的身份返回地面。

这时一位小姐拿着菜谱走来，轻声问：几位？

韦像被别人追逐着似的逃离那家饭店。那个花瓶式台灯的昏黄灯光令他昏昏欲睡。这件事他当然没有告诉躺在床上的卜零。他觉得卜零的形象在他眼里越来越模糊，他惧怕这个模糊的形象。他觉得躺在床上的这个女人就是一种情欲的化身，她像一团烈火一样可以毫不费力地吞噬他，他过去天天盼着她会安静下来会像"古井水"一样"波澜誓不起"。她现在真正安静下来了，她的眼睛从早到晚盯着天花板，对任何事情都毫无兴趣，但是她仍然使他害怕。有一次他明明听见她在嘟囔着，但他问她说什么的时候她却断然否认，而等他刚一转头便清楚地听到她在说什么"紫鲨鱼……浮冰……"。

他断定她是走火入魔了。因此当他回家后看到她，听她说老板来过，单位通知把她除名的消息之后，他本来以为又是她幻想的什么故事情节。

32

但是老板送来的大包慰问品还摆在那里。有月饼、葡萄、莱阳梨、红富士……还有一大堆冷冻食品。所有的礼品加起来有上千元了，老板说是单位"慰问献血的同志"的，老板语调亲切真挚，谈吐幽默而迷人，老板连了六个笑话，这些笑话确实很好笑，卜零已经有好久没这么愉快过了，老板在说完笑话之后就把头转来转去地看卜零家里的陈设，老板说你家很朴素呀，你先生不是大老板吗？卜零说我先生是那种挣不了钱的大老板。老板说我可是听说你是大款的太太，出门儿就坐超豪华车的，单位这点钱挣不挣对你来讲算不了什么。卜零说那可太冤枉了，对我来说单位这点钱是我的全部。老板听到这里好像吃了一惊似的，老板说那太糟糕了，这简直是个天大的误解。卜零惊讶地看着他。老板显得很沉痛地说有件事我不能不告诉你，下个月你就不要去单位上班了。卜零的反应出乎老板的意料，在宣布这类消息的时候对方几乎一律地要大哭大闹寻死觅活，倘是男人便要大发雷霆以死相拼，但卜零的反应似乎过于平静，以致老板以为她还没听懂。于是老板进一步解释说单位的情况你也是知道的，僧多粥少，上级领导从年初开始就想裁人，有人向他汇报了你的情况，说你长期完不成任务动不动就不上班，这次参加献血的同志最多休了二十天，可你连休了三个多月，也没有假条，领导在这次中层干部会上点了你，我为你争了很久，可没用，所以……卜零仍然一语不发，但是老板发现卜零的眼睛里出现了两朵绿色的火苗像蛇信子一样喷吐毒光，但卜零的嘴角上似乎还带着笑意，那是一种"毒笑"，老板不知为什么有些害怕，接着卜零说出一句话来更加让他恐慌。卜零看着他的眼睛说老板你说的这时间不对吧，我想裁人的决定应该在我献血之前，我猜得对吗？老板的肌肉在微微抽搐，老板到底是英雄好汉，老板想结束这场无意义的谈话了。老板说：你真聪明。充满智慧。卜零笑笑又说出一句让人惊心动魄的废话，卜零说这个时代的智慧是一种通往绝境的智慧。卜零在说这话的时候平静如水。老板惊奇地发现卜零又有新的变化，这个女人的脸仍像过去一样妩媚，但那丰富的表情却已荡然无存。没有一根线条能够泄露她的内心秘密。就是过去可以一览无余地看到她内心世界的那双眼睛，现在也不过像一面玻璃镜那样镶嵌在脸上，从里面折射出的正是对镜者本人。老板在站起身的时候说你这句话可以进名言录了，为了你这句话我请你喝咖啡。晚上8点，花非花咖啡厅。

老板走出去的时候仍然在想卜零的变化。卜零这个女人在他心里始终是个谜。往往是他自以为已经完全掌握了她的时候，她会忽然有一种新的谜一般的变化。老板刚刚调到市台时第一个注意到的就是卜零。这个女人并没有标准美人的脸，却从整个表情和体态上充盈着一种生动和邪媚，给人一种"异邦异族"的感觉。老板开始的时候很对卜零动了些念头。应该说这种念头对于老板这样的人是很不容易的。演艺界美女如云围绕着老板，每天都有人给老板打饭、打水、清扫办公室乃至做各种各样的事情，要知道是老板在决定着生杀大权。可是卜零好像一直把他视作一团空气，老板觉得这个女人在用轻蔑毁灭着他，使他产生一种失败感。更让他不能容忍的是卜零常常不顾场合地顶撞他，譬如有一次开会的时候，老板为了活跃气氛，谈到《南国红豆总相思》里关于雪白的颈子的描写，老板说他当时就向作者提出过删改的问题，但作者修改的结果却是增加了两次强奸，老板和众人哈哈大笑，卜零站起来说老板你说话不能完全不顾事实，据我所知根本就没这回事儿这纯粹是演绎。老板说比"春天踏着湿漉漉的脚步走来了"还演绎吗？众人又是一阵哄堂大笑。卜零却继续认真地说这两句话根本不可比，因为我的话最多受人嘲笑而你的话伤害了别人。说完了这句话大家就安静下来，老板从那时开始就想把卜零请走了。

但是老板的好奇心使他犯了一个错误，他想探究这个女人之谜而约她去喝咖啡，他觉得如果不把卜零作为他的部下而把她作为一个纯粹的女人来交往的话，也许会有味道得多。但是他忘了考虑代价的问题，以致犯了一个对于他来讲十分罕见的错误。

33

老板走后大约十分钟的样子卜零起床对镜梳洗。卜零好久没有照镜子了，卜零觉得好像过了一个世纪那么长。但是镜里的女人依旧。稍稍瘦了一点，眉宇间却有了一种决绝的神气。卜零用了最精美的迪奥粉底霜。她挑了一种淡赭石色，这种颜色和她的肤色很相配，并且使皮肤发出一种瓷一样晶莹的粉彩。唇膏她用了浓艳的深绛色。然后她戴上两只很大的锡质耳环，一个美丽的阿拉伯公主就在镜中出现了。她发现自己似乎很适合浓妆。

后来她从镜中看到了韦推门进来。她没有回头，就在镜中注视着韦的脸说老板来过了，单位已经把她除名。韦听了之后好像并没有什么反应。卜零说我要出去一趟，晚上要晚点回来。韦这时才看到老板送来的东西，韦说这么说你们老板真的来过了？卜零说当然是真的我虽然献了血可脑子还没献出去。韦这才有些恐慌，韦说你刚才说什么你们单位把谁除名了？卜零这才回头看着韦指了指自己的鼻子，卜零说你的老婆从今后就要靠你养活了，韦总你不害怕吧？韦一下子跳起来，韦的身体里像装了一条暗簧似的，韦大吼着说你不要处处犯神经病，平时你一点小事就掉眼泪可现在这么大的事你倒不哼不哈了！快把你们老板的电话给我，趁还没有公布之前做做工作还来得及！卜零冷冷地看着他，卜零说你要怎么样？求他吗？韦说当然，难道你现在还放不下你的臭架子！现在多少下海的人又折回来找铁饭碗，端个铁饭碗容易吗？你什么都不懂，告诉你你要是想让我养门儿都没有！我没有这个义务，我不会给你一分钱的！……别废话了快把电话给我！卜零说我要是不给呢？韦说那我就直接到你们单位去找老板！卜零勃然变色，卜零说你要是敢迈出这个门一步，我就杀了你！卜零说这话的时候眼睛里又冒出那种绿色的火苗，这种绿色使卜零看上去充满了雌兽的气味。韦有点惊慌但立刻用冷笑掩饰了这种惊慌，韦冷笑着说你不就会窝里横吗？你在你的老板面前怎么什么都说不出来？你看上去挺聪明，其实是个不折不扣的笨蛋！笨蛋笨蛋！……韦就那么长笑着转过头去，但是韦的笑容很快就定格在脸上了，而且是永远刻在脸上。就在韦转身向外走的那一瞬，卜零用一根很长的冰冻里脊击中了他的后脑。

这根冷冻里脊是老板送来的冷冻食品的一部分。冻得很结实，像一根粗大的铁棒。卜零清醒地记起曾经读过一则著名的英语小故事，故事里说有位女士杀了她的先生，用的是一只冻硬的羊腿，在警方来调查的时候，这位女士把羊腿放进烤箱里，待警方搜查一无所获准备离去的时候，她很热情地请警察们享用美味的烤羊腿。这个小故事中表现出的智慧是一种属于女人的独特智慧。这的确是一种通向绝境的智慧。

所以卜零把烤箱打开，把时间定在五十分钟，把冰冻里脊放了进去。然后卜零盛装走出大门。

34

卜零在走到这一片街区的时候记忆有些模糊。在她的记忆中好像没有这座宫殿式的建筑。这座建筑的外墙是由一系列长长的画廊组成的。这些古怪的画充满了动人的官能之美。那些淌着血的树林里，有蓝色的鸟羽在飘动，树林的阴影覆盖着湖面，湖里的鱼聚在阴影处吸吮着绿荫的凉意，蝴蝶和蛇在树林里藏匿，它们没有任何隐喻或象征的意义，一个面对画面的女人冷冷地呆立着，还有色彩浓艳的裁缝或小丑在怪笑，他们似乎都处在无生无死的境界，这画廊使人想起一个狭长的活体解剖室。在那树林的深处，好像随时都会有幽灵从里面飞出来。

就在卜零犹豫着的时候，她看见宫殿式建筑里走出来两个人，都穿着白大褂，她这才恍然大悟。原来她要找的医院确实是在这里，不过是改装了一下门面而已。接着她发现那两个人其中之一就是她要找的人。那是她惟一的医生朋友。那医生管理着一种剧毒药品。

那医生把她让了进去。医生的模样没变，仍然留着一绺小八字胡。当医生听到她需要的药品之后并没有任何惊奇的表示，只是简单地问：你用它做什么？卜零说我先生是摄影师，他做暗房的时候需要这个。卜零刚刚说完就后悔了，她忽然想起前次曾告诉医生先生在公司里工作，但是医生似乎根本没介意卜零的回答，他再没问什么。医生走进里屋拿出了一小瓶药，看上去只有小指甲盖那么一点点，医生说每次只能用百分之一。让你先生一定要带着胶皮手套操作，事后一定要好好洗手，医生送卜零出门的时候还在叮嘱。但是这话让卜零听起来更像是一种职业性的医嘱。

花非花咖啡厅就在斜对面的街角处，旁边是一个小邮局。卜零像影子一样闪进了邮局，她奇怪的是没有任何人注意她，卜零觉得自己好像已经秘密地穿上了一件隐身衣。卜零在填写汇款单的地方悄悄拿起一瓶墨水，卜零迅速地把那一小包东西倒进去，然后掏出钢笔吸了几下墨水。卜零没有忘记在出门的时候把剩下的墨水洒在外面的土地上。

卜零走进咖啡厅的时候老板已经等候多时了。老板刻意修饰了一番，显得风度翩翩、潇洒自如，老板是那样亲切善意地对待她，这真是个迷人的男子，卜零觉得和他谈话真是一件愉快开心的事，他们谈得十分投机，精彩纷呈，很多美丽的语词像肥皂泡一样从他们的嘴里源源不断地喷吐出来，卜零觉得不记录它们真是太可惜了。老板说你是个很有趣的女人，这我没猜错，我希望我们以后可以常常有这样的谈话，并且，不仅仅是谈话。老板说完这话就意味深长地看着卜零。卜零也心领神会地看着老板，眼神既娇羞又有一种邪媚，卜零的表情恰到好处，以至连老板这样的人也感到心旌摇荡。但这并不妨碍卜零在老板去洗手间的时候向老板的杯子里挤出几滴墨水。卜零挤得果断而准确，没有一滴洒在外面。

卜零走出咖啡厅的时候老板已经趴在桌子上了，那样子像是熟睡。卜零走出去的时候仍然没人注意她，因此她觉得这一切真是太简单了，简单得让人觉得乏味。

35

卜零回到家里。卜零依稀记得家里的地毯上应当有一个人，但现在地上空空如也。卜零知道自己的时候不多了，于是她很快拨通了石的电话。在听到石的声音的时候她战栗了一下。石说姐姐怎么这么长时间没你的消息，你怎么了生病了吗？卜零没有说话，她觉得自己一张嘴似乎就会流下泪来。石在那边又说，我给你打过电话，没人接，刚刚还打过，我已经好多了，再过两天就能给韦总开车了。卜零的眼泪已经流下来，她半张着嘴像鱼一样艰难地喘着气，她手里拿着的水果刀已经滑落在地毯上，但就在这时她闻见了香水和精液混在一起的味道。她闻见这股味道就想作呕，于是她脸上的泪水就那么一下子干涸了。她在电话里对石说：你来吧，来看看我。

石走进来的时候卜零已经重新化好妆。此时正是晚上9点钟。石进门就闻见一股鸡肉的香味，他觉得这个家是那么温馨。卜零正在做枸杞炖鸡。卜零走出来的时候石大大地吃了一惊。卜零穿着漂亮的阿拉伯长袍、戴着锡质耳环、化着浓妆显得明艳逼人。石想起他看过的电影《后宫》。那个美丽的在苏丹后宫浴池里洗浴的女人。那浴池里洒满了鲜花。想起这个石的脸就红了。卜零微笑着给石端来一碗枸杞炖鸡，卜零说我早就想请你吃我亲手做的饭，你吃吧，以后也许就没机会了。石埋下头来吃，石的眼睛里充满了感激。石问姐姐我托你的那件事怎么样了？卜零看着他，眼里流露出掩饰不住的忧伤。卜零说就是你那个情人的事吗？哦我正在办，我认识一个大夫——说到这里卜零忽然哆嗦了一下，她惘然四顾，好像想起了什么，但是很快她便平静了。她微笑了一下，她的微笑异常明媚。石觉得像是一股雪天里的泉水在流动。石说姐姐你怎么变得这么漂亮，像个公主似的？石说完这话脸又红了，卜零笑笑说我给你跳个舞吧，你看看公主怎么跳舞，愿意吗？石抬起大眼睛看着卜零，他隐约觉得有点什么不对头的地方，但是还没容他细细思索，卜零就扭动身体跳了起来。卜零跳得的确很美，她双臂上举，身体颤出许多优美的波浪状弧线，但是石很快目瞪口呆地看到，卜零每转动一圈便脱下一件衣服或饰物，卜零脱下它们就远远地扔掉像丢掉什么垃圾似的。

　　终于卜零全身赤裸着站在他面前了。石捂住了脸。但指缝里仍能看到他红得要冒血的脸。他的眼睛又出现了那种潮红，潮湿得仿佛要渗出水来。卜零毫不留情地把他的手扯开。卜零的眼睛像星星一样在他眼前飘闪聚散，卜零轻轻在问：我美吗？石的潮红的眼睛里全是乞求，石的眼前一片红雾什么也看不清，但卜零并没有放过他，卜零恶狠狠地一把揪住他的头发：说啊，回答我啊！连这句话都不敢说，你是男人吗？！石像被击中了一样清醒过来，眼前的人不再是老板娘或者其他什么，她不过是个女人，一个充满动感的肉体，比起莲子，这个肉体饱满得快要炸裂，成熟得快要滴出汁水。这肉体的每一根线条都颤动着一种残忍的狞厉之美，那似乎是一种决绝的召唤，一种远古时代的金钺之声的回响。石站起来，像古罗马的斗士一样抓住了这只雌兽，他在抓住她的时候好像吼叫了一声。

　　事后卜零无数次地回想她是从什么地方找到那把水果刀的，梦中的记忆总是不大清晰。卜零的皮肤像光滑的古绸缎一样呈出淡淡的赭石色，当石的大手触碰到这皮肤的时候卜零打了个寒噤，那是一种长久渴盼之后的逆反，恰如一个饿过头的人见了饭就恶心似的，但是最重要的，是卜零再次闻见了香水和精液混合在一起的味道，从那股味道里她看见了紫葡萄一般浓艳的血。这血洗清了她的全部羞耻。她觉得自己比任何时候都清醒。情欲已成为身外之物而遭到弃绝——她不知道这是超越还是更大的不幸。她看见石像一只发情的狗一样匍匐在她的脚边，含混不清地喘息着，她带着一种不动声色的玩味态度不断地撩拨他却让他无法得逞。她看见石的肉体徒劳地翻滚着，眼睛仿佛要滴出血来。卜零微笑了。卜零的全身心都在享受着复仇的快感。在两性战争中，她觉得战胜对方比实际占有还要令人兴奋得多。

卜零刺向石的时候重复了那天的话，卜零对他说，我说过你欠我的你得还。现在，你还吧。但是石比那两个男人难对付得多。水果刀深深地扎下去，却没有血。她感到刀尖像是刺向了一团水，石的皮肤可以和刀尖一起向下无限压缩，然后再随着刀尖膨胀起来。卜零惊慌起来，她的刀落得又急又快，但是石的身体却像水那样不断变形完全不受伤害。卜零大汗淋漓，真希望这不过是一场梦魇。

这场梦的结尾处是走进来几个警察模样的人，为首的一个人高高举着逮捕证。卜零看到他的眼里藏着阴险的笑意，她在刹那间竟感到他是巫师的化身。

36

韦回家后在楼下信箱里找到了一封奇怪的信，那信的背后沾着一支山鸡毛。信是写给卜零的。

卜零睡梦中的脸全是汗水，嘴里不断地说着梦话，韦相信她一定是在做噩梦。韦推醒了她。卜零刚睁开眼看见韦的时候很惊慌，那样子就像是见了鬼似的。

卜零好不容易才确信眼前是一封鸡毛信而不是逮捕证。卜零慌慌地拆开信。信是阿旺写来的。阿旺说爷爷听说卜零用戒指换香水的事，很过意不去，爷爷现在已经把戒指从大姑手里要了回来，爷爷说欢迎卜零再次去佤寨，爷爷说，"卜零老师很可能是我们的族人。"

卜零看信之后呆了半晌。接着她看见旁边的桌子上放满了食品。卜零皱着眉头问这些吃的是谁送来的，韦看了她一眼说你这人怎么了献点血连神经也献出毛病来了？这不是你们老板送的吗？

你还说你们单位把你除名了，咱们还吵了一架然后我就走了，你怎么都忘了？卜零呆呆地说这么说这一切都是真的了，韦说你说什么，卜零说没什么，但是我记得老板送来的是两根里脊怎么就剩一根了？韦看了看说这我倒不记得怎么几根里脊你倒记得挺清楚，卜零的神色有点诡谲，卜零说那你今天怎么回来这么早，韦瘫坐在沙发上双手抱头说今天也不知怎么搞的后脑勺儿疼，刚才那阵可真疼现在好多了。卜零使劲捂着嘴才没叫出声来。她感到前所未有的恐惧。然而接下来韦的电话更使她的恐惧达到了极点。

韦拨了石的号码让他翌日上班，韦听了几句话就把电话挂上了。韦皱着眉头说小石这人怎么搞的，休病假还休上瘾了，说不知怎么突然心口疼，人儿不大毛病还不小！卜零听了这话之后就走到阳台上。卜零看到晴朗的夜空里星光灿烂，双鱼星座仍然在老位置上，那一对鱼形的脉络似乎比其他星座更加纤美。卜零想明天一定要给老板打个电话。卜零想说：喂，你认识花非花咖啡厅吗？

37

卜零从车站买票回来已经很晚了。她买了一张去佤寨的卧铺。她想上次的确是太匆忙了，那夕阳下的有着美丽岩画的佤山，那神话般的小作坊，那六个鲜花一样的少女，那个黑衣女人，那寨子里敲响的木鼓，那些篝火和舞蹈，甚至那只流出紫葡萄一般浓艳的鲜血的牛……这一切都成为一位佤族老人的背景。那老人的灰白头发闪着忧伤的光泽，老人把一枚戒指放在她的手心里，老人说孩子你戴着吧，魔巴摸过的玉石会保佑你的。

卜零看到街心花园里有几个孩子在玩。在秋风里追逐着，有一个男孩手里拿着一只弹弓。卜零好久没见过这玩意儿了。现在的孩子被变形金刚占有着很少对别的什么有兴趣。卜零走过去拍拍那个男孩的头，卜零说让我玩玩好吗？男孩点点头困惑地看着她。卜零说阿姨小时候打弹弓可准了现在你也未必玩得过我，男孩指着遥远的夜空说阿姨你要是能把星星打下来我就服你。卜零笑了，卜零说好啊，然后就夹了一块石头把弹弓高高举起，卜零用尽全身的气力把石头射向双鱼星座。那个小石头向夜空里飞去，像流星一样瞬息即逝。

也就是在这一瞬间，天边的一扇门悄悄地开了，上帝本人探出头来。上帝看见了那个不安分的夏娃的后裔。上帝隐约记起在伊甸园里夏娃的恶劣表现。因为偷吃智慧树的禁果，上帝给予了她最严厉的惩罚：让她妊娠，让她流血，让她忍受比男人大得多的苦痛。但一切已经迟了，因为她已在男人之先吃了那禁果。上帝想到这里不免有些沮丧，他不再看那个不自量力的女人一眼就关上了天门。他把天门向女人永远关上了。

这时石子陨落，天边传来遥远而空寂的回声。

迷幻花园

　　那一条小路对芬来说难以忘怀。紫色的大叶槐铺天盖地。缝隙中钻出带有黄锈色和暗绿色的爬山虎。这几种混杂的颜色令人头晕目眩。何况还有种香气隐隐透出。芬感到血流加速，全身发胀。她甚至看到手臂上淡青色的毛细血管一条条地突起，有如一根根细长的虫子爬遍全身，化作透明的浮雕状花纹。那一瞬间芬觉得自己无比美丽。

　　芬这一生中得到的第一次关于自己容貌的赞誉来自怡。许多年前的一个中午，芬和全家搬到了新居。新房子总是很让孩子兴奋。梳着抓鬏儿的芬在空房里跳来跳去，大声唱着歌。这时有个梳短发、皮肤苍白的小姑娘探进头来，默默地看着她。过了一会儿她说：你真好看。她的声音使人想起水底鹅卵石的撞击。那鹅卵石应当是半透明的，带着一种椭圆的温馨的调子。芬觉得后来的怡始终没有脱离这种鹅卵石的调子。

　　在学校里我看你演过戏。怡说。

　　是的，我演白雪公主。

　　总有一天我也要演戏。怡说。接着就拿出几张纸牌。纸牌分三种颜色。我们玩这个，好吗？

　　这是什么？芬问。

　　这三种颜色，代表生命、灵魂和青春。现在你来摸，可以有两次机会。

芬头一次摸到青春，第二次摸到灵魂。

怡笑了。

该你了，芬说。你要哪张？

三张都要。你问我要哪张，并没问我不要哪张。

如果我问你不要哪张呢？

怡随意把一张抛出，一看，是灵魂。这回两人都笑了。

那一天蝉鸣得很响。芬穿着一件领口开得很低的衣裳。芬在和怡说话的时候很想捡起一块石头把那蝉撵走。但是怡的目光不断在暗示她不要这么做。怡始终对于芬有着一种力量。在之后的许多年里，每当芬想起那个中午，耳边就会伴有震耳欲聋的蝉鸣。

1

一切都是从那个夜晚发生的。芬照例在怡的窗前走动。那时临街的住房还没拆迁。她们仍住在 50 年代由苏联专家设计的平房中。每当看到这种房子，芬便会想到留苏的父亲从遥远的俄罗斯带回的盒子。这种方形的盒子古老而笨重。盒子里那一粒粒浅绿色的糖已经发潮发黏。芬觉得自己也正像那糖一样在慢慢化掉，变成别的物质。但是怡却很从容。爱好数学的怡会很精确地安排时间。照例地，每天晚饭后的时间应当是和芬在一起。她们将默默地穿过大院，走到那个幽蓝的养鱼湖边。湖边的垂柳总是很静谧地投下它们黑色的倒影。在这种阴影中她们觉得一切难以启齿的话都可以很轻松地流淌出来。她们甚至觉得面前的人并非是芬或怡，而是自己或上帝的影子。睡在青苔边的蛙有时也鸣一两声，适时提醒她们所处的环境。但是在那个晚上她们神秘的默契中断了。这是因为出现了一个叫做金的男人。应当说金的外貌很平常。一个典型的属于亚热带的黄种人。芬从窗外第一眼看到他的时候就感到了一种压抑。但是怡很舒展。依然是那种温馨的鹅卵石的调子，这调子与亚热带的色彩相配很和谐。

怡低声地说着什么。芬听不见。但是她能看见那张亚热带的脸在微微战栗。后来，她看见一只保养得很好的黄手放在怡的膝上。怡珠灰色的裙子如海潮一般慢慢掀起。芬好像第一次发现怡的皮肤是那样让人不能忍受得白。那种完全失去血色的苍白。然后窗帘拉上了。仿佛戏演完之后的幕落，但是并没有庄严的感觉。这窗帘把芬隔绝在黑暗之中。

芬在黑暗中生活了几天。她学会了抽女士烟，把自己沉浸在摩尔清凉微苦的气味里。后来母亲把晚餐端进来。有她最爱吃的米粉肉。米粉被很讲究地炒成了金黄色，一粒粒金沙似的堆积在暗红色的肉皮上，那半透明的肉皮看上去很劲道。窗帘在暮色中透出淡青色。她的晚餐就摆在窗帘旁。有一对玻璃雕花水果盘在黑暗中闪着光。她喜欢从窗帘中慢慢感受到黄昏的来临。每当这种时候，她会忽然想起那条长满植物的小路。那小路现在一定被黄昏的露水浸湿着，那些锈色的植物一定正在进行着神秘的交合。于是她好像闻到一股露水和花粉凝聚在一起的味道。她制止母亲开灯。在这幽暗的黄昏中暗暗欣赏着母亲。她无法发现自己任何一点点和母亲的相似之处。在这样的气候中母亲总爱穿着淡紫色的旗袍。母亲的身材苗条得奇怪。她难以想象那样的细腰和骨盆可以承受生育的压迫。母亲的面目是模糊的。她从来没有看清过母亲的五官。但是现在在黄昏中，她觉得母亲很美。像那条小路上一棵生病的植物，因为承受过阳光的炙热，现在正把叶片浸在冰凉的水里，娇慵怠惰地弯曲着苗条的枝茎。

在黄昏的气息里她吃了一口米粉肉，又吃了一口。她整整吃了一碗。还不够。从此她总是吃得很多。但是母亲再没给她做过那样的米粉肉。后来怡的母亲从南方回来，带回四个小金桔，给了芬的母亲两个。怡的母亲比怡还要精确。芬的母亲把两个金桔放在酒柜上，于是那金桔慢慢地枯萎，变成了木乃伊。芬看见栖在窗外树上的蝉，就想用一个金桔掷过去。

怡在大学里主修数学。也弹得一手好钢琴。她有本事把音符变成一串数字。她蔑视形而上的东西。大学毕业后她开始着迷于挪威人爱欧斯特的博弈论。在博弈论的游戏中她认识了金。她认为金是大师级的博弈论专家。后来在一次共同出国讲学的时候，她看到金端坐在 M 国最大的赌场上，竟然采用零和与非零和博弈，利用矩阵方法，把 M 国的赌王们杀得片甲不留。怡很适时地利用市场博弈原理（N 个面包交易者无法和一个苹果交易者竞争），轻而易举地吸引了金的注意。怡专注于对金的研究和探讨之中。怡在恋爱中依然严谨和精确。这样的日子持续了很久，直到有一天怡在芬家的垃圾桶里看到一对石头般艰涩的金桔，才忽然想起，有些日子没见到芬了。

芬在一所工艺美术学院里教授服装设计。在她的工作室，有十几个塑型模特儿。每当黄昏时刻，她把它们全部剥光，让它们赤裸裸地暴露在暮色中。看到这些光头塑型模特儿温驯地排成一行的样子，她心里总有一种想要蹂躏它们的欲望。她用别衣料的针重重地划着它们的肌肤，以致它们全身都出现蛛丝一般纤细的网状花纹。然后她把它们一个个踢倒，把廉价的葡萄酒洒在它们身上。在这种令人沉沉欲睡的酒味中，她获得了灵感。然后她开始画设计图。有一次，她按照马蹄莲的花形设计了十几套白色时装，在黎明时分，她为它们一个个地穿起来。她用白色麻纱制成一串串马蹄莲式的胸花装饰。就在她全神贯注地为最后一个模特儿插别针的时候，她清清楚楚地感到其他模特儿的微笑。她觉得那微笑十分阴险。

这阴险的微笑提醒了她。她忽然想到，自己精心设计的白色马蹄莲式时装，并没有摆脱掉那条小路的缠绕。她的灵感依然来自那些令人目眩的、充满凶险的植物。她沮丧地在晨光中一个个推倒那些微笑着的模特儿。模特儿倒下的声音出奇的大，每声响动都使她胆战心惊。后来她看见那些马蹄莲都向上翻卷起来，那些深不可测的花蕊使人想起放大了的生殖器官。

2

那天芬险些迷失在那条小路上。那些植物不断伸出手臂撕扯着

125

她，芬在色彩的笼罩中挣扎了很久，她看到那块路牌的时候天色已暗淡下来。

那路牌很古怪。它的颜色仿佛是一种淡淡的象牙黄。仿佛被水浸过很久，以致芬很久都不敢去触摸它，生怕它会一触即溃。但是那上面的图案却十分清晰，那是三种彩色的纸片，上面模模糊糊地有几个人形，芬感到这纸片十分熟悉，却想不起曾经在哪见过它们。

那天的月亮很大，古铜色的，很沉重。若有若无地飘浮在那一层神秘的雾霭中，仿佛随时都会坠落下来。是这个古铜色的月亮唤起芬最初的恐惧。她于是果断地脱离了小路的纠缠，告别了那些充满凶险的植物，返回到最初那条平坦的路上。也就是在那时，她听到有人唱歌。

金是为什么和如何走到那条路上现在已无法考证。但是他唱的那首歌芬记得很清楚。啊豆包——发面的馒头大米稀粥窝窝头。啊豆包——发面的馒头大米稀粥窝窝头。节奏就是这样的。前两个音符之后拖得很长，然后紧接着变成一串，这样循环往复，以致芬怀疑金是在三年自然灾害时出生的。

很多年之后芬才忽然想到，这首歌很有可能也和博弈论有关。它完全可以排列成金字塔式矩阵：

啊
豆包
发面的
馒头大米
稀粥窝窝头

当时芬很快被这种旋律所笼罩。她知道这是一种消极的暗示。这句简单的歌词中包含着说不清的暧昧意味。于是她慢慢走向这歌声。她看见那个亚热带的黄种人正在平坦的路上不疾不徐地走着，唱着关于一大串粮食的歌。他的目光捕捉到她的时候，她想说两句

126

问候的话，但是一开口，同样的旋律便轻而易举地滑了出来。

啊豆包——发面的馒头大米稀粥窝窝头。

他愣了一下，然后笑起来。她先是有些害怕，但很快就觉得是自然而然的了。她是从他的表情中看出这一点的，于是她和他一起笑起来。

然后他们就心境恬然地一起走着，边走边唱，那首旋律变成了影子或脚步声伴随着他们，如影随形十分自然。他们走过一块又一块黝黑的阴影。那只曾经放在怡的惨白的膝上的黄手这时环在芬的纤腰上。芬感到了这个，于是不断地扭动着腰肢。

那首歌长时间地深入了芬的脑髓，以致她一想起那天晚上的情景便头痛不止。那天晚上他们走到了路的尽头。那里有几排平房。小院子里杂草丛生。杂草中夹着几株长疯了的鸡冠花，紫红得让人难受。金示意让芬先进去，他则很随意地撩起衬衣对着那些紫红色的鸡冠花撒尿。天光暗淡，芬闹不清是初夜还是黎明。那扇门没有锁，芬走了进去。

室内的陈设非常古旧，像是一个收藏家的藏室。墙上挂着一排大小不一的半扇葫芦。葫芦上彩绘着古色古香的图案。正面墙上对称挂着四个条幅，裱得很精美。字也很有金石味道。古董柜里则堆满了各种古物，发出一股潮湿的霉味。有一吊古钱从柜子的边缘伸出来，正好搭在床架上。画案旁边是一张床，很低很平。床上是一条绘着血红色鸡冠花图案的床单。这床单后来留下了芬的处女红。

金在和芬做爱的时候不停想到怡，这里其实是怡的领地。怡的脖颈和后背的连接处呈现出淡红色鹅卵石的光滑。金惊奇女人之间的差异。怡在床上仍然端严寂静，仿佛一切都顺理成章。在灯光下他看着怡光洁的没有一丝皱纹的前额。怡毫无表情无所畏惧地在一夜之间从女孩变成妇人。而芬则忸怩作态痛苦万状。在最疼痛的那一瞬，她竟咬住了那条浅粉方格的枕巾。金立刻想到这枕巾曾经被怡用来垫在下体。于是他好像忽然嗅出了怡下体的味道。这双重的刺激使他格外亢奋。直到芬慢慢吐出破碎的浅粉方格枕巾，陷入深度昏迷之后，他才注意到芬原来有两排尖利如鼠的牙齿。

金很早便有一种恐惧。在他还是少年的时候便被老师视为数学天才，他不断地被评为三好学生优秀队员但是他的心里常常充满一种类似背离的阴暗痛苦。当他徘徊在色彩缤纷的书市时，曾不可遏制地偷拿了一本《牛津辞典》放进手提袋里。他知道这书其实并不需要多少钱，并且如果他一旦开口，他的母亲是会给他这笔钱的。但他无法遏制那种冲动。他心里有一个声音始终在说：拿本书都不敢吗？你完了，你这个懦夫！他无法抵御那声音。十多年后他又在著名的斯坦福大学阅览室偷了一本有关博弈论的法文书。他完全不懂法文，仍然是那个声音使然。但是当他悄悄把法文书放在自己的活页夹下压起来，准备一起带走的时候，一个金棕色头发的姑娘向他微笑了一下。然后管理人员走过来。他的名声遭到无可挽回的败坏。后来又有人发现他常常摆脱一切人悄悄溜向最廉价的红灯区和最肮脏的电影院。他深夜回到宿舍之后脸色灰暗眼睛发直，尽管如此他的成绩仍然是班上最好的。所有黄头发蓝眼睛黑皮肤白牙齿都对这个黄种人恨之入骨。金了解这个，便不断地寻找各种姑娘以解脱自己的恐惧。但是更大的恐惧来了：他忽然发现自己在做爱时已无法投入。他刚一说话便自觉有一种滑稽的戏剧感。他感到为生存而复制的假面戴在脸上已深深嵌入皮肉无法摘掉。他仅仅是在做一种重复的肉体运动，而灵魂却悬浮在空中，冷冷地注视着这可笑的一切：包括怡的镇静和芬的迷乱。

　　芬当时双眸紧闭头脑纷乱。一幅幅的梦境攸忽而至。她看见金从血红色鸡冠花的床单上爬起来，光着脚，走到那一排挂着彩色葫芦的墙壁前。他欠起脚，他的个子不能算高，但是很匀称。所以看上去并没有什么不舒服。他下身穿着的水洗绸短裤汗津津地贴在屁股上。他摘下葫芦按在脸上，彩色的图案使他看起来十分狰狞，他扔掉了。然后摘下第二扇葫芦，又扔掉。他扔掉葫芦的声音引起十分遥远的回声。芬想象着在一轮枯月之下那些迷幻的草丛。血色的鸡冠花正狰狞地向窗口窥视。扔掉葫芦的声音响了许久。后来金把最后的那扇葫芦举在脸前，慢慢踱到芬的床头，一动不动地俯视着她。她被那些彩色的图案吓得浑身发抖。她晃动起满头似茅草一般的头发。头发摔打在那串古钱币上，钱币发出风铃般晶莹透明的音响。

怡到来之后很久芬才真正苏醒。其实俯视芬的是怡而不是金。怡顺理成章地来到自己的领地，发现里面亮着灯光。她走进去，借助灯光看见血红色的鸡冠花上渗透着一块不大清晰的血迹。因为那颜色十分相近，所以她庆幸自己买了这样一条床单。接着她看见仿佛已昏迷的芬和眼睛发直的金。她从容不迫地打开壁橱，从里面拿出一座烛台。她在烛台上插了十二支小小的白蜡烛，她点燃了蜡烛，然后把灯关闭。烛光使四壁显得若有若无的空明。已经坐起来的金和睁大眼睛的芬茫然地看着她，茫然之中似乎藏了一丝感激。怡这时又走到床前，把那条血红色的鸡冠花的床单从他们的身体下面抽出来揉成一团扔到窗外，然后同样从容地把他们的内衣绞在一起摔在他们的脸上。

当芬和金依然不知所措的时候，怡已将那座通明透亮的烛台扔向窗外。烛火立即点燃了床单燃烧起来。当明亮的火焰如白昼降临一般把他们包围起来的时候，他们分明听见了一声雌兽般的嚎叫，然后怡消失了。

3

若干年后金和芬举行了盛大婚礼。婚礼是按照芬的意思办的。芬很早就渴慕西方电影中那种教堂里的婚礼。芬在无数白日梦中幻想自己成为头戴银冠、怀抱鲜花的新娘。那鲜花一定是银色的马蹄莲。在一串长长的马蹄莲的叶子后面，慢慢走着一个牵着婚纱的女孩。那女孩十分美丽就像自己童年的再现。那长长的婚纱最好若隐若现像云雾缭绕。她会从一串串闪烁不定的珠宝中抬起自己美丽的脸接受神父的祝福。神父一定对着她和新郎低语：上帝，汝将分离之二人合二为一。

但是去教堂结婚的愿望没有实现。这是因为夫妻双方起码有一方是教徒，才被允许到教堂结婚。芬差一点成为教徒。但是当她参加了平安夜的祈祷之后，她的主意变了。

　　这座教堂无疑是国内同类教堂中最大的了。从外观上看还算说得过去。典型的哥特式尖顶建筑。但是进去之后，她发现自己走进了一个50年代连环画的画廊。那些西方的不同艺术风格的圣母，到了这里的墙壁上变成了50年代小人书里的人物，不但五官找不到位置，脸上还涂满了红红黄黄的油彩。那油彩的颜色令她恶心。后来当圣诗唱起的时候，她惊异地发现主教的冠冕里藏着一头嬉皮士式的长发，而且主教那张冷酷的长脸使她想起自己所在单位的党委书记。教民们随着唱诗班大声唱着圣诗。她看见周围一张张洞开的嘴巴和生有各种舌苔的舌头。那声音一会儿高亢尖厉就像是金属在划破玻璃，一会儿又低沉喑哑像是老式留声机出了毛病。她汗流浃背、口干舌燥，真希望自己化作烟尘飞将出去。后来唱诗班的人走下来打开口袋募捐，装钱的口袋和他们的大嘴在她面前一起洞开，她预感到自己要被吞噬进去。这时她看见无数充满欲望的手把钱扔进口袋里像皮影戏一般地挥舞。

　　经过这样一个晚上之后她决定把婚礼安排在一家五星级的饭店了。

　　饭店给人的第一印象便是那无数的玻璃镜。玻璃的无数折光使她不知自己身在何处。镜子拓展了空间。六盏豪华的玻璃大吊灯通过折射变成无数的星星。芬径直走向站在高脚杯后面的酒吧小姐，近在咫尺的时候才发现那一片红红绿绿的酒杯不过是镜子的折射。她回过头，看见那个漂亮的吧女正在向她微笑。

　　芬的结婚礼服是在南方的一家私人商店里定做的。全身上下加起来有几百层薄纱荷叶边和威尼斯银色花边的装饰，因此穿起来像是一团云雾飘移。芬的妆是专门托人请到一位著名的美籍华人女士来设计的。那女士伸出一只手臂托起芬的下巴沉思良久，最后决定用一套晚妆化妆品，那颜色十分浓艳。那女士在为她化妆时非常精心并且不停地玩味着她的五官，一不留神还说出几句深刻的话令她汗颜。

金挽着层层叠叠云遮雾罩的芬走进包房。贵宾席上全体来宾纷纷起立鼓掌。有人把一种莫名其妙的闪光物质向他们满头满脸地抛撒过去。芬勉强把唇边的肌肉扯成一个微笑。她从镜子里看到自己如云的鬃发上沾满了俗不可耐的亮片。好像无数苍蝇飞向一只洁白无瑕的蛋糕。

美丽的酒吧小姐很艺术地打开香槟。香槟如喷泉一般洒向每张幸福的脸。那一张张脸都幸福地泛起油光，因此香槟酒如露水一般浮在油光可鉴的面孔上根本无法渗入。芬和金幸福地喝了交杯酒，然后金为芬戴上了一枚戒指。是花戒，做得很精致，看上去像是沙头角中英街买到的，价钱大概不会超过六百元人民币。芬缓缓抬起玉色手臂，明丽的目光正慢慢地淌向那个亚热带的黄种人——

奇迹就是在那一瞬间发生的。有一只手静静地把芬刚刚戴上的指环摘去了。一道光弧一闪，那枚花戒就静静地飞了开去。不能不承认扔得很准，戒指恰恰从一扇开着的小窗中飞了出去，因为这一切发生得太快，所以周围的喧嚷过了一会儿才平息下来。一切忽然静如止水。

芬看到一个美女——一个真正的美女站在面前。有如一道光晃疼了众人的眼睛，这女人简直像艺术家的幻梦一样美。她长发披肩，裙裾曳地。发色浓黑，裙子鲜红，越发衬出一张莹洁如雪的白脸。——静默了很久，芬终于认出眼前的美女正是失踪多年的怡。

怡依然像过去那样从容，她用两只玉笋般的指尖从手提袋里夹出枚很大的钻戒，钻石在手指间沉甸甸地不断从指缝处流淌出闪闪的光芒。

十克拉的，喜欢吗？怡的声音没变依然是那种鹅卵石般温和的调子。芬的心紧缩起来，那一道明晃晃的阳光如日中天就在眼前闪烁。正当她犹疑地伸出手的时候，那阳光一下子射落地面变成一颗星发出诱惑的光芒。芬这时已经完全忘记了周围的一切，她弯身去拾那颗星。当她抬起身子的时候，发现怡正面对她站着。怡和身后的背景组成了一个很规则的画面。那背景包括：三分之一淡紫色纱织窗帘，九分之二红色果盘，九分之四薄荷色香槟酒杯，以及窗帘背后的半张黄脸。

这几种颜色使她眩晕。她向上看去，看见两座柔软的沙丘中间有一张像过去那样恬淡、冷静，却比过去美艳得多的脸。这张脸正在掩饰着淡淡的冷笑。从这笑意中芬慢慢恢复了自我意识，她发觉自己正像一条母狗一样蜷缩在怡的脚边。她的多层次的纱翼此刻正慢慢变成牲畜的肮脏的毛，这毛抖擞着然后垂败下来。后来她看见所有的面孔都隐藏着鄙夷的冷笑，包括纱织窗帘背后那半张亚热带式的黄脸。

4

芬很快发现自己面临困境。

芬和金的新婚之夜过得很冷静。因为没有房子，芬只好暂住进金的家庭。金家只有一个慈眉善目的老太太。那是金的母亲。从亚热带迁到北方使她很不习惯。她总爱穿一套洁白的竹布裤褂。她的全部装饰只是耳朵上的一对宝石镶金耳环。每天晚上她把这耳环摘下，小心翼翼地放进床头柜的抽屉里。她的听觉很好，可以听见两只耳环落进抽屉时的两声轻响。这两声轻响之后照例地芬应当来到婆婆的房间，用绣花针柄轻轻地剔去婆婆耳垂里的分泌物。很奇怪，这白天插耳环的小洞里永远有细小的分泌物，剔去了，还会生长出来。芬的这项工作总是使婆婆很满意。老太太在感觉到双耳清爽后会很快沉沉睡去。总会有一只苍蝇及时飞来，叮在老太太的耳垂上，不知在吸吮着什么。老太太身边永远放着一把大蒲扇，但芬从来不为她赶苍蝇。老太太睡去的情形总会引起她一些复杂的联想。她看见过老太太白得发青的皮肤。那两只松弛的乳房被老太太毫不留情地塞进裤腰带里。她无法想象当初这乳房曾经饱胀过。更无法想象当年的金如何像狼崽子一般噙住这乳头，直到把这个盛满乳汁的躯体吸干。

132

衰老对芬这样的女人来说，似乎比死亡更可怕。

博弈论专家金婚后有了新的兴趣。他开始学做买卖，做中间人，金的智力完全可以做一个大亨级的老板。有一次在倒卖钢材的过程中他挣了一笔不大不小的款子。他觉得可以挥霍一下了，便用这钱折价买了一辆微型汽车。买了汽车之后自然要学开车，三个月之后他拿到了驾驶执照。芬立即提出每个周末外出度假的建议。金虽然没有拒绝，却紧接着对炒股票产生了强烈兴趣，更加迟迟不归。汽车和老婆都被闲置在一边了。

于是芬开始酗酒。她喝很多的混合酒。以她服装设计师的收入，她可以喝一些外国名牌酒。过去她喜欢收集外国酒，酒柜里满满的金光灿烂的字母。现在那些字母一个个或者一群群地消失了。有一种胭脂色的法国酒，只有香水瓶那么一点点，是法国航班在飞机上免费供应的，却有着意想不到的烈度。她喝起来很上瘾。但是无论什么样的酒她都不曾喝过完整的一瓶。她把每个瓶子里的剩酒都浇向那十二个赤身裸体的可怜模特儿。模特儿在酒的浇淋下显出一层光亮，仿佛有了灵性似的。在暗淡的灯光里，芬把模特儿的手臂掰来掰去，随心所欲地摆弄着她们的姿势，然后给她们穿上衣服，戴上镶花边的帽子。过去芬常常在这时候感到自己是个女王，可现在，刚刚有这种得意萌生的时候，怡在婚礼那天的形象便会不合时宜地出现。

芬不可抑制地衰老了。尽管金的母亲很细心地为她做南方菜，煲各种营养粥，芬的脸色依然蜡黄下去。老太太耐心地等待着蜡黄的结果。但她很快发现这等待是徒劳的——不知何时起儿子和儿媳已经分居。她看着儿媳眼睛下的黑晕和渐渐凸起的眼袋很有些烦恼。因此在儿媳为她剔掉耳垂分泌物的时候她总是闭上眼睛不去看她。但即使如此，她也能感到儿媳锥子似的目光。有一天老太太睁开一只眼，发现芬的两只黑眼正隧洞似的盯着她，披散的长发如青蛇般蠕动，手里举着那枚亮闪闪的绣花针。当天晚上老太太把儿子喊到房间里，吩咐他立即去买船票。老太太要回老家照顾小儿子的生活。老太太悄然离去。第二天，芬在收拾床铺的时候发现那对宝石镶金耳环仍安然无恙地躺在抽屉里。那么以后谁为她剔除耳垂里的分泌物呢？芬想。

5

芬决定去找那条小路。

在黄昏的时候，她走出家门。她不断改变自己的方向，但是所有的路线似乎都在回避那条小路。那小路好像从这地球上消失了。

芬于是去找怡。怡的母亲接待了她。如今怡家搬到了一个十六层的塔楼中。这种一模一样的塔楼几乎完全占据了这座城市。芬相信下次仍然找不到这地方。怡家的楼道被码成金字塔形的大白菜挤满了。白菜的边缘已焦黄枯脆，内部发出腐败的气味。芬按响了电铃，同时知道那门镜里有一只眼睛正向她的全身扫描。那门悠悠地开了。怡的母亲露出乱蓬蓬的头。怡的母亲似乎衰老了许多。一对削肩软软地塌下来。墨绿色的旧毛衣发出浓烈的樟脑气味。

房间里的陈设依稀仍是二十年前的样子。地板上的淡绿色的漆已在剥落。那个十八英寸的牡丹彩电曾经使芬的一家嫉妒不已。还有那一对单人沙发，那个不再会摇头的电扇。换掉的只有沙发上的毛巾毯，过去曾是一只咆哮的虎，而今则演变成现代派的抽象线条。

呵，你脸上也有皱纹了！怡的母亲在距芬三厘米处细细观察了一番之后，释然一笑。

二十年了。芬说。

是啊。二十年了，多快呀。有小孩子了吧。怡的母亲给芬倒了杯茶。

芬想起那四个小金桔的陈年旧事，于是把色泽枯败的茶叶吹开去，但是喝下的茶水中仍涩涩的有茶叶的感觉。她悄悄把几枚茶叶吐出来，又不敢扔在地上或放在小茶几上面，只好留在手心中捏着。握手告别的时候她只伸出三个手指，因为这茶叶的干扰她完全乱了方寸，以致该说的话完全没有说出来。

事实上怡的母亲说不出怡的任何情况。她只知道怡早出晚归。怡仍然独身一人，好像也没有什么男朋友。怡的梳妆台上摆着法国迪奥系列化妆品。芬知道这套东西至少值七百法郎。芬似乎是下意识地打开了梳妆台的抽屉。抽屉里很醒目地放着一把手枪和一个模拟生殖器。手枪钢蓝色的光线很硬，硬硬地照在旁边那个模型上。那玩意儿便也成了一种令人恐惧的蓝色。

在以后很长的一段时候里，芬的梦中常常出现这两件东西。它们的形状如此相似而质地又如此相反。她猜测这两件东西将笼罩怡的后半生。但她很快又推翻了自己的臆想。以怡现在的美丽是决不需要它们的。怡的上空仿佛萦绕着灵光。椭圆形鹅卵石一般的灵光已脱离陈年故事进入了某种隐喻。她明白解开隐喻的钥匙一定藏匿在那条小路上。

在这种状态下她的生命进入了农历七月。那个七月的太阳特别酷烈。有一天中午她骑着自行车去上班。她悄悄摘下墨镜，看到世界在不知不觉中已变成红土色。街上行人红色的身体在酷烈的光线下种马般地骚动。有一种潮湿的欲念潜流一般涌动起来。她急忙重新戴上墨镜。后来她买了一支两角钱的小豆冰棍像小时候那样边骑边吃。冰棍的水滴在她胸前，她寂寞已久的乳房竟感到了凉意。

6

当天晚上金回来了。

金有好长时间出门在外。现在金不再编造各种各样的理由，芬也不再追问什么。那张亚热带人的黄脸冒着团团热气走进来。因为太突然芬的表情还来不及更换来不及假装作出亲热的样子。那张黄脸则毫无表情每一根线条都静止着。芬这时突然发现这张脸似乎永远不会老。这张脸的质地像她最近买到的那种黄色花生酱一样细腻。而在镜中她自己的脸却布满了蛛丝一般的皱纹，苍白地浮肿着，而且因为没有化妆而无可救药地裸露着。这裸露使她感到自己无端地被侵入和两人之间的不平等。她心里顿时充满仇恨，这仇恨后来化作一种征服欲弥漫她的全身。芬很清楚征服金这样的男人首先要善于妥协，要以柔克刚，以退为进。芬努力作出哀怨的眼神竭力使金想象她的憔悴是因了她仍然全身心地爱他。她为他烧好了洗澡水。当他被蒸气笼罩的时候，她飞快地化了一点妆，然后脱光衣裳、解开头发钻进被子里。她把头发松松地披散下来，像一条河流那样垂在地面上。这是她所能想象到的最哀婉动人的姿态。然后她拉上卧室的窗帘，使她面部那些细小的皱纹成功地掩盖在朦胧的暖色光晕里。

后来事情果然如她所预料的那样发生了。当金进入她身体的时候，她其实毫无快感但努力装出一脸陶醉。她闭上眼睛不愿看那张离她很近的黄脸，她竭力想象着一个理想中的男人。但金的声音和气味却是那样不可欺骗，连那幻象也只好变得支离破碎。金在做这件事的时候嘴里总是不断喃喃着，她听不清他在说什么，但她想象他是因为依然迷恋她的肉体。对此她感到又快乐又内疚。

但是金的自语实际上与芬的肉体毫无关系。他在少年时代便有了的那种灵魂游离的状态现在愈演愈烈。他背诵零和与非零和博弈的目的在于逃避对这具已使用过的肉体的厌恶。当然，也有一种怜悯。他认为他成功地掩饰了自己，为此，他同样感到又快乐又内疚。

正是这同样的心情使他们热烈起来，他们像新婚夫妇那样做出各种亲昵的举动。到月亮初起的时候金起来切了个西瓜。那月亮又是古铜色的。看见这种月亮芬便心颤。她竭力回避那轮月亮垂着眼睑慢慢地用调羹舀西瓜水。当时他们坐在庭院当中，有一个小茶几摆在他们中间。芬坐在一把小竹椅上，而金则躺在一把藤躺椅上，肆无忌惮地看着那轮古铜色的月亮。就在那时他们几乎同时想起那天该是牛郎织女相会的日子。

于是芬满怀激情地讲起自己小时候听到的关于天门开的神话。天门一年一度向凡人开放一次。就在七夕的深夜，在凡人们打熬不住沉沉欲睡的瞬间，那扇金光灿烂的门一开即合。有无数人错过这天赐良机。只有少数幸运者可以一睹帝释天驾车出行的风采。

金望着沉沉星河面无表情。他开始慢慢吸烟，似乎是等待着那个伟大的时刻。芬已经习惯了这种沉默。沉默虽然难耐却起码比无休止的争吵要好些。芬发现直接促使人衰老的是空气。空气虽然看不见却饱和着致人衰老的元素。芬很想脱离这片空气去一个全新的天体。譬如头上那轮古铜色的月亮。芬无法想象很近地看到它的环形山状的皱纹会是什么样的感觉。

金在吸了三支烟之后慢吞吞地从衣兜取出一个钱夹。这便是芬一直独守空房的酬劳了。起码芬自己是这么理解的。于是她接过去，连眼睛也没眨一下便放进自己的衣兜里了。金惊奇地看了她一眼，想说什么却没有说出来。

在这之后他们再没能找出什么话来说。那种亲热的气氛也慢慢在空气中消散。金一动不动，似乎已经睡着了。就在这时，一种奇怪的亮光忽然出现。久久地逗留在他们身上。芬强睁眼睛向天空望去，并没有什么金色马车，这光亮来自地面上。好像是一架摄像机的光芒。她渐渐辨认出那黑夜中用微型摄像机对准他们的女人，那是怡。

怡很从容地拍摄了一阵之后，飘然而去。芬紧紧地跟着她。芬不想再失去任何机会。两人如夜行使者一般寂静无声，在黑暗中潜行。

7

芬在感觉到蒺藜的芒刺之后才想起自己忘了穿鞋。这时月光沉沉如同古铜色的雾一般倾泻下来。空气湿得仿佛拧得出水。芬在沉沉雾气中看见了那残破不堪的古象牙色牌子。这时怡消失了，像来时一样突兀。

芬看见了牌子上的三种颜色，忽然懂得了它们的意义。她想起在很久以前，有两个女孩子玩一种彩色的纸牌，三种颜色分别象征着生命、青春和灵魂。她明白自己面临着一次机会，一次抉择。

芬压抑着狂喜匆匆而行。迷离的月光下那些久违了的植物呈现出破败和早衰的迹象。她知道这正是小路的特征。她甚至怀疑是不是她的心灵感动了上天因而上天派来使者幻化成怡为她指路。

她刺痛的光脚终于碰上一种软绵绵的干草。突然的温暖使她感到已踏入天国的领地。这时她看到月亮已转换了色彩。那是一种透明的玻璃一般的绿色。或许月亮只是上天的一面镜子，只能客观地映照凡间的色彩。在绿地的尽头，她终于看到了那个花园——她不知道那应当叫做花园还是墓地。

那地方是由一块块灰白色的方砖构成的。每九块方砖便组成了个正方形的格子，而每九个格子则成为一小片墓地。有灰白色的墓碑矗立。每块墓碑下面都生长着一种花，一片碑林下面生长着千百种不同的花，这听起来真有点匪夷所思。那片绿玻璃似的月亮幽幽地照着，黑夜中的那些花涂了荧粉似的呈半透明状，温润的花粉散发着一股奇异的药香。芬俯下身子去吻，那种香气使她想起童年时采集的一种花，那花艳得有些古怪，同伴们叫它"死人骨头花"，是专门开在人的骨殖上的，烧成了灰，是血红色，很沉，风也吹不走，一不小心，便要中毒。

因此她有些怕。这一大片千奇百怪绮丽浓艳的花带给她的并不是美感而是一种近似狂躁的情绪。芬忽然悟到失去了阳光的色彩是什么。在浓艳的花中她看到鸟和鱼的骨殖。鸟和鱼的头骨十分相像，它们干涸的眼球都死不瞑目地瞪着。芬猜想这可能是一片在上古时代被海洋侵吞的陆地，海洋、天空和陆地的生物被侥幸地葬在一起，它们彼此间是那样相像使人感到造物主想象力的匮乏。

芬一块块地走过这些灰白色的方格子，像走迷宫似的感到一种无法忍受的重复。所有的灰白格子都是惊人地相似，它们都是同一个模子浇铸起来的。芬在这一片灰白的碑林中踽踽独行。风夹杂着花草的异香慢慢渗入她的肌肤。她感到恐惧不安。她想大声叫怡或别的什么人的名字，但是根本叫不出声。就像陷入了一个可怕的梦魇一样，她耳边出现一种不间断的金属的敲击声，那突突的声音像灰白方格一样不断重复，她忘了自己是在那声音敲击了多少下以后倒下的。总之她倒下了，她还不大习惯这里的墓地花园和它散发出的香气。

8

金在午夜醒来，夜色如水。

金翻了个身，重新点上一支烟，看见切开的西瓜里汪着带有黑色瓜子的粉红汁液，依稀想起那是芬吃了几口的西瓜。进而想起关于天门开的传说。芬讲起这个来眉飞色舞，装出一种天真烂漫的样子。但是金一眼便看出她骨子里的虚弱和造作。金最讨厌老女人装小姑娘的样子。从芬的额头上生出第一道皱纹开始，金和她说话的时候便总是越过她去看她后面的墙壁。也许金骨子里是个唯美主义者，眼里不揉沙子。尤其是当他看到芬接过钱夹时那种心安理得的样子，他对她的厌恶更是达到了顶点。

金如今已过不惑之年，在事业上很是发达，在商界的名望如日中天。最近他的公司又派生出了一个影视公司，得到国外的一些大财团的赞助。金首先想出一个在全国招聘女演员的主意。他设想了一个故事，假以一个死去的女作家的名字变成一部长篇电视连续剧的框架。女作家生前便几番轰动文坛，死得又十分蹊跷，因此知名度又翻了几番。金用三号铅字在各大报上做了关于发现该女作家失落遗作的广告。于是如云美女从全国各地纷纷涌入该公司参加女主角的角逐，以展现女作家的生前风采。在金如计算机一般敏锐的头脑的操纵下，美女们有条不紊地进入了各档次的筛选。应当公正地说，金在做这件事的时候更多的是为了审美的目的。金清楚地记得他命令他的雇员们在七夕的零点时分把筛选后的金字塔人物送来，不得有误。

那个美女是在 7 月 7 日的最后一秒钟出现的。她鬓发如云，穿一袭淡青色纱披，戴整套同样颜色的饰物。挎一架微型摄像机。她鹅卵石般的声音和冷艳的脸十分不相配。

她是怡。

9

芬感觉到冰凉水花的刺激，慢慢睁开眼。

芬看见自己正匍匐在一个巨大的喷泉旁边。千万股水花银丝一般划破夜空，那真是一种壮观的景象。水花四射的地方她隐约看见一块同样灰白色的石碑，上面刻着古老的象形文字。有三张不同颜色的纸牌贴在上面。芬看见了这个立即被击中了一样，她感到在劫难逃。

你到底要什么？生命？灵魂？还是青春？

在许多年前的一个中午，一个女孩举着彩色纸牌，问她。

如果我都要呢？

不可能。并且，你得到一个便要舍弃另一个，比如，你想要青春永驻，美丽如花，生命就只能剩下十年。

芬领略了纸牌的真正含意，不寒而栗。这种残酷在于它对于一个女人设立了两难困境。生命，青春，非此即彼，这使一贯不善选择的芬大伤脑筋。是的，怡无疑在这泉水中洗浴过。这泉水竟然能把容貌平平的怡改变为一个美女，那么天生丽质的芬岂不是可以成女神了？这诱惑对一个青年女人太大了，大到不可抗拒。怡并没有因为生命的缩短而畏缩，何况是不是真的生命只剩下十年还很难说。芬想起那把手枪和模拟生殖器，更加坚定了自己的看法。如果生命只有十年，那么这两样东西恰恰是用不上的了。

芬很坚定地把一双光脚浸在泉水里。水下并不冷，还冒着团团蒸汽。芬甚至闻到一股浓烈的香槟酒味。芬的脚一沾水面身子便滑落下去。水形成一个透明的漩涡可以反映出天空的星星。芬的眼睛睁得很大，忽然想到假如十年生命的预言兑现会怎么样，但后悔已经来不及了，她的身子继续滑落。奇怪的是那水无法淹没她，只是透明的漩涡越来越深，像一只高脚杯，盛着芬散乱的水母一般的头发向下坠落。

10

怡很顺利地把金带到这里。博弈论和数学总是离不开的，在精确和严密方面怡和金不相上下。怡放下自己的微型摄像机，把金带到一个装满古怪机械的房间。各种形状的机器巧妙地连接在一起传送着一种液体，使人想起 16 世纪那神秘的"永动机"。怡在容貌变得美丽的同时也更加成熟老练，她摆弄金犹如摆弄一个小孩子。金始终想找个机会与怡单独谈谈。他张了几次口却不知从何说起。不知为什么他很想哼唱那首关于粮食的歌，他费了很大力气才把那首旋律从脑子里赶走。

怡这时才看了金一眼。金看到这眼光便怀疑自己是否已变成一件什么陈年家具。久违了的自卑像利刃一般刺穿他脆弱的脏器。他看见怡在一架摄像机前慢慢掀起珠灰色的裙子。多年以前的一个镜头迅速闪回。他看见怡的毫无血色的腿。他碰了一下便缩回来，诧异着那腿像蜡塑一般没有弹性，毫无生气。博弈论专家飞速划算了一下如何脱身的办法，但是怡冷若冰霜地向他走来，眼睛里滚动着暧昧的光。

摄像机的镜头始终对准着他们。有一个声音从强光背后传来：准备好了，开拍！

11

那位美丽的吧女当时看了看面前那个小小的纯金挂钟，里面有一颗很大的水银珠在密闭的钟盘里滚动。当她数到第六十下的时候，她知道该去喷泉迎接一位新的美人了。

但是那位美人并没有等到她去迎接。芬斜披着衣裳大摇大摆自己走了进来。吧女急忙迎上去，很有礼貌地请她在门口小绒毯上稍等片刻。吧女很精心地调了一杯酒，递给她，芬连看也没看便一饮而尽。芬有些失望，因为这酒实在很平常，远远不能和她平时喝的那些酒相比。直到十年之后，芬才充分理解了这杯酒的重要性。那时她终于明白一切偶然事物的重要性了。

吧女为芬选择了一套深紫色天鹅绒晚礼服，配上一双同样的深紫色鞋子和一条紫水晶项链。吧女请芬把自己的戒指摘下来存入这里的密码库，然后取出一个四角包着铜皮的首饰匣。芬迫不及待地打开来，里面放着一个刺绣织锦的荷包。织锦缎上剔空的掐花云朵透出里面的杏黄色丝绸。吧女轻轻提醒芬可以到里面的客房休息一下。她陪芬走到房门前，在刻满了数字的锡质大门上，轻轻按下七个数字。

芝麻开门？芬嘲讽地问。然后她发现自己已置身于一个巨大的房间里。这个房间自己慢慢地亮起来。房间里找不到任何开关。无数玻璃镜在四周镶嵌，镜子拓展了空间。六盏豪华的水晶玻璃大吊灯通过折射变成无数的星星。这地方似曾相识。芬实在记不起什么时候来过这地方了。

这时她看见墙壁上出现了幻象。一个美丽的女人幽灵般地走近。那女人的美丽让她害怕。她看见那女人走近自己张了张嘴终于什么也没说，一双幽暗的大眼睛扑闪了一下，终于她发现那双深紫色的鞋子和自己的鞋子十分相似。难道那吧女给每个人一双同样的鞋子吗？她刚想高声说，你走错房间了，女士。忽然发现自己要撞上那镜子了，她蓦然后退了几步。

这时她才突然明白那女人就是自己。她惊疑不定，用挑剔的眼光重新审视"那个"女人。确实很美丽，这样完美的女人走到哪里也会倾国倾城迷住所有的男人。但糟就糟在芬始终认为"她"是另一个女人。芬拼命追忆着自己过去的形象，只有想起那形象她才可能正常行动和思维。现在她置身于这么一间莫名其妙的大房子里，所有的行为举止都被镜子折射分裂成无数断面。于是思想也破裂了，破裂成许许多多的碎片纷飞起来。

后来芬慢慢地安静下来。芬想起金的母亲曾经说过，使心静下来的最好方法便是梳头。芬在盥洗室找到一把梳子。金的母亲闲下来的时候经常梳头。老太太用一种泡了花草的水洗头。那头发又黑又亮永远一丝不苟。芬也学着老太太的姿势慢慢梳头，芬想象她的长发是一条无尽的河流需要慢慢梳理。

12

对形而上之美充满蔑视的怡被定为这部电视剧的女主角。怡得穿着紧得不能喘气的旗袍慢慢倒下。在她倒下的时候身子不能弯曲。她侧面对着镜头，因此可以让观众看到类似钟表指针迅速划出四分之一圆的美丽。要命的是她在倒下的时候嘴里要含着一支烟。她倒在红地毯上后要从嘴里慢慢吐出烟圈儿来。编剧心驰神往地写道：在暗色背景的衬托下，淡青色的烟圈儿袅袅上升，在暗淡的顶灯旁慢慢消失了。导演看到这里连声叫好，决定把这场戏作为重头戏来拍，特别强调那烟圈儿吐得一定要匀称并且应当呈椭圆形。要有一种令观众们飘飘欲仙的空灵感。

怡为了椭圆形和空灵感反复尝试，重复了上百次。直到摄像师也精疲力竭呈指针状迅速划出一个四分之一的圆。但是怡很有耐心。怡的素质令导演和其他人惊奇。怡不断地绷直身体倒下去，每倒下一次她的月白绣花旗袍便发出哗剥的断响。她暗想这时一定有很多交织在一起的经纬丝线断裂了。她在吐烟圈儿之前暗暗用舌头在嘴里椭圆形地搅了一下，但吐出的烟圈儿依然不成形。后来导演不得不找了一位年龄与她相仿的替身演员来吐烟圈儿。最后那烟圈儿虽然仍吐得不理想，但因拍摄经费即将告罄，导演也只好作罢。在此之后导演每提到这戏便为烟圈儿的事而深表遗憾。

金的到来可以说是临危授命。因为所有的男演员都无法和怡配戏。怡完全凌驾于他们之上，使他们一个个变成陪衬人。有个身高一米八几近年十分走红的大明星也曾被导演用巨额酬金请来。大明星从来以洒脱不羁的男子汉风度闻名于世。他听说和他配戏的不过是个新手，因此兴趣不大。拍摄之前他匆匆看了剧本。他对于剧本中突出女主角的戏十分不满。于是他向导演提出一定要加戏，加男主角的戏。因为时间已十分紧迫，导演只好答应。大明星在摄像机前重新设计了这场重头戏。

原剧本是这样的：

在暗色背景的衬托下，淡青色的烟圈儿袅袅上升，在暗淡的顶灯旁慢慢消失了。

B（男主角）走进，久久凝视着躺在地毯上的A（女主角）。

B俯下身，把A的烟拿过来悠然吸了一口。然后想把烟重新放入A的嘴里。A夺过烟向B的脸上捧去。B急忙闪开。A怒视B。

大明星将戏改为：

在暗色背景的衬托下，淡青色的烟圈儿袅袅上升，在暗淡的顶灯旁慢慢消失了。

B（男主角）走进，久久凝视着躺在地毯上的A（女主角）。

B俯下身，把A的烟拿过来悠然吸了一口。然后想把烟重新放入A的嘴里。A夺过烟向B的脸上捧去。烟头的火星将B的领带点燃。A大惊，急忙扑救。火星熄灭。A抱住B痛哭。B不为所动。B不知何时又叼上那支烟吸起来。向暗淡的顶灯喷吐烟圈儿。

这种设计自然很像好莱坞早期的默片。只是导演一见关于烟圈儿的描述便十分头痛。他不知会不会再度为了烟圈儿的形状累得吐血。但是大明星喷吐的烟圈儿一出来便是标准的椭圆形，因此这镜头一次就过了。大家乐得发癫。导演在大喜过望之后忽然又感到男女主角吐的烟圈儿同样是椭圆形的，未免有雷同之嫌。早知如此应该让大明星吐菱形或多边形的烟圈儿更好些。

总之大明星一上场便所向披靡。但到了与女主角做爱的这场戏中也像其他男演员一样败北。大明星在触碰怡肌肤的时候想起了什么不相干的其他物质。怡在做爱的时候发出一种很古怪的声音，使大明星想起关于眼镜蛇的腹语术。大明星从摄影棚里走出来的时候面色惨淡，冷汗淋漓。

这时金上场了。

13

安静下来的芬想起了那个首饰匣。

芬匆匆打开那个织锦绣花的荷包，一枚戒指掉落在地上。——那正是婚礼那天被怡扔掉的那枚戒指！

芬捂住戒指惊惶四顾。她忽然感到报应不爽。冥冥中一定有人一直在窥测、监视着她。她看见四周全是那个美人，那个令人讨厌的美人，当她想起那便是自己的时候她心里充满了恐惧。芬感到自己好像走入一个塑型模特儿的矩阵，十二个光头模特儿死死地盯着她，无论她到哪里，都逃脱不了那怨毒的目光。她向大门冲去，那扇锡质的大门刻满了数字，她胡乱按了一气，大门纹丝未动。到现在她才想起还没有学会"芝麻开门"的办法。

芬颓唐地坐下来。没有声响。连时间也凝固了。

不知过了多少时间，四壁出现了模糊的影像。那仿佛是一个男人和一个女人在做爱。男人和女人很投入地亲吻着。他们的周围似乎有很多古怪的机器，它们微妙地连接在一起，传递着一种芳香的液体。后来那熟悉的珠灰色的裙子海潮般地慢慢掀起，一只黄手像多年以前那样搭在惨白的膝盖上。芬惊讶生活总是重复得这样无耻。

芬向他们走去。他们对芬的到来视而不见。有一个秃顶穿花格呢上装的小老头阻止了芬。

喂，请不要靠近。这里正在拍一部长篇电视连续剧。小老头说。

芬抬起头。果然看见摄像机的镜头月亮似的正对准他们。这是那轮古铜色的总想坠落的月亮。芬慢慢拾起遗落在地上的一个话筒，朝那古铜色的月亮扔去。伴着一声巨响，所有的一切都消失了。

芬发现自己依然坐在原先的地方。首饰匣中的戒指放在桌上安然无恙。是个梦。她想。

可是四周再次亮起来。原来这是一个巨大的环形银幕。那男人和女人把她包围起来了。他们盘桓在一起，那种陈旧不堪的黄色和白色在黑色衬底上组成了一个太极图。

芬没有找到话筒之类的东西。但是当她打开抽屉的时候，她意外地发现了一把枪。那把钢蓝色的手枪她似曾相识。但是她已来不及去考证这把枪的来龙去脉了。她果断地拉开了扳机。她不停扣动扳机，子弹像雨点一样横扫四壁那玻璃雪花般纷纷落下。接着有鲜红的血流出。染在那雪花上，很好看。

后来芬想起，枪弹的声音发闷。不知是不是潮湿的缘故。

14

十年之后的那一天，很炎热。芬很早就在挂历上做了记号。大限将临，她总是不大相信自己真的死期已到。

芬在前一天晚上步入自己的设计室。那十二个塑料裸体模特儿已陈旧不堪。芬慢慢抚摸着模特儿身上的划痕，很自豪地想起曾有无数个学生在这里听她讲课。当压倒一切的青春骚动过去之后，她步入中年。终于感到自己心如古井。假如不是死亡的迫近，这陈年故事几乎已被她彻底忘却。

这座学校走进了一些晨曦般新鲜的学生。他们个个都对芬很尊敬。他们不但尊敬她还很喜欢她。有一天，在大设计室里，芬给他们讲述了小路的故事。她坦诚地告诉他们，她最初的灵感来自那条小路。不过她只字没提关于花园墓地的事。并不是为了保密，而是害怕某种东西。时间总会把历史变成童话。当学生们听到关于小路的一切时都咧开嘴对她笑了。那是一种并不相信但是宽宥的笑。

为了这个芬不愿离开他们。尽管那个可怕的日子一天天逼近，但她灵魂深处却始终希冀着那个无所不知的造物主会因岁月的沉淀而把她放过。这一天终于来了。清早起来芬并没有什么异样的感觉，因此她心里的希望越发强烈了。也就是在这时，有一线亮光慢慢从她心里升起，那仿佛是一道神谕。她想起了怡。她已经很久没和怡联系了。怡在她之前使用喷泉的水洗过身体。如果大限将临首先死去的应当是怡。而怡现在既然安然无恙地活着，那么就一定有逃脱死亡符咒的办法。

她决定去找怡。

15

怡仍然和她的母亲住在一起。

怡的母亲已老态龙钟。有一天在附近菜市场买菜的时候怡的母亲碰到了芬的母亲。芬的母亲已经完全干瘪。怡的母亲想起那四个木乃伊一般的金桔。她们互相问候之后各自谈到自己的女儿。怡的母亲说怡是天下最忙的人。自从十年前那部电视连续剧播出之后，怡便成为四海闻名的超级明星。怡的冷艳和沉默甚至腹语术般的哼哼都被认为是别具一格。怡虽然没有结婚，但怡的母亲坚持怡有无数的追求者。芬的母亲也不甘示弱，她说芬设计的时装已经远销海外。意大利米兰公司已经聘请芬为设计师，芬的收入高得惊人。芬虽然离了婚，但是追求者一点不比怡的少。

这天早上怡就预感到芬的来访。她们十年未见依然互相关注，主要是从新闻媒介方面获得对方的消息。怡常常去买芬设计的时装，而芬反复看着怡主演的电视录像。因此，她们彼此对于对方依然熟悉，就像昨天刚刚分手。

当芬走进大门的时候怡正在弹钢琴。怡惯于制造这种似乎是巧合或者漫不经心的戏剧性场面。怡当时弹的是德彪西的《雨中花园》。怡穿一身素白紧身缎子曳地长裙，裸露部分的肌肤和缎子一样银光灿烂。

琵音神秘的起伏把芬带到若干年前的一个中午。两个小女孩在苏联专家设计的平房前闲聊。一个女孩掏出几张纸牌问另一个女孩，从此她们的命运就被决定了。不过，当时的背景是烈日和树荫。还有震耳欲聋的蝉鸣。而在这里，浮动的和弦所表现的是云彩和雨滴，但是完全没有忧伤的感觉，因为同样有孩子，同样在做游戏。

可是花园呢？或许孩子们是在花园里做游戏？不，花园其实是孩子的最后归宿。那一片灰白色的墓地花园。所有的一模一样的方砖和碑林，记载着每个人相同的归宿。谁也无法抗拒。可奇怪的是墓地旁边就是那给人青春和生命的泉水。生和死为什么离得这么近？

怡知道芬已走近，但装出格外专心致志的样子沉浸在自己的乐声之中。十年前怡在一部电视连续剧中一炮打响，其实借助于芬在其中的出色表演。当时隐蔽的摄像机暗暗对准狂怒的芬，摄像机的镜头险些被芬打碎。芬的一气横扫损失了财产上百万，却使制片人获得了亿万收入。假如不是怡坚持说芬患有妄想型精神病的话，那么十年前隆重推出的明星大约是芬而不是怡了。

芬当然不知道这个。而且永远不会知道了，芬倚在门框上细细听着那乐声。后来她觉得有点儿不对劲儿。她觉得那音符在那双惨白的手下变成了一个个数字。是的，很精确。再没有比她掌握音准更精确的了。但是没有感情没有悬念没有底蕴没有美感总之没有人类的一切形而上之美。这乐声听起来更像是一个……机器人弹的。

芬想到这个冷汗涔涔。她专心注视着怡，怡的双手果然如机器零件一般分解着动作，每个指关节都可以拆开重装。怡的面部比机器更为寒冷。当怡终于弹完了那首曲子抬起头注视芬的时候，芬发现她好像戴着一张蜡质的假面。她全身的肌肉线条都死掉了。

你找我有什么事？怡问。

芬没有立即回答。她走到钢琴边随手按了几个琴键，那琴声像几块零落的碎片迸裂开来。

你也在那泉水里洗过澡对吗？芬问。

是的。怡答。可是——怡抬起骄傲的下巴冷冷地说，可是我不会死的。因为我当时拒绝了吧女的那杯酒。

什么？那杯酒怎么了，难道那杯酒……

那杯酒里装着灵魂。

这么说保全灵魂的人一定就要舍弃生命了？芬想。

幸好，我并不是有意选择灵魂。芬又想。

怡走到窗前默默注视着窗外。这时午间下班的人流正在窗下

148

走过。

你看他是谁？怡问。

芬走过去看见一个男人正从窗下走过。那男人面色焦黄步履蹒跚，令人想起晚期肝癌患者或者干脆是蓝田猿人的活化石。尽管如此芬最终还是认出了他。他是金。

现在的他是你的杰作。怡冷冷地说。十年前你打中了他，他早就成了废人。你看他那副样子，好笑吗？

怡忽然狂笑起来，笑起来就止不住。就像一架机器被拧动了"笑"的旋钮。后来芬也笑了。因为芬想到过去自己曾为这个有着蓝田猿人式的头盖骨的男人去泉中洗浴。为了赢得这个活化石的青睐，用生命的代价来换取美丽和青春。

芬就那样笑着走到街上。阳光很强烈。太阳变成刺眼的一团白光。街景成为反差对比强烈的黑白底片。芬发现自己的影子正在慢慢变短。那影子如同被炙热的光线烤化了似的正在慢慢消逝。于是芬抬起头来，看见怡的脸正贴在窗玻璃上发出阴险的微笑。

16

当天晚上，有一轮古铜色的月亮悬挂在天上。没有雾，因此可以看见月亮的皱纹，是环形山状的，很清晰。

吉尔的微笑

　　吉尔是我妹妹佩淮驯养的一头狮子。是的，我妹妹是个驯兽师，她干了整整十七年了。就在她马上要结束这个行当的时候，雄狮吉尔忽然向她发出了微笑。是的，那可怕的微笑令我至今毛骨悚然，我相信在场的几万观众也肯定和我一样，那是个极其恐怖的瞬间，后来听说当场有四位心脏病人昏了过去，我离开现场的时候还听见救护车在夜空中破碎的声音。后来有三人脱离危险，一人死亡。至于妹妹，她已经不需要救护车了。

　　此前我一直相信一种说法：人是惟一会笑的动物。但是从那次起我才明白原来其他动物也会笑，不过它们的笑似乎与人类要表达的情感完全相反罢了。那是一种嗜血的微笑，雄狮吉尔在微笑的时候，有一缕酱紫色的血缓缓地从嘴角处流了下来。

1

　　吉尔这名字自然是妹妹起的。这名字来源于她对美国大明星理查德·吉尔的崇拜。妹妹佩淮说在所有的大明星中，理查德·吉尔的微笑是最有魅力的。"他就那么微微一笑，就可以让所有的女人都去为他死！"妹妹这么说。千万别以为我妹妹是当代追星一族的小丫头，妹妹说这话的时候是 20 世纪 80 年代，时年二十五岁，按照年龄和资历，妹妹当算作吉尔的微笑是追星族的祖师奶奶了。

妹妹佩淮为吉尔起名字这件事像做其他许多事情一样是同我商量过的，我没有表示任何异议。实际上我微微地有一点不赞成，因为我也同妹妹一样喜欢理查德·吉尔，欣赏他的富有魅力的微笑，于是未免觉得把这样灿烂的名字与一头雄狮联系起来多少有点亵渎之感。但是妹妹喜欢那头雄狮的程度绝不亚于对理查德的崇拜。这里面多少还有些报恩的成分——正是那头雄狮救了她，使她从那场把千万人裹挟进去的上山下乡运动中及时撤离回来，同时也使她从一场可怕的家庭纠纷中解脱出来。那时吉尔还是头小狮子，正从北京动物园的狮虎山被运往一个著名的大马戏团。浑身金黄的美丽雄狮吉尔需要一个同样美丽的驯兽师来进行训练，于是妹妹被选中了。妹妹被选中并非因为她超人的美丽、智慧或与众不同，而是因为她有后门。那时中国大地上后门这个词还刚刚诞生，妹妹佩淮总是领导新潮流走在当代生活的前沿。

2

现在我好像得交代一下我们的家庭关系和妹妹在这个家庭中所处的位置了。我的父母都是那种纯种知识分子——20世纪40年代的大学毕业生，世代书香的家庭。我的爷爷是清末的翰林，而我的母系家庭更加显赫——藏有宋代朱熹一族的全套家谱，据说母亲是朱老夫子的第七十八代孙女。母亲治家的严谨、学问的艰深和一丝不苟的作风比那套发黄发脆的家谱更使我们对母亲一脉的血统深信不疑。这血统带给我们荣耀更带给我们创伤。在"文化大革命"中这样的家族自然难逃法网，但是母亲在整个大学的批斗会上的表现仍然像一个贵族，那时走资派和反动权威们都吓得屁滚尿流，平时作威作福的杨书记、王院长都挂着谄媚的笑向小将们点头哈腰，惟有母亲梗着脖子一动不动地在烈日下站立着。她的半旧的衬衫上洒满了墨汁和糨糊，那样子很像一棵色彩斑驳的老树。而当时尚在幼年的我们也和邻家的小朋友一样贪婪地看着这一幕。我很注意妹妹当时的表情，她的一双火一般明亮的大眼睛里充满了一种奇特的羡慕，是的是羡慕我没有看错，这让我一下子联想起妹妹禀性中一种可怕的东西：她从小便强烈渴望引人注目，只要能引起别人的注意她不管做什么都行。大约正是因了这个她后来第一个报名上山下乡，尽管她的年龄比应届知青要小好几岁。学校里的军代表因此大喜过望，立即把妹妹佩淮树为典型，而妹妹的年龄也因此在户籍里得到一种光荣的更改——那个年月可以产生许多离奇的故事。接下来是佩淮没有同父母商量便去销了户口。她是全校第二个销的户口，走在她前面的那个高年级男生在上山下乡四年之后得了精神分裂症，终生住在北京郊区的回龙观医院里。

但是佩淮确实跟我商量过。在一盏白炽灯下佩淮刚刚跨入青春的脸格外娇艳，看着这张脸我说不清自己的感情，毕竟那时我也只是个刚满十六岁的少女。但是现在在夜深人静的时候我面对自己的裸脸，忽然明白那时我对妹妹其实满怀嫉妒。虽然是一母同胞，妹妹和我有着很大差异，我先天不足而妹妹充满活力；我循规蹈矩而妹妹天马行空；甚至身体上的差异也是明显的：我至今胸部平坦，而妹妹十岁时便丰乳高耸吸引着无数男人的眼光。何况我深知只要妹妹报名上山下乡我便可以稳留北京的道理。于是我向她点了点头。她狂喜地亲了我然后心安理得地回房间睡觉去了。我看着她娇小而丰腴的身体心里忽然一阵抽搐：毕竟她是我的妹妹，她还只有十三岁。

3

六年之后的一个深夜，我和我新婚不久的丈夫在黑甜乡里睡梦正酣，外屋响起了一种奇怪的声音，好像是许多脚步声，十分嘈杂，还有压低了的哭泣声。我忽然感到了什么，我一把掀开被子坐了起来，我就那么穿着内衣走了出去，我走出去的时候丈夫重重地翻了个身。

满头白发的母亲正紧抱着妹妹痛哭，父亲也正在一边悄然饮泣。妹妹从母亲的肩上抬起头，一双仍然像小时候一样的眼睛火辣辣地看着我，我走过去拉起她的一只手，那手像被石灰咬了一样粗糙，她的变得粗胖的脸蛋上全是煤灰。我注意到她的个子一点也没长，我的妹妹佩淮的身高终生都停留在了十三岁。她只是胖了，更加高耸的胸部把那件烂棉袄顶得老高。后来我知道她是扒车回来的，扒的是一辆煤车，在零下四十多摄氏度的严寒里她冻了两天一夜，和她同行的其他四名知青全部冻死了——我的妹妹佩淮当时并不知道二十年后此事会成为一个著名的事件载入知青的史册。当时她只是感到僵硬，不仅仅是身体的僵硬，她的思想、情感和表达也像是被冻僵了似的，面对母亲的眼泪她不知说什么才好。她叫了我一声姐姐，过了半天才又说，我本来是想赶你婚礼的，可还是没赶上。

我的眼泪差一点涌了出来。这时我的丈夫陈志走了出来，陈志穿着毛巾睡衣睡眼蒙眬地打着哈欠。陈志当时在一家地毯厂当车间主任。母亲介绍之后佩淮叫了声姐夫，陈志点点头。几天之后陈志对我说，你妹妹不算特别漂亮，可是够撩人的。我看了他一眼，真不明白他们这些男人的审美观是怎么回事。

4

妹妹佩淮足足睡了三天三夜。第四天清早她走进我的房间。那是个星期天，阳光灿烂的日子。陈志一早上就去车间加班去了。佩淮一样样地看我的衣服和化妆品。那时最奢侈的化妆品就算是珍珠霜了，我不但有珍珠霜，还有整整一瓶珍珠粉，是一位爱漂亮的上海同事送我的，妹妹拿起那瓶晶莹透明的珍珠粉看了又看，直到我很不情愿地说了一句：你喜欢就拿走一点儿。妹妹并没有听出我话里的勉强，她立即撕了一张旁边的台历，欢天喜地地包了一小包放在一边，然后又对我的各种颜色的赛璐珞卡子产生了兴趣。总之那天她收获甚丰。她拿到这些东西之后就回到房间打扮起来。吃午饭的时候她花花绿绿地走出来，我看到母亲皱了一下眉头。但是佩淮完全不会看人的眼神，她十分兴奋地说姐姐你看漂亮吗，我只好点一下头说挺好的。佩淮就说我这次回家想学一门手艺你看我学裁剪好不好，我还没来得及回答母亲就说佩淮你还是把这身衣服脱了吧，像什么样子？你这身打扮十一二岁的女孩还可以，可你现在已经是十九岁了，佩淮听了这话脸上的光就一下子暗淡了。她推开碗回到自己的房间里，一会儿，房间里传出一声巨响，然后是无数碎裂的噼啪声。是佩淮推倒了柜子。佩淮还是那样刚烈和与众不同。后来我和母亲走进现场的时候佩淮已经睡着了，像只小牲口似的蜷缩在那儿。她房间里所有可以碎裂的东西都成了粉末，但是那瓶珍珠霜居然还在，茕茕孑立地在黑暗中发出荧光。

5

　　我记得那一年的夏天特别炎热，但就在那个炎热的夏天我被医院药房派往南方学习。佩淮去插队后不久我就被分配在北京的一家大医院的药房里。由于表现良好很快得到了领导信任，培训班毕业后就成了医院的药剂师。药剂师这活儿很干净也很安静很适合我。领导为了进一步培养我决定花一笔钱送我到南方学习。我是那种很不愿离开家的人，我真的宁可领导不这么重视我，但是有什么办法呢，我同样也是个绝不敢违逆领导意志的人，于是我简单地收拾了行装上路了。临走时我很认真地跟妹妹佩淮谈了一次，妹妹态度坚决地告诉我，她不准备再回去了。于是我建议她去找找在军队担任要职的舅父，托他走个后门去当兵，实在不行过继给舅父也不是不可以，因为舅父没有孩子。她沉默了半晌说她不想当兵，她哪儿也不想去了，她只想在北京找个合意的男人，过过小日子。我皱了皱眉头尽量温和地说你也不想想佩淮你具备这个条件吗？有哪个北京男人愿意找个没户口没档案没工作的老婆结婚呢？那不是给自己找累赘吗？我看你还是现实一点，一步一步地来吧。佩淮抬起眼睛看了我一眼，她那双大眼睛在黑夜里还是像火一般明亮，好像把我看透了似的。

我在南方学习的期间不断给佩淮去信，不断地对她晓之以理，动之以情。她先还按时回信，后来信便渐渐稀少，往往要我去三四封信后她才回一封，写得也很少。在这个过程中我知道她一开始的确按我的意思去找了在总参工作的舅父，"但是我跟舅母一点儿也处不来，她像个官太太似的老命令我做这做那，等我做完之后又挑错儿。比如昨天晚上我忘了关房间里的灯，只是那么一小会儿，她就训了我整整一个钟头。她晃着一头卷花头边剔牙边说：主席教导我们，节省每一个铜板，为了战争和革命事业，你这可倒好，你知道一度电多少钱吗？……后来唠叨得我实在不耐烦，就小声咕噜了一句：可现在既没有战争又没有革命。没想到这句话被她听见了，她气得暴跳如雷，上纲上线，直到舅父下班回来。接着舅父又训我，舅父训话的内容已经上升到严肃的政治主题，舅父说发现我不但在政治上不求进取而且思想动态很危险，因为他已经发现我有时偷听敌台广播（像和平与进步广播站、美国之音，等等），这下子问题更严重了！他们的轮番训话直到晚饭时才结束，很简单，他们需要我继续做一餐可口的晚饭。不，我绝不过继给他们当女儿，就是他们给我一座金山银山我也不干！依我的脾气我早就回家了，我留下来的原因只有一个，将来再告诉你……"

我自然等不及这个将来，于是写信询问。佩淮来信说，总参大院里一位和舅父同级的副部长吴限对她很好，像父亲一样和蔼可亲，佩淮说她常常到他家里吃饭，他的老伴已经去世，人口非常简单，只有一个公务员和一条狗，她只有在那里才能感觉到一点点温暖……而且，老头很有可能为她走走后门，把她从遥远的边疆办回来。

我立即回了信，嘱她一切要小心从事，俗话说，逢人只说三分话，未可全抛一片心，与人交往还是多个心眼儿好。她回信说她现在已经顾不了那许多了，她就像个饿坏了的孩子一样，谁有奶谁就是娘。

我不断地给她提出各种劝告，直到她最后的一封信。那封信里流露出的情绪很坏，她抱怨说家里从来就不理解她，不重视她，甚至根本不爱她，她从小就没有感受到爱，"家里人把注意力都放在你身上了，我也是。我从小就觉得什么都不如你，可我现在不这么想了，你是人我也是人，你能得到的我就不信我得不到。"她在信里这么说。我看了信后又好气又好笑，我给她回了一封长长的信，指出她不正确的想法和心理，特别是那种让人难以置信的幼稚。"你得慢慢成熟起来妹妹，你得学会怎样对待生活……"接着我列举了牛虻、保尔等一系列那个年月常提的外国人名，不过说实话我至今还没看过牛虻，起码是没有完整地看过。但我并没觉得写这些的时候有什么虚伪的感觉，那个年月写文章常常有一种一下笔便一发不可收的感觉，因为一切都有一种固定的套路和程式，好像一句话写完之后另一句话立即涌到了笔尖，不写不行似的。

但是这封信没有得到回音，我给爸爸妈妈写信时还问过，他们在回信中避而不答。直到学期快结束的时候，妈妈才打来一个长途，支支吾吾地说让我考完试赶紧回家，不要给家里买什么东西了。我隐约觉得家里好像出了什么事，我预感到这件事似乎与妹妹佩淮有关。

6

我和陈志曾经是小学同学。小学时对他的全部印象，不过是个调皮的小男孩，还有点结巴。一轮到他喊起立就热闹。那时规定喊起立的同学要向教师作如下报告：报告 × 老师，本班原有 × 人，缺席 × 人，实到 × 人，报告完毕。就这么几句简单的话，陈志从来没说利索过，而且一到"本"字就结巴起来，像条件反射似的，一结巴就鼻孔颤动嘴唇哆嗦，像是要打喷嚏又打不出来似的，每到这时全班便哄堂大笑，老师也撑不住地笑。现在重提旧事，陈志便一口咬定当年是受了班主任王老师的压抑，他说他因为怕那个老太太的两道扫帚眉而导致结巴。我真的闹不明白扫帚眉和结巴有什么必然的因果关系，不过陈志少年受压抑这一点我后来还真是信了，起码是信了一半。

那是新婚之夜，在陈志家的一间小屋里，当所有的人都走了之后，陈志挺不自然地走向我，我忽然觉得他和小时候那个流鼻涕的小结巴没什么两样。他待了一会儿，忽然冒出一句让人瞠目结舌的话：咱们发生关系吧。

天哪！关于新婚之夜，我想过一千种场景，一万种语言，我相信每个未婚少女都和我一样。可是我的新婚之夜，就被这么一句话残酷地毁掉了。奇怪的是十几年之后我重提此事的时候，陈志竟迷惘地瞪大眼睛说，他不记得此事了。他反复地强调他"没有印象"，使我想起江青在法庭时常用的辞藻。我现在越来越相信一些人看得很重的事，在另一些人的眼里却像空气一样根本看不见；一些人视若珍宝的东西，另一些人却可以当成一块烂抹布去踩。人和人真是太不一样了。

新婚之夜的情绪被毁掉之后我和陈志的生活变成了一锅夹生饭。我们始终像同学一样生活在一起，互相关心互相帮助，可就是没有床第之欢。很久之后我才知道，陈志竟然把这原因归结为我的"性冷淡"。

7

我记得那天我回来的时候家里异乎寻常的安静，那种安静让人感到有什么事就要发生了，或者是有什么事已经发生了。

母亲给我开了门，父亲从房间里走出来，他们欲言又止目光闪烁的样子使我更加疑惑。父亲急忙问起我的学习情况，母亲则又端茶又倒水显得很忙，他们好像在竭力掩饰着什么。

快到中午时陈志回来了，他是请假提前回来的。他对我似乎比原先亲热了许多，也许真的像人家说的"久别胜新婚"吧。我开始一样一样地把带给他们的东西拿出来，这时我才突然意识到：佩淮不在。

母亲小心翼翼地接过成都的火锅调料，她好像明白我的发问，她说，佩淮去医院看病去了。接着她又说佩丝你别着急是一点小病。我说在我印象里佩淮好像还是头一次生病，她到底怎么了？母亲捏捏我的胳膊说先吃饭一会儿再慢慢说。听见母亲这话父亲就瞪了她一眼，父亲说有什么躲躲藏藏的，佩淮不就是慢性胃炎吗？我听了这话才舒了口气，我边吃着母亲给我烙的合子边说这孩子是怎么搞的，太不注意自己身体了。母亲呜噜了一声不知是不是被合子烫着了。陈志拼命地给我夹菜，后来父亲忽然沉着脸说了一句：你吃你的，她自己会吃！说完就回房间休息了。父亲一向脾气古怪，所以我也就没有在意。

陈志对我殷勤备至不断地嘘寒问暖，但是仍像过去一样完全没有性的要求，好在我对这一切已经习惯，如果他突然有什么要求恐怕倒会让我害怕。后来我就在那种温馨的气氛中睡着了，醒来后陈志已不知去向。

就那么躺在床上，听着铝壶的水在大铁炉子上咕噜着，蒸汽在室内蔓延，那是我熟悉的气味，是家里特有的气味，这气味让我有一种安全感。我懒洋洋地伸出手臂，随意翻动着床头柜上的几本杂志，里面有一个相册，翻开来才发现陈志竟然新添了不少照片，都是我不在家的时候照的。有一张全身上下只有一条巴掌大的游泳裤衩，懒洋洋地躺在一条船上晒太阳的照片拍得很不错。我好像第一次发现陈志居然还有这等情趣。

接下来便是那件很让我震惊的事了。也许是鬼使神差，就在我不经意地翻动他那些照片的时候，有一张照片从他笔记本的夹层掉落了下来。

我瞪大眼睛看了又看，不敢相信这是真的：

陈志晒太阳照片的场景多了一个人，一个女人。也穿着一件泳装，在那个年代已经是十分暴露了，何况这女人生得十分丰腴，她身上那些突起的部分能够一下子抓住人的目光，以致我好长时间都没注意她的脸。她是佩淮。

8

我真希望写到这里小说就结束了，那些让人痛苦的回忆我真的不想再重述。但是现在佩淮已经死了，为了说清她的故事，我只好忍痛揭开那些已经愈合了的伤疤。这是对死者负责，也是对生者的一种交代。

佩淮从医院回来之后家里爆发了一次可怕的战争。那是个周末的夜晚，我特意打电话把陈志叫回来和佩淮对质。知道那件事后我自然同陈志闹了一场，陈志从此住进单位宿舍不敢回家。至于佩淮，我用最大的忍耐克制自己才没有去医院骂她。但我在家不停地骂着：猪！臭猪！……父母不停地安慰我，背着我便悄悄地流泪。他们寒冷的眼泪在慢慢为我的怒火降温，于是在第一眼见到佩淮的时候，看到她那蜡黄虚肿的脸，除了憎恶之外，还有了一丝怜悯。

但是佩淮对我竟然没有丝毫的歉意。她的眼光越过我的头顶盯着对面的墙壁一言不发。她的态度使我怒火中烧。我尽量冷静理智但我的声音依然发着抖，我说佩淮我想听听你的解释。她说这件事最好请你的丈夫来解释，我说一会儿他会有解释的时间的，我现在想听你的。她一动不动地坐着嘴巴闭成了一条线，天哪看着她那鬼样子可真来气！我说你说呀你怎么有本事做没本事说呢？！不要脸！她猛地一翻眼睛说你说谁呢，你说谁不要脸？我再也忍不住了，平时的淑女风范扫荡一空，我把相册向她脸上狠狠摔去：你！你！你！就是你不要脸！她的头偏了偏，相册砸在她的肩膀上，她顺势拾起一撕两半，从那撕成两半的相册上方她抬起那双大眼睛：是你丈夫约我出去玩，是的我们一起玩了很多次玩得很好，他还给我买了一些小玩意儿，后来就发生了那件事，就这些。一切都是他主动的你可以问问他。我已经气糊涂了，妈妈拉着我的手在哭，我的手上不断渗出黏黏的冷汗。

父亲狠命揿着自己稀少的头发转身走向里屋。佩淮黄肿的脸上又蒙了一层铁青我觉得她像是要虚脱的样子。我用嘶哑的声音把陈志唤了出来，陈志垂头丧气的样子让我从心里觉得恶心。我一迭声地说陈志你快当众讲讲你的英雄行为，你从头到尾给我讲出来一点细节也不许丢掉！佩淮说一切都是你主动的！陈志翻翻眼睛说胡说八道当然是她主动！是她在家闲得无聊非要我陪她出去玩，玩完了还总是不满足，我当车间主任那么忙，可她是个黑户口，到底谁求着谁明眼人一看就知道，佩丝你这样聪明的人难道连这点道理还想不明白？陈志的话还没说完脑袋便开了花，佩淮抓起一只小凳子向他扔去，陈志的额角像开锅似的咕嘟嘟地冒出鲜血。我再也无法忍受，我扑过去和佩淮厮打在一起，直到父亲狠命地扇自己的耳光而母亲则跪在我们的脚下"咚咚"地磕起响头。我流着泪弯下身去拉母亲，眼前一黑便什么也不知道了。

9

佩淮又回到舅父那里。就在这时一头不知名的小狮子正在从动物园的狮虎山运往北京马戏团。但是佩淮并不知道这个，她受不了舅母的聒噪而逃往吴副部长家里。吴限是个干瘦的但是很有教养的老头，在部队里他一直担任文职。应当说这老头绝顶聪明，在许多年后我见到老头的时候他还能不断地开一些充满智慧的玩笑，譬如他说他和舅父在共事的时候从来就是同床异梦，不过同床异梦是正常的，而同床同梦才会让人奇怪呢。又如他总结爱情的时候用了这样两句话：又想见更怕见不如不见偏偏又见天昏地暗，又想爱更怕爱不如不爱偏偏还爱心醉心碎。——这样的老头居然能在军队里身居高位真可谓是个奇迹了。

后来佩淮告诉我她之所以最后同意与吴限结婚，主要便是因为老头对她的欣赏和恰到好处的疼爱，其次自然是因为老头的智慧和幽默，我相信这个。当然，他们的婚姻是很久以后的事了，现在我们返回来仍然按照顺时继续我们的故事，我不想把这个故事的秩序打乱。

　　佩淮到吴限家住了两个月之后便解决了工作问题。老头一开始并不同意她去干那种危险的职业，但是佩淮的浪漫和勇气令他感动。他理解她。于是佩淮成了马戏团惟一的一名女驯兽师。

　　我再见到佩淮的时候已经是两年之后。她显得光彩照人，我相信她走进来的时候全家人都大大地吃了一惊——我们谁也没想到妹妹佩淮竟然这么美丽。

10

　　两年来我一直在想念她。我总觉得，夫妻最亲密这种说法应当是一种谬误，正确的说法应当是：世界上最亲密的关系莫过于血缘关系。我在心里早已原谅了妹妹，相反，我却永远不能原谅陈志。而父母出于对家庭名誉的考虑力劝我不要离婚。我从小就是父母的乖孩子，除了妥协退让之外我没有别的办法。好在陈志在那件事后不久就被派往坦桑尼亚去参加援外工作了。我们的婚姻实际上已经结束了，但是若干年后我知道我这种情况应当叫做留守女士。

　　佩淮回家是来送马戏票的。那是改革开放初期一次著名的大型马戏表演，现在三十岁以上的人大抵都记得当时的盛况。所有的宣传媒介一起开动，中央电视台北京电视台都搞了现场直播，报纸上连篇累牍地报道连演出花絮也不放过。当然，这样做的目的其实也是一种政治宣传，有一位西方国家的首脑人物即将来华访问，据说此人酷爱马戏表演，我们的领导人自然很想通过此人向西方传达一下我国改革开放后的新气象。

　　佩淮见到父母的时候怔了一下，显然她是被父母的迅速衰老吓了一跳。母亲拉住她的手就哭了，父亲也老泪纵横。两年来无论夜半我何时醒来都能听见父亲在长吁短叹。父亲对妹妹的爱让我妒忌，尽管他在公开场合从来都谴责妹妹而袒护我。仅仅是为了父母着想我也应当原谅妹妹。我想起妹妹从小无数的可爱之处，想起妹妹十三岁便离开了家到那么遥远的北疆，正因如此才换取我可以留在北京寻得这样一份安逸。为了赶上我的婚礼，她竟然不顾生命危险扒煤车回来险些冻死，想起这事更是让我落泪——两年的时间，足以忘记妹妹佩淮诸多的不是了。

后来佩淮的眼睛转向我。她的大眼睛依然明亮清澈。她翘起上唇叫了一声姐姐，她小时候每当要撒娇或有求于我的时候就这么叫我。我走过去，我俩互相看了好一会儿，同时伸开了胳膊，我们把对方抱得那么紧，想想都有点儿不好意思，但是当时那是出于一种本能，仿佛生怕对方又忽然消失了似的。

11

那个晚上是佩淮一生中的辉煌。在所有的节目演完之后，佩淮上场了。佩淮这些年一点没有发胖，只是胸、臀等部位愈加饱满起来，越发显得腰肢纤细，身段玲珑剔透，加上脸蛋呈出一种鲜艳的水色，有如三春鲜桃一般饱满，又化了妆，穿了颜色艳丽的紧身衣服，远远看过去，真像是十六七岁的少女。佩淮的演技也已经十分纯熟，她向观众鞠了一躬，然后揭开那个铁笼子的盖布，那只美丽的金黄色雄狮就呈现在几万观众面前。随着佩淮的举手投足，雄狮开始轻快地舞蹈。佩淮手持一支细长的竹鞭，头戴一顶华丽的巴拿马帽，神气活现地指挥着那头雄狮一级级地登上台阶，又一级级地走下来。

我看见佩淮摇着腰肢很夸张地转身，然后悄悄地把一块鲜肉塞进雄狮的口里。雄狮金棕色的毛火焰一般耸立起来，雄狮吼了一声，雄狮的吼声使大厅震撼。我看见父母的眼神兴奋膝盖发抖。这时一个漂亮的年轻人慢慢推出一个色彩十分鲜艳的大球，全场观众的情绪达到了沸点。雄狮在佩淮的引导下踏上大球。母亲用手帕捂住了眼睛。佩淮的长鞭在漂亮地挥洒，雄狮随着长鞭慢慢踏动圆球，圆球像一团华丽的颜色在滚动。全场静谧片刻，好像同时反应过来了似的，蓦然响起雷鸣般的掌声。掌声经久不息如潮起潮落。全身金箔闪闪发光的佩淮也站到了一个彩球上，人和狮一同滚动。他们配合得那么好，那种和谐在人与兽之间有着一种格外震撼格外动人格外奇特的美。这时全场观众都站起来挥起双臂欢呼，那盛况好像只有十七年之后美国黑人女歌星休斯顿来华访问演出时才可媲美。那个晚上，鲜花和花篮几乎把佩淮淹没了。

12

那时在中国大地上好像还没有"性骚扰"这个名词，但是许多的信件和电话已经压得佩淮喘不过气来了。她好像一直处于一种亢奋的状态，她得意得不加掩饰忘乎所以。我和父母只好不断地给她泼凉水但毫无用处。这时有一个人出现了。这个人的出现使佩淮一个子从癫狂状态下冷静下来。他是吴限。

那天晚上自然吴限也去了。但是我注意到他像平时一样冷静和清醒。即使在最后那辉煌的一瞬，他也不过是很绅士地微笑着，站起来和大家一起鼓掌，表情和平时一样从容和有风度。在佩淮被许多人包围的时候，他从容不迫地离去，吩咐随行人员为佩淮买了一束红玫瑰。在玫瑰差不多快要凋谢的时候，吴限来了，坐着一辆上海，没有带随行人员。

13

多年以后佩淮在追述这件事情的时候说，吴限当时只是非常简单地说了三句话。这三句话便使我的妹妹佩淮离开了她住了二十五年的家，乖乖地做了这个年过半百的人的妻子。

第一句话自然是"我爱你"。

第二句话是"嫁给我吧"。

第三句话是"我会使你幸福"。

这三句话都是文学和影视作品里出现的频率最高的、俗得不能再俗、老得不能再老的话，但这话从吴限嘴里说出来似乎就换了一种味道，很诚恳，很实在，也很美好。吴限当时穿着一件高级料子的军衣，没有戴领章帽徽，清癯飘逸，脸上挂着那种一贯的吴限式的微笑。那微笑背后的力量不可阻挡。我的妹妹佩淮当时别无选择。

14

第一次走进妹妹的新房，我完全被这房间的奢华震慑了。吴限住的是一座双层小楼，楼前一个小花园，楼后有一片茂密的竹林，环境十分优美。大大小小有十余间房，房间的布置很有情调。佩淮夫妇住在二楼，室内墙壁一律用壁纸装饰，地上铺着华丽的猩红色俄式地毯。客厅里是那时很时兴的捷克式家具，而卧室里则是仿古家具，显得古色古香，十分雅致。有一幅很大的卷轴横在他们的铜质雕花床头，上写"世外人法无定法方知非法法也，天下事了犹未了不如不了了之"，笔墨遒劲挥洒自如，一问才知道竟是吴限的笔墨，心中于是又添了几分敬意。吴限很喜欢书法，常常摹些禅宗意趣很浓的作品，这点又属于一个老军人的十分罕见之处，不能不令人感佩。更让我羡慕不已的是那台大彩电，那时我家里刚刚买了一台十六英寸的国产黑白电视机，可这是二十五英寸的东芝，效果简直没法儿比。还有录音机洗衣机电扇电冰箱什么的，总之那个年月能有的东西这里都应有尽有。佩淮穿一套淡粉色的纯棉睡衣，舒舒服服地躺在大沙发上看电视，那样儿别提多惬意啦。

你坐呀姐姐，你随便坐，想吃什么你自己拿。佩淮跷着二郎腿摇晃着。想起她成了这样一座大房子的女主人，一种不可言说的滋味再次从我胸中升起——这正是我一直梦寐以求的一种生活，一种对于我来讲可望而不可即的生活，却被妹妹佩淮轻易地得到了。想到陈志的那些令人恶心的事，想到佩淮正是那件事的当事者，想到自己的生活变得乱七八糟一塌糊涂，情绪一下子跌落下来。

我们中午吃什么姐姐？我们可以去小餐厅，也可以让公务员给我们做。

我不在这儿吃饭了。我站起身来。

为什么姐姐，为什么？

我勉强笑一笑说没什么，我说父母老了我得回去帮他们做饭。佩淮想一想说不如把父母也接了来，反正这里房子多，够住。我冷冷一笑说他们可不愿意来，他们面对一个年龄和他们差不多的女婿无话可说。佩淮的神色一下子暗淡了，她关掉了电视机。佩淮默默无语地摊开床上一份外国画报，那里面有理查德·吉尔的一张大照片。佩淮指指那张照片说姐姐你喜欢吉尔吗，我点点头。她常常做这种意识流式的问答。佩淮立刻高兴了仿佛刚才我挖苦她的那些话根本没起作用。佩淮当时就说了在我们这篇小说开场时讲过的那句话，佩淮说只要吉尔微微一笑，就会让所有的女人都为他死！她说她决定把那头雄狮的名字定为吉尔。你说怎么样姐姐？她晃动着我的双臂。我笑笑说很好，我也喜欢理查德·吉尔，但是绝不可能为他去死。我说完这话就告辞了。

是的妹妹就是在那一次给她心爱的雄狮起名字的。

15

此后的七八年里家里一直和佩淮夫妇保持一种不冷不热不近不远不卑不亢的关系。吴限很少来家，总是用车来接我们到他家里去吃饭。饭菜自然是一流的，但是席间却常常很尴尬，并且常常是吃了半截吴限便被电话叫走，一去不返。久而久之，父母便常常想些托词不去赴宴。但是佩淮来家的次数却越来越多，她总是乘吴限的那辆上海来，带来许多的礼物。她像过去一样爱打扮却又不会打扮，常常穿一些艳得让人困窘的衣服来伤害我们的视神经。三十岁之后她配了一副眼镜，价值二百美元，造型十分漂亮，戴上之后比不戴眼镜还要媚气。她配眼镜并非由于近视或别的什么眼病，而仅仅是因为想遮蔽那些眼角上细碎的皱纹。她遮掩得很成功，她看上去始终比实际年龄要年轻得多。

佩淮好像很愿意跟我聊天，常常聊到很晚还不愿走。为了能延长聊天的时间，她常常给我带一些小礼物，又常常寻找各种借口。有一次她翻着我书柜里的书很怅然地问，姐姐这些书你都能看得下去吗？我说当然我下班以后没别的事就看书。待了一会儿她说姐姐我真羡慕你。我怔了一下冷冷地说我有什么值得羡慕的。当然我肚里还有句潜台词憋着没说，我想说的是我有什么值得羡慕的我又没嫁给高干。佩淮说姐姐你的心真静，我真羡慕你的心静，我怎么就做不到呢。我默默地看着她，我觉得她好像出了点什么问题。佩淮避开我的眼光，她好像要说什么，但是刚张了张嘴眼泪就一下子流了出来，她哭得哽咽难言。怎么了佩淮，出什么事了？我先还淡淡的后来终于被她的眼泪弄得难受了。佩淮摇摇头，佩淮说我也不知怎么回事，最近变得爱哭了。她急急地揩了一把眼泪就走了，走的时候没有说再见。

她走了之后我想了好久，我觉得一定是她的婚姻出问题了。但是第二天佩淮又高高兴兴地给我打电话请我看新排的马戏，她高兴的声调一点不像是装出来的。

直到第二年的春天，我才找到了谜底。

16

那是个周日。春光明媚的早晨。那辆黑色的上海遥远地驶来。那上面装着一台山水音响——那是吴限为父亲七十大寿购买的礼物。佩淮像往常一样轻松愉快地跳下车，佩淮的装束变得越来越得体了，我记得很清楚，她那天穿的是黑白细格的西服上装和黑色长裙，颈上戴了一串西藏牛角骨穿成的项链，显得很有青春活力。如果不细细地看，谁也看不出她已年届三十四岁。

佩淮大声地叫着爸爸，然后又叫我和妈妈，当然是我第一个奔过去。这时车门再度打开，一个高个子的青年跳了下来，佩淮对我介绍说这是新来的公务员卫朋。卫朋向我点点头就打开后备厢去搬音响了。我只来得及看了他一眼，但就是这一眼便很使我震惊了。这个年轻男人长得十分英俊，我好像还没发现有哪位演员能够赶上他的相貌。不，他绝不是那种演员式的英俊。他身上有一种蓬勃的血气。他虽然穿的是普通士兵的衣裳却像个年轻的将军，说不上来是哪儿像，总之这是让人见过便很难忘记的一种形象。我于是悄悄开了句玩笑：小伙子够精神的呀！佩淮的脸居然一下子红了，露出一种小姑娘似的娇羞的微笑。是的，她当时的表情给我留下很深的印象。

在安装音响的过程中卫朋显示出非同一般的智力，他好像对电器非常内行，他的手的动作快速而灵巧。我看见父亲一直用欣赏的眼光看着他，一向严谨的母亲也忍不住地连连问了他许多的问题，譬如多大啦，家住哪里啦什么的。他虽然一一回答，但看上去十分勉强，他好像对这些家长里短的问题非常没有兴趣，并且，他十分沉默。当他把所有的活都干完之后，站起身来就想走，父母一再挽留也没用，最后还是佩淮说了话，他才勉强洗了洗手又喝了几口水。这时我又细细看了看他，再度被他那种超拔的英俊所倾倒，而最迷人的是他那种莫名的羞涩，他喝水的时候一双眼睛不知道往哪儿看，他的沉默又恰到好处地为他注入了一种神秘感。他站起身来的时候向佩淮低声说了一句我在车里等你，然后就告辞了。他的行动非常快捷像是典型的军人作风，还没等我们大家反应过来他已经出现在楼下的街心花园里。他并没有马上上车，显然他是在等佩淮。

佩淮的神态把一切都暴露了。我觉得她正在走向一个危险的深渊。

17

这不行，佩淮这不行。我说。我当时在佩淮家的厨房里，看她给我包饺子。我帮不上忙，家里祖籍南方，很少吃面食，佩淮包饺子的技术显然是在东北时学的。

为什么？佩淮翻翻那双大眼睛。她不断地在问"为什么""为什么"。

因为这太危险了。我说，你想想，他不过是个公务员，是你丈夫的部下，吴限知道了怎么办？他会觉得这是奇耻大辱，他会受不了的！

可我就受得了吗？老头子一天到晚连碰都不碰我。我是个女人，是个活生生的女人啊！难道就让我这么着老死在这个家里？！

可当初你为什么要嫁他啊？

当初……当初我并不明白结婚究竟意味着什么，我以为真像书上说的什么志同道合呢，我们都傻透了！傻透了！

可是你得想想，你是不是能承受最坏的结果？这种事，没有不透风的墙，万一东窗事发，众人的嘴里可说不出什么好话来，你说是什么为了爱情，可人家会说你什么你想过没有？人家会说，你和你丈夫的公务员通奸！

我把通奸二字咬得特别清楚。佩淮像被枪弹打中了似的猛然抬起头，她这副样子使我蓦然想起她过去和陈志的那桩事，一种轻蔑和憎恶从我心里流到脸上。

佩淮神态恍惚地看看我。佩淮说不，我什么都想好了什么都能承受，但是我的问题并不在这儿，现在最要命的是……最要命的是……

佩淮的声音哽咽住了。下面的话随着一声呜咽很不清楚地颤出：他……他不愿意那么做！！……

他爱你吗？

佩淮抬起头来，泪流满面：我不知道。

18

佩淮的叙述让我吃惊。

佩淮说她看见卫朋的第一眼就爱上了他。卫朋是那种整个文化背景都和我们距离甚大的人,他是军队高级干部的儿子,早早便参了军,父亲为了让他在各方面都得到锻炼,严令他一定要有一段做公务员的体验。卫朋的出身和整个经历是佩淮在很久之后才知道的。

卫朋在工作上很努力,平时不爱讲话,沉默寡言,但是很善于行动,特别爱打篮球,晚饭后的一小段闲暇,便常常在大院的篮球场度过。佩淮天天拉着老爷子散步,找机会便去看他打篮球。看卫朋打篮球实在是一种享受,不仅仅是佩淮一个人这么看,卫朋的球艺身段令所有女孩倾倒。佩淮说他是打后卫的,看他抢篮球的那玩命劲儿,每回背心都汗漉漉地贴在身上,那双修长的双腿奔跑起来像年轻强壮的雄鹿一样,看得女人们心醉神迷。佩淮说她过去从来不知道什么叫男性的性感,可认识他之后她知道了。岂止知道,她说她简直不能和他距离三尺之内,因为这样的距离便足以产生一种不可抗拒的磁力。

最早的故事发生在一个仲夏之夜。那个大院有一个很不错的露天剧场,那一天演的是当时红遍京城的话剧《天下第一楼》。老头子吴限有些不舒服,建议让卫朋陪佩淮去看,当时卫朋似乎还有些勉强。看剧的时候,明明空了不少座位。可卫朋偏偏不挨着她坐,隔着几个位子。佩淮便把瓜子什么的隔着座位递过去,卫朋表示感谢,却碰也不碰那些吃的。佩淮觉得很伤自尊,就再不理他,一门心思地看戏,看到常四儿被炒的那一段,佩淮忍不住落下泪来,当然这眼泪有一半都是为了卫朋而落。佩淮并没有往卫朋那里看,但已感觉到卫朋注意了她在哭。因了这注意佩淮哭得格外伤心,以致前面的人都回过头来看她。但卫朋仍然一动不动地看戏,对佩淮的表现视而不见。佩淮在周围人的目光下站起身来离开剧场。佩淮走的时候并没有看卫朋一眼，可是当她走过第二道门岗的时候，却忽然发现月光下的另一个长长的影子。影子不紧不慢地跟着她悠然地走着。这时她才忽然感到冷。是的，当时佩淮穿得很少，她穿得少其实正是为了引起卫朋的注意，佩淮深知自己身上有一些让男人感兴趣的东西。所以当时她穿的是一件紧身的花贡缎连身裙，把线条勾勒得格外明晰。这件裙子的领口开得不能再低，乳房的凹窝饱满地挤在一起，在黑夜中透出亮丽。但是这时夜风起了，仲夏的夜风依然很冷，佩淮不自禁地哆嗦了一下。

也就是在这时，月光中的那条黑影走近了，一件军外衣递到佩淮手里。那一件还带着男人体味的军外衣让佩淮从里到外一下子温暖起来。这时他们正好走在竹林的阴影里，佩淮借助月光看了卫朋一眼，发现他也在看她。他的那种表情很奇特，似乎有一种惋惜，又有一种怜爱。看了这目光，佩淮再也忍不住胸中那股激情，她猛然搂住了他的颈子，他轻轻摩挲了她两下，但那完全是一种本能的反应，然后他就一动不动了。佩淮觉得自己是在用全部生命和激情紧抱着他，她痛哭失声，不能自已，可他却理智得令人吃惊，他只是在不断地重复着：别这样，别这样，这样不好。然后他就轻轻地然而是坚决地把她环在他颈子上的双手拿掉了。他快步走到前头，并不理会佩淮伤心欲绝地蹲在了地上，哭得肝肠寸断。

那一夜佩淮在竹林里待到凌晨2点，然后她肿着眼睛回到自己的家。一层卫朋住的房间还亮着灯光，门虚掩着，她看见卫朋在里面狠狠地抽烟。她推门进去，此刻的她完全失去了理智。她看着他，半晌说不出一句话来，他却继续抽烟，连看也不看她一眼。我的妹妹佩淮一定是疯了，她完全忘记楼上还睡着自己的丈夫，她的哭腔足以把熟睡的人吵醒：难道我在你眼里就那么讨厌？她的形象一定是十分可怕，因为卫朋看着她的眼光有点吃惊，但他依然那么严肃，不可动摇。卫朋说你别逼我了佩淮，你别逼我了好吗？上去睡觉去吧。这句话更大大地刺激了佩淮，因为睡觉这个词可以有多种含意。佩淮说她当时从心底里涌出一股泪水，她说的确有一种泪是从心里流出来的。那其实是血。她不顾一切地扑到他的怀里，紧紧抓住他不松手，她说不我早就不和他睡觉了，他连碰也不碰我他没有性能力他不是个男人！说到最后一句的时候佩淮泣不成声：你别离开我别离开我，我爱你，我太爱你了，我骗不了我自己！……也许是她痛不欲生的样子感动了卫朋也许是别的什么，他的声调变得温柔多了，卫朋说你别哭了好吗，你愿意的话我们可以做朋友，你需要我做什么你就说好了，别这样，以后日子还长着呢！……在这样的温言抚慰中佩淮渐渐安静下来。卫朋的最后一句话被佩淮当成了一种希望。可怜的佩淮在强烈的感情烧灼中竟没有想过卫朋是不是同样爱她，是不是另有所爱。她非常武断地断定卫朋没有女朋友，因为她从没有发现卫朋与任何人通过电话也没有跟任何女人有过通信来往。

佩淮就这样走向了深渊。刚烈的女人同时情欲亢进是一种巨大的折磨。佩淮无时无刻不在想着卫朋，卫朋却貌似无意实则有意地躲避着佩淮。这种不明真相的躲避实际上狠狠地伤害着佩淮，因为一旦女人坠入情网，便会变得异常敏感。在盛夏的季节，吴限和舅父舅母等人去庐山避暑，佩淮以生病为由坚决拒绝同去，而卫朋被吴限指定在家帮助装修房子，这样佩淮便喜出望外地发现她终于有了几天和卫朋独处的机会。

可是，卫朋似乎把时间安排得很满。白天指挥装修，晚上打篮球，好不容易等到天擦了黑，总有警备部队的小伙子来找他下围棋。佩淮恨不得把那些和卫朋共处的男人杀死。千万别以为我的妹妹佩淮有受虐心理，其实卫朋对她的确非常之好，除了那件事之外，可以说是对她百依百顺，体贴备至。每天的食谱卫朋都做出精心安排，佩淮不满意小餐厅的饭菜，卫朋便二话不说回到家里单为她做；清早佩淮还没起床，卫朋早已把一切都准备好，连牙膏都挤在牙刷上。佩淮换下的衣物，卫朋总是及时洗得干干净净，有时连佩淮的卫生带都帮着洗。卫朋越是这样佩淮便爱之愈深，爱得越深就越是感到不满足，而在那一方面，无论佩淮做出怎样的努力卫朋都完全不为所动。

终于有一个晚上，佩淮已经洗过了澡，穿着丝绸睡衣靠在沙发上听音乐，是西贝柳斯的 D 大调小提琴协奏曲。佩淮被那种莫名的忧伤穿透，从酒柜里抓了一瓶马爹利倒了半杯，一口口抿着喝。这时门铃响了，卫朋搬了个很大的西瓜走上来，这是佩淮吩咐买的，连她自己都忘了，但他却记得。他没说话，在厨房切好西瓜，放在盘子里端上来，然后把牙签很细致地穿上，他简直就差喂到她嘴里了。佩淮强忍着眼泪请他坐一会儿，他虽然没有拒绝但显得如坐针毡。佩淮倒给他一杯马爹利，他说谢谢，然后就慢慢地喝，他喝酒的样子很像个老行家。他喝完了，佩淮又给他倒了一杯。就这样三四杯以后他的话多起来。

佩淮把大顶灯关了，只有一个五瓦的小台灯。西贝柳斯的音乐在暗淡的灯光下格外忧伤。

19

佩淮说卫朋当时说话的声调很低，但是很平稳。佩淮说她到死都能一字不落地把卫朋当时说的那些话背出来。卫朋说他出生在一个军队高级干部的家庭，他父亲的级别高到把佩淮吓了一大跳。卫朋说他从小便生活在他父亲的阴影之下，而更确切地说，他是生活在一个女人的阴影之下，因为照他的说法，他的父亲似乎从未爱过他的母亲，而是爱着另一个女人——那个女人几乎决定着他家里的一切大事。

正是这个使卫朋感到屈辱，卫朋想尽各种摆脱屈辱的办法但是始终无法奏效。卫朋所在部队的领导总是听从他父亲的旨意把他调来调去，终于安排他当了总部首长的公务员。谁也不知道卫朋父亲下一步的安排是什么，但就在这个时候卫朋父亲再也安排不了什么了。他死了。卫朋于是很快被头面人物们忘了。卫朋上学的时候便对计算机很感兴趣，他的理想很简单：想做一个计算机公司的老板。为了这个他常趁买菜的时候走进那个离大院很近的计算机公司，就这样他认识了克丽——一个操纵计算机的小姐。

克丽的名字是后来改的，她原来的名字叫秀芳，是北京胡同里长大的女孩子。卫朋头一回见她，就被她那一口纯正的京片子吸引住了。何况她很年轻，只有二十一岁。她的模样很清秀，白白的，有一双很直的长腿。最吸引卫朋的其实是她的温柔，她总是那么笑模笑样地看着他，细长的眼睛顾盼多情。她的沉默使卫朋反而变成了一个饶舌者，她是卫朋忠实的听众。第二次卫朋就约她去了一个酒吧。从酒吧出来的时候正好是春风荡漾的时刻，卫朋顺理成章地吻了她，没有一点儿不自然。

这又怎么样？这很自然嘛。听到这里佩淮装出很大度的样子说。她说这话的目的实际上是想知道更多的情况。酒精使卫朋变得愚蠢，卫朋立刻说当然不只这些，他们在几次之后就住到了一起，就住在楼下那间仓库里。佩淮吃惊地瞪大了眼睛，佩淮说你的胆子也太大了，难道你就不怕被发现？卫朋微微一笑说当然只有很少的几次，说到这里卫朋好像忽然清醒了，他腮上的肌肉抽搐了一下就缄口不言了。

佩淮表现得非常大度但她的心破碎了。她觉得心里的血正一滴滴地流淌，嗓子里也是一片血腥。一想到他和别的女人相亲相爱，就有一种刻骨铭心的痛攥住了她，她被那疼痛撕成了碎末。妹妹佩淮告诉我在这之前她从没有过这种感觉。

20

糟就糟在佩淮并没有就此止步。卫朋对她的毕恭毕敬体贴入微总是不断地使她产生错觉。佩淮忽然发现爱一个人竟然可以放弃尊严，她甚至想即使卫朋跟那个女孩结婚也没关系，只要他爱她，那么就是做那种永久的情人也可以，她不在乎。但其实这种不在乎纯粹是理论上的。每当夜深人静，她想到这件事的时候，想到卫朋和一个年轻的女孩相亲相爱，便有那种心里的血泪汹涌地流淌出来，无法遏制。佩淮奇怪地发现，无论是过去和陈志（当然，她没有明确提出陈志的名字）还是后来跟吴限，在身体上都有一种明显的排斥，她能够接受的只有卫朋。

有一个清晨，她迷迷糊糊地听见门响，她看见卫朋走了进来，卫朋只穿着那身打篮球时穿的背心裤衩。巨大的惊奇使她说不出话来。卫朋从容不迫地脱了衣服，他的身体正是她想象的那一种，宽肩阔背，细腰长腿，只是下身的体毛令人吃惊的浓密，并且一直长到脐部。他走过来，脸上的表情在晨曦中模糊不清。他的手刚刚碰到她的身体她便感到全身瘫软，他解开她的胸罩，她的乳房就暴露在晨曦中，她能够看见她的两个小小的乳头坚挺地翘起，她的乳房丰腴饱满得连自己也十分吃惊，他的大手就放在她丰腴的乳房上慢慢地揉摸，她呻吟起来，她扭动着身子，感到身下正在慢慢变得潮湿，他进入她身体的刹那，她亢奋地高叫起来，她的裸体像鱼一样在他坚实的身体里扭动，她觉得自己完全溶化了，她在溶化中拼命地敞开着自己，她要让自己的每一寸皮肤都接受他的爱抚，她在一种昏热中喃喃地叫着：别离开我，永远别离开我……

当她从昏热中清醒，她惊奇地看到吴限正坐在她的身边，吴限正伸出一只青筋脉脉的手抚摸着她。吴限看着她说你怎么这么兴奋，真是小别胜新婚啊。她噎了一下，看到吴限那只青筋脉脉的手，不知怎么一下子呕了出来。她冲进卫生间里吐了又吐，直到吐出青黄色的胆汁。

吴限似乎感到了什么，眉头渐渐皱紧了。

21

佩淮的话使我盘里煮好的饺子变得难以下咽。一母同胞的姊妹竟然如此不同，我无论如何无法理解她那接近于癫狂的心理。她在讲述这些的时候显得坐卧不宁激动万分。她一直把饺子举在空中但一个也没吃进去。最后她把饺子放了下来，她说姐姐我们休息一会儿吧，像小时候那样躺在一起，你要是愿意听，我接着给你讲。

佩淮接下来给我讲的事情更是令我瞠目结舌。佩淮说有一个晚上她跟踪卫朋走了出去。卫朋是骑着摩托出去的，为了不惊动吴限佩淮没有坐上海，而是在出大门之后打了一辆皇冠，佩淮命令司机紧跟前面那辆摩托，司机是个年轻小伙觉得这样的事十分好玩便把车开得飞一样快。佩淮看到卫朋下了车直奔一个叫做长星的计算机公司，佩淮像影子一样跟在他后面飘了进去，佩淮把驯兽的基本功都使用出来她踏着猫步躲在窗沿下，她完全投入并不知道此时自己的样子是多么可笑又可怜。

佩淮的位置恰恰可以看到计算机旁的那位小姐。她尽量使自己跳出感情色彩，公正地评价那个比自己年轻得多的姑娘。但是评价的结果却是：除了年龄优势之外那姑娘一无所长。她看到卫朋轻轻地搂住她温柔地亲吻她，好像她是个什么娇嫩易碎的玻璃人儿似的。他们的嘴唇碰在一起，她清楚地看到卫朋在亲吻她时的那种羞涩、专注和投入。我的妹妹佩淮完全疯了。她不知在外面站了多久。后来倾盆大雨落了下来，电闪雷鸣中她一动不动地站立着。她大概一直站到半夜里，然后拖着两脚泥泞跌跌撞撞地回到家里，一进家门就昏了过去。

佩淮第二天咬着牙仍然去上班，老板刚一走，她就搂着雄狮吉尔哭得昏天黑地。吉尔似乎对她很是体恤，不断摇头摆尾地讨好她。佩淮从那天起心里升起了一种模糊的阴暗的东西，她自己也不知道那是什么。

22

我按照佩淮的要求没有把这件事告诉任何人。可是在那一个周日，舅父母却很意外地来家里，历数了佩淮的种种劣迹。佩淮在嫁人之后居然再也不跟他们联系，这点被他们认为实在是大逆不道。更加可恶的是，佩淮居然和吴副部长的公务员勾勾搭搭，这完全是故技重演。舅母说你们是怎么搞的，你们两个也都算是高级知识分子怎么生出这么一个不要脸的女儿，没有男人就活不成是怎么着？父母的脸色铁青嘴唇哆嗦不知说什么才好。母亲哆嗦了半天才说不过我们家佩淮倒不是那种主动性格的人，舅母立刻反唇相讥，舅母说你就别为你的女儿辩解了，吴副部长那位公务员可是大院里有名的正派小伙子，再说人家哪方面都比你们家佩淮强，不是她主动还是人家主动不成？吴副部长说过他对那小伙子很信任很欣赏正准备提拔他呢，你们可得好好教育教育你们的女儿别让她再毁一个人了！

舅父母那天连饭也没吃就走了。晚上佩淮回家，母亲打了她。母亲疯了似的连续扇她的耳光，母亲在扇她耳光的时候不免露出了几句舅父母说的话，母亲的疏忽在后来事件的发展中起了很大作用。

我永远也忘不了佩淮在挨打时的那副样子。她睁大了眼睛，惊愕地瞪着母亲，她满头满脸都渗出豆大的汗珠，把一缕缕的头发粘到一起，惟独没有泪。

23

许多年后我知道在那个夜晚佩淮去找了卫朋。佩淮把卫朋从围棋子旁边拉开，拉到夏夜的黑暗里。佩淮就带着那一脸红肿哭得哽咽难言。佩淮紧紧地抱着他，他却仍然很坚决地把她推开了。佩淮说不我不在乎你跟不跟别人好，只要你心里有我就行了，你就成全我一次吧。佩淮说着就自己解纽扣，佩淮刚解了第一个扣子卫朋就紧紧抓住她的手。卫朋说你别这样听我说你别这样，你这样最终只能伤害自己。佩淮疯了似的大吼我该怎么样我自己知道我自己负责！卫朋扯开她的手掉头就走，佩淮冲上去再次抓住他，这时佩淮不知从哪里掏出了一把刀，那不过是一把普通的水果刀但是在夜里显得银光闪闪寒气凛冽。佩淮把那把刀放在自己的手腕处，佩淮说你要是走我就把静脉切开。卫朋显然是气疯了，他一动不动地立在原处，夏夜的风把他的头发直刺刺地吹得立起来，完全是一副怒发冲冠的形象。佩淮再次扑上去佩淮刚刚碰到他的身体他就本能地闪开，就在这时佩淮毫不犹豫地用那把水果刀切开了自己的手腕。

佩淮其实并不了解卫朋这样的男人，她永远不会知道就在她切开手腕的刹那也就切断了卫朋对她的最后一丝情感。连尊重、关心这样的感情在卫朋这里也完全没有了，卫朋最讨厌要死要活的女人，佩淮一切的努力在卫朋那里只是适得其反。但是当时卫朋还是受了相当的震动，卫朋一个箭步蹿上去捏紧她流血的手腕把她像个口袋一样地卷起斜挎在肩上，佩淮昏昏沉沉感到一种幸福和满足——因为她终于接近了他的身体或者他的身体终于接纳了她，可怜的佩淮！她就在昏迷的状态中依然想着爱情，她试图以死来换得卫朋的爱，但是这样做的结果恰恰使卫朋原来对她的友情和怜惜也丢掉了。

佩淮出院后听到的第一个消息便是：卫朋要求提前复员了。佩淮听到这个消息的时候感到心像被割去了一块似的那么疼。她惊奇地发现濒死体验并未能够挽救她，那疼痛还是那么新鲜敏锐无法忍受。

24

佩淮出院后我去看她，她已不大愿意再讲什么。我发现她明显地变丑了，爱情使她变得美丽，而失恋使她变得难看。她的脾气十分暴躁。吴限愁眉苦脸地把我拉到一边诉说他的种种烦恼，吴限说他们夫妻已经无法相处，再过下去两个人都要得精神分裂症了，吴限在诉说的时候愁苦万状不能不引起人的同情，吴限在结束语时说了一句：你们姐妹真是太不一样了。说罢很有深意地看了看我，那是一种让人脸红的目光。

此后的故事已经很难讲清，按照后来法庭辩论的推理，充其量只能算是一种可能性，而真正发生了什么大约只有死者自己知道了。总之卫朋在佩淮住院期间十分果断地离开了吴副部长，不久，他结了婚，并进入了那个他向往已久的计算机公司。但是无论他怎么样，都始终未能逃离佩淮的眼睛，佩淮用一种只有她自己才明白的方式盯着他。直到有一天，佩淮的休息日，她拿起电话拨了一个号码，接着用枕头堵上半张嘴，用一种呜噜不清半男不女的声音打了电话。电话是打给卫朋的老板向和的，电话里说，向老板，我听你公司的雇员卫朋讲，贵公司要在郊区开办一个类似红灯区的娱乐城，我警告你，这样不行。说完她就把电话挂了，接着拨另一个号码。另一个号码是卫朋的新婚妻子克丽的，她用一种职业性的冷酷声音说：我是东城公安分局的小王，我们最近接到很多电话，对你爱人卫朋有很多反映，你爱人在外面交了很多女朋友，而且，骗人家说他没结过婚，你注意一下他最近的动向，配合我们把这件事搞清楚。

这两个电话都收到了奇效。就在一个星期之内，卫朋被公司解雇了，理由是不适合在此工作。也就在那段时间里，新婚妻子莫名其妙地不理他了，妻子回了娘家，把他一个人甩在痛苦之中。卫朋做了很长时间的努力，才从公司一个好朋友的口中得到他被解雇的真实理由。他百思不解，公司想在郊区开办娱乐城的事连妻子都不知道，究竟是什么人在暗算他呢？！卫朋又去寻找自己的妻子，岳丈一家都对他怒目而视，他使出浑身解数，才使妻子说了实话。他觉得自己似乎已经被卷入一个阴谋之网中，他很难对妻子解释什么，他只是一直在固执地想着：是谁？为什么？！

男人在没有办法的时候总是酗酒，卫朋也不能免俗，他天天去那家离公司很近的小酒馆里狂饮。终于有一天，一位服务小姐为他端来一杯马爹利，小姐指指临窗的桌子说是那位女士为您点的。卫朋在幽暗的光线中看不清那个女人的脸但在感觉中断定她是个熟人。女人站起身，飘飘摇摇地向他走来，卫朋在刚刚认出佩淮的那一刹那吓了一跳，佩淮在他眼里已经大变样了，过去的佩淮虽不能算作特别漂亮但还应当算是生动可爱，可现在，她好像已经完全是一个中年妇女了，即使是在幽暗的光线下，也能看到她脸上若隐若

现的皱纹。佩淮向他困难地笑了一下，然后坐下来。他们默默无声
地继续喝酒。直到灯火阑珊的时间，佩淮告诉他，她已经搬出来
住，佩淮建议到她的小窝去看看。出乎意料地，卫朋没有拒绝。佩
淮在大院之外租了一间农民房。房间里很乱，桌子上放着各种各样
的酒。佩淮给卫朋倒了一杯人头马，给自己倒了一杯绿薄荷。两个
人继续默默无声地喝。佩淮这时在简陋的录音机里放了一盘西贝柳
斯的 D 大调小提琴协奏曲，乐声静静地淌过。佩淮清楚地看见卫朋
眼眶里的泪水。

佩淮这时慢慢地脱去自己的衣服。佩淮的身材，这时已经远
没有过去那么好了，但是依然很迷人。卫朋摇摇晃晃地走过来，搂
住她吻了一下，当他的嘴唇碰到她时，她全身哆嗦了一下，这种强
烈的反应肯定吓了卫朋一跳，卫朋立刻看到她脸上的皱纹，他好像
忽然清醒了，卫朋非常突然地抓起头盔说对不起我还有事我得告辞
了。佩淮好像突然崩溃了她挣扎着说你为什么这么讨厌我，我有哪
点不好，难道我就比不上一个胡同串子柴火妞儿？卫朋的目光又气
愤又轻蔑卫朋说我希望你自重一点不要伤了自己又伤别人！卫朋说
罢回头就走，佩淮用最后一点力气拉住他可怜巴巴地说卫朋我求你
你就骗我一回吧你就说你爱我听了这句话就是现在立刻就死我也瞑
目了!! 卫朋冷冷地说我不爱你我不能骗你，你就死了心吧。卫朋
走了。佩淮四肢冰冷地躺在那张折叠床上。她完全失去了感觉。在
外面最后一丝光线消失的时候，另一个男人走了进来。

25

那走进来的另一个男人按照后来的推断应当是陈志。是的，那
时陈志已经回国。但我宁愿相信他不是陈志，在后来的法庭辩论
中，这一段说法让我深受刺激。

按照他们的说法，陈志正是佩淮安插在长星公司的一双眼睛，
长星公司准备在郊外搞娱乐城和有关卫朋妻子的情报正是陈志提供

的，交换条件可想而知。但是佩淮显然高估了自己并低估了陈志，陈志并不像她想象的那么容易糊弄。在那样的夜晚陈志像一个处在欲望之巅的雄兽一样潜入了佩淮的卧室，而佩淮恰恰赤身裸体地躺在那张折叠床上。陈志掀翻了那张床，他狂暴的程度使处在呆滞状态下的佩淮在开头的几秒钟便感到了疼痛。陈志疯狂地蹂躏着妹妹佩淮，他竟然用捆行李的塑料绳把她捆在床上，肆无忌惮地污辱她，把她像一块烂抹布一样放在脚下踩。妹妹佩淮拼尽全力搏斗的结果只是换得加倍的粗暴，佩淮在晕过去前的那一刹那奄奄一息地给卫朋挂了电话，她只说了一句快来救我就人事不醒了。

卫朋当时还没有入睡，电话铃响起来以后他立即拿起话筒，他以为克丽终于回心转意。但是佩淮的声音把他吓了一大跳，他的第一个反应就是佩淮又在要花招，是的他已经领略了佩淮各式各样的花招，已经不再相信她了。他气恼而又沮丧。但是很快他回过味来，他觉得不对劲儿一定是出了什么大事了，不然就是超一流的大明星也不可能装出那种绝望。卫朋忽地坐起来抓起衣服冲到门口，但是他很快又折了回来，他把衣服扔在床上然后抓起桌上的话筒。

卫朋给吴限拨了个电话，因为他认为在这种时间地点能够合理合法走进佩淮卧室的男人只有她的丈夫。当然，还可以报警，但是卫朋搞不清这件事是否到了那么严重的程度。

26

然而还有一件事卫朋并不清楚，那就是说不清是从什么时候开始，吴限已经不那么关心他的妻子了。吴限的情感转移到了我的身上。这也许是一种轮回报应吧。吴限的情感，正是我所欣赏的那一种，淡泊而绵密，而且很有味道。但我一直矜持着，我不仅仅是顾忌着妹妹，实在是对男人们有些怕了。

按照后来吴限的说法，他接到那个匿名电话就坐车出去了，绕了半天才找到那间旧陋的农民房。他站在破碎的门前发了半分钟的呆，他深感佩淮确实出了问题，他戎马一生什么阵势没见过，惟独没见过这种放着一幢小楼的女主人不当，偏偏跑到荒郊野外住草棚的人。他推门进去，看见一个赤身裸体遍体伤痕的女人，这女人的肉体曾经使他那么崇拜那么激动，但现在已经变得完全陌生，就像是一堆横陈在那里的陌生的肉，因为完全失掉了神秘感而变得俗不可耐，这是吴限的审美范畴里绝对不能允许的。

吴限给医生打了电话。不是给自己的保健医生而是一个地方医院的朋友。吴限觉得一切该结束了，在结束之前他不想留下任何把柄。

接着吴限写了一张字条，大致是说希望佩淮尽快办理离婚手续。医生来了之后他就走了，他觉得对于这样一个女人来说他已经仁至义尽，他对于医生如何诊断如何处置毫无兴趣，他做到的是给医生留下了一笔超出应得收入相当多的钱，医生很明白那多余的钱里包括着什么。

27

医生在治疗那个遍体伤痕的女人的同时，并不知道就在这同一个夜晚，这座城市里的另一个男人也正在痛苦中呻吟。那是陈志。陈志受的伤一点不比佩淮轻，佩淮在搏斗的时候咬伤了陈志的鼻子，确切地说是咬掉了陈志鼻子上的一小块肉。陈志几乎疼得昏迷过去，在半昏迷中陈志不断地骂着"臭婊子"，好像每骂一声那疼痛就减轻了一点似的。

陈志觉得自己受了奇耻大辱。此前他并不以为那桩近似交易的事是一笔交易，他认为这里面包含了女人惯用的一种欲擒故纵的手腕，说白了就是佩淮想和他重叙旧情而又不好意思直说，所以想出了这么一个法子。

他万没想到佩淮把他耍了，在她以死相拼的时候完全暴露了她内心深处对于他的憎恶和蔑视，可以说她根本就没拿他当人，根本就把一开始的许诺给忘了，而最最让他不能忍受的，是她做这一切的惟一目的是为了另一个男人!

作为男人,陈志觉得自己的尊严被严重地伤害了,他要报复,他的心理创伤的愈合,取决于他报复的狠毒的程度。他一下子就想到了卫朋,那个被监视了这么长时间的傻小子。他拨通了电话,他要把所知道和并不知道的一切都告诉卫朋,那个身强力壮的小伙子,他一定会杀了她。

28

卫朋接了这个长达四十分钟的电话,第一个冲动真的就是想杀了佩淮。她把他给毁了,她怎么能够在给他的老板和爱人打过那样的匿名电话之后还想着跟他做爱还假惺惺地说什么她爱他?!女人到底是什么东西?!他真是不懂了。他反省自己,实在是没有什么不对,在做公务员的那一段日子里,他尽心尽力地照顾部长夫妇,尤其是对佩淮,简直像是她的一个保镖一个佣人那样供她驱使。除了不爱她这一点之外,卫朋觉得自己把一切都做到了。卫朋在很长一段时间里其实相当喜欢佩淮,他喜欢她的聪明、率真和侠义,而且作为一个男人,他不可能不注意到她的女性化十足的体态。如果她不是那么热烈,情感能够平和一点,超然一点,淡泊一点,那么他很有可能与她建立一种超出一般友情的关系,他虽然深爱克丽,但让他这么一个男人为谁守身如玉毕竟是愚蠢的。当然,还有很关键的一点:佩淮不该那么强调她在性方面的缺憾,那使卫朋有一种充当替补队员的感觉,他难以忍受。

但是现在这一切都完了。他对于佩淮保留下来的感情只有轻蔑和仇恨。他还是头一次这么恨一个人,他的夜晚完全被这个女人破坏掉。他发自心底地吼了一声,抡开右臂便随随便便地把桌上的坛坛罐罐扫到地上变成了碎片。他就那么斜披着一件旧军衣裸着带血的胳膊走进夜雾里,是的,那天下着茫茫大雾,他跨上摩托车就被大雾淹没了。

29

那一天整个城市都淹没在大雾之中。我半夜起来解手的时候从窗口看到外面的雾，我站在阳台上待了好一会儿，并不知道也就是几乎与此同时，有一辆摩托车正穿云破雾地从那条街道上驶过。卫朋驾着车仿佛在一片汪洋中飘飘摇摇，卫朋当时神情恍惚一副亡命天涯的样子。卫朋已经完全看不清路仅仅凭着记忆他找到了那间小草房。是的，当时那幢小草房已经无遮无挡，它可怜巴巴地裸露在一片深浓的雾气里，这座城市的老人们后来纷纷议论，那场大雾不是什么好兆头，凡是那天夜晚外出的人似乎都闻到了一股近似毒气的味道，几乎都在第二天病倒了。

卫朋的摩托声在那个大雾之夜格外震耳。但是那座破碎的草房悄然无声。卫朋忽然想起佩淮割破手腕时涌出的鲜血，心里突发出巨大的恐惧。他下了车，很轻很轻地走近那扇门，他看见屋里有一线亮光，那是一个放在桌上的电筒。佩淮一动不动倚坐在床上，微弱的光线下，他看到佩淮乱蓬蓬的头发和模糊的轮廓，佩淮一向明亮的眼睛黯淡无光，那里面有着一种欲哭无泪的绝望。

卫朋倚在门边半天都没动。他从来没有在哪个女人的脸上看到过这种完全破碎的表情，这种表情比佩淮平时那种表现欲要迷人和强有力得多，一句话，这种表情一下子打中了卫朋，在这一瞬间他心里所有奔突的岩浆都凝固了。他垂下头，很久很久。在离开的时候他又向那草房看了一眼，那个怪物似的女人仍然像石像似的坐着，在黑暗里，没有泪。

漫天大雾把卫朋紧紧裹挟着，他紧握的拳头慢慢松了下来。他第一次感觉到有另外一种强大的力量在冥冥中若隐若现，那不是他或者任何人可以左右的。这个怪物似的女人一定也是在受着这种力量的主宰，他们同是受害者。

30

几天之后，卫朋自觉已平静下来。平静下来的卫朋找到原来的老上级吴限。他原来是准备以一种不经意的方式提醒吴限，让他好好关心爱护自己的妻子，让他对佩淮好一点儿。可是事与愿违，他刚刚提到佩淮两个字吴限的表情就变了。他很快发现吴限知道所有的事。吴限幽深的眼光微妙地射向他，吴限说难为你了卫朋，我知道你是无辜的。那时你提出要走我还真觉得有点突然，现在我总算明白了。我谢谢你卫朋。吴限这么一说，卫朋把事先准备好的所有台词都忘了。

于是卫朋说，吴副部长，我不知道你的消息来源，但是我得对你说，事情没你想得那么严重，佩淮只是心情不大好，她并没有做出什么出格的事情。吴限冷冷一笑，吴限说卫朋你不要替她辩护了，过去有句古话叫做天作孽犹可活自作孽不可活，让她自作孽去吧，谁也管不了她。吴限冰冷的口气连卫朋也打冷噤，卫朋一时说不出话来。这时吴限客气而冷淡地摆出了送客的姿势。毕竟，眼前这个英俊的年轻人使吴副部长感到屈辱。

卫朋走后，吴限背着手在房间里走来走去地想事情，看不出他的表情。这样过了大概半个小时的样子，吴限对卫朋之后的公务员小黄说他要出去办一件事，如果有人来电话，就说他一个小时之后回来。

31

吴限的要求尽管让我吃惊，但我还是满足了他。他说他有个老战友昏迷了两天一夜有变成植物人的可能，他说他听说我们的药房里有一种刺激性很强的药，这种药对于治疗昏迷很起作用。因为他

184

说不出药品的名字，我就把所有刺激性强的药物的名称作用等都给他讲了一遍。最后他认定了一种药，他兴奋地说对就是这种，当时我对他说这是一种很少用的刺激性药品，这种药是不随便出售的，一般都需要单位证明，他笑笑说那么我就给你开单位证明好了，只要你觉得有这个必要。我看看他那样子忽然觉得自己十分愚蠢，于是我也笑了，我给他拿出一瓶药说用剩下的再还给我。他很郑重地点着头说放心吧，然后就站起身来，在门口的时候他轻轻吻了我一下，我竟然一点没觉得有什么不自然。

那是出事前的星期天，晚上 11 点钟。

32

我最后一次在家里见到妹妹佩淮是在星期三的晚上。佩淮刻意梳洗打扮了一番，脸上抹了很厚的粉，但厚粉背后的脸又憔悴又难看。她的体态也像个中年妇人似的臃肿，佩淮过去对我说过她克服内心焦虑的惟一办法就是多吃，据说碳水化合物可以使人的心情平静下来，多吃的结果自然就是长肉。终于有一天佩淮的上司找她谈了话，上司委婉地提醒佩淮，他说有不少人反映佩淮已经不大适合于目前的工作了。佩淮点点头说她自己也这么想，佩淮说她没有什么要求只希望能最后搞一次告别演出。领导们很快研究同意了这一要求。佩淮那天回家正是给我们送票。但是她并没有说那是她的告别演出，她只是不经意似的跟大家聊了聊关于职业的事。她问爸爸如果她做一个小学教师好不好，爸爸说如今小学教师也不是那么好当的，像佩淮这种文化程度顶多只能考虑做一个幼儿园教师。我怕佩淮不高兴就说做小学教师也不是不可以，佩淮如果教小学音乐完全可以胜任。妈妈就说教小学音乐可不是只教教唱歌，佩淮连五线谱都不识怎么能教音乐呢。佩淮倒是一点没有不高兴地笑笑说，那我就当幼儿园的音乐老师吧。

那天那顿饭吃到好晚，好像大家都知道这是"最后的晚餐"似的。家里好长时间都没有这样平静和谐的气氛了。佩淮走的时候告诉我，吴限最近去看了她，还买给她一瓶很高档的进口发胶，她说她正在考虑同吴限和解的问题。我听了这话有点迷迷糊糊的，但是很快有件别的事转移了我的思路，我也就没再琢磨这里面的文章。

33

我现在只能感谢上帝我的父母没有参加佩淮的告别演出，否则他们可能会当场晕厥。那狮子的血盆大口张得那么大，好像要把整个剧场都吞噬下去。我在刹那间觉得好像自己也被吞了进去，我相信在座的每一个人在当时都会和我有同样的感觉。等我清醒过来，我的妹妹已经消失了，在妹妹原来站着的地方，是一摊殷红色的血肉。还能看到她的裙子，还能看到她的双腿。但是她的头已经不见了，那双曾经火一样明亮的大眼睛正被雄狮吉尔慢慢吐出来。是的吉尔在那一瞬间含着微笑。

34

两年以后此事才被提起诉讼。那时我已成为吴限的夫人。起诉者是父亲，而整个幕后操纵者却是一位青年律师。律师说他很早就是佩淮的崇拜者，他暗恋她四五年的光景了。这位律师仪表不凡，气质远在卫朋之上，我见他之后在心里暗中感叹了一番，我想如果这位律师能够勇敢一点向妹妹示爱，也许一切都会是另一个样子，轮回之中的确报应不爽。

这位律师从小就喜欢读福尔摩斯可以说是一位业余侦探，学了法律之后更是乐于此道。尽管他已经自认为百炼成钢，但是在那次佩淮的告别演出中他依然受到极大的打击。他说他当时完全呆了，在一片混乱之中他满脑子都是血肉模糊的肢体，直到现在一想起这件事他心里依然有一种钝痛。一个他只敢远远欣赏的梦中情人在一刹那间死于兽王之口，这事实让他无论如何也无法接受。

一个巨大的问号笼罩了他，因为佩淮做了十多年的驯兽师，与吉尔早已建立十分良好的互相信任的关系，如果不是有非常特别的原因是绝不会出这种事的。他注意到当时吉尔那十分神秘的表情：近似微笑，却又像是要打喷嚏或者呵欠的样子——他从来没有在任何动物脸上看到过这种表情。于是他开始调查，经过一番锲而不舍的努力，终于得出了谋杀这个让人心惊的结论。

首先，就在当时现场那一片混乱之时，他没有忘记以一种特殊方式拿走了佩淮的一缕头发、几颗牙齿和撕碎的布片，他开始研究这些东西，他试图找到谜底。

后来他断定说，在演出前佩淮的头发上抹了一种刺激性很强的发胶或香水，而在与死者用的同一种牌子的发胶或香水中完全没有这种气味。于是他大胆断言：有人在佩淮用的发胶中掺进了一种特殊的刺激性很强的药物，由于这药物的刺激吉尔要打喷嚏，它张嘴打喷嚏的时候是无法控制自己的，它张开血盆大口把自己的老伙伴吞吃了。

35

我写这个故事的时候官司还在继续着。我自然会保持缄默。但是我已经不愿和吴限的眼睛对视，我们分室而居了。我每天收拾房间的时候总能看到他枕头上的大片落发。

我忧心忡忡地看到自己面临的第二次婚姻危机。不知从什么时候起，我已经不敢一个人待在房间里了，我去掉了房间里所有的镜子，我害怕镜子里会反射出一个帮凶或者同谋的面孔，在那张面孔后面，一定会有一双火一般明亮的洞察一切的眼睛。在这双眼睛的注视下，所有的一切都在劫难逃。

一个很偶然的机会我碰见了卫朋，他和他的小妻子早已和好如初。但是看上去他的神情十分落寞，他的整个相貌也远没有以前那么英俊了。他把我拉到一边，低声问佩淮的案子怎么样了，我跟他说了说情况，他的神情更加怅然，他重重地叹了口气。我问他过得怎么样，他勉强笑笑说又能怎么样呢，婚姻还不就是这样，重复、琐碎和平凡。其实说到底，和谁结婚都差不多。说到这里他就不再说什么，向我点点头告辞了。

至于陈志，后来我再没有见过他。

末日的阳光

　　有一件神秘的往事我始终无法对你启齿，我十三岁那一年忽然对于黯淡的猩红色有了一种莫名的恐惧。我躺的那张床对面挂着一片姐姐拾来的枫叶。枫叶的枝茎叶脉都呈现出一种老化的网状特质，颜色却泛着紫黄透亮的猩红色，即使黑夜也抹不掉那种古怪的颜色。那枫叶在黑暗中通体晶莹犹如被施了巫术。那时我眼前常会有一片猩红色突然扑来，即使闭上眼睛也逃不掉那一片颜色的袭击。后来那黏稠的猩红在我眼前碎裂成无数不规则的脆弱色斑，很有规律地呈几何形状向下游动。那一片片浮动的猩红呈现出一种险恶的挑逗意味。有一天我面朝下紧贴着那张铺得很薄的棕绷床躺下，膀胱渐渐发胀，仿佛有许多热流在淌向全身各处，那一种酸胀奇痒的感觉排斥了我的全部思维。后来胀满的膀胱忽然突突地跳动起来，那跳动牵动了我的下腹四肢乃至全身的神经血液连指端也在颤抖，我血液沸沸扬扬地燃烧又冷却，最后剩了一片灰烬。这瞬息万变的心绪使我突然长大成人。眼前那片枫叶慢慢变得硕大无朋不可理喻，那一片猩红色淹没了我，猩红在冥冥中化作一种气味洞穿我的身体，渐渐地我终于支撑不住呕了起来。我呕了不知是些什么，但照我看来全是风干的猩红色。末日的阳光几十年之后也就是最近的一次晚饭桌上，妈妈像忽然想起了什么似的说："了然小时候得的那种病，怕是美尼尔氏综合征吧？"于是大家放下筷子议论纷纷，现在科学发达医学繁荣对人类的解释各种各样名目繁多。后来大家都笑了起来，我也跟着笑了，但我并不明白为什么要笑。

总之我十三岁那一年得了那么一场莫名其妙的怪病，起因便是姐姐拾来的那片熟透的枫叶。这原因我不想告诉任何人因为即使告诉了别人也不会相信。妈妈会骂我刁钻古怪而姐姐则会流着眼泪缄默不语。我很羡慕会哭的女孩子因为据说眼泪是毒素必须排泄，而我却缺少这种功能以致它囤积我内心深处毒化全身。

就这样我从那时起心里便有了一个秘密。我的一切外部活动开始带有虚假的成分。姐姐每天晚上都穿着染绿的假军装走进我的房间兴致勃勃地谈及学校里的武斗。我装作很感兴趣地听着心里却巴望她快点离开。外面在天翻地覆我却只想闭锁内心，我不愿去凑热闹而只想一人独处。邻家的小伙伴们常常来东扯西拉地谈起在自己家里破四旧的情景。"我找到妈妈的一个旧粉盒是银的刻了花很好看。我把它扔进垃圾堆里了。"茵茵说。茵茵的瘦脸上生着一双怯生生的大眼睛，仿佛永远需要别人帮助她判断自己是否正确。另一个圆脸的小姑娘王雷很认真地皱了眉思索片刻，指出最好的方法还是应当交给红卫兵，否则假如有人又把它从垃圾堆里拾出来怎么办。王雷的姐姐王霞却说这无所谓，譬如爸爸妈妈穿结婚礼服还有戴学士帽的照片不就没交给红卫兵倒被你铰掉了吗？王雷说这不一样。为什么不一样她却结结巴巴地表达不出。最后王霞提议去大院看斗黑帮。"今天斗的是个女的，和六十一人叛徒集团有牵连。我爸说她特能说，上次学生们把稀饭桶扣到她脑袋上了。这个会一定很好玩。"大家于是踊跃。茵茵却立即低了头表示不去。她的爷爷被定为六十一人叛徒集团中的骨干分子。

了然你呢了然？不，不我不去。为什么你为什么？小姑娘王雷不满的眼光在我脸上滑来滑去。但是有什么办法呢自从那场莫名其妙的病之后我好像对什么都不关心了。有一种吸引我又令我惧怕的猩红色情绪在暗中作祟。十三岁小姑娘心中的秘密一万个黑夜和白昼也无法掠取。一天中我只盼着那一时刻的到来：房间里只剩了我一个人。我望着窗外的星空冥思幻想。趁着夜深人静我悄悄拿出藏在壁橱里的那些小说，那时最吸引我的是屠格涅夫的英沙罗夫和

190

爱伦娜。英沙罗夫和爱伦娜，是屠格涅夫小说《前夜》中的男女主人公。那时我向往一种崇高的牺牲的美，那种美常常会令我内心震颤不已。后来，我不知不觉地变成女主人公和冥冥中的那个男主人公对话。我情绪大起大落忽冷忽热反复无常，假如那时提倡什么静气功之类的我或许会得救。但那时人们都习惯于高声大气地说话甚至用高音喇叭的对吼来代替正常的音量。在高音喇叭的喧嚣声中我心里流动着另一种毫不相干的旋律。那种绝对的不协调使我高度紧张，然而那旋律却毫不妥协地以一种美丽悲怆的形式反复流动攫取我的整个身心。终于有一天我听不见高音喇叭的咆哮了。我心里流动着的全是那优美的旋律。那一天温馨的夏风把门吹开了。恍惚中似乎有一片暗淡的猩红色降临在我的床边。那好像是一个身披猩红色斗篷的年轻男人。他掩面而泣。我感到和他似曾相识却又无法识破他的面目。我一直在渴望看到什么却又对那渴望感到害怕。我忘了我是睡着还是醒着。我能清楚地听到房间里那座旧式座钟的钟摆声。

那口钟很奇特，是妈妈的陪嫁，是外婆的外婆留下来的。那种久远的血缘关系我搞不清但我知道它是母系家族的传世之宝。其实我一点儿也看不出它"宝"在哪儿。照我看它很旧陋很笨重一个大钟盘就像30年代的中国眼镜一样又圆又乏味。钟摆是纯铜的背面生出了绿色的铜锈，摇摆时便发出潮湿的霉味。手伸不进去因此没法儿擦那些铜锈。引人注目的倒是钟座上的那尊雕像。据妈妈说那好像是个什么菩萨但她也说不清。那雕像古怪得很正对我的那个侧面是张男人的面孔带有一点古印度男性佛像的味道，从靠窗那一面看过去他又变成了一个女人，娇媚之中似乎藏有某种邪恶，而从正面一看，那截然不同的两面竟如此和谐地融会一处变成一张庄严平静的面孔。这真是奇异极了。这雕像看上去在舞蹈。他长着四只手臂有两只在异常优美地扬起还有那只很别致地翘起的脚优美极了他跳的绝不是凡间的舞蹈，他的另一只脚踏着一头怪兽他简直就是上天的舞蹈之王。那两只张开的手臂似乎在冥冥中施展着什么法术，那些手指雕得那么优美绝伦让你不能不疑心就是这些手指在赋予宇宙万物以灵性。

当时那钟摆声迟缓威严仿佛一个人的脚步。那脚步声听来如此真切使你禁不住要睁眼看看是否真的有人在走动。灯并没有亮。但是从睫毛的缝隙里我真的看见两个在黑暗中一动不动的人影。那是爸爸和妈妈。

我很娴熟地装睡一动不动。很久，我听见爸爸低低的声音："女孩子家，怎么睡觉老是这个姿势？"我心里一惊，像是被人窥破了什么似的一动也不敢动。终于我感到冰凉的小腿上掠过温暖光滑的手指和漾着香皂清香的干爽的毛巾被，那一瞬间仿佛就是一个世纪。确信他们走了之后我才恢复了自我感觉。我发现我的姿势确实特别，很像一只栖在塘边的青蛙。双腿弯曲面部朝下屁股却高高撅起。我为什么要持这种姿势呢为什么？门开着，刚才的确有人来过吗？或者只是夏夜的风把门吹开了？我开了灯，灯光下一切都变得简单起来似乎一切都没有发生，只是我的心怦怦跳着仿佛在回味着什么罪恶。那片枫叶早已干枯而被拿掉，但它却把一片永久的猩红色留在了墙壁上。猩红中那个长着四只手臂的怪物在意味深长地扭曲着身子。

第二天早晨爸爸妈妈装作若无其事，大家照例坐在橡木圆桌周围用早餐。这张橡木桌也是妈妈的陪嫁我们从小就知道这个。妈妈在和爸爸吵架的时候总是历数当初从娘家带了多少陪嫁而爸爸不过是一个穷措大。"只有两只破鞋，当初我嫁给你爸爸的时候他穿着两只破鞋脚指头都露出来了。"妈妈说这话时爸爸根本不动声色不屑理睬。爸爸比妈妈更骄傲妈妈为家族骄傲爸爸却为自己做学问的本领骄傲。爸爸妈妈之间尽管闹些矛盾但在对待我们的立场上却是一致的。我曾经想破坏这种一致。可我发现那根本办不到那简直就是一种秘密的结盟。不知为什么我觉着在他们盟友关系的后面隐藏着什么不可告人的隐秘，我认定了这个因而对于他们便有了一种云雾一般淡淡的隔膜。吃早饭的时候我面对妈妈的那一侧脸总在神经质地跳动，因为我明明白白地感觉到她的目光，我拿筷子的手指开始不自如了溏心鸡蛋沾在嘴角上而饭桌和衣服上落满了面包的碎屑。我去盛稀饭结果被姐姐的椅腿绊倒把稀饭勺扔出好远。身边的姐姐静静看我一眼仍然以正常速度慢慢吮着米汤。她从来不大惊小怪不哗众取宠，过去父母说她很乖现在则说她很端庄。

"了然简直像《小妇人》里那个老二总是毛手毛脚的，"妈妈皱起眉看看爸爸，那样子多少有点装腔作势，"记得咱们上大三时看过的那本《小妇人》吗？"

爸爸张大鼻孔笑了显得深奥莫测。每逢此时家里就变成爸爸妈妈的世界而我和姐姐不过是他们饲养的两只会啜稀饭的小动物。

世上有许多歌唱青春的曲子我却认为它们谁也没唱出真正青春的精髓。真正的青春只是瞬间而为了这瞬间的辉煌女人要付出整整一生的代价。姐姐当时大概正值那一瞬间因为她忽然变得媚气了。依然是那样的眉眼身段却一下子容光焕发光彩照人犹如在白夜中突然萌发的白色玫瑰。无论如何说不清那种味道只感到她一走来房间便变得明亮。好在她很严肃很端庄否则真要比那尊雕像更加诱惑呢。忽然有许多男孩子来找她他们在她面前变得规规矩矩。和姐姐同行的时候大人们总是对她极口称赞。至于对我，充其量是一种假怜悯的目光或这样一句台词："呀，妹妹还是这样白白瘦瘦的呀？"渐渐地我不愿和姐姐一起走了。听王霞说大院的男孩子们背后叫我"扫帚苗儿"。

不我并不为我表面上的瘦和苍白而苦恼。我苦恼的只是我心里那种——怎么说呢？大概用现在时髦的词儿该叫做心理障碍吧。但那时爸爸妈妈姐姐并不理解这个他们只是一味地指责我怕羞口拙不出众，上不了台面。他们越是指责我越不知怎样才好，在众人面前简直想把手脚藏起来或干脆砍掉。

渐渐地这种羞怯感烧灼窒息使我内心闭锁。我不愿说笑不愿见人尤其害怕进澡堂洗澡。从女童到少女的过渡是最带有欺骗性的。貌似单薄的女孩可以是意想不到的丰腴。在澡堂暗红色的蒸汽中女孩和女人们原形毕露那真是一幅丑恶的景象。许多的胳膊和大腿在肥皂沫中慢慢蠕动让人看了难受得要命。大家无话可说便互相评头品足，我受不了这个更受不了那些盯在我变化了的身体上的目光。

闷热的蒸汽和不断蠕动着的裸体像一层雾障使我想起那一片暗淡的令人作呕的猩红。我几乎晕了过去。后来我索性连游泳池也不去了。我不愿让任何人看见我的身体包括妈妈和姐姐，并且我在内心里惧怕着抗拒着那种变化。

我日复一日地失眠。不能够想象一个女童如何步入大街上那些肥臀妇人的行列。"女人"这个词在我心目中是可怕的当然"男人"更可怕。我希望永久地被时间拉住成为永久的小女孩。我希望粒子不再运动不再有节奏地震荡从而整个宇宙都为我停止它们永恒的生死节奏的循环停止它们美丽的宇宙之舞。我当然不敢上街去买那时值八角四分现在业已涨到一元九角钱的白府绸胸罩。我甚至转到那个柜台前便远远避开却又忍不住回头盯上几眼那缝制得很好看的浅黄色内衣。那种紧身内衣现在看来简陋至极而当时却是货真价实的珍品。围在那儿的往往都是男人个个佩戴着毛主席像章有的还戴着红袖章。这神圣的标志禁锢不了他们或好奇或饥渴或淫荡的目光。女性们则以潜移默化不为人知的方式纷纷走近柜台。女人们个个都会巫术因为男人们还没看够那些紧身内衣便纷纷消失了。性意识大约真是与生俱来的，《十日谈》中关于绿鹅的美丽故事大约十分真实。我五岁时便爱上了一个电影里的男主人公那人被打得头破血流赢得我傻乎乎的泪水。而在八岁我便经历了最早的体验这听起来荒唐却是真的，只是你不要想象有什么骇人听闻的故事不然你会失望。

那个炎热的中午我像平时一样穿着花格子小裤衩拿着绿色喷水壶出去浇花，因为那天是那么热以至我担心我的花是不是渴坏了。爷爷坐在门边的太师椅上从长长的白眉毛下看着我。那目光毫无表情有点古怪。后来他把我抱在膝上好像并没有感觉到我身上溅满了湿漉漉的清凉水花。他苍老的手轻轻抚着我圆圆胖胖的肩膀拉得我的皮肤生疼。我以为他又要给我讲瞎子摸象的故事因此没有表示抗议。可他没有讲，他的白胡子抖了一下，他的手指轻轻夹了一下我的左乳。这儿怎么了了然这儿怎么了？他苍老沙哑的声音在迷迷蒙蒙的白色阳光中虚幻不定。我低头看我左边的乳头果然有些肿并且能摸出一个小小的圆核。我害怕了那迷迷蒙蒙的阳光始终遮挡着白发老人的脸，不知是什么使我这样害怕我仓皇逃跑太阳照花了我的眼睛那一天好热啊。

我保持着缄默可我心中有无数个疑问困扰不休。对于大人们来讲有些是能问的有些却不能问我知道这个。这虽然没有明文规定却有约定俗成。

我想"文革"对于我最大的恩赐是"停课闹革命"。不知为什么我早已不想上课。所有教过我的老师都对爸爸妈妈说我是个极聪明的女孩，他们的所谓"聪明"无非是指成绩一直很好可照我看这丝毫不能说明什么。我确实领悟得快但心里却没有真正装过知识。我内心的渴望与知识毫无关系我知道这个却又不愿承认。我从小就知道好孩子和坏孩子的区别并不打算混淆这种界限可我还是常常想世界上所有的河流大概都会相遇的吧？

那个穿猩红色斗篷的男人后来又有许多次在夜晚来临。后来我才明白那便是死神因为那时我曾无数次地想到"死"。死是猩红色的我为我知道了这个秘密而高兴。死是惟一使我的生命停滞在时间的某一点的手段。在时间的某一点上我是个可爱的女童而不是难看的妇人。既然宇宙不能为我停止它那循环不已的美丽舞蹈，那么就让我停止在我生命最美丽的那一片刻。那便是超越于创造与消亡两极融会点之上的境界。我寻找那一点却得不到答案。我反复地想象我死后的情景。不知为什么我觉得爸爸妈妈姐姐都并不怎么难过。我对于他们来讲无关紧要这使我难受得要命。在想象中我希望承受许多人的眼泪最好让那泪水把我淹没。那么我即使死了也心甘情愿这样想着进而忽然想着是不是刘胡兰董存瑞当年也有这样的想法。想到这些我便如同真的死去一样并且死得很悲壮。在想象中我承受了许多人的眼泪而实际上是我自己热泪盈眶。

那个八月因为世界突然被割碎得七零八落而理应被载入史册。王霞她们天天上街去转回来便向我汇报最新消息。姐姐更忙了，索性待在学校一连几十天不回家。妈妈一天要开十几次门，都不见人来。她却咬定是"有人敲门"。爸爸日夜兼程地写大字报检讨自己的资产阶级治学思想把远视眼写成了近视眼。这个世界大概都疯了，要么是我自己出了毛病。在这样极热闹极蛊惑人心的时刻我依然把自己关在房间里冥思幻想。在 8 月底的一天我忽发奇想，画了几个男女头像。画过之后我非常惊奇，因为我忽然发现我画的实际上只是两个人。所有的男人都是一张面孔而所有的女人都是另一张面孔。我不明白这两个人物是怎么来的，是什么把他们逼向我的笔端。这两个人真是我的救世主因为从那天起我好像不再那么强烈地感到死神的困扰了。那个猩红色的男人在我的睡梦中消失了。

我画的那个男人脸看起来竟似曾相识这真怪因为他确确实实是我造出来的并不存在而我又确确实实在哪儿见过他。至于那张女人的脸——真有点儿不好意思说出口，她像我她实在太像我了仅仅是比我美丽。我于是用他们来做游戏为他们设计不同的背景时装道具，这真是一件乐事。他们游泳划船滑雪冲浪吃烤鸭吃俄式鱼卷法式煎肉意大利通心粉乃至阿拉伯烤全羊，这真好玩我无法穷尽我的想象于是他们便可以随心所欲，这些游戏永远不会完结我也像亲身体验了似的那么身心欢畅好像画上的那个女的真的是我一样。

终于有一天高音喇叭的争吵到了震耳欲聋的地步我不得不走出房间这才发现爸爸妈妈姐姐全不见了。房子空荡荡的十分落寞使人想起一块幽寂的墓地。我站在房子中央的一片光斑上那光斑很古怪。太阳碎成了很多红色碎片而写字台脚下布满网状灰尘。我这才发现原来太阳也很脆弱，就像那一片不可名状的猩红色也会碎裂成一片片游动的阴影。

后来茵茵推门进来通知我下午去家属委员会集中学习。这在当时是一份殊荣我这才知道自己已在不知不觉中成为黑帮子女，茵茵那天穿了一件格子衫那红白两色的菱形格子在当时的年代确是鲜艳无比。茵茵皮肤光鲜很有韵味瘦脸上的一双大眼羞怯生动。那是真正的少女根本无须用雪花膏珍珠霜华姿系列软缎真丝人造裘皮马海毛来武装。现在街上走着的随便哪个涂脂抹粉的少女见了当时的茵茵也会羞愧难当。茵茵长大之后变成那么一个只知念书的木乃伊是我始料未及的。她三十多岁才结婚嫁给一位留美博士生但照我看是个黑矮的胖子。后来她生了孩子难产五天五夜才下产床。当时她双膝跪倒无法行走。那个黑胖子全身西服翩翩风度捧着一束康乃馨向她走来。那束浅红色的康乃馨芳香四溢引起许多妻子和母亲的感叹嫉妒凡此种种的复杂情感。在那束花的照耀下她四十天之后拄着手杖去参加"托福"考试，据说是六百二十分也有人说是六百一十分总之过六百了。

我把茵茵送到门口忽然忍不住问了一句："你注意到今天的太阳了吗？"

"太阳？不，没有……"

"像红玻璃的碎片一样，很好看的。"

"是你家的玻璃窗被打碎了。"她仍是怯怯的她薄薄的嘴唇轻轻颤动谁也不知她在想些什么。

学习班每天的工作不过是背一些毛主席语录然后再和戴红袖标的老太太们跳几个忠字舞唱几首语录歌。当时既然没有舞跳没有歌唱那么随着音乐跳忠字舞或唱语录歌也是一大乐事。那并没有那么痛苦那么难受那么使人恶心并不像后来的文人墨客们加工渲染的那样。对于十三岁的小姑娘来讲，那不过是一种游戏，如果你把它当做游戏的话。我们四个人又在这儿相聚了。很快地那些老太太便对我们产生了敬畏感因为我们可以把她们视为畏途的一切做得尽善尽美。哪条语录也难不倒我们要知道我们从一年级便背熟了"九九口诀"三年级便把《木兰辞》倒背如流。我们的胳膊腿儿都相当灵敏轻松自如一动起来便像小鸟的翅膀。她们一个个张开大嘴看得发呆终于有些人很恳切地请求我们教她们，但她们实在笨得可以。教她们要付出许多代价渐渐地我们便学会了讨价还价。家委会主任尤其笨得可以动作像打夯震得那间小屋的地板颤悠悠的大家都停止了骚动。我和王霞交换了一下眼色齐声指责她打夯的动作别有用心起码是对毛主席不忠是一种亵渎神圣的表现。胖主任起先还争辩后来渐渐不支渐渐败北红胖的腮帮有些发白。从那天起她见了我们不再像一头愚蠢凶恶的雌兽从那天起我们一步跨入了天堂。没人敢再管我们每天唱够跳够指着那群癫狂衰老的身子批评指教一番，然后四个人便像小时候一样勾肩搭背地转到老街去闲逛。那幅情景若是在今天的西方定会被怀疑为一群小小的同性恋者。

老街是我们给大院前面的那条街起的名字但实际上它根本不老。听大人们说这儿过去是一片坟地那座青塔便是守墓人的小窝。这老街在过去时常寂静无声在雨后便泛起一股腥膻的潮气。那湿漉漉的气味在夜空中散开使人联想到无数死禽正在暗夜中悄悄地化为别的物质。但是第二天清晨却凉爽宜人空气像新鲜浆果的汁液膨胀饱和。那时我们四个小女孩常常撅着屁股蹲在这条街上好像四个胖胖的小白蘑菇。我们在捡石子儿，那时老街还是条石子马路每逢雨后便突然出现许多色彩绚丽的小石子，我们宝贝似的收藏小石子但它们干涸之后很快变得平庸无奇。我们一直诧异这石子是从哪儿来的难道昨天夜里真的下了一场美丽的流星雨吗？那流星雨一定撞击着马路两侧的参天古槐不然它们不会这么郁郁葱葱地燃起绿色火焰。每逢 5 月便有许许多多白色槐花星星似的栖在树上闪闪烁烁。那时整条街都醉了被太阳酿成的金色槐花蜜醉得发痴。那时的天多么蓝啊我永远不会忘记那种只属于童年的纯洁蓝色。在那个仲夏夜我们每人嚼着一串槐花满嘴香甜地溜到青塔北边的旧铁轨上玩耍。

那里永远停着一辆旧蒸汽机车头不知何年何月就栖在那里至今仍然屹立于斯。爬上车头看星星是我们整个童年的最大乐趣那星星好神奇啊。茵茵说她真的看过一大片红色星团像云一般降落在槐树巅上王雷却无论怎样也不相信。可是有一天王雷也看见了看见从星空上走下一驾金色马车她指着那儿快乐地喊叫我们却被一片金色耀花了眼。后来不知是谁把这事儿说出去了大人们都说王雷将来一定有很大的福气。然而几十年过去之后王雷不过仍然是个凡人结了一次婚又离了一次婚至今一无所有。我疑心那一次她看到的金色马车不过是青塔上安装的照明灯突然亮了而她则患有轻度的"恐高症"。"文革"开始之后我们再没有去看星星却仍然喜欢在老街上闲逛。老街已变成一条热热闹闹的柏油马路因此雨后再也拾不到那种漂亮的小石子了。街上到处是被砸烂的路牌店号来来往往的宣传单和红红绿绿的标语牌。王霞对每一个路人戴的袖标都很敏感能在匆匆擦肩而过的刹那分辨出来。到处都变成一片红连影子也浸透着红色。黄种人的脸被红色一映便成为一片酱紫使我想起那片干瘪破碎了的枫叶。

是的那一个黄昏好像格外静几乎没有行人那一片恐怖的猩红也寥落了。老街两旁的槐树叶开始变黄并且静静地飘落下来沾在我们的头发上。我们四人被那种寂静慑服谁也没开口讲话。后来仿佛是薄雾降下来空气湿得仿佛拧得出水。雾中的景物变得美丽我们彼此望望仿佛隔着一层面纱分辨不出颜色。那条街最僻静的角落人影幢幢灰蒙蒙的看不清是男是女。

"又贴布告了,看看这回杀了多少人!"王霞每每遇到这些事便拉着我们向前挤兴味十足。

"这是武斗的告示。"王雷很有经验地闭一下眼她每讲一句话便要闭一下眼流露出对世人的轻蔑。后来这种习惯一直保留到结婚又离婚她结了又离时间还不够一年。男士们大概都不愿忍受轻蔑即使各方面都很差劲的男士。不知现在她这习惯改了没有,好久没见到她了呢。

我们走上去的时候那一群人已经散开只剩下一个男人。我站在他的一侧而她们则站在另一侧我无意中看到他剃得很光的头皮上泛起一层寒冷的青铜色。他戴着很大的墨镜他皮肤和光头的质感一点儿也不真实。当时我说不出什么现在回想起来觉得他有些类似皮尔·卡丹那些白头皮的塑形模特儿。他尽管剃成了秃瓢却仍然相当帅因为他有着一个十分完美的头盖骨。他没有看我们他慢慢走远了不知为什么我们四人都盯着他好久不讲话。这男的有点儿怪他那光头有点儿怪你们注意了么他的光头?她们三人忽然像见了鬼似的望着我半晌茵茵怯怯地说你为什么说"这男的"她明明是个女的啊。我们互相瞪视了半天谁也不肯承认自己的视觉出了毛病。王雷频频闭合她那双"线儿勒"似的小细眼睛我则把大眼睛瞪得圆圆的。双方保持着各自的优势僵持许久最后王霞不客气地拍了我脑袋一下:这都是你成天把自己关在家里给关坏了幻想家我们三人都看见了那人不但是个女的而且很像你。

"像谁？"

"像你。像你。刚才她转身走开的时候我简直把她当成你了。"茵茵闪着一双怯怯的大眼我被她们的话吓得毛骨悚然。

后来我挤进人群看见了布告于是有了更奇怪的事情：那布告上的照片紧抓住我的目光是的我明明见过这个人。应该说这是张印得很糟的照片但仍能看出这个面孔不同凡响。见了他人们就会明白不能用"漂亮"之类的形容词来形容男人。严格说来他还该算是个男孩子他嘴角上只有一点点绒毛。他颧骨低平鼻梁挺直眉弓上有一道浅色的光，他长着那么一双眼睛无论你站在什么角度这双眼睛都会转向你追逐你并且洞穿你。那个年月的男孩子都愿意乔装成大人这双眼睛里也有那么一副神气。他留着北京学生的"寸头"那头盖骨十分完美就像刚走去的那个沉默的人。我喃喃地说了句什么说出了声然后把自己吓了一跳。

你说什么了然你说什么？没什么没什么我难为情地转过脸好像突然被人看到了什么秘密。那张面孔很平常又很吸引人很熟悉又很陌生。不不我并不想在这儿玩什么辞藻那是真的。当时我有许多拿不准的模糊感觉但后来慢慢清晰了。在以后漫长的岁月里我发现人的外貌和内心的隐秘联系。小学时我的一个同班同学曾被人誉为小美男子那时他确实天真单纯刚刚懂得红黄蓝三原色。几十年之后我再见到他时他已经完全改变了面容。当时他已经换了两个老婆并且还有一个扎扎实实的"后备连"。他眼光里淌出一种腐败的酸奶酪气味笑起来时脸便歪了那种贪欲令人联想到他的床上功夫。单纯和纯洁不同单纯可以被任意抹上颜色而纯洁却有着抗拒的本能。单纯的人可以有千千万万而纯洁的人却是凤毛麟角。我要说的是那幅照片真正吸引我的东西大概正是那种纯洁。照片中的死者并不像个可鄙的叛国者而像一个叛逆天使。真的，在这许多年之后我们能记得那双眼睛乔装冷酷其实藏着的全是冰冷的纯洁。照片旁的文字说明他是北京某中学的高中学生。其父母均是走资派的头子并在一次群众批斗中双双自杀。他本人亦一贯反动并在其父母死后变本加厉地进行反革命活动。后在中越边境企图叛逃未遂被我边防军战士击毙在零度线上。

"这种人真是死有余辜。"王雷说。那时像"死有余辜""十恶不赦""怙恶不悛"这些词儿连十岁小孩儿也会说而现在的十岁小孩听了大概会笑死。我以为那也是一种文化我们这一代多多少少受了些那种文化的熏陶谁也别说谁。那是一种极端的文化好就好在这儿任何东西推向极致便孕育着和自己对立的种子。

王霞茵茵和我都没说话我们并肩走着不过没有勾肩搭背。暮色已降临枯叶在我们肩头闪烁像一颗一颗黄色的星星。四个人各自想心事几十年后回想起来那小小的心事或许很可笑，但那时却是很认真地封锁我是说对那个被枪毙的男孩子大家一定在想着什么。后来我忽然想起那座旧式座钟上雕像神秘的舞姿那是一种隐喻一定是的。那一半是男一半是女的面孔为什么合在一处就变成了安详超脱人们并不再深究他是男是女？这样想着我好像忽然悟到了什么。街灯以单调的颜色覆盖街道催人欲睡那一个黄昏好静啊。

当天晚上我画了一幅画依然是那个男人和那个女人那女人被我画成了身穿古希腊时代服装的牧羊女她踏在羊群编织的云彩上，那羊群闪亮的梅花形蹄瓣浸在水里因为那实在是一片汪洋。太阳的血色被吸走只剩下一团惨淡模糊的光照那光中隐约显现着那个男人的头颅。那女子双手捧着那团光实际上那颗头颅正从她的双手冉冉升起这画的题目叫做《阿波罗死了》。我也不知道我怎么想的只是我脑子里突然出现了这幅图画。就像扑面而来的猩红色一般固执直到我把它描摹下来才离去。我只给王霞看了这幅画她看了一会儿什么也没说就放下了。可是几十年之后也就是最近她告诉我，她看了我那幅画之后只有一个想法那就是如果我这辈子要是当不了大艺术家那么精神病院就会多个疯子。

9月底先是妈妈被放回来了然后姐姐也串联回来了。我不再和王雷她们一起逛街尤其躲避着那个贴布告的街角。猩红色好久没来撩扰我。姐姐染了一身虱子回来当时虱子叫做革命虫那真令我羡慕不已。妈妈连夜给姐姐熨衣服嘴里不停地唠叨着那疲软的脚步一直走到我的梦境深处。妈妈回来后越发爱唠叨脚步那么疲软简直你都替她难受得要命。我们做的所有事情都能引起她的烦恼在她面前简直无所适从。有一天我和姐姐凑到一块儿聊聊天儿嗑嗑瓜子儿什么的聊着聊着却觉着有点儿不对劲儿，我们俩下意识地回过头去——隔着纱门我们望见妈妈的影子她一动不动地站在那儿偷听我们的谈话。

日子就这么一天天打发过去，我盼着快点儿长大快点离开这个家妈妈则不断地谈论着自己的童年，人都是缺什么就想什么，人都盼着来点儿变化可那死气沉沉的屋子连空气也窒息着真像一口活棺材呀。

终于有个阴霾的雨天我听见金属门环被重重地叩动了一下。是的那一天没有太阳雨下个不停疲软得就像妈妈的脚步。我听见姐姐打开门那一股带着湿味的新鲜空气涌进来我立刻闪到房间的门边悄悄向外看。一个陌生人没有打伞全身湿透但是很清楚地说了爸爸的名字。我看不清他的脸他被什么遮挡着。这时妈妈走出来用她那挤不出一点水分的干燥声音盘查他的履历。他们先是大声后是小声妈妈一边倦怠地打着呵欠一边"哦""噢"地感叹着。后来当他回答说他的父母已经不在的时候客厅里便沉默了。我预感到了什么心里突然非常非常紧张。

当时我从门缝里看到的是他的侧后方。我相信我体内的血液在这刹那结成冰然后又沸腾起来。我认出了那个完美的头盖骨尽管它被一片黑绒绒的毛发覆盖着。他耳根和脖颈处呈现着瓷一般虚假的青白。他的肩很宽很平看上去很美像衣架一样把旧陋的衬衫伸展开。姐姐正对我的脸从他的肩膀上端露出来那脸蛋很红造成的感觉仿佛是他肩膀上落着一枝玫瑰晶莹灼热。他们实际上相距很远是我的视线把他们很别致地穿在一起。这时好像是妈妈叫了我一声，我神经质地关上门把头抵在门框上一动不动。不我不愿见这个人我害怕证实什么但那恐惧之中却又藏着一种战战兢兢的狂喜。度过少女的歇斯底里的时期我终于明白那种害怕其实是希望。我其实希望看到那张死者的面孔哪怕他是还魂之鬼。

后来他在我家住下了姐姐主动把自己的房间让给了他。姐姐对男孩子们一贯态度冷峻对他却有点例外。他早归晚出常常彻夜不回。他沉默寡言根本不懂得世俗的应酬因此妈妈很快便对他看不顺眼。不过他好像对别人的态度毫不察觉或者是毫不在乎，你喜欢他也罢讨厌他也罢他的眼睛永远都像一个纯净冰冷的湖。那种清澈一清见底让你一见就自惭形秽。在那之前和之后我从没在任何人脸上看到过那样的眼睛。他只间或和姐姐聊聊天一聊便是天派地派左派右派。派别也划着规矩方圆就像北京的街道一般横平竖直呈严格的几何形状。中国人连造反也讲究对称大概连放屁都是四棱儿的缺一个角也不行。"文革"中有许多特殊语汇完全可以编撰成为一部"文革辞典"了。辞典中最多的字眼儿大概就是"他妈的"。那时年轻人不会骂这个便会被人认为革命不彻底。于是大家努力学了骂连姐姐那样温文尔雅的人也不例外。不过我总觉得"他妈的"这句话从她嘴里说出来很别扭很生硬不像别人那般圆熟。奇怪的是他从不骂人他嘴里从来没迸过一个脏字儿这对于那个时代的年轻人来说几乎不可能。他有一种勇气便是敢于和大家不一样。你一定会笑我对勇气的理解可你根本不懂在那个时代"和大家不一样"意味着什么。

渐渐地我知道他曾是北京一派红卫兵的领袖可后来不知为什么退出了组织。他似乎在北京学生中很有名气姐姐说她很早就知道他。有些事真是无法解释，"文革"一开始便狠批所谓"修正主义苗子"而后来中学红卫兵的领袖几乎无一不是"苗子"，不是便谁也镇不住，"领袖"除了出身好之外还有一条不成文的法则便是学习好。听说他"文革"前便连续获得全市物理、数学竞赛的冠军。他好像看过许多书懂得很多他简直什么都懂。比方说他也知道英沙罗夫和爱伦娜不过他很不愿谈起这些。有一天他到我们的房间（自他来后姐姐就和我挤到了一起）拿钥匙看见了那口古老的座钟。他告诉我们那个座钟上的两面神（或者更精确地说：三面神！）叫做湿婆是印度教中的舞神。显然他的面孔一半是男一半是女但他还算是男的因为他还有妻子。我和姐姐听得呆了。我忽然问：为什么要把他塑造成三面神呢？他没回答我们三个人沉默了好一会儿那座钟滴滴答答地走着。外面好像起风了那窗帘掀起又落下。后来他说他认为这里面隐含着东方神秘主义对于世界的理解大概有点儿像中国的太极图有阴阳之分。而那阴阳又是不停运动着的一旦走到了极致便会超越自己的世界而走向对立面。世界大概就是这样不断运动着像湿婆舞神的永恒舞蹈一样一旦静止它就死了。我不大懂姐姐也半张了嘴痴痴的。我们虽不大懂但很爱听他讲就像过去喜欢听爸爸讲《天方夜谭》。他自己大概也很喜欢讲这些因为他讲起来的时候那双冰冷的眼睛便闪出热情的光。那种热情一点也不闪闪烁烁它带着一种恒定的金黄色使你一下儿就能想象出他的童年。

他大概很轻视我很少单独和我说话从他的眸子里我认出自己不过是个小毛丫头。他像只蝙蝠一样常常在夜里活动那时凌晨时分的迷梦常常被他上楼梯的轻微脚步打断。后来我变得高度神经质一到那时就突然醒来竟然能听见钥匙插进门锁中金属碰撞的寒冷声音。我常常在那个时候猛然钻出被窝盯住那座古老的座钟。时针正指向4点整。钟座上的湿婆雕像在潜伏的晨曦中泛出青铜色。姐姐那时睡得很香温暖的唇息蒸汽浴般赋予她双颊娇艳的绯红。她心境恬然呼吸均匀皮肤上每一根线条都沉醉着。我明白那一种幸福是我永远无法企及的。假如她偶然醒着便会毫不迟疑地起身到厨房去为他做早餐。她做得理直气壮我却连想也不敢想，像一个卑贱的囚徒被终身监禁在铁塔之中。有时我听见他们压低声音的简单对话那里面似乎饱含着无尽的色彩。我的心在那种时候便突然疼痛起来必须捂住嘴否则便会发出什么呻吟。青铜色的湿婆神像在晨曦中向我投射着阴险的笑意。我只有十三岁但我有时忽然觉得已走过了十三个世纪。那路太漫长了我无法在那漫长的路上变成美丽的天鹅飞向天空，而只有踽踽独行与众人在那一条拥挤不堪的小路上同化尘土。我早就预感到这个后来被生活无数次地证实了。

姐姐常常讥讽我虽然是善意的我也受不了特别是在他的面前。有一天我正在收拾那些乱七八糟的画儿他们走进来看见了那幅《阿波罗死了》。姐姐美丽的嘴角上立刻露出讥讽的笑意。这算什么了然这算什么？我面孔发烧不知说什么才好每到这时就分外口拙。后来我听见他问："为什么用这样一个题目呢？"我的脸更红了因为他问得很认真每逢人家认真的时候我就不知道该怎样才好。尴尬了一会儿姐姐温和地笑了：我们家的了然是个幻想家从小便有许多稀奇古怪的想法我们习惯了你以后习惯了也就不会奇怪了。他没做声仍默默地盯着那幅画好像在想什么。

有一天晚上我一觉醒来正是夜半我是被尿憋醒的。跌跌撞撞的我穿着妈妈年轻时穿的背心式衬裙去上厕所。厕所的通道经过楼梯走廊经过他的房间那房间里竟然意外地亮着灯。难道他今夜没出去吗今夜出了什么事？我上完厕所向那有灯光的房间里望了一下完全是下意识的，就在那一瞬间房间的门突然敞开灯光如水流淌出来。一个背光的黑色剪影一动不动地站着。我吓了一跳他好像说了句什么灯光滑落在他的肩头就那么迷迷糊糊的我走了进去。

你能帮我做点儿事吗？他说。他这么直截了当地说了，一点也不显得生涩好像我是他几十年的老朋友似的。我没说行也没说不行我呆呆地站着眼睛不知看哪儿才好真像个傻瓜。他好像没注意我的窘态他从抽屉里掏出一封信他打开抽屉时那么响我哆嗦着望望那敞开的门那灯光很气派地流了一地连楼梯的扶手也被灯光抹出了清晰的轮廓。天哪他要干什么妈妈会不会突然从她的房间里走出来？！我喉头哽塞心几乎不跳了我不错眼珠地瞪着深紫色的楼梯扶手。可以吗我想你能帮我。他把那个没封口的信封递给我另外又写了一张字条。他让我明天帮他把这封信交给一个朋友按照字条上的地址去找。我迷迷瞪瞪地睁大眼睛这简直不可思议简直像搞地下工作。一股新鲜的神秘感像火一样烧灼我的身体我激动得喘不过气来。我虽然没什么明确的意识却模糊感觉到我似乎正在介入某个事件这事件也许很重大。

行吗了然行吗？我点点头不吭一声我接过那个信封和那张字条。当时我就有一种预感一种悲哀的预感或许这重大的事件得葬送在我手里，那时我要做一件事之前几乎都要想到失败因为爸爸妈妈总在不停地为我做的每一件小事埋怨我，我好像已变成了一个只会想而不会做的人我连一丁点儿自信也没有。这封信很重要假如那个朋友不在你就把它烧掉。这么重要的东西你为什么交给我如果我给你弄丢了呢？不不你不会丢的我知道你。是的我知道你我很早就认识你。他的声音在夜色里震荡发出一种金属般低微的共鸣那声音让我胆战心惊。我忽然想起那个在黄昏的街道上游荡的剃光头的幽灵后来又想起那个披猩红色大氅的年轻男人那一片猩红色隐隐地潜伏在周围我心里充满莫名的恐怖。

"我小时候父母工作很忙没时间陪我，母亲买了个娃娃跟我做伴……"假如别人说这话会让人恶心可他却说得那么自然诚笃让人没法儿不信。"那个娃娃……很像你。"他忽然有点羞涩那冰冷的眼睛里潮水一般涌上一股蔚蓝色的柔情。我忽然觉得有点儿不对味儿刚刚这样感觉了手心便变得冰凉好像已做错了什么事不可挽回。"你很喜欢画画是吗？"他有意打了个岔但他的声音也在抖好像在拼命抑制着什么。"你的那幅画我很喜欢不过你错了阿波罗不会死即使是在世界末日阳光依然存在那猩红色的不是地狱之火而是太阳是末日的太阳是被鲜血浴过的太阳啊。"

天哪他怎么知道猩红色我惊呆了久久我忽然想流泪。我没有勇气看他从他身后的那面穿衣镜里我看到自己模糊的影像。噢我怎么会是这个样子我这时才忽然意识到我身上只穿了一条衬裙！这衬裙自然又是妈妈的陪嫁它发出一种古象牙色叫做什么"东方绸"，不过我更喜欢的是它那宽宽的花边。这种料子很麻烦穿过便要烫我穿了几天已有些皱了。但这都不要紧要命的是它对于我来讲太大了！那本来就低的领口穿在我身上直逛荡竟裸出了大半个胸脯。在灯光下这该死的胸脯那么白白的那么刺眼并且在那层剔空的薄薄的花边下急骤起伏像一对活物。我忽然想象到一个比我个子高得多的人俯视我的时候是什么样子。我脸红心跳不能抑制风一般卷起象牙色衬裙飘回自己的房间，慌乱中我好像听见他急急地嘱我别忘了封好那个信封！

我把脸埋进被子周身热得像烧起了一盆炭火。眼前满是断裂的猩红色碎片在那一片猩红中我看见那一双眼睛。那眼神带着恒定的金黄色热情因为纯洁这热情也就分外动人。那只是一瞬但被我捕捉到了这瞬间被我永久地储存进记忆。我被那种纯洁的热情深深感动着我全身都在感觉着那灿烂夺目的一瞬。天哪有一股巨大的激情叫人没法儿承受我翻身起床面对镜子。镜子里的深紫色背景反映出一个违反日月星辰有序运动的白色无序形体。

深秋的凉风扑簌簌钻进来慢慢冷却我灼热的肢体。我默默地脱去那件古象牙色衬裙十分冷静完全不像一个十三岁的女孩。我凝视着紫色背景前的这个白色形体，并被它的美惊得荡魂摄魄。它竟然比我们见到的所有艺术品中最完美的人体更为动人。在真实的神韵面前那些艺术品不过是一堆废墟。白色形体在幽紫的黑暗中发出神秘的白色光辉。那光辉比所有的太阳月亮星球的总和还要辉煌。在黑暗中我开始慢慢抚摸自己那是一种意味深长的动作。仿佛有一件绝美的大自然的造物摆在眼前叫人总想试试它的真实。这真实的存在使我的意识和肉体似乎产生了间离的效果。很久我才渐渐恢复知觉渐渐恢复了一点勇气。然后我幻想着抚摸我的是另一双手。这么想着的时候我才真正感觉到这白金一般冰凉光滑的原来是自己的肉体。从那平滑起伏的曲线中我体味到诞生的痛苦和欢乐。这时我忽然发觉有人在黑暗中窥视我那是张开手臂的湿婆神要记住他是个男的。姐姐仍睡得很甜我悄悄地在她额角上亲了一下这时我对世界充满了爱。

钟敲了四下我惊醒了心里空荡荡的冷汗淋漓。天还没全亮在白色的熹微中我看见湿婆神，好像蓦然长出许多皱纹。他浴在血中那透明寒冷的血液变成一个猩红色的小小湖泊。这一定是恶兆一定是的我凝望着那长满绿色铜锈的钟摆它已静止不动。后来什么事也没发生当天大亮的时候我看见湿婆神依然如故。我痴痴地想着昨夜的一切弄不明白它是真的还是幻梦。姐姐急匆匆地穿上衣服刷牙洗脸梳两只小刷子当时那叫做"革命头"。我比她更革命头发比刷子更短我一直留着"童花头"。姐姐不满地瞪着我她总对我不满意我知道她嫌我磨磨叽叽没个利索劲儿。每天早上我要在床上磨蹭两个钟头起床后继续发呆如果没人催便要到中午才吃早饭。好不容易姐姐絮絮叨叨地走了妈妈又继续絮絮叨叨。没法子我只好起床。叠被子的时候忽然有个东西落到我的脚边。是的那是一封信还没封口有张字条夹在里面。我骤然一惊拾起信封昨天夜里的一切又浮现在眼前我的头一下子好疼好疼啊。

我记得那一天我穿的是一件玫瑰色细条子罩衫当时穿这种衣服需要很大勇气。我也不知道为什么要这么打扮自己。我按照那张字条上写的地址寻到一条荒凉的小路。这小路十分漫长走起来就好像没有驿站的漠野。深秋的风凉气袭人我手中的字条上写着一个女人的名字。我什么都不想可那名字烧灼着我的眼睛。眼前的景色暗淡下来像被污染了的冰雪。那个名字是谁呢是谁呢？它挑战似的盯着我就像是湿婆神那只很优美地跷起的脚趾。后来仿佛是鬼使神差我把那封信取出来了。走得匆忙我忘了他的嘱咐忘了封口我当时好像纯粹出于一种儿童式的好奇心。当然，如果你硬说这里面还有一个少女的潜在嫉妒我也没法儿反驳你。

那是怎样的一封信啊！至今我还记得当时我是怎样呆呆地站在那儿犹如遭了雷击。我不记得我究竟呆了多久只记得我落在小路上的影子由长变短。在阳光的魔棍操纵下我惊慌的影子有如一棵变幻的小树。那条小路的尽头有一片古朴的平房那信便要交到住在那儿的一个女人手里。可是他在信上攻击的是另一个女人。另一个当时被许多人崇拜着的女人。是的我不能不对你说实话虽然后来那女人成为千古罪人众矢之的可那时毕竟是 1966 年的 10 月啊。而且他用的语言是那样犀利尖刻他列举的种种事实让人没法儿不信。阳光散乱着有如一束卷曲的金色长发。静电火花在信纸与信封的摩擦中毕剥作响我真希望那火花燃起来把所有的字迹统统焚毁。

我不知道怎样才好。我毕竟只是个十三岁的小女孩。那是我有生以来遇见的第一次两难困境。后来不知过了多久，有一阵风吹来把那张薄薄的信纸吹跑了。那纸有如一只很大的白蝴蝶在深秋干燥的风里飘舞很快便消失在一片干燥的湛蓝之中。那时我才拼命地跑起来拼命地追我忽然意识到这张薄纸正在维系着他的生命一切都晚了。真的信不信由你，那阵风就这么怪那张纸就消失得这么神秘。它无声无息地没了，就像从来不曾有过似的。对着那风我哭了——我难得哭一回因此那泪水涌得特别特别多，我哭着的时候真希望来个老神仙或者仙女什么的可什么也没来。后来阳光变得像一束白色发亮的玻璃纤维一样脆弱，我脸上的泪水被风吸干了。

我没有勇气把这件事告诉他我的心从来没有轻松过他仍然是早归晚出但是我们再没有相遇更没有交谈。他好像已经洞悉一切我们互相避开就像逃避瘟疫。我知道因为我那愚蠢的好奇心而永远失去了他想起这个我心里就疼痛得要命。那些时候我心里常常有鲜血淌出来鲜血把我带进一个个猩红色的梦中。那猩红色的不是地狱之火而是太阳是末日的太阳是被鲜血浴过的太阳。他说。

那件事之后没过多久妈妈背着他把我和姐姐叫到身边谈了她的打算。她说爸爸很快就要回来了。她想以此为由请那个男孩子快些走。"他住的日子够长的了！"妈妈皱起眉头慢慢地剔着牙。姐姐和我都没吭气默默地坐了一会儿妈妈走了。

我想告诉你一件事了然你想听吗？姐姐忽然抬起头轻轻地说。她的头发刚洗过带着一股素馨香波的味道细雨丝般拂着我的面颊。透过鬓发的飘动灯光游移不定姐姐的轮廓像一个温柔的梦。

……明天，他想请我去看歌舞……

她说了。她柔美的嗓音像一根振荡着的琴弦在灯光里颤动。我觉得那声音在小心翼翼地掩藏着狂喜。

我什么也没说我在听着我早就预感到有这么一天我无可奈何地等着的这一天到来了。

那天晚上姐姐讲了许多。她告诉我在"文革"前她和他的班便是友谊班那时男校和女校的学生经常结成友谊班。有一天那是在"文革"之前的那个8月她认识了他那时他们两个友谊班一起到京郊的百花山去郊游。

"那天的太阳真好，真的……我们爬上山顶，阳光明灿灿地照着山下的那条深涧。说是友谊班，其实我们是分开玩的，那时北京学生很分男女界限这种习惯一直保持了很久。女生们到山的那一面采野樱桃去了。我和另一个女生很喜欢游泳我们刚刚学会'跳冰棍'因此看着山下的那条涧水特别馋。我们刚转过去就站住了——我们听见男生在议论着什么他们好像都在那儿。"

在那面刀刃般的绝壁上坐着二十几个血气正旺的男孩子。他们互相打赌看谁敢在这儿跳水。那个天然跳台足有十四五米高站起来便眼晕。一个大壮个儿挺挺胸脯跃跃欲试了半天最后还是老老实实地坐下了。另一个上过业余体校跳过十米跳台的男生也摇头说不行。于是男生们十分扫兴公认这赌谁也没法儿打赢可就在这时他走过来了。他一声没吭就唰地跳入水中那一切发生得太快太突然了大家连他的姿势也没看清他的头便从深涧中浮了上来在那一汪碧蓝中向大家挥动手臂。两个女孩子在那一刹那捂着脸尖叫起来暴露了她们自己。

"谁也没想到第一个敢跳下去的是他谁也没想到！"姐姐至今谈起这件事仍然激动得气喘吁吁。"你不知道那绝壁有多高跳下去需要多大的胆量！可他就那么跳下去了他平常像个文弱书生，后来那些男孩子们一个接一个地跳起来了……后来，后来我才知道他这么做一点儿也不奇怪他胆子大得要命并且想干什么就迅速去干还一定要干成。我……佩服这种人真的佩服。你呢了然？……"

我仍没回答。但我的心被融化了。姐姐姐姐你对我的信任给了我所有的补偿，为了这个我把所有的眼泪都吞咽了。

姐姐的发丝一根根滤出清晰的银光饰物一般在光线里飘飘颤颤。她的脸和棉毛衫在灯光中混成一团明亮的粉红我的眼被照得好痛啊。

第二天晚上我也去了还有王霞王雷和茵茵。她们来找我告诉我很快就要"复课闹革命"了。茵茵也剪过小刷子但头发长得很快，那一头丰美的头发把她的脸衬得越发清瘦越发显出那一双怯生生的大眼睛，几日不见她成了烹调里手掌管着家庭的红案白案。王霞这个夏天学会了游泳并且买了一件鲜红的游泳衣那颜色让你在三百米开外便能认出她来。因为游泳她胸部挺拔起来个子也高了不少。王雷现在则热衷于棋道什么棋都想琢磨连小孩子们玩的军棋也玩得很上瘾。她们都学了本事只有我像没活似的不知干了些什么。大家叽叽喳喳的又聚在一起自然快活虽然只有两张票子却也一哄而进。只是一时找不到座位于是就在离台很近的一侧站着，这里既能看见演员又能看见乐池里的指挥和全体乐手。节目已进行到第三个，"钢琴伴舞"红灯记，翩翩出来一位铁梅肥臀撅撅得能放一枚茶碗。我们四个便捂了嘴咪咪地笑旁边的大人们也被我们逗笑了。恍惚间我看见他就坐在前几排。奇怪的是他和姐姐并没坐在一起他们中间隔了好几个陌生的男孩子。姐姐不知为什么有点局促不安两只眼睛总往天花板上看好像并没注意那个跳得很卖力气的铁梅。这时王霞建议我们去休息厅买几支冰棍就在这时忽然一切都乱了。

有人在散发节目单有许多人伸手去抢。那年月到处都是疯狂谁也不会讲客气钢琴声已被一片喧嚣淹没。铁梅惶然不知所措半张了嘴那搽粉的白脸就像一个被掏空了的螺蛳壳。喧嚣声中我们好像听见有人在大叫抓住反革命分子我心里一惊立刻预感到了什么。

节目单里有反革命传单快看你们快看！王霞手疾眼快已抢到一份她站在椅子扶手上金鸡独立随时都有摔下来的可能。茵茵汗湿的手紧抓着我她那双怯生生的眼睛大睁着脸色惨白好像透不过气来。打开的节目单中间夹着一张粉红色的传单。只溜了那么一眼我就认出了那字迹这仿佛是注定的。在我预感到什么的时候已有了精神准备所以我现在一点儿也不惊奇。那是一首诗——寂寥残秋十月八，八朵花开百花杀——可惜我只记得这两句了。

那当然是套的黄巢的反诗。黄巢的那首原诗便有着许多隐喻这首诗也是如此。这首诗令人想到中国历代改朝换代时那些神秘的童谣。这时人群兴奋起来仿佛人人都预感到有什么事要发生了。嘈杂的声音被剧场弧形的穹顶挡住产生巨大的回声那恐怖效果愈加令人兴奋。人群骚动着像一盘巨大的石碾在慢慢旋转在一片抓反革命的吼声中有一个声音特别尖厉就像有人在用金属割裂玻璃。后来剧场四周六个太平门突然洞开，台上丰乳肥臀的铁梅突然凝滞不动垂下一头悲哀的乌发。红的蓝的绿的灯光一起亮了。多彩的喧嚣声中人们如同化蝶之前的蛹，挤出狭窄的太平门。一迈出门槛便忽然化作无数只黑色蝴蝶寂寥无声地匆匆飞走。

月光有如钢蓝色的刀尖穿透那一个喧嚣之夜。黑暗里隐伏着杀机。我们四人早已拆散。我有些害怕心里有些嘀咕因为忽然之间剩了我一个人。警车在夜里发出奇异的嗯哨声。云朵像藏蓝色的鸽子在广袤的空间动荡不安地飞来飞去。突然间那藏蓝变成凝滞稠密的一片深色泥沼。接着听见有人喊："下雨啦！"喊声未落那一片泥沼突然被几根明亮的金属丝锯成碎片，雨点以北方气候的特征以猝不及防的形式喷涌而出，落到地上便化作颗颗透明的霰弹。雷声压住警车的怒吼在一个遥远的方位威声大作。我愈加害怕踏着忽而变作一片泥沼的小路面对茫茫雨雾无所适从。暴雨裹着土红色的腥臭铺天盖地而来。我舔着唇边那冰凉的雨滴犹如尝到血液的滋味。它来了它来了它来了那一片久违的猩红色我疯了似的往前赶我想跨越在那一片猩红色之前。

"……字迹完全是一样的，可以断定，就是他……"黑暗中我忽然听到这恐怖的声音我以为那便是死神的咒语。我没看见人但我全明白了这一切意味着什么黑暗中的那一群人正在匆匆行进执行着密杀令那一种奇特的恐惧压倒了我对猩红色的恐惧。不我必须找到他告诉他我已经犯了一个极大的错误这是我惟一可以赎罪的机会了。在那瞬间那片刻我不再属于我自己我好像变成了一个别的什么，我仿佛被冥冥中的什么引导着我的双脚在一片泥沼中发出扑叽扑叽的声音，这时我看见了前面的背影那是两个相携而行的背影。

那背影异常生动地显示出性别的特征因而在这大雨滂沱之夜非常好看。是的是的那肩膀那雨靴那腰肢那长发都为我所熟悉，他们竟然能在这滂沱大雨中迈出如此跌宕起伏动人心魄的脚步，我竟忘了心的疼痛变成一个冷冷的旁观者欣赏起这两个叠印在一起的美丽背影来。

你得有一件红外衣，一双红手套，一个红面具和一双黑袜子。一个诗人说。他们在那座停留在铁轨上的旧机车面前站住了。那两个背影忽然重叠起来变成一座黑色方尖碑。然后那碑顶坍陷了进入机车敞开的小小窗口。没有空气阳光更没有星星没有那五颜六色的灯光只有黑暗还是黑暗，黑暗保护他们黑暗把我们牢牢地隔绝开。

姐姐我永远忘不掉那个夜晚你知道吗就在你和他做爱的车窗外伫立着一个小小的身影。她形只影单因而构不成黑色方尖碑她只是棵微不足道的植物。但是这棵植物从那个夜晚伊始忽然变得无比坚韧。那夜的雨摧残一切却独独催开了这株植物上的花朵。那花朵张开性器迎接冰凉滑腻的雨滴那是上天与凡俗的从容交配。我至今不信那是一个沉重的梦我醒来时姐姐仍熟睡在我的旁边。座钟上的湿婆雕像翕动腰肢露出性感的微笑。时针正指 4 点整。我所熟悉的脚步声却迟迟没有到来。

姐姐姐姐您别装睡了。什么你说什么了然？你以后不要叫我了然。那么你要我叫你什么？你用不着骗我你骗不了我你那一头湿漉漉的头发……什么什么了然你疯了吗？难道你忘了昨天晚上我坐在矮凳上洗头，我用的是你拿来的洗发液没用我平时用的蛋黄洗头膏。并且我下决心以后再不用那种洗头膏了那种洗头膏使头发发黏是吗？姐姐翕开两片猩红色的唇露出和湿婆神一样的微笑。

我糊涂了带着一种糊涂的忌恨我默默地叠了被。难道那样一个有声有色的夜晚真的变成了梦境?！我不相信。窗外的浓雾似乎被许多黑色蝴蝶衔走。上天之泪化作无数银白色的冰晶漫天飞舞。我真想变作一把匕首洞穿那湿婆神的微笑。后来伙伴们来了嘻嘻哈哈地议论那晚那肥臀的铁梅。据她们说昨晚我们真的去看了戏看了歌舞然后下了一场大雨然后回家了。回家时我和你们在一起吗？当然在一起你还和我们一起回家拿了一瓶洗发液，你说你姐姐要用这种玩意儿洗头。她们说完就莫名其妙地笑起来但我觉得她们的笑容里藏着什么。

你知道吗了然那个街角又贴布告了有个人恶毒攻击革命样板戏，什么布告那是通缉令现在全市都贴满了通缉令要抓一个现行反革命分子那人在攻击样板戏之前就写过一封信极其反动——

什么？信?！我觉得手脚发凉冷汗涔涔站立不住，来了来了那末日的审判终于来了我的灵魂正在经受拷问那一片漫无边际的猩红色正席卷而来。那猩红色的不是地狱之火而是太阳是末日的太阳是被鲜血浴过的太阳啊。他说。

了然你怎么了你的脸像死人一样白？没——没什么我困难地翕动嘴唇，我有点不舒服我想一个人待一会儿——

后来空荡荡的房子里弥漫着和昨晚一样的土腥味湿漉漉的窗玻璃上现出一个个飘移的水点晶莹地从指缝中滑出。慢慢地我从窗玻璃上辨出了一个名字。世界因这名字而突然虚空成画。

他就在我眼前那个猩红色的男人后来变成剃光头的幽灵在黄昏的街道上闲荡后来又变成他我明白他们是一个人。他是真实的姐姐却偏要说他是我意念的产物。许多年之后我终于懂得人是可以改变外部形态的孙悟空的七十二变并非完全是神话什么都是可能的只要你把所有的脑细胞都化作聪明才智你就会无所不能变化腾挪。超人的确存在超人的意义在于他们比凡人善于挖掘潜能，但凡人无法识破超人因为他们之间的信号无法沟通无法引起谐振。这大概就是我和他相遇的根本悲剧直到今天我才懂得。

那天我骑着嘎嘎作响的破车到水产品商店买了一条活鱼我把它残忍地杀了。那条鱼在我手中凶狠地挣扎扭动鲜红的鳃一张一合鳞片雪花般纷纷扬扬地落下。鱼的内脏就像那个雨夜的猩红色泥沼潮湿的腥气熏得湿婆神皱起眉头。我把所有能找到的作料都放到一起做了一碗鱼羹，然后用筷子小心翼翼地沾了一点鱼汤那真是世上最美的佳肴即使上帝本人吃了也会动心。

是的那个黄昏我如同中了魔咒一般不能自已。黄昏最后的光线喷发出浓酒般的色彩。一枝不知名的白色花像刚刚涉世的女童在静默的草地上摇来摆去。我寻找着那条昨夜的小路那小路已经干涸变得难以辨认。在小路的尽头那辆旧陋的机车仍然默默地栖息着像一头温驯的野兽一般不动声色。这时黑暗降临了，我等着。

没有乌云，没有雨水。夜气很清新。呜呜咽咽的远处仿佛有人在吹奏一支黑管。我忽然想起王霞家最近买了一支黑管她和王雷轮番吹奏着同一支曲子姐姐常常把惊愕的目光投向墙壁的那一边。女孩为什么要学这个？姐姐的目光在说。但现在这支黑管当然不是她们吹的它吹奏的甚至不是一支完整的曲子。那是一支破碎的歌。呜呜咽咽地把生命与死亡之火逼向指端。在黑和蓝交织的地方是一片白。星星和月光被黑暗啄食得残缺不全。月亮悄悄向那辆机车伸着修剪过的指尖仿佛在向我暗示着什么。

那面敞开的小窗仍然在那儿。我踏上残破发锈的机车铁壳静静谛听。鼻息声断断续续地传出间或还能闻到烟草的清香。完全没有什么黑管的吹奏那分明是鼻息声幻化而成。那是一种不可名状的声音。它并没有打破静谧而是一点一滴地溶于夜气成为整个黑夜的一部分。我嗅出了黑夜的味道——那是一种伴着草香的清凉的苦味我仿佛泡在带着那种苦味的药酒里我身上也浸透了那种味道。

渐渐地我从那味道中读出了许许多多的声音。那些声音隐蔽在黑暗中令人产生许多可怕的预感。好像要发生什么事要有什么变化了吧。我等着等着一直在等着我知道我要等到老等到死。

几十年之后我才明白其实有许多人和我一起等着大家都想改变什么但那种时候永远不会到来。我当时听到的那许多声音不过是一群饥饿老鼠的啮咬声。

当时月亮已经升在头顶。被树木染绿的月亮倾泻着一注清光。从那许许多多的声音里我听到两个人的低声对话。

"今夜我们走吧。"女人的声音。

"不。现在全市到处都是通缉令。"男人的声音。

"可你不能……"

"不能什么？"

"不能……不能在这儿等死。"

沉默。

这时我明白我的美味的鱼该出现了犹如上帝的圣餐突然出现在他们面前。于是我竭尽全力踮起脚尖伸展手臂将那盛着鱼的小篮子高高举起。篮子的底部恰恰能碰上那黝黑车窗的下缘，可是我不能松手一旦松手这鱼就会反扣下来汤汁四溅使我遭受灭顶之灾。就那么举着我的双臂开始酸软渐渐支撑不住。小篮子开始晃荡我的双腿开始发抖。我抖得那么厉害仿佛一片被飓风摧残的小树叶子。那小小的车窗依然一片漆黑夜色依然静谧我渐渐怀疑刚才的对话是我的幻觉根本就不存在什么对话甚至这旧陋的机车里根本就空无一人。那潮湿的铁锈味弥漫在空气中催人作呕。我慢慢吐出一口气可就在我的双臂坍落的那一瞬，忽然那小篮子如梦一般消失了消失得无影无踪。不我知道那是一双手飞快地把它提了进去。那里面有人一定有人而且一定是他和我的姐姐他尝到我亲手做的鱼了。他会重新增长气力。他将逃离这个城市。他将在许多年之后复活重新进入我的心魂。

许多年过去了，在一天晚饭后，仍孑然一身的她和姐姐谈起当年的记忆。姐姐充溢着母爱的眼光中升腾起许多困惑。当年我的确和不少男孩子有过交往但你说的那个名字是陌生的。我完全不记得曾经有那么一位男性在我生活中出现，而且照你说来是那么出色的。姐姐姐姐你难道现在还哄我你已经是孩子的母亲了呢。

于是她激动地讲起那清晨4点钟准时出现的脚步声。那个夜晚的歌舞和滂沱大雨。铁道边栖着的旧陋机车。雨中那一对叠印在一起的美丽背影。

当初是我给你们送的饭哩！我恨过你嫉妒过你，可后来我原谅你了。姐姐姐姐，你难道忘了我当初那么着急销了北京户口第一批报名去云南兵团？我是在逃遁在为你让路呀！但是后来你们是怎么分开的呢？

她从姐姐脸上期待着真相大白之后的亢奋和激动。但是姐姐尽管显了年纪却仍然端庄美丽的面孔上全是困惑。

她们叫来了母亲。白发苍苍的母亲叉开五指双眼上翻想了许久那座旧式座钟就在一旁耐心地叩响。那湿婆神已经全身松弛老之将至。

"好像有过那么一个男孩子，在家里住了几天就走了。什么也没发生。而且，那男孩子太普通了，好像还长了一对大风耳。"

姐姐抱起婴孩解开衣襟发出微笑。她望着姐姐那变得宽阔的乳房和粗糙的手指，忽然有一股潮湿的液体慢慢逼向喉咙。她急忙开门走出去。这是个喧闹的黄昏。在过去静谧的老街上搭了无数彩色或单色的凉篷。小贩的叫卖声此起彼落，车水马龙川流不息，鲜花一般的少女满脸傲气目不斜视姗姗而过；勾肩搭背的青年男女满嘴调侃从调侃中得到满足的笑容；大学生们从黄昏的图书馆中走出来嘟囔着英语单词正在一步步接近那机场的绿色通道；老人们也在侃生意哪怕做不成过过嘴瘾也好。再不会有那样静谧凄清的黄昏。老街的拐角处再不会有那一片猩红色的布告。时光已经过去好久好久了啊。

忽然，她听见一支黑管吹出的歌在这一片喧嚣中响起。那是一支破碎的歌。它属于远古与来世，呜咽咽把生与死的火焰通向指端。这不谐和音排除了一切喧闹进入她的心里。她的泪水淌下来，不知是为了什么。透过泪眼，她看见黄昏的夕照把那曾经贴过布告的街角映成一片猩红色。

天　籁

住在松岩的人都知道岸边上有个药泉，药泉的水蓝得像一整块透明的蓝宝石，蓝得像是洒上了蓝色染料，蓝得像是有毒。松岩的人传说药泉是天仙女的眼睛，因此谁也不敢碰。

药泉的对外开放是近两年的事。松岩的人都知道药泉的开放和一个人有关系。她叫岁岁，本来是松岩村一个平常的女孩，可她现在给封上花儿皇后了，她给请进京城了，她就要在中央电视台唱晚会了，她这一唱，全世界都要知道松岩有个岁岁了。谁都知道，是上边的人先发现了岁岁，才知道了药泉。

乡里人爱讲实话，说岁岁是平常女孩真是冤枉了她。岁岁是整个松岩最美丽的女孩：皮肤就像是夏天时含苞欲放的睡莲，天生的胭脂色，一头丝茅草似的长发抓起个马尾巴，在细腰后面甩呀甩，那眉毛，那嘴，都是天生的风情，只有眼睛有点奇怪，虽然像杨柳青年画似的秀丽细致，却只是没有光彩，间或转一转，也是慢慢的，像是被雾气罩着的药泉水，迷迷蒙蒙的——岁岁是个瞎子。

松岩人并不把岁岁当瞎子，就像日子长了并不觉得那药泉的水有多么蓝似的。他们只是知道，岁岁的花儿唱得实在是好，岁岁的声音就像雪天里的药泉水似的，清凌凌地滴出纯金般的温暖。八岁那年岁岁就知道唱："圆不过月亮哟方不过斗，美不过五色的绣球；俊不过身材哟嫩不过手，好不过花儿的记首……尕月亮挂在了窗子上哟，月光们照在了炕上，尕鸳鸯落在了枕头上哟，金凤凰落在了被上。"岁岁的歌把那女工作组组长的泪唱落了，眼泪一串串地落下来，都忘了用手擦掉了。末后她说："这尕娃唱歌咋这么动情哩，小小的年纪，像是心里有多少伤情似的！把人的心都给唱碎了！"——那时岁岁眼还没有瞎，一双凤眼亮晶晶的，眼白蓝得像药泉的水。

工作组组长就去找岁岁的妈，说是要带岁岁去考县里的文工团。工作组组长听说岁岁妈早就没了男人，只岁岁一个独生女儿，心尖尖似的，只怕她舍不得，没想到刚一开口岁岁妈就答应了，当晚便给岁岁收拾东西。岁岁走的那些日子，岁岁妈的眼睛也变得亮晶晶的，好像一下子年轻了十岁。

可没多少日子岁岁又回来了，县文工团没取上。没取上的原因并不是岁岁唱得不好，而是她根本没能参加考试！走在考场的路上，工作组组长给她买了两串羊肉串，新鲜的羊肉串烤得焦黄焦黄的冒油珠，工作组组长问岁岁："香不香？"岁岁边用细牙咬着肉串边点头，一个香字还没说出来，人就不见了。

工作组组长喊哑了嗓子，又在广播里找人，直到天都擦黑了，岁岁才被县里商场的售货员给送了回来，可考试早结束了。

工作组组长送岁岁回松岩的一路上谁也不吭。岁岁还在想着那个诱人的商场——她活这么大头一回逛商场：那么那么多五颜六色的罐头，好漂亮啊。最好看的是那个画大白猪的，那个白猪多么温顺！岁岁一看见大白猪就想起了妈妈做的蒜泥白肉，有多少日子没吃上了啊，那透明的大肥肉蘸着蒜泥，咬一口，香到骨头里，岁岁一顿能吃上一大盘。岁岁属于那种吃多少也不上膘儿的孩子，妈嘴上说她亏了心了，可心里喜欢岁岁是天生的美人胎子，天天吃肥肉也胖不了，天天吃咸菜也瘦不下，就是让她在垃圾堆里过，也会像上好莲藕，一洗一刷，照样雪白鲜嫩。啥叫天生的？这就叫天生的！

可那天回去之后，一向以岁岁为骄傲的岁岁妈生了大气，吼得整个松岩都听见了："没出息的东西！赖狗扶不上墙！好看？啥好看？商店好看能是你的吗？啥破商店整转悠一下午？没见过世面的东西！老天爷给你条金嗓子不知道咋使！唱歌的人，使眼睛管啥用？好看，我让你啥都看不见！"

这最后一句话吼得声嘶力竭，让整个松岩的人都胆战心惊。老人们都摇着头说这话不好，果然，几天之后岁岁妈哭得眼红红的出来了，说是岁岁发了几天高烧，眼睛忽然看不见了。老人们劝岁岁妈："尕娃儿家，烧高了忽然看不见也是有的，怕是几天就好了。"可岁岁妈一直哭着摇着头，岁岁的眼睛果真就一直没好。

那时岁岁小，还不知道害愁，反正有妈伺候着，紧着她吃紧着她穿，啥也亏不了她的。她想吃口蒜泥白肉，她妈就跑到五里外去买鲜肉，回来用开水把血水一拔，薄薄切成大片，拌上蒜泥细盐味精，再滴几滴辣油，红是红白是白，看着都香死人。妈一口也不尝，眼睁睁看着女儿把一盘肉都吃下去，再去刷盘子。

细心人都发现岁岁妈一下子老了。

岁岁妈并不是松岩人，是运动时期下放到松岩来的，听说过去在城里是个作酸曲儿的，可谁也没听过她作的曲，谁也没听她唱过歌。除开那次吼岁岁，谁都没听她大声说过话。可岁岁妈是有文化的人，松岩人写个春联啥的，都去麻烦她。有文化就让松岩人敬重，松岩太穷了，世世代代的松岩人，没几个识字的，岁岁这一代才念上个高小，因此岁岁妈在松岩就是女状元了，连乡里老人都敬着她。

岁岁的眼一瞎，倒真是收了心了。松岩人人都说，岁岁真正唱好花儿，是在她眼瞎之后。每天黄昏，松岩人收工的时候都听见岁岁的歌声，歌声是打大山里传来的——岁岁每天都叫她妈把她扶到高高的山顶唱歌。岁岁的声音，再不是那么清清亮亮的稚嫩了，而是清亮之中有着一种凄怆，甜美之中有着一种苍凉，让人听起来有内容了，跟别人唱的花不一样了。

> ……正月里到了是新春，
> 大门上挂了个红灯；
> 上下的庄子里呀你打听，

在你身上我没外心。

二月里到了哟龙抬头，
王三姐要打个绣球；
没人了我俩手拉上手，
有人了你走在那后头。

三月里到了哟三月里三，
王母嘛娘娘的圣诞；
心上的尕妹哟坐地边，
放声哟漫了个少年。

四月里牡丹花开开了，
妹妹的眼睛哟摘了；
阿哥们出门哟走开了，
有缘的尕妹妹舍了。

五月里到了哟五端阳，
要喝个雄黄哟酒哩；
打开个阎王的生死簿哟，
我俩的缘法们有哩。

六月里到了哟五红的浪，
清水里洗衣哟裳呀；
白日里想你哟晚梦见，
清眼泪泡塌个坑哩。
······

　　收工回来的人们又叫好又摇头："这尕娃儿怪哩，这尕娃儿是个情种哩！"听她唱到"妹妹的眼睛摘了"，老辈子人的眼泪都哗哗地流开了，说："可怜的是岁岁妈哩，打娃眼瞎了，就没见她个笑模样儿。天天眼睛肿得像个烂桃哩！"

岁岁就在花儿的歌声里长大了。在花儿里长大的岁岁俊得像花。开放之后的头一次花儿歌会，乡里老人后生们齐齐地都举荐了岁岁。但岁岁太年轻，还是排在了后面，松岩有唱得好的姑娘媳妇，都打了很厚的胭脂，穿了过节才穿的花衣裳。那天七个乡的人都聚在了松岩，河滩上，野牡丹开得正好。松岩的野牡丹是一景，盛开的时候，姹紫嫣红能艳上半个山坡坡，远看着真像是七彩的霞哩！

这花儿歌会也有个传说：很久以前，有个年轻的猎人在牡丹盛开的季节路过这里，看见一个美丽的姑娘在药泉里沐浴唱歌，歌声就像药泉的水一样轻轻流淌，就像松岩的山一样高耸入云，把年轻的猎人给迷住了。猎人四处寻找，再没有见过姑娘，可姑娘唱的歌，他记下了。乡亲们都说，这是天仙女下凡来传歌哩！就在松岩脚下修起了菩萨大殿。每年在猎人遇仙的日子——农历 4 月 28，大伙就来到菩萨殿前的山坡上，唱仙女传下的歌，把松岩也叫成了唱山。

这回的花儿会格外热闹，野牡丹也像解人意似的，开得特别泼实。姑娘媳妇们红红绿绿的衣裳杂在花里，平添了许多春意。歌子也比往年的新鲜：

> 男的唱：树上的野雀们连声叫哟，
> 　　　　心急哟眼皮子跳哩，
> 　　　　昨晚上我梦见那你哟，
> 　　　　今天你朝我笑了。
> 女的唱：丞香羔上了个南山哟，
> 　　　　枪手们紧跟上跑了，
> 　　　　阿哥吃进咱心里哟，
> 　　　　白日嘛晚夕的想了。
> 　　　　……

林家寨一个英俊的小伙子唱了几个钟头，对唱的姑娘们换了一个又一个，都一一败下阵来，眼看花儿皇帝就由他当了。

　　岁岁这时从松岩人的队伍里走出来。岁岁穿一身白衣裳，在一群花红柳绿中，活脱脱一个下凡的仙女。

> 林家寨小伙唱：十八个梅鹿们山尖里过，
> 　　　　　　　尕枪手跟在那后头，
> 　　　　　　　阿哥是蜜蜂尕妹是花，
> 　　　　　　　蜜蜂们蛰花的肉哟。

> 松岩一个小媳妇对：上山的鹿羔们下山哟来，
> 　　　　　　　　　下山哟吃一回水来，
> 　　　　　　　　　心上的阿哥哟跟前来，
> 　　　　　　　　　尕手里抓住了唱来。

> 小伙又唱：杨五郎出家在五台山嘛，
> 　　　　　诸葛亮下了个四川，
> 　　　　　拔草的尕妹妹坐呀地边，
> 　　　　　花儿哟送上个少年。

　　小媳妇一时对不上来，红着脸四下里看，正巧岁岁朝这边走呢，被小媳妇一把抓住，推到前边。岁岁不怕。小时还有些忸怩，自打看不见了，胆子出奇得大，反正眼前一片黑，就放声唱吧，岁岁直想用声音穿透眼前的黑暗：

> 大豆地里的洋芋开了花，
> 连开了三年的虚花；
> 听曲的阿哥哟莫笑话，
> 尕妹是才学的离家。

一曲末了，周围的人都欢呼起来：岁岁唱的花儿，一字一字的结实，摔得出声响。

　　小伙子看看岁岁那美丽可人的模样，更来了劲：

> 十八条骡子们走泾阳，
> 哪一条骡子们稳当，
> 这一个尕妹好模样呀，
> 哪一个庄子的女相？

　　岁岁虽说看不见，耳朵却是出奇得好，这小伙的歌声，比起松岩人的又不同些，听他的歌，想他一定是个响当当的男娃，这么想着，唱得更有味道了：

> 十八条骡子们走泾阳哟，
> 头一条骡子们稳当，
> 尕妹是山里的蕨落秧哟，
> 松岩庄里的女相。
>
> 小伙胆子越来越大：
> 泾阳的草帽十八转呀，
> 大红的系腰是两转，
> 生下的俊来长下的端，
> 尕妹是才开的牡丹。

　　岁岁唱起火烫烫的歌词一点不软：

> 泾阳的草帽哟往前戴，
> 恐害怕松岩的雨来，
> 年轻的阿哥哟尕妹妹爱，

224

哪一个庄子的人才?

花儿唱到这个份上,七个乡的歌手都不唱了,只静静地听着他俩的对唱。电视台的人也把那机器扛过来,对准了他俩,小伙子有点害羞,岁岁因为看不见,依然是一副天真自然的模样,倒也丝毫不受影响。

那一天唱到日头落了西山,在夕阳的余晖里,大伙依然一动不动,岁岁的头发被晚风吹得飘起来,大伙静下来,不再鼓掌称赞,大伙被晚风里的歌声感动得痴迷了,看着那瞎了眼的美丽女娃,都默默地流下泪来。半个月之后,电视台的人来接走了岁岁和她的妈。

进了京城,岁岁才真正为自己什么也看不见而苦恼了。有一天妈带她去商场,想给她买件像样衣裳,岁岁摸着那一匹匹的绸子布,滑腻、细致、冰凉,有一种梦一般的感觉,觉得个个都是好的。妈一一地告诉她听:这是茜红的,那是鹅黄的,这是橄榄绿的,那是蓝底子嵌白格的。妈问:喜欢啥?岁岁说:妈,你看着买吧,你看着好就是好。岁岁妈听了这话,眼泪直流下来。岁岁妈拿出所有的钱,给岁岁买了一件茜红色重磅真丝连衣裙。岁岁穿上了,又在脑后编一根沉甸甸的大辫子,岁岁妈领着女儿走几步,又叫她停下来,自己向后退几步,左看右看,心里暗暗地吃惊,原来自己的女儿竟然这么美丽,要是……要是那一对眼睛还像过去那么明亮,那就真是仙女下凡了。

但是岁岁妈并不知道,几乎就在这同时,电视台春节节目组的总导演正在看岁岁唱花儿的录像。总导演叫张山,一把毛蓬蓬的胡子,一双刻刀样的眼睛。张山把那录像反复看了几遍,重重地迸出一句话来:"放最后!这要是放前头,整台节目都没人看了!"执行导演田力呆怔怔地问:"你是说,压轴儿?"张山道:"当然!这是真正的好东西,真东西!你没看出来?"田力道:"可这孩子还是嫩了点……"张山吼吼的:"什么叫嫩?要像那些唱得要死要活的歌星?学他们那点鬼都骗不了的技巧?这才是真正的天籁之音呢!你就看反响吧,老百姓辨得出好坏!!"

岁岁到棚里录音的时候整个节目组都轰动了。都想看看这个瞎眼的会唱花儿的小姑娘。岁岁只听见人们跟她说话的声音。她凭着各种声音想象着判断着这是个啥样的人。后来，她被一个声音深深吸引住了，那是个好听的男中音，说起话来就像松岩的风、药泉的水，流畅而又亲切。他说他叫田力，是这台节目的执行导演。

岁岁被他的声音迷住了。听他的声音就想起花儿会那天和自己对歌的那个小伙，他没当上花儿皇帝真是太可惜了。那天，乡亲们把花儿皇后的王冠戴在了她的头上。那是青草叶儿和野牡丹编的，虽然看不见，可她能闻到香如兰麝的气味，感觉到如烟如梦的润嫩……

如果她看得见，她会发现田力是个身材高大的小伙子，她在他的面前，完全是一个袖珍的小人儿。田力可是结结实实地看得见她，也怪了，一米八的田力就喜欢这种袖珍美女，他看着她痴痴地想：假如这孩子的眼睛不瞎……

那年的晚会很成功，岁岁唱的花儿轰动了，晚会还没结束全国各地就打来了电话。主持人灵机一动，对着话筒向全国人民说："非常高兴，我们可爱的花儿皇后赢得了大家的喜爱，可是你们知道吗？她是个盲人，八岁那年的一场高烧使她双目失明，喜爱她的观众朋友们，你们能想办法让她复明吗？我们多么希望小岁岁能够重见光明啊！"主持人抑扬顿挫富于感染力的声音传遍了大江南北长城内外，顿时有难以数计的人一掬同情之泪，然后雷厉风行地忙活起来。

田力也是其中的一个。春节之后他为两件事忙活：一是寻医问药找偏方，二是为岁岁筹备一个个人演唱会。不知从什么时候起，港台歌星已经不那么招人喜欢了，无论搔首弄姿还是悲痛欲绝要死要活，都一律引不起共鸣。现在，要推出新的面孔、新的风格、新的歌曲了！而岁岁，就好像是应运而生的。问题是，如何包装？如何定位？这是个真正的玉女，青春靓丽，璞玉浑金，如何雕琢她是件大事，只要一刀下错了，将来改也来不及。

田力是干美工的出身，对人物设计造型特别有兴趣。他一口气画了几十张岁岁形象的设计造型图，最后认可了一张红衣绿裤梳抓髻的，他觉得这是歌坛上一个全新的形象，又十分符合花儿皇后的身份。正待细细琢磨，电话铃响了，新近当了部主任的张山叫他马上去办公室，有事要谈。他于是随手抓了几张造型图拿了去。

张山神秘地压低声音："还记得'文革'前有个叫吴苗的作曲家么？"田力怔冲冲地说："……吴苗？听我爸说那可是大作曲家，后来神秘失踪了……""可她现在又突然出现了。"张山用手蹭蹭胡子，斜睨着他："你猜她是谁？她就是岁岁的妈。"

田力把指关节弄得嘎巴一声响，半晌说不出话来。岁岁妈——那个毫无姿色毫无特点几分邋遢几分臃肿的中年妇人，竟然能和吴苗这个辉煌的名字联在一起！这太荒唐了。

"不会错吧？"

"没错儿。"张山随手翻翻田力带来的造型设计图，恰恰拣出那张红衣绿裤的造型，"这个好，不过还要改造一下，头上设计一个花冠，颈上戴上花环，衣袖和裤腿全改装成喇叭形，这样就在传统的基础上，又现代又新鲜。你说呢？"

田力想了一下，觉得那样的话不像是唱花儿的，倒像是跳夏威夷草裙舞的姑娘了。但他什么都没说，心里庆幸起码主任在大方向上还是和自己一致的。

田力于是去找岁岁。田力把几十种设计中的十种都做了成衣，让岁岁一套套地试。岁岁穿那套红衣绿裤的效果，并不理想。

岁岁正式演出那天穿的是白衣白裤，白衣上绣了大朵的银色牡丹花，大红的绸子系腰围了两扎，束得腰像瓶颈口似的细，头上真的戴了一顶花冠，是真的野花，岁岁由主持人牵着登了台，台下观众一片欢呼，在后台的田力长嘘了口气——岁岁的形象被观众认可了！

岁岁第一支花儿就是她常唱的《十二月相思》：

　　……七月里到麦子晒了，

养下的黄鸟们卖了，
挣多少银钱不说了，
只说是你我爱了……

八月里十五嘛月亮下，
新鲜的果子哟是无价，
有心肠吃哟没心肠咽，
尕妹妹悄悄给你献下。

九月里到了哟九重阳，
黄菊花嘛金呀亮亮，
想起个阿哥哟好呀模样，
痛在尕妹的心上。

十月里到了哟碾麦场哟，
牛拉着碌碡们转哩
你死了我就跟着去哩，
你活着我等着见哩！

十一月到了哟冷寒呀峭呀，
麻浮们堆下的冰桥；
睡倒在炕上哭三呀天哪，
尕房子就像个冰窖。

腊月里到了哟腊月八，
冰冻呀三尺厚了，
吃不下饭呀扶墙走呀，
身得了相思的病了。

唱一段大伙鼓一次掌，《十二月相思》唱完，又唱《河州三令》

《干花儿》《阿娜的花骨朵》《喊拉拉》……原来准备的花儿都唱完了，又返场唱了五首。躲在后台的岁岁妈心里直着急，要是再这么唱下去，新作的曲子可就唱完了。还好，个人演唱会终于在一片热烈的掌声中结束，岁岁由妈妈扶着谢了五次幕。主持人对大家说，今天花儿皇后唱的歌都是新的，是由她的妈妈、著名作曲家吴苗同志作的曲。吴苗同志自下放到河西以来，在近三十年的时间里一直在研究河州花儿，为这支古老艺术的出新作出了贡献。于是大家又给岁岁妈鼓掌。这下子，岁岁出了名，岁岁妈也出了名，全部的新闻媒介都为这神奇的母女俩开动了。

那天演唱结束田力给岁岁买了一大束花，是粉红色的康乃馨。当时岁岁正在卸装，岁岁完全不知道有人进去，把白绸的衣裳脱下，露出里面鲜红的兜肚，一对鼓胀的小乳房像小蘑菇似的把兜兜顶起，田力心里一阵打鼓，把花放下就走了。后来岁岁妈进来，岁岁才知道有人送了花。岁岁妈说："像是田导演哩！"岁岁一听就急了："糟！刚才我正换衣裳哩！"把个脸蛋子羞得血红。好在接二连三的花送来了，小小的化妆室成了花的海洋，岁岁光顾着欢喜了，把害羞的事扔在了一边。

可是，部主任张山又把田力叫去了。张山忧心忡忡地说："岁岁的演唱会，你发现什么问题了么？"田力怔怔地："各方面反映都挺好哇。怎么了？"张山沉吟半日，丢给田力一颗烟，自己也叼了一颗："岁岁这次唱的歌，已经不是原汁原味的花儿了。那么多装饰音，技巧上的难度倒是增大了，可这么着有意思吗？要是这么走下去，花儿皇后可就完了。"田力喷出一口烟："有这么严重吗？"张山说："严重不严重，现在当然看不出来，可咱们爱下棋的人都知道，走一步看三步嘛。我看吴苗那个人……很不简单。我查了一下她早年的经历，她最早的时候是唱歌的，而且还被认为非常有前途，可后来不知怎么的倒了嗓子，就改作曲了。作为母亲的心情，望子成龙，谁都可以理解，可我不知道怎么回事，觉得她好像有点儿过了。"张山猛地吸一口烟，"但愿是我的错觉。"田力闷声不响地吸完烟，走了。他和张山认识十几年了，张山的眼毒出了名，这一点，他比谁都清楚。

走到外面的星空下，田力忽然觉得心里空落落的。鬼使神差般地，他骑上车，一下子就转到了电视台后面的那座宾馆，那儿的501房间里，住着花儿皇后和她的母亲。

岁岁和岁岁妈对田力的接待可以用热烈这个词。岁岁妈叫服务员送来了消夜，是汤圆和龙抄手，味道都很不错。岁岁妈上京城之后文了眉文了眼线，可依田力看还不如不文。上了岁数的人化妆过重，只能越发显出年纪。岁岁妈请田力坐在沙发上，自己和岁岁打盘腿坐在地毯上，以示自己的恭敬。龙抄手端来了，岁岁妈生怕烫了田力，举起调羹嘘嘘地吹气，就差喂给他吃了。

岁岁妈说："田导演，你说说我们岁岁，我想带她去整整容，北京哪个姑娘不文眉毛文眼线，再说她那鼻梁也该垫垫，我这么说了就跟杀了她似的，只怕你说说她，她还肯听。"

田力笑笑："依我说，不如您依了她。岁岁这么大的女孩子，正是豆蔻年华，要真是文一对卧蚕眉，那不害了她么？"

这么说了，岁岁妈便不喜欢。岁岁倒是天真烂漫地笑起来，说："我说什么来？妈，你也有认输的时候？"

岁岁妈不理她。岁岁妈说："田导演，如今不是时兴包装吗？怎么到我岁岁这儿就要天然了？岁岁长得美是不假，可玉不琢不成器，她要是再整整容，不就是美上加美吗？……跟你不说隔心的话，这晚会一唱过，个人演唱会又那么成功，请岁岁去唱的人可就太多了，您瞧瞧"，岁岁妈拿出一大沓各种邀请信，"现在的大老板们，可真舍得花钱！眼看岁岁就要成腕儿了，不注意形象怎么行呢？"

田力心里自然有些不快，但碍着面子，只好敷衍了两句。岁岁妈一高兴，又从一只上了锁的小包里掏出一份合同，"你瞧瞧，这是一个姓郭的经理拿来的，人家可是大老板，一开口就把岁岁的出场费定在了五千元，说是比毛阿敏也少不了多少呢！"

正说着，门铃声就响起来了。开门一看，岁岁妈顿时笑逐颜开："真是说曹操曹操到，介绍介绍，这是田导演。田导演，这就是我跟你说的郭大老板。"

田力定睛一看，见那郭老板一张瓦刀脸，两道很浓的眉毛，似乎透着几分凶恶，但是说话的声音却很好听，一种在都市中很难听到的男低音，田力觉得以他的声音唱《老人河》或《伏尔加船夫曲》，应当不错。

寒暄之后照例进入正题，田力已然知道郭老板是个穴头，要拉岁岁去走穴。田力奇怪的是岁岁妈，就算她有着辉煌的过去，可这么些年蹲在那穷山沟里，待也给待傻了，没想到一五一十的算得比谁都精，这不是人精又是什么，可真是木头眼镜儿——看不透，倒被她给蒙了。

其实最蒙头蒙脑的是岁岁。只听见一群人说话，可他们说的什么，她一个字儿也不懂。她心里想的是从这一群声音里辨出一个声音，那是她心里觉着最亲切的声音。从松岩来到这搭之后，这声音总是在她最需要的时候出现，这声音让她脸红耳热，引起她的无限遐想。她想象中这是个俊小伙，比那花儿皇帝还年轻，还俊。她整天整天地想着他，她觉着自己的花儿都是为他而唱，一这么想着，她的花儿也就唱得格外动听。十九岁的岁岁还是头一回想男人，她想得入了神，周围的世界都像是离她远去，她缥缈地觉着自己成了松岩山下药泉边上牡丹花丛中的那个仙女，这么想着，她脑子里就涌出许多许多的花儿：

> 月亮的里头哟有棵树哩呀，
> 有树哟还有人坐哩；
> 月亮当中的桫椤树哩，
> 姣姣女树底下坐哩。

> 凤凰哟展翅嘛八千里哟，
> 落在岁远的口外；
> 没有翅膀回不了家哟，
> 睡梦里看一趟你来。

掌辖的马哟打了梢，
手拿上直溜溜的哨鞭；
十七十八的尕牡丹哟，
喜坏了过路的少年。
红雀们跳跳着喝水哩，
蓝雀们踏踏梅哩，
我心里牵下的就是个你哩，
你心里牵下谁哩？
三月里野牡丹开俊了，
药泉水蓝断了魂了，
松岩的日子天天想哩，
一见你走不成了。
……

　　岁岁这么胡思乱想的时候，听到田力问郭老板："郭总，听您的声音，是不是过去也是专业搞声乐的？"那边嘿嘿一笑："好些人都这么问我，我嗓门儿是大点儿，可惜左嗓儿，从小音乐考试没及格过。"岁岁听见妈和田导演都笑起来，也就跟着笑了，笑个没完。妈说："听听这傻丫头，笑咋也这么使劲哩？看费了你的嗓儿。还笑！你当你现在就成了？差远着哩！你知道啥叫商徵、羽商、徵宫、角羽吗？你知道花儿有多少令，多少调？你光会唱河州令，听都没听说过五艳妹令、哎西干散令、小子莲儿美令吗？通韵式、折腰式、随韵式……字实字虚，你都懂多少？从今起往后，夜晚上唱歌，白日介学学花儿的乐理，别把好年华都费过哩！"岁岁妈这一番话说得两个男人目瞪口呆，佩服之余，田力觉得从头到脚地累。
　　岁岁的走穴并没有走成，因为美国来了邀请。岁岁妈像打了肾上腺素针似的，从早忙到晚，岁岁本人倒像个没事儿人，闲时总坐在那，痴痴地想，傻傻地笑。岁岁并不知道，她穿上那些各种各色的演出服时是多么地好看，那些都是妈亲手为她挑的，还有田导演

232

亲自为她设计的。

民歌手一共去了四位，唱花儿的只有岁岁。那一次的演出是在华盛顿最大的剧场，规格很高，连美国国务卿都去了。岁岁压轴儿。美国人大概是第一次听花儿，他们简直听呆了：

> 正是杏花二月天，
> 暴徒们闯进了家园，
> 三千种藏书全遭难，
> 一把火烧了个净干。

> 正是杏花二月天，
> 阿哥们把眼泪擦干，
> 《花儿集》藏进了腌菜坛，
> 坛口上腌的是苣莲。
> ……

酷爱新奇的美国人惊异地看着台上一个小小的美丽的中国女孩张嘴唱出一种奇怪的音调，那音调就像是一根长长的风筝线，忽高忽低忽长忽短荡悠悠颤巍巍在一明如洗的碧空里飘荡，把人的五脏六腑都洗净了。岁岁唱完了，全场鸦雀无声地静了半晌，其实只有一分钟的工夫，可岁岁妈就觉得过了一万年。后来，雷声响起来，还有暴雨。半晌岁岁妈才反应过来，那是掌声和欢呼声，还有彩色的碎纸片。

岁岁谢了九次幕，岁岁妈揉着胸口又哭又笑，看着那激动的场面，田力也忍不住眼眶湿润了。

一夜之间岁岁成了明星。美国所有重要的报纸都登了岁岁的大照片。岁岁新奇的唱法正好符合美国人的猎奇心理。其实他们并不知道那早已不是真正意义上的花儿，那是经过作曲家改装过的花儿，真正慑服他们的是唱花儿的女歌手那金属一般明亮的嗓子，和他们熟知的花腔女高音完全不同，那条金嗓子没有经过任何加工和伪装，它是真的，它在数万观众的耳朵里得到了检验，这太难得了，这简直不可思议。

但是那一夜并没有给岁岁带来幸福，带给她的是痛苦——那天夜里她的心碎了。

那天夜里，已经很晚。岁岁卸装之后，照例由田导演陪着去吃消夜——平常妈也要去的，那天却因为过于激动，想一个人安静一会儿，先走了。田力把岁岁领到一个华人餐馆，恰巧那个餐馆的老板也看了演出，见了岁岁，欢喜得了不得，说什么也不要钱。还特别介绍几个特色菜。田力把炒田螺细细地剥净了，用筷子夹起来，喂到岁岁嘴里，田力问："好吃吗？"

岁岁点点头，笑一笑，却有两行眼泪滴落下来，吓了田力一跳。田力忽然感到，岁岁今晚有点不同，和平常不同。

转眼间，他和她已经相处快一年了。这女孩平常不爱说话只爱笑，笑也是静静的、憨憨的，一点儿不张扬。他曾经问过她："能模模糊糊地看见一点儿吗？还是一点儿都看不见？"她说，一点儿也看不见。他真的不能想象，对于一个青春韶华的姑娘来说，一点儿也看不见是个什么滋味，何况，她是看见过的，一个彩色的世界，就那么在一夜之间突然消失了，变成了一片穿不透的黑暗。一想到这个，田力就对她充满了怜爱，这不仅仅是怜爱。

田力虽还不到三十岁，在演艺圈里却已经有好些年了。下过剧组的人都知道，剧组里，要开就开裤腰带以下的玩笑，全国现在流行的那些黄段子，百分之九十以上都源于北京的演艺界。田力早就百炼成钢了。田力对好些事儿的看法也早形成了模式，现在冷不丁遇上了岁岁，就像是碰上了外星人似的，说不出来有多么新奇。现在二十来岁的都市女孩，个个都是人精，总体外号该叫"甲醇"（假纯的谐音）。岁岁的出现，简直是天上掉下来的一颗星星，明亮、纯洁又美丽得让他无法相信，她简直是个水晶玻璃人儿，又怕摔又怕碰，吓得他只有小心翼翼地捧着她。对于这样的女孩，身经百战的他觉得无法施展，他第一次感觉到了，他被一种美深深吸引，又深深排斥，他真的不知道怎么办才好了。

想法是有的，健康的男人都该有想法。那天无意中看见她换装之后，连连在睡梦里梦了她几次，可他知道，他啥也不能说，他一说，就得把女孩吓回去了，连一般的朋友也当不成。

可他万没想到，他不敢说的话，倒让女孩说出来了。

岁岁说："田导演，你咋对我这么好哩？"

他脸一红："应当的。大伙都争着对你好，我能为你效劳，算我的运气哩！"

岁岁又滴下泪来："田导演，你哄我哩，虚套子话别说，我懂哩！……我只问你一句话，你是真心要跟我好，还是怜我是个盲人？"

如果岁岁看得见，她会看到田力的脸像个熟透了的大红柿子，而且在微微地颤抖，田力万万想不到，身经百战的他会栽在这么个小姑娘手里。都市的那一套对这女孩全然不起作用，这一刻他忽然觉得那双眼睛根本就没瞎，那双眼睛在盯着他，把他看到骨子里。

田力的声音有些发抖："看你说的什么话？你是个了不起的女孩子，我从来就没把你当成盲人。"

岁岁伸出一只手，泪汪汪地摸索着他的颈子："好人哩！我要听的就是这句话！……我今年虚岁十九，在你们城市是年纪小些，可在我们那搭，不算小哩！我从小没爹，妈待我好是好，可我怕她，有啥心里话也不敢跟她说，自打眼睛看不见了，常常觉得凄惶，我虽看不见你，一听你那声音，我心里就有底……我……我告诉你真话：每次演出前，我对自己说，是为你唱的，我就能唱好，真的，你信不？！"

田力觉得脸上痒痒的有两行冰凉的小虫子爬了下来，一摸，湿漉漉的，他真的不相信自己是在流泪。这么真这么真的话他有多少年都没听到了，乍一听到，真是受不了。人生活在一种谎言里，时间长了，听到真话倒受不了了。不过，田力毕竟是经过风雨见过世面的人，心里因为没有准备，被这么意外地打中了，虽然真感情动了一下，毕竟只有一瞬，他很快调整好了自己，开始用头脑冷静地思索：该怎么回答，才能既不呼应她，又不伤害她。

"岁岁"，他点燃了一支烟，吸了一口，把心跳压下去了。"谢谢你，谢谢你给我的这份信任，这份真感情，我真的很珍惜。可你现在正是唱歌的黄金时期，你要一心一意唱好歌，不能分心，一切跟唱歌无关的事儿，放以后再说吧……"

"唱歌算是个啥事儿?！我们松岩叫个唱山，是人都能唱花儿，我们唱歌儿顺口儿就来，咋要把它当个大事哩？它千大万大也大不过我的真心吧？……田力哥，我一小儿就想着有个人爱我，一小儿就想着这档子事儿，听仙女传歌的故事，我就想着我就是那个仙女，我爱的那个猎手总归会出现的。瞎了之后我就想，只要有真心爱我的人，我的眼睛就会好，田力哥，你在干啥？……你不会笑话我吧？……"

田力从心里深深地叹出一口气。他何尝不喜欢岁岁？他就不信，有哪个男人不喜欢岁岁这么美丽可爱的女孩，可现在不是一个古典浪漫主义的时代，现在一切都要从实际出发，别说岁岁瞎了眼，就是好眼睛，这样的女孩他田力也不敢沾。这样的女孩太纯洁也太执著，不会拐弯儿，虽九死兮犹未悔。这样的角色在书里做做审美对象还差不离，在现实中遇见了可得掉头就跑，不然一不留神弄出一场感天地泣鬼神的爱情来，还不把人给累死？二十九岁的田力在感情经历上早已历尽沧桑，他是凡人，他可不想让自己充当一次经典爱情的男主角。现在他的生活很充实，轻松愉快，等到他认为可以结婚的时候，自然会找个适合做自己妻子的人，"多泡少结"，或者"先结后泡"。

可是面对着这个纯洁得像水晶似的女孩，这些怎么能说得出口?！他只有一口一口地吸着烟，最后，下了决心似的把烟蒂往烟碟里狠狠地一按，说了句："岁岁，不早了，我们走吧。"

老板说什么也不要钱，只请岁岁在黄色锦缎的留言簿上签了个名，还坚持把他们一直送到大门外，岁岁不好意思，硬是把演出时系的大红系腰给留下了，那老板还千恩万谢的。

到了外面，两人默默无声地走了几步，到了拐弯的地方，岁岁一步没走好，跟跄了一下，田力一把挽住她，田力在碰到她的时候忽然觉得她那么柔弱，那么需要扶助，也许就在同一时刻，岁岁觉得那条扶住她的胳膊是那么强悍，黑暗似乎能给人壮胆，他们几乎同时紧紧地抱住了对方。

十九岁的岁岁头一回的感受简直心醉神迷，她稚嫩的心承受不起巨大的幸福，她全身都在发抖，她脸上湿漉漉的，分不清哪是泪，哪是汗，她嘴里只反复地说一句话："田力哥，好人哩！……"田力只觉得她嘴里流出一股气息，那气息香如兰麝，好像是什么鲜花的香气，他整个人都被笼罩在香气里；异国的夜色清朗如水，妙不可言，他好像置身于一个神话之中，面对的是一个神话里的仙女……这种情境，慢说是他一个肉骨凡胎的田力，就是真佛到了也很难把持得住……

那一天晚上其实岁岁一夜都没睡，她知道妈悄悄打开门看她睡了没，后来又是田力，她心跳得很厉害，她知道他们或许要谈什么大事。田力把她送回家之后就没走，妈就把她打发去睡了。田力哥一定要提出那事儿了，岁岁这么想着，心跳得撑不住，黑得看不见也知道自己的脸血红，但她心里是欢喜的，她听着自己的心一下一下有力地跳动，心里说："田力哥，你说吧，我不怕哩！……"

但是后来她实在撑不住了，她悄悄地走了出去，"眼瞎路熟"，她没有弄出一点声音，只是在推开第二道门的时候，门呀地响了一声，她觉得自己的心跳停止了，但是没有任何反应，心跳重新开始的时候奇异的事情发生了，她突然觉得眼前一亮，像是一道七彩的虹，五颜六色地那么一晃，还没等她反应过来，那光便没了。她心里一惊，又是一喜："这是上界的仙女在对我说话哩！"她想："我的眼就快好了，苦日子到头了哩！……"

可是，紧接着，屋里传来的断断续续的说话声一下子把她打入了地狱。

"……田导演，岁岁的眼是医不好的，我劝你算了吧……"

"不，我欠了岁岁的，我觉得欠了她很多……要是帮不了她，我心里过不去……"

"……你甭说了田导演，我知道我们高攀不上，这都怪我那傻丫头，不怪你。你要是真想帮她，就再多帮她上上电视，现如今电视这个家伙厉害得很，啥都不会的混个脸儿熟，走到哪儿还受照顾哩，就别说我们家岁岁，有两把真刷子……"

"这些当然没有问题，可是，我觉着岁岁最想的，不是这个。"

"那你说，是啥？"

"当然是……是治好她的眼睛。"

"哎哟喂你怎么又来了，田导演？你要我咋说才明白呢？罢罢，今儿个晚上我索性都给你说了吧。反正是天知地知你知我知——明白不？哪儿说哪儿了，明儿再提起，我就不认了！"

岁岁妈顿了一下，好像故意设一个悬念，这个悬念悬在真空里一刹那，就好像过了一千年，针鼻儿落地的声儿也能听见，就在那时他们好像同时听到一声微微的叹息，但很快又被寂静淹没了。

岁岁妈给田力斟了杯酒，自己也满上了，说："咱娘俩慢慢儿喝着，洋酒，喝不惯，也凑合了，总比没有强……你当我是谁，我也不是个省油的灯，咱们大世面也见过，苦日子也熬过，死都死过几次，我怕哪个？！……我这一口的西北话难听是吧？在大西北待了小三十年了，口音没法儿不变，可我不是个山旮旯里的土娘们儿，我是吴苗！吴苗听说过吧？60年代走红的作曲家、歌唱家，那个年代，又会作曲又会唱的，可没几个！……没听说过？你这岁数的可不是，60年代还刚出世呢！……来，喝！"

田力惊奇地看着眼前这个满脸沧桑的女人，提起逝去的岁月，正在一点一点地变得年轻，他这时可以想象她皱纹消失时的样子了，她年轻时应当是美丽的，肯定是美丽的。

"人说红颜薄命，真是一点儿不错"，岁岁妈喝了一大口，像喝水似的，"不出头，就遭人欺负，要出头，就遭人嫉恨，人哪，都是嫉人有笑人无的，都是锦上添花，哪来的雪中送炭？！正红的那时候，硬是因为我说了句苏联专家也有缺点，就把我给打成了右派，我气呀，年轻时候血气盛，气血一倒流，就做下病了，嗓子也倒了，本钱没了，我拿啥来安身立命呀，又碰上岁岁爹那个胆小鬼，外人没乱他先乱上了……不说这些了……"

田力目瞪口呆地看着她咕咚咚又是一大口，真想提醒她这可是洋酒，别跟在西北喝地瓜烧似的。

"我这一辈子惟一的心愿，就是要我的岁岁能继承我，别再像她妈这个苦命人了！……"她干涸的眼角似乎溢出一滴眼泪，很费劲地从眼眶里面钻了出来。"为了她我啥都做了……你当她真是发高烧瞎的？告诉你，不是！"

这声音在万籁俱寂的夜里，令人胆战心惊。

接下来的声音压得低低的，但是在夜气的烘托下，是一种放大了的耳语："告诉你，她的眼，是被我用药泉的水熏瞎的！"

话未落音，好像有什么声音，但是声音还没听准就消失了。

"你……你怎么会干这样的事情？！"

田力惊得站了起来，他突然觉得眼前的女人在暗淡的灯光下十分狰狞。

"这……这都是为了她好！这孩子，唱歌的天分不低，可她的心花，见啥爱啥，我怕她再大点，又迷上了啥，移了性情，就不好办了，也是那次她错过一次极好的机会，我一气之下，就给她来了个一了百了，我让她一门心思地唱歌，唱花儿，当花儿皇后，做顶尖人物，松岩的人谁不说，岁岁真的唱好花儿，是在眼瞎了之后！"

田力惊得说不出话来。他知道林子大了什么鸟儿都有，可他还真不知道有这种做母亲的，难道她有潜在的精神病？！

"那天晚上，是我的忌日，我其实从那天就死了……"她现在落泪不那么艰难了，已经可以成串地往下流了，"我给孩子吃了三粒安眠药，孩子睡得死死的，我就给她烧好了洗澡水，在大盆里给她洗澡，然后我就……我是听老辈人说的，那药泉的水烧到药吊子里，那股热气可厉害呢……我不悔，我不悔，谁不说我岁岁真正唱好花儿，是在眼瞎之后！……"

砰的一声响，这回是两个人都听准了，好像是什么翻倒的声音。两人怔了一下，几乎同时奔了出去。什么也没有，是风把百叶窗外的花盆吹倒了。

那天晚上岁岁妈喝了个烂醉，到第二天晌午才醒来，头痛得像是满脑子扎上了钢针，上岁岁房里一看，门虚掩着，被子没叠，人已走了。心想定是田力又来过了，两人散步去了。这些日子，差不多天天田力都要来陪她娘俩散步，这儿不远就是个小树林，干干净净的美得很。

　　岁岁妈忍着头痛结结实实地做了一顿丰盛的饭，是午饭和晚饭之间的下午饭，岁岁妈是想早些吃了饭做做准备——岁岁晚上还有演出。

　　可一等就等到了黄昏时分。

　　在黄昏的雾霭里，田力来了。岁岁妈的心像定音鼓似的剧烈震动了一下。接着，两人几乎同时问出来："岁岁呢？"

　　两人知道大事不好。岁岁妈在换鞋的时候手直抖，怎么也系不上带子，可嘴里还是硬的："没啥事儿，她一个瞎姑娘，能跑到哪搭？……"两人分头去找，直找到暮色将临。田力忽然想起，得赶紧与美方取得联系，商量临时换节目的事儿。岁岁要是真的走失了，可不是必须得换节目吗？！打电话，马上打电话，就说岁岁得了急病……在回去的路上，他看见岁岁妈也正艰难地走着，背影看上去像个老妪。田力真的害怕了，人怎么能一下子老成这样？！

　　两人前后脚进了门，一看，都怔了。岁岁一个人坐在宽宽敞敞的大餐厅里，正在吃饭。细细一看，她满脸红肿得脱了形，神情却是比任何时候都镇定，仿佛是一下子长大了许多，最让人怕的，是她那吃饭的架势，那满满的一桌饭已吃下了一多半，可她还在面不改色地继续吃着，好像能够吞下整整一只牝鹿似的。

　　岁岁妈试探着叫："岁哎！"

　　岁岁不语，只是不停地吃。两个腮帮子鼓鼓胀胀的，仿佛变了形。两个人就那么木呆呆地看着她吃，后来，岁岁妈真的害怕了，扑过去搂着岁岁："岁哎，你这是咋地了？！……不能再吃了，要吃坏了！晚上还有演出呢，你忘了？！"

　　"我咋能忘了演出呢！忘不了。"突然，岁岁很平静地说。

田力一下子觉得，那平静背后有什么叫人怕的东西。

岁岁很早就叫妈和田力把她扶到化妆室，让化妆师为她化妆。田力扶她上楼的时候心里暗暗吃惊，不过一天的工夫，这个小小人儿突然变了，昨天，她的身体仿佛水一般柔软，一触即化，可今天她全身好像都僵硬起来，她近在咫尺却远隔天涯。她今天对化妆师的化妆好像格外挑剔，每一笔落在脸上的粉彩，她都感觉不对，画了擦擦了画的，一条眉毛都要画上半个钟头。最后连化妆师也不耐烦了，化妆师说："行了小姐，够美的了。"

岁岁说："可我看不见。"

化妆师说："你可以问问这位先生。"

岁岁问："田导演，你看，我美吗？"

在田力的记忆中，这是岁岁最后和他说的一句话。他不知怎么的，回答的时候声音有点儿抖："美，美极了。"

岁岁咧嘴笑了，岁岁的笑有点儿奇怪：嘴角一动，脸上的粉渣儿就往下掉，田力这才发现，一夜之间，岁岁的模样变了。岁岁的脸，就像戴了一张橡皮面具，白得阴森森的，那娇嫩的质感全都没了。田力看了害怕，但是很快就要演出了，又不敢多说什么，心里只想等演出结束要找岁岁好好谈一谈，他想，昨天和岁岁妈的那番谈话，岁岁肯定是听见了，肯定是。

岁岁一登上台，台下就轰动了。台下一欢呼，田力就看见岁岁妈的那张脸一下子舒展开了，可他心里却依然揪得紧紧的。不知为什么他有一种不祥的预感。他看见岁岁在欢呼声中没有一丝笑容。那一身白衣不再像仙女下凡，而像是窦娥、李慧娘之类的女鬼了。他真的不知道究竟是什么强大的力量在一天之内改变了一个天真烂漫的女孩。

岁岁唱出的第一声把田力的心拉到了嗓子眼——本来那么甜美的声音变得粗粝而沙哑，那真是在吼，可那种声音恰恰暗合了美国人的审美趣味，于是引起一阵暴风雨般的欢呼。

尕妹妹我睡倒了，
　　孽障人，
　　我为阿哥病了，
　　阿哥是羊油浸下了，
　　说不成，
　　妈妈把良心坏了。

　　田力和岁岁妈交换了一下眼神，眼神里都透出惊恐——这是从来没有过的一支花儿，那电闪雷鸣般的凄厉，像是来自苍天的责问。田力看见岁岁妈的全身颤抖着，自己的心也止不住狂跳起来。

　　毶毶的褐衫换新装，
　　全为了你，
　　手巾里包上那花香，
　　把瞎眼的尕妹看一趟，
　　眼泪淌，
　　妹妹我活下的难场。

　　你听见尕妹妹口唤了？
　　苦命人，
　　妹妹是泪尽的洋蜡了，
　　阳世上再没有疼肠了，
　　一辈子，
　　活人的心思毁了。

　　天哪，这样的词，加上这样凄厉的音调，田力觉得自己再也撑不住了，他想无论如何等演出结束之后他要找到岁岁，告诉她，他爱她，像她爱他一样，再过几年，等她大些了，他要娶她，一个男人一辈子碰不到第二个这样的女人，连个真心话都不敢说，还活甚人?!

可就在他这样想着的时候，岁岁的嗓音忽然劈了，如裂帛一般，忽悠悠甩到空中，突然断裂了。

　　台下突然像坟墓一样沉寂。田力看见，岁岁妈的脸如同白蜡一般，慢慢地倒下了。接着是一片惊呼。

　　不知过了多久，田力觉得自己的意识终于恢复之后，他像疯了似的冲进化妆室，但是那个巨大的化妆室，就像一个被分割成无数格子的迷宫，田力在那些格子里穿来穿去，每个镜子面前都坐着一个女人，可谁也不是岁岁。田力觉得自己真的疯了。

　　几乎是在同时，全国的观众也在电视转播里看到了这一幕。看到的人，无不心惊胆战。在北京的一座五星级宾馆里，姓郭的老板用他那独特的男中音重重地叹了口气，然后，慢慢把那份合同撕得粉碎。粉碎了的合同如雪花一般飘散在京城被严重污染了的天空上，消失了。

　　松岩作为风景区开放了，好多人都来参观那美丽的药泉。松岩人心知松岩的开放准定和岁岁有关，那娘俩走出了松岩，出了大名了，就没再回来。可每天到了黄昏时候，下了工的松岩人依然能听见岁岁唱的花儿，那歌声是打大山里传出来的：

　　　　正月里到了是新春，
　　　　大门上挂了个红灯；
　　　　上下的庄子里呀你打听，
　　　　在你身上我没外心。

　　　　二月里到了哟龙抬头，
　　　　王三姐要打个绣球；
　　　　没人了我俩手拉上手，
　　　　有人了你走在那后头。

三月里到了呦三月里三，
王母嘛娘娘的圣诞；
心上的尕妹呦坐地边，
放声呦漫了个少年。

四月里牡丹花开开了，
妹妹的眼睛呦摘了；
阿哥们出门呦走开了，
有缘的尕妹妹舍了。

五月里到了呦五端阳，
要喝个雄黄呦酒哩；
打开个阎王的生死簿呦，
我俩的缘法们有哩。

六月里到了呦五红的浪，
清水里洗衣呦裳呀；
白日里想你呦晚梦见，
清眼泪泡塌个坑哩。
……

松岩的人都传说，岁岁就是松岩山的那个仙女，在松岩传了歌就走了。可她依然舍不下松岩人，每晚都要回松岩来，给劳累一天的人们唱首花儿听……

无调性英雄传说

——关于希腊男神与科学神兽的故事

以及对《荷马史诗》的改写

第一章：英雄

1

奥林匹斯山上有四个美男子，一个叫做阿波罗，一个叫做阿多尼斯，一个叫做纳西索斯，还有英雄阿喀琉斯。当然，希腊神话中美男子还是蛮多的，譬如牧歌的创始人、女神的弃子、善于吹奏笛子的达佛尼斯；缪斯克莉奥和马其顿国王皮埃罗斯的儿子、被阿波罗掷铁饼时误伤而死、变成了美丽的风信子的雅辛托斯；卡吕刻与厄利斯国王埃特利俄斯之子、与月亮女神相恋、最后处于长眠、永葆青春，每夜在睡梦中与月亮女神相会的牧羊人恩底弥翁……

但是这四位，却由于他们特别的身世，更具有某种戏剧性，特别是，他们与我后面要讲的四个科学神兽有着若隐若现互相对应的微妙关系。

阿喀琉斯的形象是在我心中慢慢完善的——还没读《荷马史诗》的时候，就先看了小人书"伊里亚特"和"奥德赛"，阿喀琉斯的纵横飞扬、飒爽英姿令我着了迷——他出身名门，是英雄佩琉斯和美貌仙女忒提斯的独子。他出生之时预言家卡尔卡斯说：阿喀琉斯成人后将会参加特洛伊之战，并单刀赴会主攻特洛伊城，但他最后会死在特洛伊人的箭下。母亲忒提斯听后，在儿子刚出生后不久就把他倒提着浸入冥河，想把他炼成刀枪不入的金钟罩。然而，因冥河水流湍急，母亲捏着他的脚后跟不敢松手，小小的阿喀琉斯被母亲捏住的脚踵始终不曾碰到水——于是留下了全身惟一的死穴，也就是著名的"阿喀琉斯之踵"。

他长大了，在特洛伊战争发生之时，所有人都在竭力阻止他，包括他美丽的母亲忒提斯，忒提斯含泪抚着他金色的头发说："孩子，妈妈跟你说，我们真的不知道阳光是不是漂白了世界，爱情是不是染红了花朵，可是，历史却是真的是淘尽了面孔啊！你的头颅再硬，绝对撞不开特洛伊城门的一角，你的臂膀再有力量，也绝对划不过时针的双桨！把你的时间留给最爱你的爸爸妈妈、你未来的女友吧，我亲爱的儿子！别让你的妈妈忧伤！"

然而阿喀琉斯坚定不移："妈妈，相信我！我一定会攻破特洛伊的城墙！我要插上翅膀，到特洛伊的树上吃几只鸟蛋！让自由之花开满我的身体！你不可改变我的决定，谁也不可改变我！妈妈，你若是想我，就看看特里斯给我画的肖像吧，我美好的童年就在那个世界里永远定格，特里斯在一张纸上保鲜了我，你看看那肖像背景上的阳光，鲜艳的树！请你把它挂在最显眼的东墙上，你看见了那幅肖像，就像是看见了我！"

父亲佩琉斯一言不发。他知道拗不过命运的力量，他把众神在他的婚礼上送的铠甲、海神波塞冬送的马和基戎的长矛都交给了儿子——在儿子小的时候，他曾经让马人喀戎教会了儿子使用各种兵器。

我们的青年英雄阿喀琉斯就这样离开了流泪的母亲和沉默的父亲，冲向外面的阳光与绿叶扶疏之中。他还把两个最要好的朋友福尼克斯和帕特罗克洛斯也一起拉上了战场。

勇士们聚集在奥利斯港湾，军队人数有十余万人，船只有数千。在岸边祭坛献祭的时候，忽然间祭坛下面钻出了一条色彩鲜艳的蛇，像一条彩色的绳子，弯来弯去地爬到树上一个最高处的鸟巢，吞下了十只小鸟儿。小鸟的叫声撕裂了黎明的霞光，勇士们眼睁睁地仰头看着，看着吞下小鸟儿的蛇变成了一块大石头，坠落下来，众人大惊，统帅阿伽门农急忙召来预言家卡尔卡斯，这位卡尔卡斯也就是曾经预言过阿喀琉斯将死于特洛伊人之手的那位。卡尔卡斯喝完一杯浓浓的苹果汁后，缓缓地说："各位英雄，你们准备好背井离乡十年吧！……

"因为你们需要整整十年才能攻下特洛伊城！"

深夜，福尼克斯睡不着。他推醒了正在酣梦中的阿喀琉斯，一起来到海边。小福的神态惊住了阿喀琉斯，小福低声说："伙计你愿意听我讲一个真实的故事吗，你愿意吗？"在阿喀琉斯点头之后小福讲出了一个惊世骇俗的故事，让年轻的阿喀琉斯全身热血翻涌。

原来，那个广泛流传于坊间的海伦与金苹果的故事完全是假的，是谎言。事实是：这场战争的起因是宙斯。在上一届奥林匹斯山的聚会上，诸神提出宙斯已老，应当选定接班人。雅典娜首先提名佩琉斯，雅典娜说佩琉斯是一位真正的英雄，不计名利、功勋无数却从不好大喜功，而且，他是平民出身、没有背景，品行端方，洁身自好，清廉公正，是个素人，除忒提斯之外没有任何绯闻。诸神表示了赞同，宙斯当时也深以为然，起码，在表面上是这样的。

然而老谋深算的宙斯当晚就紧急召见了妻子赫拉，当时他们分居已久，赫拉的毒辣连心硬如铁的宙斯也感到齿冷，赫拉说她早就在担心佩琉斯有功高盖主的嫌疑，但是苦于找不到任何借口干掉他，现在有个很好的契机，就是唆使特洛伊王子帕里斯抢走阿伽门农的新婚妻子、美女海伦，然后再派遣阿伽门农作为统帅去讨伐特洛伊，接着召佩琉斯的独子阿喀琉斯参战，这样，既削了佩琉斯的军权，又可以以他的独子为人质，进可以攻，退可以守。要知道，阿伽门农是惟一可以与佩琉斯抗衡的统帅。

阿喀琉斯大惊失色。

"可……可是这样绝密的事，你是怎么知道的？！"慌乱中他问小福。福尼克斯的脸突然红了一下，一时语塞。"……现在……现在我还不能告诉你消息的来源，但是，这消息肯定是真的，百分之百是真的！"

阿喀琉斯当然相信。他深知福尼克斯家族世代忠勇诚实从不知谎言为何物。他突然明白了母亲的担忧和父亲的沉默，他紧握好友的手说："怎么办？那你说该怎么办？！！"黑夜中，另一个朋友帕特罗克洛斯出现了。三人把手紧握在一起，他们愤怒的眼神仿佛被什么看不见的东西撕碎，天空慢慢出现一丝神秘的蓝光，阿喀琉斯觉得自己年轻的心绞痛起来，他们已经攀越了那么高的山峰，渡过了那么深的海洋，为了表现他们对宙斯的忠诚，他们一直不惜牺牲自己，当他们痛苦至极的时候，总是想象着宙斯在奥林匹斯山上挥舞着簸悬木枝的微笑，可是他们现在知道，那慈祥完全是假装的，是佯笑、里面盛满了残忍的阴谋。

"那我们就为阿伽门农而战吧！毕竟他是无辜的！"良久，阿喀琉斯如是说。小福皱了皱眉，想说什么，又把话咽了回去。

天空上那缕神秘的蓝光慢慢消失了。

2

特洛伊城内一片混乱。昔日美丽的文化宝藏被践踏摧残无数，撒旦从魔鬼的宝瓶中溜了出来，在这里横行霸道，人们互相残害互相出卖互相倾压，每时每刻都面临着危险，雾霾当空血流成河，但是在宙斯的雕像前他们依然挤出笑容，一律摇着簸悬木枝表示对宙斯的效忠。

宙斯本人则睡在奥林匹斯山上，享受着骄奢淫逸的生活。这天他让睡神拉漠斯带来了水仙女神，水仙女神是宙斯的新宠——或许如此表达并不合适，因为水仙始终是被迫的、不情愿的，尽管宙斯百般献媚，水仙根本不为所动，水仙再三强调的是：她有男朋友，她爱他，他是她的一切。但越是如此越加深了宙斯的征服欲，他想这一次一定要拿下这个丫头，再也没有什么比拿下一个俊美倔强的丫头最后再甩了她更让宙斯惬意的事了！宙斯叫人端上一大盘丰富的美食，有烤得香喷喷的牛肉和猪肉、葡萄和橄榄、坚果和蜂蜜，还有美酒。但是水仙摇摇头，说什么也不想吃，水仙那一脸决绝让她的容貌更加美丽。宙斯凑近了她，嘴唇几乎碰上了她的耳环："你的男朋友是谁？告诉我，我可以让他加官晋爵……"水仙慌张起来水仙说："不不，……他不是一个愿意做官的人，我不会告诉你他是谁……"宙斯哈哈大笑宙斯说你真的是太有趣了，好吧好吧，冰清玉洁的姑娘，让我们干了这杯酒，为你的男朋友，为你们坚贞不渝的爱情！……"

接下来的事你们自然已经猜到了。我们的水仙女神喝完酒后就倒下了，宙斯顺理成章地脱下了她的衣裳……

这是宙斯多年以来玩的把戏，至今没有失败的案例，然而他万万没有想到，正是这一次的水仙事件，酿成了日后的巨大祸患……

几乎是在同时，在赫拉独居的宫殿里，灶神丽达向赫拉报告了有关水仙的消息。赫拉正躺在一个巨大的蚌床里，蚌床闪着珠贝的光泽，赫拉只是轻轻地撇了一下嘴，翻了个身，这种消息对于她来说真的是太稀松平常了，一点儿也无法引起她的异动。她现在关心的是特洛伊城的这场战争，她知道特洛伊城的人民现在正处于癫狂状态，她也知道佩琉斯对于接替宙斯这件事情完全没有兴趣，但是她喜欢挑拨各种复杂的关系使它们变得更加复杂，她喜欢看云起云落暗流涌动的局势。对于性，她早已完全没有兴趣了，年轻时那个常常骚动的 G 点，现在安静如同古井之水。但是她依然喜欢看男子的容貌，奇怪的是，以她这样的高龄，她并不喜欢那些与她相仿或者年长的男性，哪怕是阿伽门农这样具有英雄气概的统帅——她喜欢那些年轻貌美、英勇无畏却又心存高傲的男神，譬如：阿喀琉斯。

是的女神赫拉喜欢那些难以征服的男神。凡是被她轻易征服的，她便视同草芥，很快将其忘记，而阿喀琉斯那种盛年中美丽男性的孤傲勇猛，是她一直迷恋却又一直无法征服的，为此她费了许多脑筋，她曾经派美神阿芙罗蒂德去勾引他，无果。后来她又借宙斯之名传令他进入奥林匹斯山，亲自为他和自己的女儿阿瑞德拉线，她想，只要阿喀琉斯成了自家人，哪怕是做了自己的女婿，也会好办，然而阿喀琉斯这个不知天高地厚的小子，居然敢于抗命不遵。她气得接连几天都吃不下饭睡不着觉。现在，特洛伊战争终于给了她这个机会，她要远远地观察这个瞬息万变的战场，她一定要在阿喀琉斯命悬一线的时候，出现在他面前。

3

特洛伊人的疯狂是所有人始料未及的。他们几乎变成了丛林里的野兽，他们分裂成许多群落，所有的群落都号称自己忠于宙斯，他们架起了各种枪炮，互相开火，整日在炮火硝烟中对峙，死伤无数，特洛伊人的肉体堆成了壁垒，他们把机枪架在尸体上向对方开火，没有人再去种粮食和棉花，很快他们就无米下炊，已经开始人相食了。

卡尔卡斯预言的十年，就要到来了！

赫拉终于想出了一个对付阿喀琉斯的办法——所有人都是有软肋的，阿喀琉斯亦如此。这天早餐之后赫拉让灶神丽达去请阿喀琉斯。阿喀琉斯风尘仆仆地赶来，赫拉坐在宝座之上，看着让自己垂涎多年的年轻男神，早已春心荡漾。她今天特别穿上了性感的透视装，在镜前她觉得自己还不算太老，她化了三小时妆，就是想殊死一搏，或者赢得他，或者让他死！

赫拉温言软语地说，阿喀琉斯你坐近一点，我告诉你一个秘密。阿喀琉斯有点吃惊地看着她，他眼睛里那种纯洁和茫然是如此之美令她着迷，她款款地说你知道吗我的年轻的英雄，你的父亲面临着危险！

一句话惊呆了阿喀琉斯！他下意识地上前一步。赫拉竟然走下宝座轻移莲步，一手挽起阿喀琉斯的手臂，压低声音故作神秘状："想知道吗，那我们找个地方，慢慢儿说！"阿喀琉斯本能地收回手臂，目光如电："抱歉！现在有重要军务在身，如果您想对我说什么，请现在马上告诉我！"赫拉怔了一下，"阿喀琉斯，你竟敢用这样的口气跟我说话！难道你想对我下命令吗?！"

阿喀琉斯怔了一怔，微微颔首："尊敬的赫拉天后，我完全不想冒犯您，但是军令如山，特洛伊战场上的情况，您是了解的……""我不要听什么特洛伊战场！"赫拉捂住耳朵大声喊起来，"现在，我命令你跟我走，我有重要的事情告诉你！"

阿喀琉斯记得，他随着她穿过重重阴暗的帷幕，终于，前面那两只雪白的脚踝停住了。然后他闻到一股异香。还从来没有经过女人的他猝不及防地被一具雪白的肉体紧紧缠住了，华丽的袍子不知何时已经落在他的脚下。少年血气一下涌上头顶，但是眼睛却隔着雪白的胳膊突然看到帷幕外面的卡尔卡斯，预言家向他打着手势，是他从小便熟悉的万分紧急的手势！接着，卡尔卡斯的声音直接传到了他的耳中，他知道，这声音是赫拉听不见的！

"阿喀琉斯，马上离开这里！马上!！阿伽门农在特洛伊战场等着你！"卡尔卡斯的声音里充满了威严。

他推开了她，在那一瞬间他看到了她松垂的乳房和起皱的肚皮。赫拉惊异地看到几乎到手的猎物瞬间挣脱，在那一袭深红色斗篷转瞬即逝之时，她突然大声呼喊起来："阿喀琉斯！你父亲面临着巨大的阴谋！宙斯想杀掉你的父亲！然后，等特洛伊战争结束之后，再杀掉你!！"

秋风断断续续地把声音送入阿喀琉斯的耳中，他觉得今年的秋风格外寒冷。

4

当时特洛伊战场战火正酣。敌人几乎占据整个城市，希腊联军被涟漪一般的敌人重重包围，特洛伊大王子、帕里斯的哥哥赫克托尔挥舞长矛所向披靡，联军战士尸横遍野，到处是刀光剑影血流成河，很多人眼看无望，随时准备抽身逃离。统帅阿伽门农一眼看到阿喀琉斯，眼睛里如同着了火一般，他大吼着："阿喀琉斯！我们的希腊联军第一勇士，你到哪里去了?！！"

阿喀琉斯骑着战马戴上头盔立即冲入火海，迎头冲向赫克托尔，两位超级英雄相遇，应当是这场战争的巅峰了！——阿伽门农这么想。阿喀琉斯迅疾如风，那领斗篷如同红色的闪电左冲右突，本来已经被打蒙了的希腊联军如同吃了一粒回春丹一般，一下子振作精神，跟着那领鲜红的斗篷，舞动着各种兵器，准备决一死战。——战局发生了巨大的变化，希腊联军步步紧逼，特洛伊城的战士们节节败退，精疲力尽的赫克托尔站出来，面对阿伽门农大声说："如果你们还有贵族精神，请休战一天吧！要知道，上天主张公平竞争，我已经在这里鏖战了五天五夜，而阿喀琉斯却是刚刚上阵，正是精力充沛之时，如果你们胜了，也是胜之不武！"阿伽门农看了一眼阿喀琉斯，一向骄傲的年轻男神不屑地笑了："好啊！那我们就休战！让你好好养精蓄锐，到时看看，到底谁是真正的英雄！"阿伽门农一向不喜阿喀琉斯的这种骄傲：统帅还没发话，怎么你就可以私自决定休战？——也是当时情势所迫，阿伽门农没说什么，算是默许了。双方士兵各自后退五百步，安营扎寨。

月亮这一天是淡红色的。淡红色的月亮照亮了阿喀琉斯的帐篷，两个黑影悄悄走来，并没有任何请示，直接进入了他的帐篷——不用说也知道，这是福尼克斯和帕特罗克洛斯——军中只有这两位有这样的特权。

烛光照在他们年轻的脸上，忽明忽灭。

三个年轻人在计划着一个惊天的举措：他们想推翻宙斯，建立一个新的王朝！阿喀琉斯讲了赫拉召见他的事，小帕在一旁担忧着："这个娘们儿肯定会怀恨在心，不定什么时候要报复你呢！"阿喀琉斯脱下自己的黄金软甲，硬邦邦地说："不怕！到这个时候了！宙斯和赫拉已经人神共愤！是他们挑起了特洛伊战争，让这场战争持续了十年之久，死伤无数，破坏了那么多丰富的瑰宝，而他们自己则在淫乱宫闱，还要求人民禁欲，稍微有一点点差错，就是死罪！这样的朝廷，早该推翻了！"小帕长叹一声："话是这样说，可是万一不成，要付出多么惨痛的代价啊！看看太阳神阿波罗的遭遇……"

他们沉默了。——阿波罗是在六年前被迫害致死的，现在的阿波罗，不过是复活后的阿波罗，是智慧女神雅典娜救回了他的魂魄，由月亮女神菲碧每天用月光精心养护才恢复的肉身。阿波罗曾经是功力非凡人见人爱的太阳神啊！他的恋爱史也是精彩纷呈，可现在，他无法与深爱的人交合，因为宙斯，他已经很久没有进入奥林匹斯山了，他的座椅是空的，当然，由于对他的爱慕，雅典娜还在一直为他百般排解，但是诸神都知道，那个最明亮的太阳神，已经在天庭中永远消失了……

"我看这样吧，你们不要介入其间，趁此特洛伊之战最关键的时候，阿喀琉斯你依然协助阿伽门农打赢这场战争，毕竟，阿伽门农是有夺妻之恨的！我们抢回海伦，也是正义的！让我去刺杀宙斯吧！所有的罪，我一个人承担！"

福尼克斯迎着两位挚友惊异的目光，终于和盘托出一个惊人的秘密——原来，现在正当红的、被宙斯百般宠幸的水仙女神正是他的女友！水仙女神与他相爱已久。"亲爱的，我身上……现在已经不干净了，"水仙女神对着深爱的人泣不成声，"宙斯老贼得逞了！他把我灌醉，然后……"小福一把抱住她，泪如泉涌。"此生若不杀了老贼，誓不为人！"小福在梦中高喊的声音，此刻在挚友的帐中回响。

阿喀琉斯终于明白前些时那个绝密的来源了，他看着小福悲愤的目光，伸开双臂，把两个朋友紧紧抱住，低声而有力地说："好吧，让我们制定一个计划，我们一定要为民除害！……"

5

重新开战的时间已到，几个回合之后，阿喀琉斯轻易地把赫克托尔斩于马下。希腊联军一举涌上，夺回海伦。阿伽门农一把搂住自己的爱妻，而美女海伦却不怎样激动，她的一双美丽的大眼睛，牝鹿一般惊恐又羞怯地射向特洛伊之战的第一功臣、希腊联军的首席勇士阿喀琉斯，阿伽门农立即觉察到了，阿喀琉斯却浑然不觉——他在想着另一件事情，一件对他来说重要得多的事情。

特洛伊人疯狂地扑了上来，决一死战的时刻到了！阿喀琉斯热血沸腾见神杀神骁勇异常，希腊联军排山倒海般地冲杀过去，特洛伊的城门开了！希腊联军碾压式地攻占了整个的城池！——就在人们欢庆胜利的时候，宙斯突然出现，他沉闷的声音突然响彻了整个太空："诸神！你们听着！就在刚才，就在你们欢庆胜利的时候，福尼克斯竟然来谋刺我！据查，他是受了佩琉斯的指使！我已经杀了福尼克斯，现在，特洛伊战争已经结束，统帅阿伽门农，请你立即逮捕佩琉斯和他的妻子忒提斯，而阿喀琉斯，"宙斯威严地转向阿喀琉斯，"虽然你立下了首功，也要暂时委屈你一下，随我一起到奥林匹斯山待命！"

宙斯的手里，分明拎着好友小福的头颅——那年轻的头发、新鲜的血滴，让正处于青春期的阿喀琉斯的荷尔蒙突然暴涨，他毫不犹豫地挺着长矛笔直冲向宙斯——那是他十八年的好友啊！一朝殒命，竟连道别的话也没来得及说！

——几乎所有的人都冲上来抓阿喀琉斯，让他没有想到的是，冲在最前面的竟然是阿伽门农！

宙斯阴冷地笑了一下："你好急的性子，连待命也等不及了吗？难怪你追求赫拉的时候，吃相那么难看！……"

"追求赫拉？！你在说梦话吗？宙斯，你曾经是我的神，可从现在起，你再也不是了！你是我的敌人！！"阿喀琉斯觉得自己在挣脱一万双手，突然，他的身体剧痛难忍，他的双臂变成了巨大的翅膀，他终于挣脱人群腾飞了起来，在最后的刹那间，他没有忘记倾斜一下翅膀，载上了帕特罗克洛斯。他急速飞向奥林匹斯山，在飞过无数河流与山脉的时候，他没有注意到躲在山谷背后施法的雅典娜。雅典娜意味深长地看着这个年轻人，她无法判断他未来的幸与不幸。

眼看着阿喀琉斯突然变成巨大双翼的大鸟，所有的人都惊慌起来，不知道将会发生什么，宙斯却很镇静，特别是当他看到赫拉沉着地驾着云车赶来。宙斯轻声却坚决地下了命令："放箭！"一瞬间，无数银灿灿的箭镞流向了天空，大鸟在箭雨中穿行。"闪电呢？！雷声呢？！"宙斯怒吼着，司闪电与雷声的神同时施威，闪电顿时划破长空，一团团的火球在大鸟身边炸裂，但大鸟坚定地穿过乌云，像一道明亮的光迅速消失在奥林匹斯山。

阿喀琉斯解救了已经在押的父母，把他们驮在自己的翅膀上，向更高的天空飞去。诸神仰望着他们——他们眼看就要飞离苍穹、飞向一个不可知的世界了。赫拉突然说："帕里斯呢？帕里斯在哪里？""帕里斯怕不合适吧，他毕竟是敌国的王子……"宙斯喃喃地说。

"那有什么?！现在最重要的就是杀死阿喀琉斯和他的全家！假敌国之手，就更有意思！"

宙斯避开诸神的目光，向战败的帕里斯挥了挥手，帕里斯向来以神箭闻名于世，何况他知道金钟罩阿喀琉斯的软肋，他吸了一口气，拉满弓弦，一箭射向苍穹，那支箭像是长着眼睛，直直追向大鸟的脚踵。

阿喀琉斯颤抖了一下，又颤抖了一下，脚踵上的鲜血被闪电的火球炸得粉碎，他还来得及回头看了一眼父母和好友："父亲、母亲、小帕……对不起，我没能保护好你们……相信我，宙斯是一定会被推翻的！……虽然我失败了……但我的灵魂一定会化作复仇之神，与宙斯和赫拉战斗到底！……"

6

那一天，暴雨席卷了整个奥林匹斯山脉，后来在传说中，月亮女神菲碧说，那一天，诸神都哭了。英雄之死，甚至会引起他的敌人的震撼。连射死阿喀琉斯的帕里斯也难过得吃不下饭。可是所有的人都不知道，在哭泣的人群中，还有一位异类，它的哭声甚至超过了诸神的总和——它，就是著名的芝诺之龟。

多年以前，奥林匹斯山物理帝国运动竞技开幕，芝诺之龟与少年阿喀琉斯赛跑——这个安排本身就十分可笑，即使是小小幼童，打败乌龟也不是什么难事儿，何况，阿喀琉斯生来便精壮有力迅疾如飞。小乌龟以自己的身体劣势为由，向组委会申请提前奔跑一百米。阿喀琉斯没等组委会研究便一口答应了——所有人都知道，即使他退让一千步，照样儿能获胜。可是万没想到结果是这样的：比赛开始，当阿喀琉斯追到一百米时，乌龟已经向前爬了十米；阿喀琉斯继续追，而当他追完乌龟爬的十米时，乌龟又已经向前爬了一米；阿喀琉斯只能再追向前面的一米，可乌龟又已经向前爬了十分之一米；就这样，芝诺之龟总能与阿喀琉斯保持一个距离，不管这个距离有多小，但只要乌龟不停地奋力向前爬，阿喀琉斯就永远也追不上乌龟！

就这样，英雄阿喀琉斯的大长腿竟然败给了芝诺之龟的四只小短腿儿！芝诺之龟一战成名！不但在奥林匹斯山上，不仅在古希腊，芝诺乌龟在全世界都有了响当当的知名度——连中国的圣贤庄子也从中发现了属于东方文明的神秘玄奥的定理："一尺之棰，日取其半，万世不竭。"

其实在现实世界中，芝诺的乌龟的胜利是不可能的，几岁小孩也可以追上任何一只乌龟。而且，数学王国的大咖们随便就能建立一个简单的方程组 $t=s/(v_1-v_2)$，这个方程式不但能打败乌龟，还能求出阿喀琉斯追上芝诺之龟的精确时间。

但是物理帝国是独立的王国，所有众人认为天经地义的事都必须用严密的逻辑推理来证明才能存在。所以当数学家们对乌龟的胜利表示否定的时候，物理学的翘楚则轻蔑地表示反对，因为要想推翻这个结论，前提是必须要解决极限问题。

于是数学大神们十分恼怒，从毕达哥拉斯到欧拉，一直在破解极限问题，统统失败，既然没有办法证明芝诺之龟的失败，那么无论诸神与众人多么难以接受这结果，也得忍着，就这样，乌龟以胜利者的姿态盘踞物理帝国整整两千年——阿喀琉斯的死亡让乌龟很难过也很不好意思，它心里是明白的，所以它的哭声比谁的都大。

直到两千年后，数学巨匠莱布尼茨和物理巨匠牛顿才用微积分中的"极限"法门攻破了时空连续性。这是多么伟大的革命！极限问题的破解给阿喀琉斯平反了！当然，这位大英雄当年被宙斯强加的弑君罪行早已得到平反。人民在世世代代的传说中歌颂着这位年轻的美男子、盖世的英雄——他活在荷马史诗中，更活在人民的心中。

至于这只已经去世的老乌龟，从哲学到前沿物理学界，至今还在争论不休。

<h1 style="text-align:center">7</h1>

阿喀琉斯的骤然死去引起整个神界狂风暴雨般地痛苦，奥林匹斯山几乎被泪水冲垮。有一位女神一直在悄悄地饮泣，她就是智慧女神雅典娜。雅典娜不是女神中最美的，但她有一种特殊的美丽，这种美丽只有在认识她价值的人中才能被发现。雅典娜从很年轻的时候就拒绝爱情，因为她很早就明白爱和伤害无法切割。在她还是个女孩的时候，她悄悄地爱上了太阳神阿波罗。但是她从来不曾表白，岂止是不曾表白，她简直就是在与内心的感情相反的态度来对待她心爱的人，以至阿波罗一直以为她很反感自己。——直到若干年前阿波罗出事儿的时候，他才有一点点明白雅典娜的心迹，但是那时候，一切都已经晚了。

当然雅典娜并非是一开始就如此乖戾——她只是个非常自尊的女孩，当她看到以阿芙罗蒂德为首的美神们纷纷围绕在阿波罗身边的时候，她自动退却了。不知为什么，她爱一个人，希望他的四周是安静的。她深知这不是他的错，她更深知一个杰出的男神总会有许多女神爱他——可是，她就是无法忍受自己去和别人争夺一个男神，即使那位男神钟情自己。瞧，她就是这么一个内心极其高傲的女神。

多年以前的那场风暴，夺走了她心爱的阿波罗——那是太阳神的真身，虽然后来他死而复生，到底是复活之身，元气大伤，性格也变了，多年前那个奥林匹斯山上最明亮最飞扬的青年，后来变得沉默寡言了。形象依然是那个形象，可人再不是那个人了。

终于，她在阿喀琉斯身上找到了少年阿波罗的气质！头一次见到阿喀琉斯她简直怀疑他就是当年阿波罗的转世——英勇善战，身手矫健，容貌俊美，珍惜友情，重视荣誉，他本身便是奥林匹斯山上罕见的神与人的后代，兼具神性与人性，既有神性的高贵，也有人性的弱点，比起完美无瑕，雅典娜似乎更爱有弱点的神——她觉得这样的神更真实些。雅典娜一直在注视着他，作为希腊第一勇士，他是盖世英雄佩琉斯与海洋女神忒提斯的后代，从小接受马人喀戎的教导，他的英勇与生俱来。

记得她与他初次相逢是在阿伽门农的家里。当时她已经推荐佩琉斯做宙斯的接班人。特洛伊战争还没有开始，一切都风平浪静。阿喀琉斯见到她时还略有些少年的羞涩，但她一眼便看穿了他内心的骄傲，海伦被美神阿芙罗蒂德召去玩了，阿伽门农亲自为他们做了烤肉，还上了橄榄、洋葱、大蒜、蜂蜜和咸鱼，总之吃得非常丰盛，要知道，当时的希腊总是以素食为主，吃上烤肉已经很奢侈了，一般在祭祀之时才能吃得上肥羊肥猪。雅典娜与阿喀琉斯谈了许久，话题不断地转换，她很快发现这个少年不仅有勇武的体魄，还有很丰富广博的知识，不仅对神界，更对人类有着很多的了解——这不能不归功于他那人神合一的家庭。他谈到人类那些伟大的哲学家，虽然还远不如阿波罗当年的透彻，但以他的尚武心性，已经是很不容易了。当时雅典娜并没完全梳理出自己的情感，因为她当时完全沦陷，处于亢奋和惊喜之中，而直到阿喀琉斯进入特洛伊战场那个让人抓狂的舞台，她才明白，她其实已经爱上他了。

特洛伊王国英雄众多，然而他们都无法战胜年轻的阿喀琉斯。阿喀琉斯在十年征战中率领船队攻下了十二座城池，劫持克律塞伊斯，逼死国王，战功赫赫，而在他罢战期间，特洛伊人差一点便将希腊人赶入大海。当时阿伽门农急了，派小帕身着阿喀琉斯战甲出战，特洛伊人以为是阿喀琉斯来了，一下子阵脚大乱，互相践踏，死伤无数。——阿喀琉斯杀了特洛伊第一勇士赫克托耳——赫克托耳之前战胜了无数希腊英雄，而在阿喀琉斯这里，却如同鸡遇见了鹰。

然而，当最后拿下特洛伊城的时候，宙斯与赫拉设下的圈套，没有瞒过雅典娜的眼睛，雅典娜急施法术，让阿喀琉斯变成了一只大鸟，让他救下自己的父母，逃亡，并且轻轻地帮他吹了一阵风，让他顺风而行，但是万没想到，帕里斯王子一箭射穿了他的脚踵——那一刹那天崩地裂地动山摇,英雄阵亡了——同他一起死去的还有他的父母和好兄弟。

一切都如卡尔卡斯所料——这个孩子将来"要么平平淡淡,幸福长寿,要么成为众人敬仰的英雄,被无数人神膜拜,但生命将如流星一般短暂"。显然,阿喀琉斯选择了后者。

第二章 生死

1

多年以前,宙斯身边的科学神兽拉普拉斯对他说:"尊敬的万王之王,您将会有一个儿子,为您带来荣耀。他将接替赫利俄斯成为真正的太阳神。但是,您要对他严加管教,假如他胆敢叛逆,将会死得很惨!"

宙斯吸着一颗烟,正在翻开一本关于迷药的羊皮书,对神兽的话根本没有留意。

其实大名鼎鼎的谛听神兽拉普拉斯神通广大、无所不知、极善推演,能知万物。只要它愿意动动手指和眼睛,记录下某一刻它能知道宇宙中每个原子确切的位置和动量,就能瞬间算出宇宙的过去与未来。它的科学理论是:了解物质前一刻的运动状态,就可以推出下一刻的运动状态,把整个宇宙的每一个粒子的运动状态确定以后,就可以推出下一刻的运动状态。

2

阿波罗诞生了。

阿波罗是古希腊神话中知名度最高的太阳神,是奥林匹斯山顶级的十二主神之一,是世所公认的最英俊的男神;他是众神之王宙斯与黑袍女神勒托的长子,狩猎神阿尔忒弥斯的弟弟,等级非常之高,一直被视为真理的掌握者,善推演,知万物。他的公开形象是高大、俊朗、长发、无须的美少年,他的标志是齐特拉琴和弓箭。

他多才多艺，主管音乐和齐特拉琴，同时也主管诗歌的灵感。诗人和预言家都需要他的启示。阿波罗很擅长弹奏齐特拉琴，美妙的旋律有如天籁；阿波罗又精通箭术，他的箭百发百中，从未失手；而且他聪明过人，通晓世事，所以他也是预言之神。在众多的奥林匹斯山神中，阿波罗是最受推崇的。阿波罗出生的故事在诸多古希腊神话资料中都有记载，如《书库》《德罗斯之歌》《荷马颂歌》等，这是一位永生的神，是光源与力量的本身，是天地间第一美男子，他的美被认为是男性美的象征。

同时他也是希腊神话中的花美男之一，九头身的完美身段、超高的音乐才华让他受到了众多女神的欢迎，九位缪斯女神时常陪伴在他的身边。勒托用了七天的时间才生下阿波罗，许多女神都来迎接他的出生。在荷马史诗中，宙斯、雅典娜和阿波罗被描述为奥林匹斯神话中某种统一休，尽管阿波罗一来到奥林匹斯山便令诸神心惊胆战。而阿波罗的威慑和雄武，又同他的典雅和俊美相契合，是人类的保护神、光明之神、预言之神、迁徙和航海者的保护神、医神、银弓之神、远射之神、灭鼠神以及消灾弥难之神。

当时阿波罗正在青春期：散发着芳香且略微卷起的长发垂在肩上。前额宽阔，鼻梁挺直。唇上有一种天然的健康的红润。通常戴着用月桂树、爱神木、橄榄树或睡莲的枝叶编织的冠冕。这位光明之神在快乐时会弹着齐特拉琴放声歌唱，惹得那些女神都悄悄地出来看他，藏在林间，被他的歌声弄得心旌摇曳。

雅典娜心疼中箭身亡的阿喀琉斯，其中重要的一点是——那个英雄美少年还没有经历过女人。而阿波罗却完全不同，阿波罗虽然名为太阳神，但他比美神阿芙罗蒂德和爱神丘比特经历的爱情还要多。阿波罗爱过很多神与人、男与女，简直不胜枚举。

譬如他和科洛尼斯，当初科洛尼斯的父亲坚决反对女儿和太阳神恋爱，曾经放火烧毁了德尔斐的阿波罗神庙。而后来，科洛尼斯怀了阿波罗的孩子，却又和别人有了私情。这消息是阿波罗的圣鸟——雪白的乌鸦报告的。一只白乌鸦引起了血案：阿波罗的姐姐、狩猎女神阿耳忒弥斯一怒之下射杀了科洛尼斯和情夫，告密的乌鸦也被株连了：从那时起，雪白的乌鸦一律变成了黑色。整场血案中只有那个孩子幸存下来，后来成为医神阿斯克勒庇俄斯。

又譬如：阿波罗一度深爱着美少年雅辛托斯，雅辛托斯热爱打猎捕鱼，阿波罗就像男仆一样殷勤地替少年拿渔网、牵猎犬。有一天两人在山间玩掷铁饼的游戏，阿波罗施展千钧神力，铁饼飞得又高又远，将一朵白云劈成了两半。雅辛托斯快活地追赶着，没想到西风之神仄费洛斯也很爱雅辛托斯，看到阿波罗和雅辛托斯愉快地嬉戏，顿时妒火中烧，猛然吹出一阵西风，被吹偏的铁饼正巧碰在了雅辛托斯的头上。悲恸欲绝的阿波罗眼睁睁地看见自己的挚爱倒在了血泊之中。阿波罗的泪水浇在地上，血泊中长出了风信子花，原来风信子花就叫做"雅辛托斯"！花瓣上的纹路"AI"永远铭刻着阿波罗悲伤的叹息……

阿波罗最著名的爱情当然是他与河神的女儿达芙涅的故事了。其实这完全源自小爱神丘比特的恶作剧。丘比特有两支箭，凡是被他用黄金箭射到的人，立即会燃起爱火，而被他的铅箭射中的人，则会十分厌恶情感。丘比特跟阿波罗开了个天大的玩笑：当河神的女儿、美丽的达芙涅路过时，丘比特立即用黄金箭射中了阿波罗，然后又用铅箭射中了达芙涅。阿波罗被达芙涅迷住了，而达芙涅却避之不及，阿波罗弹着齐特拉琴一路追赶，一边叫着达芙涅的名字，我们的太阳神觉得太不可思议了，他喊着："美丽的少女达芙涅，你为什么要躲着我呢？我爱你，我不会伤害你啊！"可达芙涅就像是没听见，一路狂奔，直到被一条大河挡住去路！达芙涅情急之下对着大河呼喊："我亲爱的父亲，求求你快把我藏起来吧！把我变成什么都行！"

河神于是把女儿变成了一棵月桂树。达芙涅的秀发变成了茂盛的树叶，手腕变成了树枝，腿变成了树干，脚变成了树根，深深扎入了泥土之中。追上来的阿波罗抱着月桂树伤心哭泣，一边喃喃地说："美丽的达芙涅，我会永远爱你。我要用你的树叶做我的桂冠，用你的枝干做我的齐特拉琴，用你的花装饰我的弓。我还要赐你永远年轻美丽，永不衰老……"——果然，月桂树终年常绿。

总之，阿波罗是个情种，他的爱情故事几天几夜也说不完。而他完全不知道，一直对他冷嘲热讽的雅典娜，实际也一直在暗恋着他。

3

可是如果你就此认为阿波罗是个只会谈恋爱的花花公子，那就大错特错了。阿波罗其实是个非常有思想的青年，爱情，不过是他丰富多彩的人生的一部分，当然是不可或缺的一部分，但是，他还有着更加不可或缺的部分。

阿波罗上的是奥林匹斯山的公学。在学校，虽然他贵为宙斯之子，却一直为人谦和，学习成绩非常突出。他喜欢研究哲学，喜欢写诗。先知普罗米修斯是他最敬重的神，也是他的老师和忘年交。闲暇时，他会向普罗米修斯请教一些问题，他最常请教的，是有关真理方面的问题。而老普也极为喜爱这个内心纯真的美少年，他常常被阿波罗一些问题所打动，譬如："为什么我父亲年轻时发表的一些诗，我现在无法发表？""为什么我父亲只准许别人歌颂他，而不能说他哪怕任何一点点缺点？"

在阿波罗的青春期，父与子的冲突达到了极点。阿波罗住校，总是好长时间不回家。母亲勒托想念儿子，经常拎着食盒去看望他。勒托到来的日子，就是整个公学欢庆的日子，阿波罗会把母亲带来的烤肉、橄榄、桂枝和坚果分给大家吃——那是一段奥林匹斯山最艰难的日子，因为宙斯与海神波塞冬和农神德墨特尔闹僵了，波塞冬总是兴风作浪，搅得乌烟瘴气，而农神也总是让庄稼颗粒无收。诸神都常常吃不饱，口出怨言，宙斯与赫拉也做状说与大家同甘苦，再也不吃烤肉了，可是他们的厨师却会给他们做奶油煎鱼、大虾和炸坚果仁。当然，宙斯不会忘记送一些吃的到勒托那里——勒托一度是他最心爱的女人，也和其他被宙斯宠幸的女人一样，受到赫拉的嫉妒，但是与其他女人不一样的是，她从不恃宠而骄，生下狩猎神与太阳神一儿一女之后，她便黑纱蒙面黑衣裹身，再不露面，也因此被神界称为"黑袍女神"。她越是这样，越能得到宙斯的怜惜，因此获得的食物也比其他妻子和情人们多一些。勒托总是把好吃的东西挑出来，黑纱蒙面，在一个个夜晚送到心爱的儿子那里，看着他吃完。他吃东西的时候，她也会翻看他的本子，那里面有他写的诗，她总是细细地欣赏着，她喜欢每一首诗，读到那些沁人心脾的佳句，她总是在心里默默地感恩着："自己可是太阳神在这个世间的第一读者啊！"

这一天，她翻到了儿子的一首新诗，没有题目。

……这一切仿佛早已命定
请告诉我关于黑暗中的真相，不隶属于任何统治者的
说辞
你们将真实泡入水中，让语言发酵。这个世界早被
多数的谎言替代了所有的梦境。
我小心地编撰
那些随着我们视野移动的开拓史。
我弹着齐特拉琴
一路经过许多地标，听人叙述那些虚构的传闻
我需要真相。我听见了那些幽闭的嘶吼
许多的声响赤裸地排成一列，等待轮回的召唤
我无法直视他们，那些逐渐干涸的灵魂。
父王，你要我学习的就是这些令人苦恼的制式吗
我们有沟通的语言，姿态，有各种爱与性
但是我们已经逐渐没有了心。
父王，你要我做的，
是我无法适应的特性
我在沿经你的途中拾获了许多疾病
当一种病态成为常态后，常态反而成了病态
我拾获了太多令人困惑的片段，然而集结却成了神界
无法绕过的疾病。
父王，你像是在极地的冰原中，极度地冷漠

你想让我走近

我会弹琴，会诵诗，会唱歌，会射箭，

但是我无法成为你要我成为的标本

因为你所说的一切

我无法相信……

勒托颤抖着双手，慌张地四处看了一下，合上了那个本子。

"孩子，你这首诗可给别人看过？"

"当然没有，母后，你永远是我的第一读者。"

"快把它烧了吧，求求你。"

"为什么？我马上要给我的老师普罗米修斯、好友赫尔墨斯和潘神看呢。"

"你们之间经常这样互相传递吗？"

"是啊，我们几乎每天都在沟通自己的真实想法，我们早就怀疑父王制定的一切规矩了！而且……"

"住口！"一向温柔的勒托急促地喝了一声，"你们这是要造反啊！这是绝对不能容许的！你父王那个脾气，看了这个是要把你活活打死的懂不懂？！马上烧掉！从此不许跟这些人来往！"

"母后！"阿波罗万般委屈，"那是不可能的！他们是我最好的老师和朋友，我可以没有父王，但绝不能没有他们！"

勒托的脸一下子变得煞白，她伸手想打向儿子，但是终于没有落下去，她的手在空中颤抖："你在说什么？！说什么？！你父王是万王之王！诸神都在他的统治之下，从开天辟地以来就是这样的！何况你虽然贵为太阳神，但并不是赫拉所生，赫拉为这个恨死了我，我为了保护你们姐弟，一直忍气吞声，从不敢有一点点违了规矩，你可倒好！竟敢写这样的诗反对你父王！都是受普罗米修斯那个老顽固的影响！儿子啊！你知道你是怎么出生的吗？！你知道母亲生你有多难吗？！你知道你长这么大经历了多少厄难吗？！……都是我把你宠坏了！宠坏了！……呜呜呜……宠坏了……"勒托痛哭失声，泪水一下子倾斜而出，阿波罗吓坏了，他有生以来还是第一次看到母亲痛哭，很快，他便被淹没在母亲的泪水里……"

4

你知道，我是提坦的女儿，是宙斯的表姐。我并不是他们传的那样是他的情人，我是他的第六任正式的妻子。那时他很爱我，真的爱我。神说，想知道一对男女是不是真爱，看他们的孩子便知分晓。你看看你和你姐姐，如此美貌如此聪明，就能明白那时我和宙斯是多么地相爱！但是我们相爱的时间非常短暂，因为我怀孕了！怀孕之后很快被赫拉知道，你的赫拉阿姨你是知道的，她的善妒神界闻名！她派了很多神追杀我，甚至派了该亚生的巨蟒！她还下令禁止大地给我分娩的所在，我东躲西藏，到处流浪，所有神祇都因为惧怕赫拉的权势而拒绝庇护我，我的泪水和苦苦哀求都没有一点儿用处，即将临盆，我饥寒交迫，身体肿胀，每天痛苦到想死……呵，即使是现在想起来，我心里还在滴血！……总算有一天，我来到了爱琴海上的一个小岛，它叫德洛斯岛，我已经没有力气了……在月亮升起的时候，我向岛上的神跪拜乞求："接纳我吧，我承诺，你收留了我，将来必有伟大的神庙为德洛斯岛生辉！……"谢天谢地，这个岛接纳了我，我躺在了一棵棕榈树下，破水了，见红了，我的血染红了四周的落叶，可是，万没想到这是一个浮岛，是在爱琴海上漂浮的小岛……我抓住棕榈树，可是下面的岛在飘移！……我永远也不会忘记，在这最最可怕的关头，是你父王出手救了我！他用神力使海底升起四根金刚石巨柱，将这座浮岛固定下来！我得救了！……你姐姐和你先后来到了世上，是的，你们是双胞胎，前后只差二十分钟……七天七夜啊！你出生的那一瞬间，岛上所有的天鹅都飞来了，绕着你飞了七圈儿……所以，请你记住，没有你父王就没有你！……什么？你还在和我争辩？你还在怀疑你父王的伟大？！……儿子啊，不要听信普罗米修斯那些人的唠叨，如果让他们来掌握奥林匹斯山，恐怕会对诸神和人间，造成更大的不幸！他们那些人天生就只会耍嘴皮子，他们哪懂得你父亲的辛苦和操劳？！他们哪懂得你父王对神界的付出？！难道万王之王是那么好当的吗？……

后来的事你应当记得了，我们母子三人在那个小岛上，靠狩猎和打渔为生，可是平常的日子没过多久，我们的栖身之处就被赫拉发现了，该亚生的那条巨蟒潜过爱琴海来诛杀我们，那一天，狂风恶浪，爱琴海上所有漂泊的般只都被风浪席卷，那条巨蟒张开血盆大口，似乎要把整个小岛吞没！……啊原来你还记得是海神波塞冬叔叔救了我们！是的，是他倾尽全力把巨蟒拦下了！……

"波塞冬叔叔是你的救命恩人，还好你没忘记这一点！但是你记得吗？我们的厄难并没有结束，赫拉又派来了怪物提提厄斯……

"那天夜晚，我们刚刚睡下，突然有一阵怪响，你和你姐姐都睡得很香没有听到，妈妈的睡眠浅，而且那时候一直处于一个惊吓的状态，一下子就睁开眼睛了，提提厄斯就在我眼前淫笑，还没等我醒过神儿来，它就伸出爪子，一把撕开了我的睡袍，我几乎全裸着，它的一对绿色怪眼闪闪发亮，爪子伸向我的乳房，我尖叫一声把你吵醒了，紧接着你姐姐也醒了！那时你还是少年，可你是多么勇猛有力！你上去就在怪物脖子上狠狠一拳！怪物掉头冲向你，你毫不畏惧地用你纯金的箭射向它！它肚子上中了一箭，怪叫起来，这时你姐姐从背后又给了它一箭，绿血从它的身体上流下来，但它的魔爪依然在伸向我，它把我拖了三十多米，你冲到它的正面，对准它张开的大嘴就是一箭，真真正正是一箭封喉！然后，你和你姐姐的箭镞如同雨滴一般射向了提提厄斯！……在箭镞的暴雨中它逃了，你很快找到了它居住的洞穴。那里到处是悬崖，洞口朝天，洞里一片漆黑，洞底水流湍急，水的上空翻腾着一团团雾气。流着绿血的它从洞穴中爬出来，长满鳞片的巨大躯体在岩石间盘了一圈又一圈。它的体重把岩石和高山都压得发抖。它毁灭了它周围的一切。女神和所有的生物都因为怕它而逃跑了！它再次张开了血盆大嘴，准备把你吞掉，你的银弓上的弦发出了只有勇敢者才能发出的响声，你百发百中的金箭再次射向它。它终于断了气，一头栽进了爱琴海里，血把海面都染绿了！害得你波塞冬叔叔做了一个礼拜的清洁！……

是的是的，后来妈妈为了兑现对德洛斯岛的承诺，在德洛斯建立了神庙，但是那神庙后来成为了崇拜你的神庙！儿子，珍惜吧，我们母子今天这一切来之不易，千万别反对你的父王啊！在这关系复杂的神界，只有你的父王有能力有神通保护你啊……

儿子，你看看外面的月亮女神菲碧，她在偷听我们的谈话，夜很晚了，我该回去了，该回去了……"

5

阿波罗一夜未眠。

母亲的话让他更加纠结：为什么在神界也没有公平，为什么他的父亲宙斯与赫拉享有至高无上的权力？而他的母亲却在遭受迫害之后，到目前为止都不敢吭一声？母亲为了他和姐姐，作出了巨大的牺牲，她成为了退隐之神，在整个奥林匹斯山没有她的地位。只有她的出生地小亚细亚的克桑托斯河畔还残存着一所她的神庙。连吕基亚的农民都敢拒绝勒托女神饮用他们的水，而且在她饥渴难耐的时候，故意把池塘底部的泥搅动起来……那一次在极端愤怒的情况下，她才第一次施展法术，把吕基亚那些搅浑水的人变成了青蛙……

阿波罗当然不会烧掉他的诗。他背着箭囊与齐特拉琴来到普罗米修斯在海边的家。普罗米修斯正在打理他的园子。应当说老普不是个管园艺的好手，他的园子荒草丛生，只有几簇野花在怒放，没想到的是，好友赫尔墨斯和潘神也在这儿，赫尔墨斯跷着个二郎腿儿，在园子时看一部大部头儿的哲学书呢，而潘神则在屋里做饭，看到阿波罗带来的食品，潘神一股脑儿拿了去，叫着："到底是宙斯的儿子啊！今天我们有烤肉吃了呢！瞧，还有赫尔墨斯带来的葡萄酒！……"

夜晚，普罗米修斯点燃了蜡烛，四个人传递着阿波罗的诗，分别朗读着："……请告诉我关于黑暗中的真相，不隶属于任何统治者的说辞，你们将真实泡入水中，让语言发酵。这个世界早被多数的谎言替代了所有的梦境。……啊我太喜欢这段了！"潘神叫着，"还有这段……当一种病态成为常态后，常态反而成了病态，我拾获了太多令人困惑的片段，然而集结却成了神界无法绕过的疾病……"

赫尔墨斯吃了一大口夹着蜂蜜和坚果做成的蛋糕，呜噜着说："……我更喜欢这一段：我无法直视他们，那些逐渐干涸的灵魂。父王，你要我学习的就是这些令人苦恼的制式吗、我们有沟通的语言，姿态，有各种爱与性、但是我们已经逐渐没有了心……写得太好了！太好了！现在我有和你相同的苦恼！……老普，你怎么看？"

普罗米修斯抬眼看着他们，眼神里充满悲悯："整首诗我都非常喜欢，真的喜欢。阿波罗，我为你高兴，这首诗说明你一直在独立思考，你思考的不是将来如何击败其他王子继承宙斯的王位，而是你对真相的探索，你对谎言的鄙弃，你对所有灵魂的关注，你对失去内心世界的担忧，还有你对于统治者的不满……亲爱的阿波罗，祝贺你，相信你能写出更好的诗，而且我相信，在你们的有生之年，一定会看到一个公平自由美丽的新世界，来，干杯！"

——四个杯子碰到一起，发出一种美妙的声音。这声音产生出一圈圈涟漪，直接到达了奥林匹斯山上赫拉的宫殿里。赫拉刚刚吃过晚饭，在花园里散步，她用左手托起左耳，专心致志地听了好久，似乎听出了什么门道。她转身走向寝宫，急急命令小神："毫无疑问这声音是从普罗米修斯那个老家伙那里传出来的！他们又在干什么？一定有勒托的那个宝贝儿子！马上给我查！查！！……先不要告诉宙斯懂吗？"赫拉挥舞着她的双手，她淡青色的斗篷在壁炉的火苗映照下闪闪发亮，她的葡萄酒已经从酒杯里溢出来。她旁边坐着的是她的挚友冥王哈底斯。哈底斯一边听着一边漫不经心地喝着酒。

"这四个家伙经常在一起聚会，非常可疑！他们必定有阴谋，老普那个家伙一直反对宙斯和我，他是个野心家和阴谋家，两年前，由于他为人类盗取天火，已经得到了严惩，但是他还不老实！他心里一直是不服的！勒托的儿子一直跟他泡在一起，哪能学出什么好来？！可是干掉他真的不容易！不是上次雅典娜说过吗？整个奥林匹斯山的女神都爱他，没出息的东西们！不就是个不长胡子的小白脸儿吗？……"赫拉越说越生气，终于大声嚷起来，"我就不信把他们没办法！想办法先把那个老的干掉！小的嘛……让他去特洛伊！必然会被特洛伊王子杀掉！"

哈底斯笑了一下："看来你根本不了解阿波罗。"

"怎么讲？"

"他跟特洛伊两个王子好得像一个人似的，你把他送到特洛伊，他正是如鱼得水！"

"哼，你不懂！把他送到特洛伊，有两重意思，第一，现在特洛伊战争马上就要开始了，宙斯将派阿伽门农率希腊联军去攻打特洛伊，阿波罗这时去特洛伊就有叛逃之嫌，再者说，将来战争激烈的时候，特洛伊那边就会怀疑阿波罗是卧底，总之把他送往特洛伊是最好的陷阱，他怎么也逃不掉！"

哈底斯哈哈大笑："都知道雅典娜是智慧女神，原来真正的智慧女神在这儿！真是神机妙算！我等男儿自叹不如！好好好，那么总该有个罪名啊！"

赫拉恍惚间把手伸向烛台，烫了一下又缩回来，哈底斯知道这是赫拉内心紧张时候的一个标志性动作，赫拉转过身，把脸慢慢贴向哈底斯："冥王，记得你上次说过，他们这四个人里潘神最好攻破，何不试试呢？！你是冥王，谁不怕你，我就不信那个骨瘦如柴的小潘能扛住你的那些酷刑！……"

赫拉说话的语气和她肌肉的痉挛在烛光下十分狰狞，连冥王哈底斯都倒抽了一口冷气。

6

反宙斯事件成为当时整个奥林匹斯山最大的案件。以至多少年后诸神依然无法忘记——所有的参与者都得到了残酷的惩处：普罗米修斯被送往高加索山，受到被鹰不断啄食肝脏的酷刑；赫尔墨斯被哈底斯带到冥界，天天被烈火烧身；潘神虽然出卖有功，却也跑不掉惩罚：冥王命他去给西西弗斯运石头；最惨的是勒托，她不但被宙斯彻底抛弃，还被赫拉秘密指使冥王对她施行惨无人道的私刑，昼夜鞭打施虐，铁鞭把她的衣裳都打飞了，她的惨叫与哭声都淹没在冥界的声响中，无人听见。

而阿波罗，的确被驱逐到了特洛伊。而特洛伊王国也的确对他礼遇有加。然而正如赫拉所料，在特洛伊之战陷入混战的时候，老王把两个王子叫到身边，说出了他对阿波罗的怀疑。老王的说法遭到了两位王子的坚决反对。尽管他们拼命地保护阿波罗，但是在希腊联军攻破特洛伊城之时，阿波罗依然被一帮特洛伊人劫持到了一个秘密的城堡里。在城堡的最高层，在战争中已经失去理智的特洛伊人竟然把太阳神捆在椅子上轮番毒打，他们逼问他，是不是宙斯和赫拉派来的卧底？！要么，就是普罗米修斯那个老不死的使的坏！最后他们用皮绳打他，边打边吼叫着："说！如果你告诉我们希腊联军进攻的路线，或者我们就可以饶你不死！"

高贵的太阳神从来没受过这种侮辱，他觉得跟这些人说一句话都是奇耻大辱！所以他干脆咬牙忍住疼痛，任血水与汗水滴滴流下，缄口不言。

深夜，冥王哈底斯来到古堡，面对年轻英俊的太阳神，他还是有三分畏惧，他戴上面罩，悠悠地说："尊敬的阿波罗神，你的确是在反抗宙斯与赫拉的路上越走越远了，我真的不明白为什么您要这么干？是普罗米修斯那个老家伙让你这么做的吗？！现在很简单，赫拉让我转告你，假如你公开揭发普罗米修斯的阴谋，把这一切都推到他的头上，那么您就得救了，我会立即救您返回奥林匹斯山脉！"

阿波罗终于抬起滴血的头颅，冷冷地看着他说："那么我该怎么做？"

哈底斯立即感到事情要有转机了，这句话明显松动，他摘下面罩，神情恳切："很简单，你就说那首反诗是普罗米修斯写的不就行了吗？反正他已经得到了最严重的惩罚，不可能再加重了！"

"可是天庭中所有的人都认识我的笔迹。"

"那你就说是普罗米修斯让你抄录的！"

阿波罗把一口带血的口水狠狠地吐到了哈底斯的脸上:"卑鄙的小人!你以为我会像潘那样卖友求荣吗?!那首诗并没有什么了不起,你们可以拿给父王本人看,让他裁决,你们现在想利用敌国之手除掉我,真是太无耻了!你们这样对我,无非源自赫拉对我母亲的嫉妒,并且她很怕我会妨碍她的亲生儿子在父王那里得宠!……我死之后,太阳会坠落,天空将永远黑暗!你们想好了!别后悔!!"

　　哈底斯颤抖着抹掉脸上的口水,默默地鞠躬,倒退着离开了。

　　一小时之后,特洛伊的打手们蜂拥而入,他们继续毒打阿波罗,让他供出希腊联军的路线,阿波罗咬破了嘴唇,直至昏死过去,始终一声不吭。凌晨5点钟,太阳升起的时候,他们把太阳神阿波罗连人带椅推下了古堡,那时阿波罗还有意识,他向下坠落,坠落……疼痛已经麻木,没有一丝悔意,只是觉得,那古堡好高好高啊……

　　初生的朝阳突然坠落,天空大地一片黑暗,惊呆了奥林匹斯山上的诸神!雅典娜第一个赶到现场,她是趁着敌国的士兵还在沉睡的时候冒死赶到的,她一把抱起阿波罗那遍体鳞伤的身体,再也忍不住一直压抑着的情感,痛哭失声……第二个赶到的是月亮女神菲碧,她用月光炼成的魂魄输入阿波罗的体内,觉得他的身体还有着微弱的反应,接着,九位缪斯女神鼓动着双翅飞来,个个哭成了泪人儿!

　　接着是美丽绝伦的卡珊德拉公主、普萨玛忒、克劳希亚、丁佩诺、曼托、斯丽亚、克利乌萨、布里昂、希兰尼……总之,所有爱过太阳神和被他爱过的女神们都赶到了,连敌国的将领和士兵们也放下了武器,脱帽向太阳神致敬。

　　最后赶到的是变成月桂树的达芙涅——这个曾经被阿波罗深爱过的女子,她看到那张已经被擦干净的俊俏的脸,想起他在追求自己时候那种可爱的、煎熬的眼神,她再也忍不住自己的泪水,她不明白自己为什么宁愿做一棵月桂树也不愿意接受他——是了,那时她只是被丘比特的铅箭射得不会爱了!可是,现在看到他的样子,她只想用法术把所有的女神驱逐，让自己独享这最后的悲伤的时光。

可是被驱逐的却正是她自己。雅典娜和菲碧声色俱厉地让她走开，她们根本不能容忍一个不那么热爱阿波罗的女人在这里挥洒她的热泪，那泪水在她们看来是廉价的、没有意义的、或者干脆就是鳄鱼的眼泪。几位女神护佑着阿波罗走了，云雾笼罩着她们飘然而去的身影，若隐若现。

7

阿波罗之死震动了天庭。

智慧女神、月亮女神、狩猎女神、缪斯女神……的联名控告书直接上达宙斯，宙斯这才知道真正的原委。宙斯咆哮着叫着赫拉的名字，但是赫拉早就拉着哈底斯去达特岛度假了！宙斯费劲地抬起他肥胖的身子，亲自来到关押勒托的监牢，他本想亲自去解开勒托身上的绳索，但一想到那样未免有点过分矫情，而且，依他一惯的脾性，他爱的是鲜艳美丽的异性，一旦女子人老珠黄，他便无一例外地弃她而去，这倒不是说他喜新厌旧，而是他对美有一种绝对的追求，不能容忍花朵沾上泥巴，珍珠蒙上灰尘……何况他现在面对着的是一个完全被折磨得遍体血污、面目变形的勒托，他挥挥手，目光中充满了悲悯，卫士们解下勒托，把她抬到了奥林匹斯山的急救医院。至于那个肝脏被啄食的普罗米修斯，那就让他永远捆在高加索山吧——那是他亲自下的命令，他是永远不会自己打脸的。

他奖赏了拉普拉斯神兽，这位善推演，知万物的神兽，准确地预测了太阳神的劫难。后来成为物理帝国经典力学的马前卒，他吸纳了毕达哥拉斯"万物皆数"之力，结合天体力学、概率论等思想精华，创造了宏观经典力学，但是善妒的人类却并不容忍它的存在——如果人类的所有命运都已经被拉普拉斯神兽算得清清楚楚，那他们还有什么活头？必须得早点弄死它才行，后来，热力学和量子力学等新理论对它万箭齐发，以物理学家开尔文以及量子力学的海森堡开始的联手围剿，令这只无所不能的拉普拉斯神兽最终一命呜呼，与阿喀琉斯的那只千年老乌龟相比，可以算是夭折在了襁裸里。

当建立在不可逆基础上的热力学大行其道时，以可逆性作为基石的拉普拉斯神兽自然元气大伤。再后来，困扰人类长达百年的双缝干涉实验成功证明因果律在微观世界彻底失效，而海森堡的测不准原理也说明再厉害的神兽也无法看清微观世界的全部面貌。拉普拉斯神兽悲伤辞世，人类连最后的尊严也没有给它留下——由宇宙最大熵、光速，以及将信息传送通过一个普朗克长度所需要的时间计算得来，拉普拉斯神兽的算力上限已被证实约为一万零一百二十比特。人类得出结论，如此惊人的算力，既不可能出现于神秘的奥林匹斯山，更不可能存在于伟大的物理帝国。

第三章　爱情

1

在整个奥林匹斯山上，惟一能与阿波罗的俊美抗衡的，是美少年阿多尼斯。

在我们所听到的希腊故事中是这样描述的：阿多尼斯为希腊美女密拉乱伦所生，一出世就俊美动人。美神阿芙罗蒂德对他一见钟情，把他交给冥后珀耳塞福涅抚养。阿多尼斯长大后，冥后也爱上了他，舍不得让他离开。两位女神互不相让，请求主神宙斯裁决。后来，阿多尼斯外出狩猎时被野猪咬死。美神闻讯痛不欲生，冥后深受感动，特许阿多尼斯的灵魂每年回阳世六个月，与美神团聚。在艺术造型中，他常被塑造成风度翩翩的美少年，与阿芙罗蒂德在一起。现在，已成为"美男子、美少年"的同义语。

真实的故事完全是别样的：

阿多尼斯的美貌与阿波罗是不同的，按照现在的说法，阿波罗的美是"花美男"，而阿多尼斯的美却带有着一种神圣不可侵犯的高贵。也因此，阿波罗有着众多的爱人，而阿多尼斯的爱人只有一个。

阿多尼斯从未爱过美神——那个传说完全是后者一厢情愿的意淫。阿多尼斯的母亲密拉也并非乱伦——她只是与真心相爱的人生下了阿多尼斯，换句话说，阿多尼斯是个私生子。人常说，私生子聪明，在阿多尼斯这里，是真正应验了。阿多尼斯四岁即会背诵史诗，九岁会演奏会写诗歌，精通数理，十三岁进入奥林匹斯山的贵族学校学习舞蹈与剑术。有无数女神女人与半人半神爱上了这个美少年，但是都有点惧怕他那冷峻的气质，不敢越雷池一步。

阿多尼斯并不是冷漠的人，他内心充满热情，爱帮助人，甚至愿意救人于水火之中，但是面对那种或明或暗的示爱，就完全是一种拒人以千里之外的态度，对此，智慧女神雅典娜觉得非常奇怪，因为她深知凡真正聪明的人都开蒙很早，阿多尼斯必然亦如此，但是他为什么那么避开所有的异性、那么清高、那么具有精神洁癖呢？

其实，阿多尼斯从很小的时候心里就藏了一个惊天的秘密：因为母亲经常不在身旁，就给他买了一个娃娃做伴儿。他每天抱着娃娃睡觉，这个娃娃黑发黑目，鼓凸的小圆脸儿，翘鼻子小嘴巴，非常可爱，久而久之，他竟离不开她了。她成了他倾诉的对象，成了他的惟一，他不再需要别人。他甚至会给她洗澡，换衣裳，晒太阳，每天晚上，在他临睡的那一瞬，他一定会阖上她那双明亮的大黑眼睛。

他十五岁那一年，贵族学校校方请他去为一个天国少女合唱团伴奏，少女合唱团的领唱是一个小女孩，叫塞涅瓦。那天，塞涅瓦穿着一件粉红色的泡泡纱连衣裙，看起来像个洋娃娃。

2

我们要讲一下塞涅瓦了。

塞涅瓦出生于一个半人半神的家族，父亲是英雄阿忒拉斯，母亲是主管灵性、黑暗与魔法的女神赫卡特，她有一个哥哥一个弟弟，都很平凡，惟独她天赋异禀，聪明异常，而且生得非常可爱，脸蛋儿如同三春鲜桃一般鲜润，一双明眸如同纯净碧蓝的湖水，清澈得照得见人影，小小的翘鼻子，小嘴巴像是一朵微微开放的红色牵牛花。她本来是人见人爱的女孩，但是由于父亲对她的宠爱超出了黑暗女神的容忍限度，便施展魔法，把黑暗塞进了小女孩塞涅瓦的心里，让她经常莫名悲伤，赫卡特在暗夜中对她施行了一个诅咒：只有当她遇见一个深爱她的人，他们可以为爱互相献出生命的时候，这个魔咒才可以解除。

自此之后，天性活泼的小女孩经常陷入悲伤和自毁之中。她自毁的方式是用小刀割自己的手腕，一刀一刀，那些刀痕如项链一般一圈圈缠绕在她的手腕上，她渴望一个爱她的人出现，但是所有人都是把她当成一个聪明可爱的小娃娃来喜欢，并没有一个真正了解她深爱她的人。她只好钻进奥林匹斯山的图书馆，那里有个瞎眼的老头在管理着成千上万册图书。她开始写作，她想创造出一个爱她的人。她想，爱她的人应当比阿波罗更英俊，而且，他只爱她一人。老头看了她写的小说，叹了口气："孩子，所有的男人都不会只爱一个女人，这是男人的本性。"可是她不信。她每天都去图书馆，时间长了，老头会留她吃中饭，老头做的饭很好吃，就是用面包蘸一种汤汁，但是那种汤汁真的很鲜美。老头习惯了她的到来，有时她不说一句话，就一头趴在桌上写啊写的，老头也不说一句话，可是有她在那儿，老头的心里就很踏实。突然有一天，小女孩没来。又过了一天，还是没来。第三天，老头沉不住气了，想去找小女孩，刚拿起盲人手杖走到门口，小女孩就进来了。小女孩是一瘸一拐进来的，但是老头看不到，只能听到她的脚步声，闻到她芳香的气息。老头问：你怎么那么多天都没来？小女孩说，我去找塞壬学唱歌。老头说那你唱一个给我听听。小女孩就唱起来了。小女孩刚唱出第一句，桌上的纸片片就飞起来了，小女孩接着唱，埋在书柜深处的落满尘土的书都跳了起来，成千上万的书在桌上地上窗台上茶几上起舞，老头突然觉得自己的眼睛似乎能看见一点东西了，老头大声叫着："接着唱接着唱！我好像快看见光明了！……"小女孩为了老头能够重见光明，一直唱到杜鹃啼血——最后她的歌声穿过奥林匹斯山，塞壬亲自介绍她进入了少女合唱团，担任领唱。

3

塞涅瓦第一眼看到阿多尼斯就被他迷住了。当时阿多尼斯坐在钢琴旁边，正被窗外射入的光线笼罩着，他白皙的棱角分明的脸如同一尊云石的杰作，他长长的睫毛低垂着，象牙般的手指放在键盘上，他的嘴唇集中了一种男性美，他无意间的微表情是那样迷人，她的一双明亮的大黑眼睛牢牢盯住了他，舍不得挪动一下，直到他似乎察觉了什么，微微抬了一下眼睛，她立即把目光挪开，羞得满脸绯红。但是这时，令人惊异的事情发生了，从不多看异性一眼的阿多尼斯，似乎一下子被牢牢吸引，目光里充满了纯真的惊喜，好像发现了寻觅已久的珍宝似的。

当然，这只是一刹那，仅仅是刹那间，也被少女合唱团的雅劳发现了，雅劳迷恋阿多尼斯早已远非一日，她用尽了各种手段接近他，但都徒劳，后来她看见连美神都被拒绝，心中才慢慢绝望，然而这一次，她明明白白地看见了美男子那清澈纯真的目光，牢牢锁定在了小女孩塞涅瓦的身上，虽然他非常理性地克制了自己，但这个破绽算是被雅劳发现了，她心里出现了一个大大的问号。

接下来，塞涅瓦也许是心慌意乱，接连唱错了好几个音符。雅劳看见阿多尼斯合上了琴盖。长长的睫毛依然盖着那双美丽的凤目，他毫不留情地对塞涅瓦说："你，第二句，重来。"

雅劳看见塞涅瓦的脸像醉酒似的那么红，塞涅瓦的声音几乎听不到。"声音大一点！"阿多尼斯再次说，声音里带了一种严厉。雅劳心中暗喜，她想塞涅瓦这次栽了。

那一天，塞涅瓦忘了自己究竟唱了多少遍。就在终于得到阿多尼斯的赞赏的时候，她突然摔在了地上，然后，就失去了知觉。在那一瞬间她还来得及想，原来失明是这样的，可怜的老人家，他每天都在面对黑暗啊！

4

塞涅瓦睁开眼睛，恍惚间看到了阿多尼斯的脸，她立即觉得是自己在做梦。闭上眼睛又慢慢睁开：清晰地看见阿多尼斯正在给她轻轻盖上被子。她腾地坐了起来，又躺下去。羞得不知说什么才好。

"你醒了？"阿多尼斯的目光非常温柔，"吃一点东西吧。"

她像一个木偶一般接受他的照料，他喂她喝汤，她喝了一口就辨出汤的滋味——那是图书馆盲人老头的鲜美的汤，她惊诧地瞪大了眼睛。

"怎么了？"他问。

"我……喜欢这个汤的味道……"她低着头小声说，根本不敢看他。

"喜欢，就多喝一点，"他又舀起一小勺汤，放在她的嘴边，"这个汤的调料，世界上只有一个人知道。"

她抬头看看他，欲言又止。

他看着她，分明想起了童年，想起那个从童年开始就一直陪伴着他的娃娃。——没错儿，她就是那娃娃的化身，她是上帝派来陪伴他的。

她翻了个身，他突然发现了她小腿上的血迹，是呵……一个小姑娘，即使再累，怎么会突然倒下？！

"你腿上怎么有伤？"

"没什么。"她羞怯地蜷起腿儿。但是裙摆不小心掀开来，能看见雪白双腿上大片的伤痕。

"怎么了？是谁干的？！"

"……我妈妈……"眼泪再也忍不住了，大颗大颗地滴落下来。

"怎么会这样？！"阿多尼斯真想把这小姑娘紧紧抱在怀里，他努力克制着自己——黑暗女神心狠面冷早有耳闻，但再怎么样，也不能对自己的女儿下此狠手啊！

他默默地找来一些药膏，用轻得不能再轻的手势，慢慢擦掉那些血迹，尽管这样，小女孩还是疼得倒抽冷气。"告诉我，到底发生了什么事？！"

小姑娘的泪水如倾盆大雨一般落下，小嘴儿一瘪一瘪地抽搐着，终于爆发了："我妈妈……她不爱我！她只爱我的哥哥和弟弟！她嫌爸爸对我太好了，她受不了！……可是……可是我并没有做错什么啊！……她骂我很难听的话……呜呜呜……我反驳了她，她就打我，她……她把我打瘸了！……"

阿多尼斯心里如同刀扎一般疼痛，他轻抚着塞涅瓦的头发，"那你就别回去了，就在这儿住好了。这儿只有我一个人，可是有很多房间，你可以挑一间你喜欢的，好吗？我也不经常回来，外面有很多事情要做。"

塞涅瓦泪眼朦胧地看着她的男神，她真想让他抱抱她，可是她不敢。

"我喝过这种汤，真的。"

5

当塞涅瓦带着阿多尼斯来到图书馆的时候，瞎老爷爷已经不见了。惟一亮着的一盏煤油灯下面有一张薄薄的纸条，上写：谢谢你用歌声医好了我的眼睛，天神会保佑你的！

塞涅瓦看到阿多尼斯反复地看着那几行笔迹，神色大变。

"你认识这个老爷爷？"

他沉默良久，说："他不是老爷爷，你是被他的胡子骗到了。如果他刮了胡子，和你父亲的年纪差不多。"

塞涅瓦内心惊疑，她在想，诸神都在说，阿多尼斯是私生子，从他出生那天起，他的父亲就从奥林匹斯山消遁了，莫非，这位老爷爷是他的父亲？她疑惑地看着他，不敢问话。

"是的他是我的父亲。我一直在寻找他，没想到你是他的忘年交。你竟然用歌声医好了他的眼病，真的……太感谢了！"阿多尼斯的低语勉强能听得到，她觉得他似乎快哭了，他在努力克制着自己。

"你别难过，我觉得他会回来找我的，"她仰脸看着这位比自己高出一头多的美男子，轻轻地说。"他会给我做汤喝。"

煤油灯突然熄灭了，四周一片黑暗。

6

阿多尼斯为塞涅瓦准备了丰富的食物，但是他每天都是昼伏夜出，他们很少碰面，尽管如此，塞涅瓦还是每天为他做好丰盛的饭菜。第二天清晨，如果看到那些饭菜已经吃完，她会觉得心里异常温暖，如果有剩下的，她在做下一顿饭时一定会淘汰掉那些剩菜，然后创造一种新的菜式。慢慢地，她发现阿多尼斯准备的食品越来越少了。天气渐渐寒冷，她在收拾他房间的时候，发现他还穿着单衣！呵……她想他一定是没有钱了！可是按照他的品级，他应当是很有钱的啊！他的钱都上哪里去了呢?!

她决定去酒神狄俄尼索斯那里卖唱挣些钱——她一定要让心爱的人过着最好最优裕的生活。酒神看了看这个可爱的小女孩——她还是个孩子，还没长成，缺乏那些丰乳肥臀的性感女人的魅力，但是她的坚决让他无法拒绝，他只好说那试试吧，每个晚上我只能给你一枚德拉克马银币，但是你要唱足十首歌。可是她刚唱了三首酒神就醉倒了。酒神醒来的时候发现满屋子东倒西歪的客人——小女孩瞪着一双惊愕的大眼睛看着他，他的第一句话说的是："天哪！你比塞壬唱得还要迷人！"——塞壬是众所周知的海妖，海妖的歌声是无法阻挡的，她可以使千万个渔民醉倒！

酒神把罐子里剩的所有德拉克马银币都倒给了她。小姑娘鞠了一躬，一溜烟儿跑了出去，她来到奥林匹斯山最大的市场，买到了最漂亮的亚麻制成的衣裳，买到了只有宙斯和赫拉才能吃到的古希腊最贵重最好吃的东西，然后拼命地跑向阿多尼斯的家——那也是她的家，她想在那儿的厨房里为心爱的人做一顿最好吃的饭。

可是当她穿过簸悬木走进家门的时候，突然看到阿多尼斯和一位女神缓缓走近，他们在簸悬木那里停止了脚步。啊天呐，她看清了那个女神的面容，那是鼎鼎大名的阿芙罗蒂德啊！美与爱之神！她的美貌无人能敌，她的法术举世无双，她穿着浅苹果绿色的纱衣，一对娇美洁白的乳房在纱衣中若隐若现地颤动，她大睁着一双碧蓝的眼睛，含情脉脉地凝视着阿多尼斯，而阿多尼斯的表情被簸悬木遮住了，但他挥着右臂似乎在争论着什么。

小塞涅瓦觉得自己的心冻住了，双腿奇怪地软了下来，她是如此自惭形秽——但是在那一瞬间，她突然觉得籔悬木圣树下的两位神祇是多么相配！他们在一起是多么美丽迷人，她的决定就是在那一刻突然完成的！

她轻轻掩住门，在厨房里做了最后的晚餐：烤肉、蔬菜、面包和酒……一点也不少。当香气弥漫在整个房间的时候，她匆匆把为他买好的衣裳放在他的床头，她甚至后悔没有买一条漂亮的大床单。然后，她把剩下的德拉克马银币统统留给了他。她含着眼泪，轻吻了他的枕头——那里有他的气息，她把他的气息装进了自己的心里，她想那是属于她的了，是她永久的、永久的财富。

然后，她借了小精灵阿加索的翅膀，飞到了高加索山，——那个酷寒之地，那里吊着她敬佩的普罗米修斯大叔，她可以为了减少他的痛苦，为他日夜歌唱。

可是每当她停止歌唱的时候，她的眼前永远会看到同一幅图画：籔悬木那苍郁的叶子下面，站着世界上最美的男神与女神。

古希腊认为籔悬木是神所赐予的礼物，应该加以尊敬。而它的美丽甚至让一个残酷的国王赠以勋章，并令人保护它。由于籔悬木的长寿，今天仍然存在。事实上，今天仍和古代一样，任何公共场所都有籔悬木以提供遮荫。在雅典柏拉图学院人行道上，就有着一株古老的名满天下的籔悬木。

7

普罗米修斯过了很久才明白小女孩塞涅瓦来到高加索山的真实原因。

那是个阳光灿烂的早晨，普罗米修斯等不到小女孩睡醒就匆忙地叫醒她："塞涅瓦，塞涅瓦！快起来！……你完全误解了阿多尼斯！他现在到处找你！快回到他身边吧！可怜的人！他都快急疯了！！……"

由于长时间的折磨，普罗米修斯比他实际的年龄至少老了十年。他翕动着苍白的嘴唇，慢慢地告诉了塞涅瓦一个惊天的秘密……

在太阳神阿波罗一案被查获的那一年，阿多尼斯还是个小小少年。阿波罗至死也没有透露属于他们真正的秘密。但是在潘的举报中，分明说阿波罗他们的反宙斯集团，有着一本秘密的诗集，这部诗集里充满了对宙斯与赫拉的叛逆，以及他们对于真正自由美好的向往。然而当时赫拉动用了所有主神，甚至找到大力神和冥王，都没能破获这本诗集——于是赫拉怀疑是潘在撒谎，把潘也贬黜到了一个浮岛之上。

但是这本诗集是真实存在的。普罗米修斯说，他用生命为人类盗取火种，并没有白白牺牲，就在他被捕的最后一刻，他把那本诗集放在了图书馆。而图书管理员——那位盲老人，以不为人知的方式交给了少年阿多尼斯。

"这并不是我的一时冲动，"老普缓缓地说，"我们考查了阿多尼斯很久，共同认为他是把火种传下去的最合适的人选。他正直、聪明、才华横溢又富于牺牲精神……他比我和阿波罗更具备领袖气质！"

"……可是阿多尼斯没有见到他的父亲啊！"小姑娘大睁着一双天真又聪慧的眼睛。

"是的。阿多尼斯至今没有见过他的父亲，他父亲只是悄悄地把那本诗集给了他，他父亲有意遮蔽自己，他觉得自己的出现对儿子不利，但是他一直在暗中保护儿子。阿多尼斯的父亲是一位人类中的大智者，他的名字叫做麦克斯韦。"

"麦克斯韦?！就是那位在物理帝国能探测并且控制单个分子运动，能让宇宙从熵寂走向重生的麦克斯韦?！"

"正是他！天哪！塞涅瓦我的小姑娘！你竟然知道麦克斯韦和他的理论?！这是连雅典娜都搞不清楚的事情啊！难怪……难怪阿多尼斯这么……这么爱你！"

"您说什么?！"

"阿多尼斯爱你，难道你不知道吗?！我的天呐！"

那个时间是属于塞涅瓦的。那个伟大的时间，属于她一人所有。多年之后，每当她痛苦到无法忍受的时候，她永远会从心里掏出来那个时间，那个伟大的时间，它不需要麦克斯韦定律，就能重生。

"……可是，老爷爷为什么不见阿多尼斯啊？他们会做同样鲜美的汤，我一猜就是家族的秘方，那天阿多尼斯到图书馆没见到他的父亲，非常难过……"

"当然，伟大的麦克斯韦完全是为了阿多尼斯才这么做的！从阿多尼斯出生的时候，宙斯和赫拉就散布谣言说阿多尼斯是密拉与人类贱民乱伦而生，如果麦克斯韦认了阿多尼斯，岂不是正中了他们的奸计！麦克斯韦正是人类啊，当然他是一位绝对伟大、绝顶智慧的人类！你以为他不想念儿子吗？告诉你，他就藏身在离阿多尼斯不远的地方，每天都能默默注视着儿子的成长！……"

"……可是……可是阿芙罗蒂德……"

"小姑娘！没有那么多'可是'！事实是，阿芙罗蒂德是赫拉派去劝降阿多尼斯的！当然，我们的美神非常爱阿多尼斯，但她完全是单相思！麦克斯韦和我都知道，我们的美男子，心里只有可爱的小姑娘塞涅瓦！……"

塞涅瓦捂住胸口，防止心脏会突然跳出来，她的泪水直接喷射了出来，溅了老普一脸。

"快回去吧我的小女孩，我知道你心里最纯真的爱情，别管我……我会处理我自己的事情的。……还有，阿多尼斯的昼伏夜出，都是在组织推翻宙斯和赫拉的统治，他们印传单出诗集，都是需要钱的，所以他现在是很艰难的！……"

"可是他为什么不告诉我？！"

"他当然不愿意让你卷进去！反对宙斯与赫拉、推翻他们的统治，是非常危险的事！！"

其实，我们的小姑娘塞涅瓦还有许多个为什么，但是没有等到她问下去，高加索山就被男神阿多尼斯照亮了。阿多尼斯带着他的牧羊犬来了！晚霞像烧红了的水彩画，在他燃烧的头颅上，似乎画着炙黄的山川。

　　他们陪普罗米修斯直到深夜。夜静时分，高加索山谷合拢了。狩猎女神带着祭司，接受猎人的朝拜。圣殿的檐下，石头的祭坛颤抖着，酒后的雉与飞鼠的游魂正悄悄从灶中走出，美丽的星子们都来到圣殿的屋瓦上汲水，能听见町町有声的陶瓶。受尽痛苦的普罗米修斯依旧长髯飘飞独对天地，但是他觉得他此时有福了，是他亲眼见证了世间最美丽的爱情：他看见小女孩塞涅瓦调皮的眼神如星星，阿多尼斯含蓄的笑容像月亮——真爱能让男人女人如此美丽！他看见他们如玉的身体沉浸在了青冥河里，那曾经是特洛伊战争时期英雄系马、壮士磨剑的地方！

　　他也曾经在此地黯然卸鞍，行囊里藏着宝剑，既然历史的锁孔里没有钥匙，那么，就做一个铿锵的梦吧！对着身上已经生锈的镣铐他低声吼叫："我将归去！我将归去！！"

8

　　在另外一个地方，麦克斯韦先生注视着这一切，热泪盈眶。

　　麦克斯韦先生很少动感情，他是理性的代表人物，是物理帝国的上帝。他创立的学科，使永动机不再是神话，让走向熵寂的宇宙也有起死回生的可能。

　　麦克斯韦先生创造了麦克斯韦妖。因为他意识到自然界存在着与熵增相拮抗的能量控制机制，但无法清晰说明这种机制，只能假定是一种"妖"。如果简单描述，一个绝热容器被分成相等的两格，中间是由"妖"控制的一扇小"门"，麦克斯韦妖反应敏捷，能准确地探测并控制单个分子运动，迅速把快速移动的分子从左盒丢进右盒，把慢速运动的分子从右盒丢进左盒。因此，这个小盒子不仅左右部分形成了温差，还实现熵的自发减少。乍一看来，麦克斯韦妖击败热力学第二定理不在话下，同时也让煊赫一时的"热寂说"也多了一个反对势力。麦克斯韦妖的物理学意义是让混乱变得有序，避免封闭系统变成一潭死水。扩展到现实世界，麦克斯韦妖就能操控万物，逆转阴阳。

尽管人们希望这位妖精真的存在，但在纪律森严的物理帝国，麦克斯韦妖同样命途多舛。直到多年以后，当奥林匹斯山已经消失，物理帝国开始痴迷于研究熵减过程的时候，麦克斯韦妖才重现踪迹。

　　应当承认，麦克斯韦妖是科学家眼中真正的救世主，如果它真的存在，那么老人可以由华发变成黑发，宇宙能从熵寂走向重生。从此，覆水可收，破镜重圆。

　　而此时，发明麦克斯韦妖的麦克斯韦，却在这个别人无法找到的黑暗洞穴中哭泣，他很早就不相信爱情了，但这一对年轻人纯真的爱，仿佛让他回到了年轻时的梦中——那时，密拉穿一身杏黄色的长裙，用一双碧绿的大眼睛贴近他，她说人啊，你爱我吗？

第四章　转世

1

　　塞涅瓦从噩梦中惊醒，一下子坐起来，直直地看着周围黑暗的天空，心狂跳不已。

　　有多少岁月了，她几乎每天都会从黑暗中惊醒！——自从那个恐怖的毁灭的日子，那个让她亲眼见证爱人被杀的日子，她就从来没有真正睡着过。她从女孩变成了女人，但是她苍白疲惫，本来明亮得如同星星般的大眼睛失去了光芒，有多少个孤独的夜晚她想到了死！当时她是可以和爱人一起死的啊！

　　可是她不能死！不能死！！

　　她要完成他临终前的托付！

　　他说："你不能死！等着我，我会转世！"

　　她就一直等，等，但是没有任何迹象。她把他的秘密藏在了心里。那本被搜出的诗集的所有诗句她都背了下来。她背下来了，就永远不可能被任何人夺走。

　　不知自何时始，死亡已经成为她的秘密情侣。在每个夜晚都令她窒息，她靠着它，把灯芯般缩短的耐心一寸寸地继续延长，她对自己说，他会转世，他一定会的，他从不会撒谎。

她闭上眼就会产生幻觉，时代变了，变成了一个百无聊赖的时代，变成了一个出卖肉体也出卖灵魂的时代，她让自己进入了一个流放地。祈祷逝去的爱人赐给她悲悯之美。因为黑幕已经牢牢把昨天的故事封存，谁也不许揭开帷幕，谁揭开谁就是下一个消失的人。

但是她怎能忘记？！

……那时，宙斯与赫拉已经意识到有人在挑战他们的统治，风声越来越紧。阿多尼斯好久没有回家。在一个魔鬼出没的夜晚，阿多尼斯如同一道闪电带来的幽灵，冒着瓢泼大雨走进家门，她喜出望外，端着一杯葡萄酒迎上去，他一把抱住她，葡萄酒杯打得粉碎，紫色的葡萄酒汁沾在少女洁白的乳房上，然后被他的胸膛压扁。他要把她装进自己的身体，装进去，装进去，他的强壮塑造了她的柔软，她柔若无骨，化成水，拥抱他，他陷落在水中，他的气息进入她身体的秘密通道，让她觉得肉体已经不属于自己，她全身都被他灼热的气息烤熟，她的汁液从他的指缝里渗出，如血在混沌中召唤。她知道危险即将来临，危险来临前的美丽，是永恒的美丽。

然后，他们听见敲门的声音。

2

阿多尼斯的英勇超过了诸神的想象。

他竟然击败了由宙斯与赫拉亲自下令、由独眼巨人与恶龙率领的军队！当时他们把阿多尼斯的花园围得水泄不通。宙斯在奥林匹斯山亲自喊话："阿多尼斯听着，只要你把那本诗集交出来，我就饶你不死！"

但是他怎么可能交出来呢？！在阿多尼斯的字典里，从来不曾有背叛二字！

阿波罗的好友赫尔墨斯率众前来相救，麦克斯韦率领物理帝国的拥趸们前来相救，刚刚被赫尔墨斯救出的普罗米修斯也带了农神和闪族人前来相救，但是这一切都抵不过宙斯本人突然化作千军万马，如乌云罩顶一般笼罩在了阿多尼斯的头顶上。

——这是奥林匹斯山从来没有过的灭顶之灾。凡被宙斯罩住的，必死无疑。

"阿多尼斯，你可以在死前实现你的一个愿望。"宙斯的声音已经十分苍老，但比以前任何时候都更加蛮横。

"好。我要在这儿，举行我的婚礼。"阿多尼斯的声音出奇地平静，"我要娶塞涅瓦，她是我心中最美的新娘。"

诸神都流泪了。连一向讨厌自己女儿的黑暗女神赫卡特也忍不住热泪盈眶——"这个死丫头！她竟然打败了美神，赢得了奥林匹斯山最美的男神的爱！她是怎么做到的?！"很久没有见到女儿的阿忒拉斯更是哭成了泪人儿。他不知道该不该在这最后关头阻止女儿，让她留条活路。世上有千万个男神男人，他最心爱的女儿，怎么就爱上了最危险的一个呢?！

　　……这婚礼怎么会那么悲伤?
　　婚礼进行曲才刚刚演奏了一半
　　提琴手便掩面哭泣
　　那些已经展示出的伤口
　　一经拉锯
　　便有了悲怆的旋律……

　　但我们还是使劲地喝酒、欢呼
　　好像忘了我们身边的危险
　　一对美丽的璧人
　　他们的脸上没有恐惧
　　因为他们醉着
　　因为他们醒来并且疼痛，会是很久
　　很久以后的事

　　现在让我们干杯吧

为我们已经死去的兄弟姐妹

为我们的幸存

让我们喝一杯交杯酒

让我们讲那些祝福的话

请原谅，阿多尼斯和塞涅瓦

你们知道

我总是爱说错话

婚礼无法进行，因为司仪哭了

泣不成声

塞涅瓦搂着阿多尼斯的颈子

她的眼泪滴在地上，

变成了一口小小的湖泊

她想起少女合唱团时期无和弦的回忆

她想开口作单音练习

自己哼唱没有完成的

婚礼进行曲

……这是赫尔墨斯为那天的婚礼作的一首诗。

那杆长戟是从阿多尼斯的后背刺进去的。他躺在那里，戟尖从他的胸膛挺出来，鲜血还没有流出，塞涅瓦就扑上去，想让那突出来的戟尖穿过自己的胸膛，与心爱的人同归于尽。阿多尼斯用尽最后的力气把女孩托起："你不能死！等着我，我会转世！"

这最后的话虽然微弱，但很清晰。

3

五年以后的春天，矢车菊、土木香和樱花开得正美，赫尔墨斯驾着太阳神送他的金色马车来接塞涅瓦，对她说："春天了，出来走走吧，我带你去见一个人。"

在一棵巨大的枞树下，密沽河畔，开得密密麻麻的金穗花丛中，坐着一个正在钓鱼的美少年，远远望去，可真像阿多尼斯再世啊！塞涅瓦的心一下子蹦了出来，她管不住自己的脚步，飞快地跑到了那人的身边，那人的鱼竿动了一下，扬脸看了塞涅瓦一眼："啊你把我的鱼吓跑了！"

那人的俊美绝不次于阿多尼斯，也是那样白皙清秀、俊眉朗目，眼睛里有一种清澈和刚毅，只是少了些忧郁，说话的声调也更高些。塞涅瓦的双眸变成了烈焰——是他的转世！他没有骗我，他转世了！

赫尔墨斯赶来介绍："这是纳西索斯，是河神刻斐索斯与水泽女神利里俄珀的儿子。他经常在水边。"

"经常在水边，是因为爱钓鱼吗？"

赫尔墨斯笑了笑没回答，接着介绍："纳西索斯，这是塞涅瓦，是英雄阿忒拉斯和黑暗女神赫卡特的女儿。"

纳西索斯收了鱼线站了起来，他个子没有阿多尼斯那么高，但是比阿多尼斯更加壮实，他和塞涅瓦握了握手，塞涅瓦完全被自己的幻想笼罩，眼前一片朦胧，双腿颤抖，心口窒息，仿佛又回到了与阿多尼斯相爱的瞬间，赫尔墨斯似乎发现了什么，轻轻拉了她一下，"走，到我家去，我们一起吃个饭，你不是爱吃我做的红酒牛肉吗？"

何止红酒牛肉，赫尔墨斯做了一大桌子菜，塞涅瓦兴奋得光顾着聊天了，几乎没吃什么，纳西索斯却吃了很多。塞涅瓦兴奋之余没有忘记最关键的事：试探他对于宙斯的态度。她说你关心奥林匹斯山的诸神吗？

"当然。"纳西索斯吃了一大口牛肉，"我非常关心。虽然宙斯和赫拉貌合神离已久，但是在对付反抗者这件事情上，他们是高度一致的，看看他们最近加紧搜查诗集的下落就知道了。"

赫尔墨斯在一旁忧心忡忡地说："塞涅瓦你可一定要把诗集保管好啊！那是我们神界的瑰宝，比人类的火种还要重要！"

塞涅瓦刚想接话，纳西索斯又接着发表了一大通言论，他说话的密度太大，别人几乎无法置喙。塞涅瓦这才发现他与阿多尼斯最大的不同是太爱说话，而阿多尼斯平时几乎是寡言的，说起话来言简意赅直击要害，几乎没有一句废话，而且特别善于做一个聆听者。

不过纳西索斯爱说话并不让人讨厌，倒是很让人喜欢，他吃得满嘴油光，像一个没心没肺的阳光男孩那样滔滔不绝，他言辞犀利地攻击宙斯与赫拉，用塞涅瓦从来没有听过的辞藻进行头脑风暴，塞涅瓦心里充满狂喜，她想是了，他的转世不可能完全一样：她的阿多尼斯因为参与反宙斯的活动用去了太多资金，以致在贵族公学里中途辍学，而这位纳西索斯却是一直读到了毕业，并且取得了最高学位——他很为自己的学位自豪。

他们整整谈了七个小时，晚上，外面突然下起暴雨，赫尔墨斯说，你们都留下住吧，我这里有空房间。但是塞涅瓦坚决不干，她失眠已成痼疾，只有在阿多尼斯躺过的枕头上、闻着他残留的气息，才能有一点点安全感。待暴雨稍歇，纳西索斯自告奋勇地说："我来送你。"

他赶着赫尔墨斯的马车，几番翻车，两人摔得遍体泥浆，但塞涅瓦内心是欢喜的。是的他远没有阿多尼斯那般灵巧，甚至做事是笨拙的，但是有一种笨拙的可爱。

深夜，塞涅瓦掏出藏在胸口的阿多尼斯的小像，轻声问他："这个纳西索斯是你的转世吗？对吗？请你今晚托梦给我。"

那一夜，塞涅瓦竟然睡得很沉，一个梦也没有做。

4

从此塞涅瓦和纳西索斯几乎天天泡在一起，他们有那么多说不完的话，而且他们还会来到雅典的市场，去买各种各样的小食品，因为纳西索斯非常热爱美食，塞涅瓦便毫不犹豫地掏出卖唱得来的银币。他们会像两个孩子一样趴在烤肉摊上等着新鲜烤肉出锅，那嗞嗞作响的香味便能唤起他们更多更广的话题，他们从反抗宙斯谈起一直到宇宙命题，他们觉得未来充满了无尽的可能性。后来他们终于找到了一个红酒乳酪的小店，可以一直开到黎明，在那里他们成为了常客。

但是在第三次光临这家小店的时候，味道变了。纳西索斯带来一个女孩，纳西索斯介绍说她叫波拉马丝，女孩是普通的女孩，浓妆艳抹，说话娇滴滴。但是由于女孩的在场，他们的话题转变了，转变成为世俗的话题，这样的话题是塞涅瓦不感兴趣的，但是她为了保持礼貌还是全程撑了下来。第四次，他又带来一个叫巴尔提的女孩，依然是浓妆艳抹，依然是塞涅瓦付账——塞涅瓦付账变成了一种惯性，大家连客气都没有客气一下，如果换成了别人付账，或许都会觉得奇怪的。

纳西索斯现在最喜欢的话题之一就是不断地明示或者暗示各种女神女人对他的崇拜，如果换了别人，塞涅瓦是深感厌倦的，但是对于纳西索斯她却是网开一面，她只觉得纳西索斯这么做是有点孩子气，他在向她炫耀，证明他心里是很看重她的。或许，他也像阿多尼斯那样，羞于表达自己真实的感情。

但是如此这般多次，塞涅瓦最终还是告别了这个红酒乳酪的小店。但是纳西索斯似乎浑然不觉，他兴冲冲地来找她，说是赫尔墨斯提议大家周末一起到爱琴海去游泳，塞涅瓦为了不扫他的兴，答应了，其实她刚刚学会游泳，还真的不怎么敢在大海里游呢，但是为了疑似阿多尼斯的转世，她拼了性命也是愿意的。

爱琴海之旅奠定了塞涅瓦对纳西索斯的爱。

那一天，他们到达海边的时候已经是黄昏了。海神波塞冬已经在海边为他们准备好了帐篷和晚餐。诸神争先恐后地下海，纳西索斯和赫尔墨斯很快把大家甩到了后面，只有塞涅瓦和小丘比特没有下海。

丘比特调皮地盯着塞涅瓦，笑嘻嘻地说："塞涅瓦姐姐，你最近一定在恋爱吧？看你的气色好多了！"塞涅瓦的脸一下子红了："谁说的，没有！当然没有！""还想狡辩！阿多尼斯走后你的脸一直苍白，一点血色也没有，好几个女神姐姐都让我帮你呢，但是我想，没什么男神能超过阿多尼斯的，可是现在好了，你又爱上了，我知道你，你只有在爱的时候才能活，你只有爱的时候才会变美！告诉我，你是不是爱上纳西索斯了?!你需要我给他放箭吗？"塞涅瓦羞怯得说不出话来："小爱神，你千万别这么干，就把这件事当成我们共同的秘密来遵守吧，好吗？"

丘比特眨了眨他那狡猾的小眼睛："那让我们试探他一下吧？一会等他上岸休息的时候，你一个人下海游泳，他如果真的在乎你，就会跳下去保护你的，否则，那他就是不爱你，我需要给他放一箭！用我百发百中的金簇箭亲爱的！"

暮色降临，游累了的诸神都上岸休息吃饭，塞涅瓦静悄悄地，真的一个人下了水，她游啊游啊，前面是一片越来越深的黑暗，突然，一种突如其来的恐惧感席卷而来，天哪，茫茫大海里，只有她一个人！而海神波塞冬虽然偶尔要些脾气，但总体上是坚决维护宙斯的！也正因如此，阿多尼斯从来不喜欢波塞冬，在他们的婚礼上，波塞冬是缺席的！她越想越怕乱了手脚，这时她才意识到，她完全是因了纳西索斯才下的海，她还刚刚学会游泳，在这一片深海里，她完全像是个任人随意摆弄的软体虫似的，这时海浪慢慢汹涌，她拼命探出头来还喝了几口水，海水的咸味让她想吐，最要命的是，她已经没力气了！她挣扎着，小声祈祷着："海神波塞冬啊！求你救救我！"

小爱神在岸上密切注视着塞涅瓦，然后他悄悄走向纳西索斯，在他耳边说："快去救塞涅瓦，她好像游不动了！"纳西索斯正在把大块的烤肉放进嘴里，呜噜着回答："天呐，可是我现在累得一点儿也动不了了！……"在一旁的赫尔墨斯听到，一声不吭地走向海边，毫不犹豫地跳了进去。"看到没有？赫尔墨斯去救她了，放心吧她安全了。"纳西索斯咕咚喝了一大口凡路尔酒。

丘比特担忧地看着在大海中挣扎的那个小小黑影，丘比特想塞涅瓦没有见到纳西索斯去救她，她的梦就会碎掉，她的脸色又会退掉所有的红晕回到以往的苍白。小爱神和塞涅瓦姐姐的关系一向很好，他在心里默念着："塞涅瓦姐姐，难得你会喜欢一个人，我一定要在这个夜晚打开你幸福的视线！"然后他就张弓搭箭，放出一支金簇箭，正正射在了纳西索斯的后心窝。

像是被烈酒猛烈刺激了一下，纳西索斯突然扔掉正在啃的烤羊腿，飞快地扒了上衣，一猛子扎进了海里，他的速度远远快于赫尔墨斯，丘比特远远地看着，终于，他看见纳西索斯追上了遥远的那个小黑点儿，他们好像抱在一起了！

5

塞涅瓦好久没有这么幸福的感觉了！

当纳西索斯从后面一把托住她的时候，她的全身都瘫软下来，她反过身，双手搂住纳西索斯的颈子，像个小女孩。纳西索斯也用一只胳膊紧紧地搂住她，另一只胳膊奋力划水，他们来到了一艘旧船。看到他们登上了船，赫尔墨斯慢慢地返航了。

他们互相对视着，天空孤月高悬，有流星飞过，纳西索斯突然深情地说："塞涅瓦，如果你是这颗流星，我愿意为你灭掉整个银河的光彩！"他抱住她，两人几乎裸身贴在了一起，他吻她，她的泪水夺眶而出，晕眩不已。可是……可是就在她觉得一切就要发生了的时候，一切突然停止了！纳西索斯抚摸她的手僵在了那里，纳西索斯看着岸边说："你看，他们在看着我们呢！"塞涅瓦简直不相信他会说出这种话，塞涅瓦大睁着泪眼想说很多话但一句也说不出来，眼看着纳西索斯离开她的身体，喘息了一会儿，礼貌地说："我们走吧？放心，我在后面托着你。"但是他并没有托着她，在回程的路上，他唤醒了海神波塞冬，让他的巨手托着他们，一路返航。

塞涅瓦把这一切解释成了他的害羞。是的他是爱她的，只是因为他的羞怯，所以才退缩了。这让她加倍感到他的好。但是她同时又觉得纳西索斯似乎对所有的人都很好，女神和男神，女人和男人。纳西索斯的周围，总是围绕着各种女性，纳西索斯似乎很愿意被女性们宠爱和包围，但是她惊异地发现，纳西索斯最爱的，似乎只是他自己。

那天在海里，回程的时候，她发现纳西索斯一直在对着海面照自己的面孔。当天深夜她睡不着，走出帐篷，发现纳西索斯独自面对大海坐着，她当时觉得他似乎沉浸在爱情之中，可是现在想起来，他其实是在平静的海面上照自己的影子。

难道他当真是个那么自恋的人？

可是，这答案还没有出来的时候，一切就天翻地覆了！

在特洛伊战争胜利十周年的日子，诸神们突然纷纷走出自己的领地，来到奥林匹斯山脚下悼念阿喀琉斯。多年以来，阿喀琉斯是被忌谈的一个名字，因为他虽然是古希腊的首席英雄，但是他的名字是和反抗宙斯连在一起的。但是这一次，不知为什么，诸神们都在深切地悼念着这位英雄，大家捐出了很多金币和银币，买了一只巨大的羊，火神用火炬点起火焰，大家把羊架在上面烘烤，当最初的香味飘出来的时候，普罗米修斯突然站起来，背诵了当年阿波罗写的那首诗。

……这一切仿佛早已命定

请告诉我关于黑暗中的真相，不隶属于任何统治者的说辞

你们将真实泡入水中，让语言发酵。这个世界早被

多数的谎言替代了所有的梦境。

我小心地编撰

那些随着我们视野移动的开拓史。

我弹着齐特拉琴

一路经过许多地标，听人叙述那些虚构的传闻

我需要真相。我听见了那些幽闭的嘶吼

许多的声响赤裸地排成一列，等待轮回的召唤

我无法直视他们，那些逐渐干涸的灵魂。

父王，你要我学习的就是这些令人苦恼的制式吗

我们有沟通的语言，姿态，有各种爱与性

但是我们已经逐渐没有了心。

父王，你要我做的，

是我无法适应的特性

我在沿经你的途中拾获了许多疾病

当一种病态成为常态后，常态反而成了病态

我拾获了太多令人困惑的片段，然而集结却成了神界
无法绕过的疾病。

父王，你像是在极地的冰原中，极度地冷漠

你想让我走近

我会弹琴，会诵诗，会唱歌，会射箭，

但是我无法成为你要我做的标本

因为你所说的一切

我无法相信……

普罗米修斯的声音慢慢变成诸神的声音，声音越来越大，声音
变成了此起彼伏的海啸。

然后这海啸又传向人间，得到了无数人类的呼应……

6

昏暗的神殿里，赫拉在疯狂地踱步，把能抓到手里的一切东
西统统砸碎。碎玻璃如同雪花一般漫天飞舞，侍卫们都吓得瑟瑟发
抖，他们都知道，这是赫拉大怒前的象征——赫拉大怒是可以烧毁
整个奥林匹斯山的！

直到中午宙斯才过来，宙斯有多年没有君临赫拉的宫殿了，平
时都是赫拉去朝拜他，他也不一定每次都见。此时宙斯穿着寻常的
睡袍，满脸怒气，只带了几个贴身的士兵，见了满地的玻璃碎屑，
皱了皱眉头："还不快清理干净?！"

赫拉见到宙斯，立即换了一副脸孔，显得庄严而悲悯："我的
王！情况您都看到了！再不动手，我们就完了！您可有什么旨意?！"

宙斯一屁股坐在榻上，藤质的塌颤了几颤。宙斯掏出一支烟斗
抽了两口，歪着嘴说："我还想听听你的主意呢！怎么，你这回没主
意了吗?！"

赫拉拍了两下手，一侍卫走出鞠躬："回王后陛下，已经到了。"

只见一个穿着黑袍的年轻人沉着走出——竟然是我们久违了的
帕特罗克洛斯！亲爱的读者你们还记得他吗？那正是当年英雄阿喀

琉斯的挚友！——他并没有死，在那场巨大的灾难中，当阿喀琉斯被射中的那一瞬，他从空中摔下来，被一只巨大的手掌接住了——那正是宙斯本人。是的宙斯需要一个活口，宙斯需要了解反抗者的全部阴谋，但是小帕并没有开口。小帕始终没有开口。年深月久，他被大家忘掉了！他被岁月骗了！摧垮了！在漫长的岁月里，他看不到希望，他还年轻，他不能长久地在黑牢里蹲着，他已经发疯了，在他被放出来的时候，全身长满了蛆虫！长发直接拖地，胡子到了腰间，而那年，他还只有二十四岁！

是的他忠于阿喀琉斯。但是神也不能要求一个年轻人自愿为信仰毁掉一生吧？毕竟普罗米修斯只有一个。而阿喀琉斯、阿多尼斯已经死去，连太阳神阿波罗在复活之后也变得缄口不言，难道他帕特罗克洛斯不该求生吗？！

是的他该求生，但是他真的不该为了求生而走到另一个极端。

所以他的话一出来，连宙斯和赫拉也感到吃惊，他说对于这场奥林匹斯山上的暴乱必须镇压！他说需要派出堤丰和恶龙亲自出战！

他说恶龙需要喷出火，而且一定要毒火才能彻底镇压这次暴乱，他说据他这些年的研究，统治者只有靠镇压才能获得安全！别无他法！

连宙斯和赫拉都倒吸了一口冷气，他们面面相觑，然后几乎同时把拳头砸在桌子上："好！就这么干！"

其实只需要堤丰一个就足够了！形象恐怖至极的怪兽舞动他那一双钢臂，只要把手轻轻一攥，就能捏死一个人，像捏死蚂蚁一样。加上毒龙在一旁喷出漫天的火焰，顿时火光四射血流成河，诸神与人死伤无数，到处都是骇人的惨号声！大家顿时四散逃命，只有普罗米修斯、赫尔墨斯、塞涅瓦坚毅地站立着，动也不动。塞涅瓦突然惊喜地发现，纳西索斯不知什么也站到了她的身旁，一脸无所畏惧。

"哼哼，普罗米修斯，我就知道是你的阴谋！"赫拉冷笑两声，"这么看来，仅仅是锁在高加索山还是不够！还要用恶鹰啄食你的肝脏！……把他带走！永远不要让他在我面前出现！"

随着赫拉的一声断喝，堤丰一把抓起普罗米修斯，绝尘而去。

"至于你们这三个小崽子，真是忘恩负义的东西！统统给我关进奥林匹斯山的监狱高塔，好好地反省！什么时候想清楚了再说！"

宙斯在一旁突然开了腔："赫尔墨斯，你可是二进宫了！跟着阿波罗造反的滋味好受吗?！如今连阿波罗都不吭气儿了，你还跟着瞎起什么哄?！"

赫尔墨斯没有回答。旁边的纳西索斯倒是声如洪钟："宙斯！赫拉！我希望你们听听诸神和人民的声音！你们不可能永远是高高在上的统治者！诸神和人民早就对你们不满了，推翻你们的王朝是早晚的事！"

纳西索斯的勇敢超出了塞涅瓦的预期，她心里突然涌出一股巨大的热潮，她想紧紧地抱住他，亲吻他，他无疑是阿多尼斯的转世！毫无疑问！但就在那一瞬间，突然一股旋风刮走了她，她天旋地转地被那风卷了很久，落到了一处美丽的花园——那是智慧女神雅典娜的花园。

智慧女神这时站在她的身边，递给她一杯深玫瑰红色的葡萄酒。

第五章　谜底

1

或许，宙斯与赫拉惟一没有办法对付的是雅典娜。

雅典娜太过聪明，她既不违反奥林匹斯山的法律，又没有介入到宙斯的情事中去，而且宙斯与赫拉经常有事要去讨教她，实在是不好意思与她翻脸。他们只是默默地想，雅典娜只救了一个女神，也算是给他们面子了。

这天天气晴美，雅典娜拉着心事重重的塞涅瓦在花园里散步。雅典娜说："知道我为什么只救你一人吗？因为第一，虽然我有特权，但我不能过于挑战宙斯与赫拉的权威；第二，纳西索斯此人虽然勇敢，但是他的勇敢和阿多尼斯他们不同，他们是真的勇士，而他是做给别人看的，这次我要考验他一下，也给他一些磨炼！至于赫尔墨斯那个小可怜儿，这次就算是陪绑吧！如果只关押纳西索斯一个人，那么对这个自恋的家伙也是过于残忍了！"

"可是普叔呢？普叔怎么办？！"

"普罗米修斯，谁也救不了他。"雅典娜叹了口气。"有一种人，生下来就是为了殉道的。阿波罗、阿喀琉斯，还有你的阿多尼斯，都是这样的人。"

"如果我没有猜错的话，你爱过阿波罗？"

"是的。我至今还爱他。但是他至死也不知道。"

"这太让人心痛了！"

"我倒觉得很幸福。因为并非所有人都能真正爱上另一个人，一生有一个可以爱的对象，已经是天大的幸福了！何况柏拉图式的大爱，远胜于那些哺乳动物式的肉体之爱！……不是什么人都有你这样的幸运！你和阿多尼斯的相爱，真的是太幸运了！你们互相是多么专一多么深情，我们都看在眼里，真是太让人嫉妒了！……"

"谢谢雅典娜姐姐，……可……可是，我怎么觉得纳西索斯他……他是阿多尼斯的转世呢？！阿多尼斯临死前，曾经告诉我他会转世再生……"

雅典娜呆了一呆："天哪，我的塞涅瓦好妹妹，你竟然觉得纳西索斯是阿多尼斯的转世？你……哦，我明白了，你是太爱太爱他了！我理解，我理解，好妹妹，但是你要正视现实，纳西索斯比阿多尼斯实在差得太远了太远了！除了那张脸，他在所有的方面都不能和阿多尼斯比啊！……他做的所有的事，都不是为了诸神和人类，而是证明他自己，他永远在证明自己的魅力，想让所有的人都爱他，而他并不在意别人，你明白吗？他真的不在意，他这个人，不懂得去真心关爱别人，他对别人的关心，只是为了彰显他自己的大度，他是一个典型的自我中心主义者！是自恋狂！……"

"但是他现在监狱里，难道我们不应当关心他、搭救他吗？"

"……是的。……当然，大家都在想办法搭救他。……看，我这儿还做了些饼，里面有葡萄干儿和桃仁，你下午去他家的时候可以带给他的母亲，他母亲每周不是可以去看他一次吗？"

"是的，我也做了烤肉和一些好吃的，可是雅典娜姐姐，这是我早上刚从他的母亲那里拿来的。"塞涅瓦像是下了决心似的，从衣兜里掏出了一张揉得皱巴巴的小纸条，纸条上写着歪歪扭扭的几个字："请改善监狱条件，不然我就死给你们看！"

雅典娜当然认识这字迹，从纳西索斯很小的时候便自命不凡，可是他的手很笨，他永远不会像阿波罗那样会弹齐特拉琴，不会像阿喀琉斯那般会制作精致的船舫，更不会像阿多尼斯那样弹一手好钢琴、写一手漂亮的字，但是雅典娜知道，纳西索斯是爱漂亮爱清洁的人，他绝对会为肮脏的生活环境而死。

"好吧，条子交给我，我马上就去找赫拉。赫拉欠了我一百个人情，这点面子她应当是肯给的。正好顺便把可怜的赫尔墨斯的环境也改善一下。高塔那个监狱里面全是垃圾，真不是人待的！……"

2

五年以后，宙斯为了收服一个岛国，作为交换条件，把纳西索斯放出，流放到那个岛国，而进入那个岛国是很艰难的，奥林匹斯山的诸神，必须要拿到宙斯的手令才能进入。宙斯和月亮女神菲碧近日修好，宙斯一向有顽固的失眠症，只有在月光抚慰下才能入睡。由于镇压诸神事件，菲碧已经好久没有光临了。在纳西索斯得到释放之后，菲碧才莲步轻移，再一次来到宙斯的卧室。菲碧顺理成章地得到了一支手令。

雅典娜作为菲碧的好友，自然要送她上船，雅典娜拿过那支手令看了一看就还给了菲碧，就在那一瞬之间，雅典娜已经用手模制造了一支一模一样的手令。

塞涅瓦接过这支手令，心中充满了感激，她飞快地换了件衣裳，没有来得及梳妆就踏上了行程，五年了，她多么想念转世而生的爱人，可是她怎能知晓，不经意间步履就会悄然踏碎遥远的爱情。五年来，她惟一的希望只能铺在一张纸盏上，而纸盏，又是多么脆弱。

她临走的时候，夜是那么宁静，只能听见青蛙的歌声。青蛙能够看到一个女子骑着飞毯，在夜空里慢慢飞向那个飘移不定的浮岛。

她没有想到重逢是如此残酷，面对他熟视无睹的神情，她只感到无助，空气沉默得像要抽搐似的，在慢慢显现的裂痕中，她试图把他的眼睛放大，但是他竟然轻蔑地闭上了眼睛。

"塞涅瓦，真没想到，你变得这么苍老了。你知道，女人的苍老和不美，都是我无法容忍的。"纳西索斯淡淡地说，同时伸出自己秀美的左手，那上面是一枚婚戒。"还有，我已经同菲碧女神结婚了，三小时以前。现在，我很知足。"

塞涅瓦只觉得自己无言以对。滚烫的眼窝因为流泪过多而浮肿着，但是此时她已经真的觉得自己已经枯萎。她的手指在衣兜里摸到了一枚钱币，那么冰冷，如同对面这个人的声音。

可她的眼神却像是一道血痕，碎了。连同这个小岛上的风景，那支离破碎的沙漠。

她在想，雅典娜是对的。是自己的错判导致今天的屈辱。她忍住眼泪决定不哭。哭就是乞求，而她用不着乞求谁，她这样日复一日地期盼，换来的是这样空落的收回。需要多少刻骨铭心的痛感，才能克制自己，不要让一种哭泣被另一种哭泣代替！

爱情赝品不是很寻常吗？真的假的反正已经说不清楚，纵然有太多的谎言，人的某些欲望也是无从躲藏的啊，权当一次心甘情愿的上当吧！——

可是，为什么还是觉得心如刀绞、无法支撑啊？！

3

阿多尼斯，你为什么骗我？！为什么骗我？！为什么啊？！……

塞涅瓦生平第一次向心爱的人大喊大叫——向那个冥冥中已经逝去多年的亡灵——她脱光全身的衣裳，裸身跪在冥河边，对着星空大声呼喊。

美丽的星子闪啊闪的，真的来了。她不相信自己的眼睛：他真的来了，这熟悉的陌生人！

他静静地躺在了她的身边。她摸摸他的唇髭，是柔软的，他还如之前一样年轻！他说亲爱的你知道吗？我转世到了东方，在那儿，每天有十二个时辰，我向佛陀请了假，只能待两个时辰，也就是待到寅时。……你怎么不说话亲爱的，你生气了？……"

塞涅瓦觉得自己说不出话，一出声，就会哭出来。她只是把他的手拉向她的心口，紧紧地捏着，好像一松手他就没了。

"……为什么转世到了东方？到了离我那么远的地方？！为什么连个梦也不托一个，害得我爱错了人……"塞涅瓦忍了又忍，还是哭得哽咽难言。

"我不知道，不知道……我觉得自己一直在一条黑暗的隧道里穿行，很艰难很艰难，后来光明出现，我发现自己躺在了一棵菩提树下，佛陀本尊在看着我，目光非常柔和，他说阿多尼斯你醒了？这是东方。……"

这时，塞涅瓦才发现阿多尼斯披着一领浅棕色的袈裟，手上还拿着瑜伽托钵僧经常拿着的一只钵。那只钵竟然是中国的青瓷制造，铁胎厚釉，釉面开满了层叠斜裂梅花冰片般的纹路，把大自然优雅的青绿色揉入晶莹的釉层里，如同大自然的灵魂融入到了灿烂的人类文明中，青秘翠美，精致绝伦。

"我是不是已经很老了是不是？你要说实话……"

"你？很老？……哈哈哈哈，"阿多尼斯笑起来，阿多尼斯一笑起来就阳光灿烂，两排皓齿把天空也映得晴朗了，"老这个字能和我的小塞涅瓦联起来吗？你看看吧！"他用一只胳膊搂住她探向冥河，冥河里立即出现一对青春焕发的青年男女，塞涅瓦完全不相信那个可爱的女孩就是自己。

阿多尼斯把塞涅瓦搂进怀里，让她闭眼，然后他用另一只手从钵中掏出一样东西。然后她就感觉到脖子上有森森的凉意。

她睁开眼，看到自己脖子上的串珠，琥珀色的，半透明，在她的细颈子上绕了三四圈儿，美极了。

"舍利子。三百六十五颗。你要数数吗？"

"不，"她摇头。微笑。"我早就习惯了信你。你说什么就是什么。我从来不愿意花时间去证明。"

"这是个危险的习惯。"他说，"对什么人你也不要完全相信，包括我。"

塞涅瓦轻抚着舍利子的串珠，泪水一个劲儿地向上翻涌，是啊，正是他说的转世，害她去爱上了别人，但他并没有撒谎啊，他真的是转世了，只不过是从奥林匹斯山的男神转世成为了东方的瑜伽托钵僧。

时间一丝丝滑走。寅时快要到了，但是阿多尼斯觉得颈上的两只胳膊把他越抱越紧，凭他自己的力量，已经拿不开这两只雪白细瘦的手臂，是传染吗？她灼热的泪水打湿了他的脸，他觉得有同样的液体从他的眼睛里流出来。

"我要和你一起转世。"她清晰地说。

"怎么可能？"

"我要和你一起转世。"她又说了一遍。

她柔软如水却又沉重如水，他们整个都淹没在她制造的漫漫无边的大水中。就在寅时即将到来的那一刻，他突然仰天合掌，似乎在回答某个冥冥中的旨意："佛陀，我听到你的召唤了！可是……"

冥冥中的对方似乎说了什么，她听不见。

他回过身，轻轻揩去她的眼泪，"佛陀回答了。他说他一直听说你绝顶聪明，你如果能用印度诗的格律作一首诗，每一句都要押韵，表达你此时内心最真的感受，他就允许你和我一起走！必须现在！他现在就在上空俯瞰着我们！"

她从泪水里睁开眼睛，睁得大大的，她站起身，手抚舍利子的串珠急急踱步，他太习惯她的这种样子，每逢着急或者无奈的时候，她就会这样。

空中传来一声轻响——她绝望了，寅时已到，他开始飘升，看起来他比她还要焦急，他突然做了一个口型，这个口型是他们之间的秘密，她看懂了！他是在为她的诗做了一个开头，他说的是："我走进来说，我只能停留两个时辰……"

她立刻接了下去：

　　你走进来说

你只能停留两个时辰
你这熟悉的陌生人
你这久已背井离乡的幽灵
却在这魔鬼出没的夜晚降临!

立刻，阿多尼斯悬浮在那里停滞不动了。

我的心早已成为废墟
但这时它被你摇醒
你说
有三百六十五颗舍利子
用菩提树的树枝穿起
变成我们阴阳两隔的念珠
变成我们阴阳两尊肉身。
我欲巧夺天工
我欲以诗织锦
可你如何知道
我的心魔夜归日遁痛不欲生
或许你是邀我一同坐化?
舍利子此刻已经入我心魂
还好你我在最美的时刻相遇
如今我已衰老
你依然年轻
你看不见我的堕落
我看不见你的飞升
我不允许任何离别再发生
为了你唇上清如芳草的吻
为了我尚未完全凋零的心……

她吟诵到这里，空降大雨。她知道这是佛陀在流泪，她看见她的阿多尼斯，慢慢地降了下来，一只强壮的手臂搂住了她的腰，把她平地捧起，她觉得大雨也变得灼热，在烈焰焚心的灼热中，她和他一起飞升……飞升……

4

塞涅瓦突然消失的消息震惊了整个奥林匹斯山。

而纳西索斯是最后得到的消息。当时他已经过了新婚的喜悦。突然在一个失眠之夜，他想起了塞涅瓦。他脑海里出现的塞涅瓦形象依然是年轻时的她。娃娃脸儿，大眼睛，眼睛里满满的纯真与好奇。他依然喜欢她，但也仅仅是喜欢而已——她还远远达不到他的标准。她像个孩子，虽然聪明，但却是那种孩子式的聪明，至于漂亮，那真是谈不上，奥林匹斯山上美女太多，塞涅瓦长得像个娃娃，这种娃娃脸儿的女子如果老了是不好看的。何况，爱纳西索斯的女神与女人实在是数不胜数，他应付还应付不过来呢，当然，或许她帮过他，但帮他的人多了，让他一一回报可是办不到啊。

然而，为什么在他的内心深处，还是有着一种难以描述的隐痛呢？……

当然，对于纳西索斯来说，另一件大事或许更加重要：自从他来到岛国，岛国国王曾经给了他优厚的待遇，拨款为他修建了一座金色大厅，并且给他派了助手、拨了不少黄金。岛国国王深知纳西索斯在奥林匹斯山上的地位，他厚待他，当然是想要他所需要的。但是受宠惯了的纳西索斯却没有领悟到这一点，他只觉得以自己的颜值和魅力当得起岛国国王的宠臣。他四处游玩，与美女们玩情感与非情感游戏，把黄金慷慨地捐给穷人，这样的日子过了许久，他完全不知道，就在他大展个人魅力的时候，岛国国王已经决定把他抛弃了。

这天他来到金色大厅时已经接近中午，门卫把他拦住了，他发现门卫已经易人，他冷笑着掏出盖着国王印章的入门卡，门卫却一把夺去，把那张卡两下撕得粉碎，他怒吼起来，但是没人理他，他拔出随身携带的短剑，却被另一个扑上来的门卫迅速按倒，短剑划破了他的手掌，只流下几滴混浊的血，他便被人清了盘，没打他也没抓他，只是把他像个面口袋似的扔了出去，在那一瞬间，他觉得自己受到了莫大的侮辱——还不如双方血战一场哪怕自己身受重伤，也比现在这样被人轻蔑地扔出去强啊！他觉得自己最珍爱的身体在这两个门卫的手上完全没分量、简直像条狗似的可以由他们随意掰着玩儿！他站在大厅外边狂吼，直到筋疲力尽才瘫坐在地，流下绝望的眼泪。当然，如果他知道这一切都被岛国国王在一个窥视孔中看在眼里，那他会立即拔短剑自杀的！

他深夜才回到家里。菲碧却并不在家。他这才突然想起，菲碧出门儿好久了。菲碧说她要去赫拉那里取一个织花边的样子，可是好久都没回来。

他辗转反侧无法入睡，起身到了一家酒吧。假如这时酒吧的侍者是位妙龄女郎，那么一切可能会改写。但偏偏不是。那是个缠着头巾的中年男人，赭石色的皮肤、深陷在皱纹中的眼睛，像个南美人。南美人用一只深口瓶子倒了一杯酒给他，他一仰脖儿就喝了。喝的时候他还在想，那只深口瓶子他似曾相识，是在幼时的小人书上，有一本塔吉克的童话书，画的就是这样的瓶子。他觉得这样的瓶子非常神秘，那个缠头的南美人也非常神秘。

他觉得自己的内脏燃烧起来。有一种不可知的力量让他站来，慢慢地走出酒吧的门，他回眸，无意中看见南美人挂在唇边的一丝诡谲的微笑。他停留："你说实话，我美吗？"

"当然。你是整个奥林匹斯山最美的男神。"南美人竟然说着一口熟练的拉丁语！

"可是……可是为什么……他们要背叛我?！……为什么?！！"

南美人又微笑了一下："或许他们……并没有背叛你，是你背叛了你自己。"

"不对！是世间容不下美！无论是美的事物，还是美的人！……我要到冥河去，我要死给他们看，我要让他们后悔！我要让所有人一生都沉没在悔恨的痛苦中！……"

南美人忽然眼睛一亮："纳西索斯先生，让我给你讲个故事吧，你听了这个故事，或许就会改变想法：

"你知道吗？在我们伟大的奥林匹斯山之外，还有一个庞大的世界，在那个世界，人类的智力已经发展到非常可怕的程度了！过去，你一定听说过芝诺的乌龟、拉普拉斯神兽和麦克斯韦妖的故事，你也一定知道芝诺的乌龟与阿喀琉斯赛跑、拉普拉斯预言太阳神的降生，还有麦克斯韦干脆就是阿多尼斯的父亲。可是你知道吗？现在有一位风流倜傥的物理学家薛定谔创造了一种非常难缠的神兽，伴随着他们的量子力学降临，就叫做薛定谔之猫。

比起你知道的芝诺的乌龟、拉普拉斯兽、麦克斯韦妖，薛定谔之猫的命运是最难预测的。本来风流才子薛定谔是想让人们懂得一点点量子物理，殊不知这样一来，人们对物理世界的认识更变成一团糨糊了！也就是说，这只猫藏在密室里，它的生死是由原子核是否衰变决定的——然而事情变得更难懂了：因为这只猫身上还有奇异的功能：量子叠加，也就是，生死叠加——这只猫你不知道它的生死，或许它亦生亦死——世界分裂成了两个版本，在 A 版本中，猫活着，而 B 版本中，猫死去。一个叫埃弗莱特的人用'多世界理论'给这只猫找到了归宿。他认为，问题并不在于那些放射性原子是否衰变，而在于它既衰变又不衰变！"

"你这是什么意思?！这只猫的死活跟我有什么关系?！"纳西索斯愤怒了。

"也许没有直接关系。"南美人依然挂着那种诡谲的微笑，"但实际上，薛定谔之猫与所有的人与神都有着难以割舍的关系。你不是也想推翻宙斯与赫拉的统治吗?！在你之前，无论阿喀琉斯、阿波罗还是阿多尼斯，他们的反抗都失败了！他们都是奥林匹斯山的顶级男神啊！当然，你也失败了。无论是神，还是人，反抗他们的统治必定会失败，但是科学不会。科学已经把我们带到了算法的时代！科学会不战而胜。——与其你去跳冥河，真不如做一只薛定谔的猫，生死叠加、亦生亦死地存在着，你总会看到那一天的！"

纳西索斯总算明白了一点南美人的意思。但是高贵的血统和高度的自恋不容许他听进去这些似是而非的话，特别是，南美人隐隐透出的无所不知的得意。

他冷笑一声："你说的这些，无非是为苟且偷生找借口罢了！"说罢，他用平生最帅的姿势唰的一下打开金黄色的大氅，如一朵金色的云般飘然而去。

冥河原来如此年轻，年轻到了只有一只船。但是那只船有十二只桨，远远地划来，如同敲碎了一片青蓝色的琉璃，两岸的岩石如丹墀般倾斜，幽静的倒影，深沉的河心，零落的星子，晶澈的微光，清冷的月华……

纳西索斯在冥河中照见自己的影子，他脱去衣服，看见自己的如玉之身和两汪清冷的眸子。

纳西索斯——河神刻斐索斯与水泽女神利里俄珀之子，奥林匹斯山上著名的美少年，谁都不爱只爱自己的男神，就这样义无反顾地向冥河深处走去，直到水淹没了他的头顶，他依然对自己的水中倒影痴迷不已。他的灵魂化作了一枝水仙，永远留在水边守望着自己的影子。

尾　声

许多年过去了，宙斯与赫拉依然统治着奥林匹斯山。

然而，整个世界已经改变了。

是的，芝诺的乌龟已经死了，微积分终结了它；拉普拉斯兽大约在庞加莱时代就被混沌效应的引入给推翻了；麦克斯韦妖将信息论中的信息量定义与热力学中的熵联系了起来；寻求到了自己新的保护门派薛定谔的猫现在还是不知是死是活，躲在量子力学的密室中半梦半醒，但是大多数科学家和普通民众都喜欢上了它。除了这赫赫有名的四大神兽，人类的发展道路上还有很多魑魅魍魉，但无论什么样的神兽，最终都会被科学大神赛先生收服。在科学这座庄严的殿堂里，所有横冲直撞的神兽最终都会被驯服。

奇点正在迅速到来，量子计算机加上人工智能，发展的斜率将一下子陡峭起来，无论是人类世界的生产、科研还是日常生活，都会经历一场颠覆性的改变。围棋、翻译、医疗、证券……人类目瞪口呆地看着原本属于自己的领地，正在被人工智能蚕食，一片片地大幅度沦陷。

有一天，当苍老的宙斯正着迷地看着电视上第一位被赋予公民身份的机器人索菲娅讲话的时候，同样苍老的赫拉用布满青筋的手指一下子关上了电视。赫拉用苍老的声音咆哮着："你这老不死的！怎么还对这种浪荡女人这么感兴趣？！你没听她刚才说的，她可以毁灭全人类吗？！"肥胖的宙斯现在一说话就两眼上翻流着涎水："她不过是个机器人好不好？连机器人的醋你也吃？""可是你看这女人多像真人啊！她的皮肤那么细致，甚至脸上有四十毫微米的毛孔，还有六十二块灵活的类肌肉结构，能让她做成各种逼真的动作和面部表情，无疑她是可以做爱的，说不定，比人类世界的女人还媚惑呢！""你可真是有想象力啊！告诉你，卡尔卡斯早就说过，在未来的一百年间，人工智能会对人类产生严重威胁，甚至有科学大神认为，现代社会发展迅速，机器人迟早会代替人类的所有岗位，惟独文学艺术无法取代。因为……因为文学艺术的思维是一种模糊的思维，机器人需要明确的指令，而人类的创造力，恰恰是在思维出现偏差的那一刻产生的……"

宙斯说着，心里却在想："哦如果机器人真的有你说的这么动人，那么我的余生一定要找一位机器人为伴，她会永远美丽年轻，最重要的是一切都可以严格遵守我的指令……"

宙斯按了一下打开窗帘的按钮，巨大的屏幕一般的窗子反射出外面城市的街景。他看见太阳神阿波罗正驾着金色战车驶过，那上面坐着普罗米修斯、阿喀琉斯、阿多尼斯、塞涅瓦、雅典娜、菲碧和纳西索斯……

宙斯蓦然想起：最早的太阳神其实是赫利俄斯。赫利俄斯老了，他无法驾驭这辆辉煌的战车，更无法控制狂奔的战马。太阳战车向悬崖奔去的那一刻，是宙斯将战车拦住，救下了赫利俄斯，同时也将驾驭太阳战车的权利交给了阿波罗。

太阳战车用纯金打造，前面有四匹骏马，当它们向前飞奔的时候，会发出无限的光和热……

自我缠绕的《迷幻花园》(代跋)

——阅读徐小斌

戴锦华

在徐小斌颇为可观的作品序列与她几乎与新时期同龄的创作岁月中，充满了恐惧放逐与自我奔逃，他乡情愫与现实诱惑的常数与异数的变奏，在文坛中尚无类似的例证，因此，阅读徐小斌成为了一种特殊的文化体验。

尽管徐小斌的作品在令人目眩的泼洒的浓重色块、多向的丰富的知识（荣格、海洋生物学、博弈论、密宗佛教或上古神话等等）与奇异的异地间回旋，但笔者倾向于将其读作关于现代女性、女性生存与文化困境的寓言。毫无疑问，徐小斌的作品不仅仅关于女性，从某种意义上说，它关乎于整个现代社会与现代生存。事实上，早在80年代初，在"理性"被供奉于神坛之上的岁月，《对一个精神病患者的调查》已经明确成为对理想/疯狂的质询，同时遭遇讥讽的，还有现代人的功利、冷酷、苍白与拜金。而出版于1989年的长篇《海火》，则在"发展论"占据绝对主流的时代，提示着环境、生态与自然。徐小斌无疑是个现代感极强的作家，尽管她的故事不断地转移着场景，但那些故事确乎因此而突现一个现代都市人的经验与陈述。在她的笔下，都市是一处欲念浮动却遍布饥渴的所在，她的"别处"因此成为别一层面上的逃离：逃离文明囚牢、逃离都市渊薮、逃往自然的生存，然而这逃离说到底，只是别样清晰地透露文明社会的谜底与女性永远的悲哀。《双鱼星座》于是成为徐小斌作品中一个异常重要的篇什，它十分明确的是一部关于现代女性的寓言。正是《双鱼星座》，显露出徐小斌作品中女性文化的一种深刻的潜意识形态：女性对男性的复仇永远只能在想象中完成，而男性对女性的侵害、叛卖却要真实得多，它在《银盾》与《玄机之死》中，尤其惊心动魄的是在《吉尔的微笑》里。徐小斌不断书写这历史的空白之页，又不断恐惧着那空白显现出的字迹与血痕。这体验与伤痛令徐小斌窥破而不能无视，憎恶却仍难于坦陈离轨者的宿命。她书写地形中的歧路，因此成为对于女性文化的别一样展露，她的精巧的、充满了"智性与诗情"的故事，因此有如一只负重的纸鸢。

从某种意义来说，徐小斌是个创作潜伏期相当长的作家，尽管她以《迷幻花园》《双鱼星座》等一系列作品的爆发式创作引起了广泛的关注，但相对于她在不惑之年推出的长篇小说《羽蛇》来说，她此前的创作便只能算作热身赛。事实上，徐小斌是当代文坛上以自己的作品拥有自己读者群的作家。如果说，她对巴赫赋格曲加埃舍尔怪圈的迷恋，使她着力营造作品迷宫式的结构；她的女性体验使她一步步接近禁区；那么她对于生存命题的着魔般的固执、青春故事表层结构，以及她广泛涉猎的知识领域和她的异地场景，则使她的作品具有流畅迷人的可读性。在笔者看来，这种流畅与可读，与作品中迷宫路径式的营造，是徐小斌作品所呈现的另一份张力，它同样在冒犯与妥协之间，构成了徐小斌独特而难于定位的文坛位置。

事实上，《羽蛇》蔚为壮观的百年时间跨度，巨大的历史画卷，与浮雕般地突现其上的五代众多女人的故事，使得这部作品成为90年代女性写作中一个创纪录者。毫无疑问，《羽蛇》是徐小斌写作中最为着力并伤筋动骨的巨制，《羽蛇》的真正意义也许要到许多年之后才真正显示出来，《羽蛇》也使徐小斌真正地站在了中国女性写作乃至中国文坛的金字塔尖上——这部令人惊异的奇书具有人性中的深刻的共通性，可以与当代世界的任何一部作品平等对话。

但作为一个重要长篇的意义，也许不仅在于她书写了什么，更在于她如何书写。《羽蛇》自身的书写方式，或许比它的内容更清晰呈现了那个历史断裂、历史经验断裂的文化、文学命题。小说结构的精心建构的确弥合了巨大的历史跨度与文化断裂，这显现为传奇、谣曲、神话、不同时代的时尚叙事的拼贴画面，本身却不期然间印证了深刻的文化断裂的存在。徐小斌在时空跨度中的自由往返，在不同时代叙事风格中的轻松过渡，确乎显示了她的文字能量：在近现代之交的叙事中，那种《红楼梦》《金瓶梅》式的语调与场景，在现代故事中文艺青年书写的文笔，在当代叙事中的边缘的延安叙事，80年代书写中特有的那种激情与痛楚、真挚而矫情的画面，以及在徐小斌90年代写作中得到充分展开的魔幻笔调，在构成一幅全景图的同时，显现了文化与记忆的丰富与异质。

徐小斌说，《羽蛇》是她多年的情结，那么《羽蛇》作为徐小斌诸多女性与文化的情结的展露，是否意味着一次新的僭越与治愈？笔者仍在徐小斌的"出世"与"入世"间期待，借用贺桂梅颇为精当的话，作为此文的结语："在90年代的世俗与超越，拜金狂潮与人文情愫，众声喧哗与天籁之音的冲突与对峙中，'徐小斌现象'值得我们足够的重视和研究——她弥足珍贵。"

后记 关于心灵的秘密通道及其他

1

前些时，有友人谈起笑话一则：

某青年作家业已拟好诺贝尔获奖演说辞，头一句便语惊四座："今天我站在领奖台上，得到这个举世瞩目的大奖，早在我预料之中。"

友人讲得绘声绘色，众人大笑喷饭。

曾几何时，诺贝尔曾经一度成为热门话题，成为某些人心中的情结，后来又因为过热过重而一度成了"笑话"。现在这个话题似乎业已冷却，旁观者似乎可以冒着亵渎神圣的危险来说长道短了。

诺贝尔无疑是最具权威的文学大奖之一，那一串光辉灿烂的名字足以使我们高山仰止：泰戈尔、显克维支、托马斯·曼、蒲宁、福克纳、海明威、加缪、斯坦贝克、萨特、川端康成、索尔·贝娄、辛格……我想，在这些文学巨人步入文学殿堂之前，大概都有着各自的深刻的生命体验与爱恨交织酸辛苦辣的经历，没有一种经验是相同的。相同的是他们都成功地步入了那神圣的殿堂，殊途同归。

文学的殿堂依我看来应当是纯粹的，唯其纯粹，才构成了它的神圣与美，所有的花都拥有自己的花期，在它展示它的全部美丽之后，各种姿态才会辐射异彩。我们的文学经验历来与政治、与"左中右"有关，我却始终认为，文学既不能绑在左的战车上，也不能绑在右的战车上，那是一种没有力量的体现。文学，应当是独立的，只有独立，才是自由的，也才是有力量的。

2

但遗憾的是，极具权威的诺贝尔奖似乎也没有逃离政治的侵扰。有一种文学样式似乎特别得到瑞典文学院评委们的偏爱，那就是社会主义国家中持不同政见者的小说，譬如帕斯捷尔那克，譬如索尔仁尼琴（或许米兰·昆德拉也将步他们的后尘）。这类小说有许多相似之处，譬如它们都在控诉社会主义社会对人性的压抑与扼杀，但在批判社会主义的同时自己也十分意识形态化，它们由于缺乏形而上之美而显得不那么纯粹，甚至有些很粗糙（譬如《癌病房》），但它们却被选中了。确切地说是被另一个营垒选中了。另一个营垒在彼岸，看到此岸的人在白刃格斗，内容有革命、有批判和斗争、有自我检讨、有文字狱和通缉令……彼岸的人觉得新鲜刺激，就对这类作品产生了偏爱，生活在彼岸的人都是上帝的宠儿，由于太舒适太自由而个个成了天真的大孩子，他们看着上帝弃儿的刀光剑影无不为之动容，他们真心真意地想解救他们，想把他们引渡到彼岸，殊不知他们到了彼岸并不会幸福，不但葬送了自己也葬送了解救他们的人。"穷山恶水"中出的"刁民"往往会成为幸福天堂里的祸水。因为人的思维发展是不可逆过程，上帝天真的大孩子不了解这一点，于是就犯了东郭先生的错误。

与帕氏和索氏略有不同的是米兰·昆德拉，昆德拉的作品虽然也充满了政治味，十分意识形态化，但他的头脑与智慧似乎要发达得多。他的视点更多地洞穿人性本身的悖论，从人性深层的弱点找到了埋葬人性的陷阱，这不能不说是这类文学的一大进步。

昆德拉的作品中充满了睿智的哲理与优美的隐喻，《生命中不可承受之轻》中一开场便有一段精彩的描写：常常与各种女人做爱的外科医生托马斯一觉醒来，发现新结识的女友特丽沙紧紧攥着他的手，在他身边睡得像个天使似的，而此前他和任何女人做爱之后都是分床而眠，否则他是睡不着的，而特丽沙是那样自然地拉着他的手，他们同床共枕而他并没有任何不安，由此他深深感到了爱与性的差别，像这样的隐喻，在昆德拉的作品中比比皆是。你常常不能不为他超拔的智慧而击节赞叹。

在昆氏目光无休止的扫描下，历史被一次次地复印，人性深层的悲哀被一次次定格。

有人说，昆氏更像是一位哲人而不是小说家。我对此说法不以为然。

我历来认为，文学大师大致分为两种，一种是社会型作家，如托尔斯泰、巴尔扎克、雨果、罗曼·罗兰，也包括上述的三位，等等；另一种是内省式的（或许不确切，需要有个新的名称）作家，如卡夫卡、普鲁斯特、三岛由纪夫、茨威格，等等。就我个人品位而言，似更喜欢后者，因为后者与文学本体、与生命本质更为接近。

3

早就觉察到一个奇特而令人恐惧的现象。

那就是：刚才提到的后一类作家，几乎无人能逃出一种冥冥中的噩运，再推而广之，包括同类艺术家，也个个在劫难逃。疯狂、自杀几乎是他们注定的命运。

一个最典型的例子是俄国19世纪画家弗鲁贝尔。他对莱蒙托夫的长诗《天魔》着了迷，他一生的画作只有一个主题，那就是他理想中的《天魔》：一个天使因为反抗上帝，被上帝贬黜为魔鬼，这本身就具有极强的悲剧色彩。可怕的是弗氏从青年时代始就专注于天魔的描绘，他一遍又一遍地塑造和改写天魔的形象，我猜想他之所以这样做是因为他越来越深地把天魔植入了他本人的灵魂。他就是天魔。天魔的形象与处境随着他本人的经历不断地改写，他就那样走入了自己的秘密世界，义无反顾。

不幸走入自己的秘密世界的人似乎有着某种共同规律，规律之一便是不幸的童年。从某种意义来说，作家是由他的童年塑造的。不幸的童年使孩子产生自闭，自闭会使孩子打开一扇通向心灵秘密通道的门，而孩子初入人世还没有沾染世俗的浊气，来自远古的灵性尚存，这时的孩子，最容易接近神祇，与神祇对话。这样的孩子长大了，天生与尘世无缘，只好逃避在文学或艺术的象牙塔之中。

自己的世界有如一面魔镜，它似乎是自己的真实写照，然而又全然不是。它的每一个细节实际上都是不真实的。人在面对自己的时候，在自以为至真至善至美的时候，其实是在制造一种骗局，一种连自己也被骗了的骗局，是自己对自己在撒弥天大谎。走入那面魔镜是自欺欺人的开端，可怕的是，通往魔镜的通道有去无回。

如果，萨特说，他人即地狱，那么我要说，个人即魔鬼。

这似乎便是后一类作家非疯即死的答案。

4

那么，大师们难道除了地狱和魔鬼就没有其他归宿了吗!?

回答应当是否定的。

心理学大师荣格便是一例。荣格具有典型的童年综合征。

荣格幼时，父母分居，荣格天性敏感身体孱弱，总是做一些极其怪异的梦。譬如，他做过一个梦，梦见在本堂神父住宅附近的牧场上，有一个幽深的坑，里面有一级级的石阶。他沿着石阶走下去，里面是织造精美的帷幕，掀开，帷幕是一个洞宇，一条红地毯，直铺到一个黄金宝座之前，而宝座上屹立着树干似的一个巨大怪物：一柱突起，独目向天。多少年之后他才明白，屹立在黄金宝座上的，竟是一个巨大的男性生殖器。还有更可怕的梦：他梦见上帝本人蹲在教堂尖顶上大便，把罗可可式的彩绘玻璃崩得支离破碎！

试想，这对于一个身在西方宗教文化背景下生长的孩子该是多么恐怖的事啊！这意味着他的精神支点可能在瞬时被打得粉碎，他可能变得什么都不是，一种强烈的犯罪感使他备受折磨，然而也就是在这个时候，这个生性敏感的孩子突然体会到一种被禁锢的思想会怎样千方百计闯入人的心中。

他求助于《圣经》，他断定，是上帝本人让他有这种幻想的，就像上帝希望亚当和夏娃犯罪一样，尽管他命令过他们不要犯罪。于是荣格作出了结论：听凭这幻想出现而不是人为地扼杀它，他就实现了上帝的意旨。这结论给他带来了暂时的平静。许多年之后他这样写道："……是谁强迫我去想象上帝要这样可耻地摧毁他的圣殿呢？是不是魔鬼安排了这一切？我从不怀疑是上帝或者魔鬼存心这样说，这样做。因为我强烈地感觉到绝不是我自己制造出这些想象来的。我知道，应当从我——本身作出更深刻的回答：我独自面对上帝，上帝也只向我单独提出这些令人生畏的问题来。"

一个敏感内向、耽于幻想的孩子那么小就被迫直面上帝，回答如此恐惧的问题绝对是个奇迹，而这个孩子竟然健康地活到八十岁高龄，并且事业发达家庭美满更是一个巨大的奇迹！

荣格回答，是家庭拯救了他。换句话说，他娶了一位非常平凡的妻子，生了一大堆可爱的孩子。他说，每当幻想的翅膀把他带到高空的时候，他的妻子和孩子们便把他拽向坚实的大地。

但是我想，荣格避免了那些不幸走入心灵秘密世界的大师的共同命运，一定还有其他的决窍。

5

我相信世界上有些人是永远无法克隆的——即使是在这个代用品的、复制的时代。在那些人的头脑中，那些灰色和白色的神经元格外发达，它们由亿万根纤若游丝的网格层层遮蔽，完全无法识别庐山真面，就像一座极其精致而复杂的迷宫，即使任何高性能的计算机也无法破译无法模仿，这就是那些在人类中被称为天才或智者的人，或许还有少许精神病学研究的对象：精神病患者。

创造力是在思维发生偏差的时候产生的，从这个意义上来看，精神病患者与天才的机会一样多。一位伟人曾经说过，精神病患者与天才只有一步之遥。十二年前我写的《对一个精神病患者的调查》就曾经涉及了这个领域，但是在当时，我只注意到一个层面，即社会对于精神叛逆者的戕害而忽略了另一个层面：被视为疯人的女孩的心灵深处不为人知的一面。那一面，或许与戕害她的社会弊端一样黑暗。

曾经在写这篇小说之前去过安定医院，那时，我的好友、北大心理学系病理专业的钱铭怡在那里实习，她对我讲，有个女孩，你一定感兴趣。我去了，她说的那个女孩已经出院，我面对的是另一个女孩。十七岁，北京戏校的刀马旦。她很美丽，有着弯曲的眼睫毛，讲起话来思路清晰柔声细语，面对着她我只反复地想一件事：她怎么会是疯子？

第一次去我和她谈了将近一个小时，她反复告诉我，她得病的原因只有一个，就是本来让她主演《卖水》，结果临时换戏，让她演了《锁麟囊》里的小孩，她不堪刺激，就精神分裂了。

第二次，她精神不好，只谈了半个小时，但是露出一个重大线索，就是：当她梳头的时候，她总觉得睡在上铺的女孩怀疑她偷了她的梳子。她为什么会有这种感觉？

第三次，恳谈三小时。原来，她小时候真的偷过东西，是一件戏装，描凰绣凤，铁划金钩，美丽得像天堂里的东西。

至此，真相大白。

但真的是真相大白了吗？

"真相"其实是没有的，既没有，也就谈不上什么"大白"。所谓真相，就是你觉得它像真的。而每一个人眼里的真实都不同，很好的例子便是《罗生门》。千百个人有千百种真实，无数相对真理相加构成绝对真理，但是，非同类项无法合并，这个世界于是就充满了荒谬。

天才与精神病患者，永远逃避真相。

6

"上穷碧落下黄泉，两处茫茫皆不见"——我以为是一种高妙的境界。

这似乎是一种关于灵魂飞升的描述，其中"上""下"两字十分重要。自由的灵魂都是能上能下，纵横捭阖，飞扬游弋的。在藏传佛教中，灵魂被称为"银带"，当人们入睡的时候，"银带"是游离于人体之外的，它的遭际便形成了梦。

世界上有一些无梦的人。这样的人群其实十分可怕。他们混迹于茫茫人海之中，无信仰，无道德规范，更无自律精神，他们有的只是各种永不满足的欲望和能够达到这些欲望的手段，他们混淆了视听，侵蚀了人类的文明与灵性，他们对于人类的精神极端蔑视残酷摧毁，对于人类的物质巧取豪夺贪婪索取，他们注定只有今生而无来世，因为他们没有灵魂。按照物质不灭的定律，他们或许会化作一些肉眼看不见的粉尘弥漫在空间，毒化人类的大气层。绝不要以为这些人都像戏台上的鬼魅一般青面獠牙，那就太脸谱化了，他们很可能从表面看去宽和沉静，貌若观音，标榜着各种庄严的宣言、动听的辞藻，实则各自身怀绝技，常常于无声处，创造出一个个人为的"惊雷"。他们是高仿真的专家，制造出的赝品比真的还像真的，在一个复制的时代，他们很容易得逞。

然而，对于他们来讲，他们的人也和他们制造的赝品一样，只有一次性效应。

7

而自由的灵魂（哪怕是破碎的），却只能伴着永远的美丽的挽歌，飞升。在梦中寻找花园、大海、天空，还有鸟群。

当丧钟响起，穿着丧服的人们在哭泣的时候，他们并不知道，那个空明的灵魂就高悬在他们的头顶，那个灵魂高唱着：

我走了，
我会是孑然一身，
没有家园
没有绿树
没有白色的水井……
没有深蓝的苍穹……
而那留下的小鸟依然的啼鸣……

西班牙诗人，西门尼斯

徐小斌作品系年

长篇小说

《海火》（1989 年中国青年出版社，2008 年中国友谊出版公司，2019 年百花洲文艺出版社）

《敦煌遗梦》（1994 年北京出版社，1997 年河北花山文艺出版社，2007 年河南文艺出版社）

《羽蛇》（1998 年花城出版社，2001 年长江文艺出版社，2002 年时代文艺出版社，2003 年台湾联经出版社，2004 年人民文学出版社，2007 年人民文学出版社，2009 年作家出版社"共和国作家文库"，2012 年重庆出版社，2013 年人民文学出版社第三版）

《德龄公主》（2004 年人民文学出版社，2005 年香港经要文化出版公司，2006 年漓江出版社，2009 年台湾印刻出版社，2010 年天津人民出版社）

《炼狱之花》（2010 年由人民文学出版社与长江文艺出版社首次两大社联袂出版）

《天鹅》（2013 年作家出版社）

《水晶婚》（2015 年由英国 Balestier Press 出版）

中短篇小说集

《对一个精神病患者的调查》（1990 年海峡文艺出版社）

《迷幻花园》（1995 年华艺出版社）

《如影随形》（1995 年河北教育出版社）

《蓝毗尼城》（1996 年云南人民出版社）

《末世绝响》（1997 年华侨出版社）

《蜂后》（1999 年长江文艺出版社"跨世纪丛书"）

《双鱼星座》（1999 年百花文艺出版社）

《天生丽质》（2000 年北岳文艺出版社）

《歌星的秘密武器》（2002 年广州出版社）

《清源寺》（2003 年北京出版社）

《非常秋天》（2005 年中国广播电视出版社）

《徐小斌作品精选》（2007 年长江文艺出版社）

《末日的阳光》（2009 年河南文艺出版社）

《别人·花瓣》（2010 年文化艺术出版社）

《睡蛇的伤口》（2015 年安徽文艺出版社）

《入戏》（2019 年北岳文艺出版社）

散文随笔集

《世纪末风景》（1996 年云南人民出版社）

《蔷薇的感官》（1997 年华艺出版社）

《缪斯的困惑》（1998 年辽宁人民出版社）

《出错的纸牌》（1998 年天津新蕾出版社）

《徐小斌散文》（2000 年华夏出版社）

《心灵魔方》（2002 年知识出版社）

《美丽纹身》（2002 年当代世界出版社）

《西域神话》（2003 年云南人民出版社）

《大都会：缪斯的殿堂，我的梦想》（2003 年西苑出版社，2004 年四川人民出版社）

《我的视觉生活》（2004 年上海文汇出版社）

《莎乐美的七重纱》（2010 年商务印书馆国际有限公司）

《密语》（2015 年安徽文艺出版社）

《生如夏花》（2016 年高等教育出版社）

《孤独之美》（2019 年江苏凤凰出版公司）

文集

《徐小斌文集》（五卷本 1998 年华艺出版社出版）

《徐小斌小说精荟》（八卷本 2012 年作家出版社出版）

美术作品集

《华丽的沉默与孤寂的饶舌》（2007 年湖南文艺出版社）

《任性的尘埃》（2016 年海峡书局）

《海百合》（2018 年十月文艺出版社）

主要影视作品

1.《弧光》：电影，由本人根据自己的中篇小说《对一个精神病患者的调查》改编，1988 年首映。该片获第十六届莫斯科电影节特别奖。

2.《风铃小语》：电视单本剧，由本人根据自己的获奖短篇小说《请收下这束鲜花》改编，中央电视台黄金一套 1993 年首播。该剧获第十四届飞天奖，中央电视台首届 CCTV 杯一等奖。

3.《千里难寻》：十一集电视连续剧。北京电视台长青藤剧场 1994 年首播。

4.《雨中花园》：电视电影。作为全国十大女作家向世妇会献礼片，中央电视台黄金八套 1995 年首播。

5.《星空浩瀚》：电视单本剧。作为全国十大女作家向世妇会献礼片，由中央电视台黄金一套 1995 年首播。

6.《富起来的人》：八集连续剧，中央电视台黄金八套 2002 年首播。

7.《德龄公主》（与人合作）：二十九集长篇历史电视连续剧，根据自己的同名小说改编，于 2006 年在中央电视台黄金八套首播。

8.《延安爱情》（与人合作）：三十八集电视连续剧，2011 年东方卫视首播。

9.《虎符传奇》：三十集长篇电视连续剧，由本人原创，由著名导演郭宝昌执导，美亚长城传媒（北京）有限公司投资，2012 年在中央电视台黄金八套首播。

徐小斌文学活动年表

1981年年底，参加《十月》杂志首届发奖大会，短篇小说《请收下这束鲜花》荣获《十月》首届文学奖；

1986年年底，参加第三届全国青年创作会议；

1988年年底，参加电影《弧光》看片会，《弧光》电影剧本根据作家中篇小说《对一个精神病患者的调查》由本人改编而成，获第十六届莫斯科电影节特别奖；

1992年，参加由《中国作家》杂志社组织的长篇小说《敦煌遗梦》研讨会，这也是作家生平第一次的作品研讨会；

1995年，世界妇女代表大会在京召开，参加了中国女性文学的系列活动；

1996年，作为中国女性文学代表作家受邀在美进行了为期三个月的访问讲学活动，分别在美国杨百翰大学、科罗拉多大学、宾夕法尼亚州立大学、圣玛丽学院等举办了题为《中国女性写作的呼喊与细语》的文学讲座，是第一位被美国正式邀请讲中国女性文学的作家，讲座受到研究中国文学的海外学者的热烈欢迎；

1997年，参加在贝尔格莱德举办的第三十四届贝尔格莱德国际作家会议；

1998年，参加首届鲁迅文学奖颁奖大会，中篇小说《双鱼星座》荣获首届鲁迅文学奖；

1999年，参加在台湾举办的两岸文学研讨会；

2000 年，参加在越南举办的文化交流活动；

2002 年，参加在加拿大举办的渥太华国际作家会议；

2004 年，人民文学出版社召开徐小斌作品研讨会；

2005 年，参加北京作家协会组织的赴埃及、土耳其的文化交流活动；

2006 年，参加北京文学杂志社组织的中俄文化交流；

2007 年，接到美国文学翻译中心（ALTA）副主席 Rainer. Schulte 先生的邀请，作为惟一的中国作家赴美参加由五十个国家的作家、翻译家参加的美国文学翻译中心三十周年庆典及国际文学研讨会；

2008 年，参加为期一个月的香港国际作家工作坊活动；

2009 年，参加中国 – 厄瓜多尔文学交流活动；

同年，英文版《羽蛇》全球首发，人民文学出版社同步召开新闻发布会；

2010 年由于希腊文小说《亚姐》出版，接受希腊文化部邀请赴希腊交流访问；

2011 年受到美国纽约亚洲协会邀请，赴美讲学，与著名作家苏童一道在美国哈佛大学演讲、座谈；

同年，与莫言等同赴澳大利亚参加"首届中澳文学论坛"与"墨尔本文学节"；

同年年底，应台湾印刻出版社邀请赴台进行文化交流活动；

2012 年，作家出版社举办"特立独行、历久弥新——徐小斌写作三十年作品研讨会"；

2013 年 6 月，新长篇《天鹅》新闻发布会举行；

同年 10 月，参加"首届海峡两岸文学笔会"并作主题发言；

2014 年 1 月，应邀赴泰国进行影视文化交流活动；

3 月，应邀赴澳门大学讲学，在澳门大学郑裕彤书院建立"徐小斌工作坊"；

5 月，荣获加拿大第二届国际"大雅风"华语文学奖小说奖首奖，赴多伦多领奖；

8 月，参加第三届汉学家国际研讨会；

10 月，参加"海外华文女作家双年会暨华文文学论坛"，与余光中、席慕蓉等同台演讲；

　　2015 年年底，长篇小说《水晶婚》获得年度英国笔会翻译文学奖；

　　2016 年 4 月，应邀出席伦敦书展并在英国利兹大学演讲；

　　2016 年 11 月，参加中国作家协会第九次代表大会；

　　2017 年，在温哥华讲课及举办文学座谈会；

　　2018 年，《双鱼星座》入选"百年中篇经典"和"百年百部中篇经典"；《对一个精神病患者的调查》入选"百年中篇经典"。

图书在版编目（CIP）数据

迷幻花园：新版 / 徐小斌著 .—北京：作家出版社，2019.8
（徐小斌经典书系）
ISBN 978-7-5212-0672-2

Ⅰ.①迷… Ⅱ.①徐… Ⅲ.①中篇小说—小说集—中国—
当代 Ⅳ.① I247.7

中国版本图书馆 CIP 数据核字（2019）第 173090 号

迷幻花园（新版）

作　　者：徐小斌
责任编辑：秦　悦
助理编辑：李炫屿
装帧设计：蔡立国
责任印制：李卫东
出版发行：作家出版社有限公司
社　　址：北京农展馆南里 10 号　　　邮　　编：100125
电话传真：86-10-65067186（发行中心及邮购部）
　　　　　86-10-65004079（总编室）
E-mail:zuojia @ zuojia.net.cn
http://www.zuojiachubanshe.com
印　　刷：中煤（北京）印务有限公司
成品尺寸：152 × 230
字　　数：312 千
印　　张：22.75
版　　次：2020 年 1 月第 1 版
印　　次：2020 年 1 月第 1 次印刷
ISBN 978-7-5212-0672-2
定　　价：46.00 元